2016中国最佳

中篇小说

主　编｜王　蒙

分卷主编｜林建法

林　源

辽宁人民出版社

ⓒ 林建法　林源　2016

图书在版编目（CIP）数据

2016中国最佳中篇小说 / 林建法，林源主编. —沈
阳：辽宁人民出版社，2017.1（2020.6重印）
（太阳鸟文学年选 / 王蒙主编）
ISBN 978-7-205-08794-4

Ⅰ．①2… Ⅱ．①林… ②林… Ⅲ．①中篇小说—小
说集—中国—当代 Ⅳ．①I247.5

中国版本图书馆CIP数据核字（2016）第274610号

出版发行：辽宁人民出版社
　　　　地址：沈阳市和平区十一纬路25号　邮编：110003
　　　　电话：024-23284321（邮　购）024-23284324（发行部）
　　　　传真：024-23284191（发行部）024-23284304（办公室）
　　　　http://www.lnpph.com.cn
印　　刷：龙口市新华林文化发展有限公司
幅面尺寸：170mm×240mm
印　　张：17
字　　数：259千字
出版时间：2017年1月第1版
印刷时间：2020年6月第3次印刷
责任编辑：艾明秋　高　丹
装帧设计：丁末末
责任校对：于凤华
书　　号：ISBN 978-7-205-08794-4

定　　价：35.00元

真实的沉重与虚构的机巧

陈众议

这个序言，本该由林建法先生来写，但他委约于我；而我则却之不恭，受之有愧。正为难时，忽想它何尝不是一种陌生化呢？一个专事外国文学研究的人，偶尔涉足中国文学，非特无妨，且或应该。想我前辈钱锺书和杨绛，以及冯至、傅雷、卞之琳、李健吾或者稍远一点的鲁郭茅、巴老曹诸公等，也曾一脚向外，一脚在内。他们的翻译、写作和批评也都中西合璧、古今融通。于是，我决定试试，何况我曾对周遭文友，如莫言、贾平凹、格非、劳马等多少有过评骘。

然而，毕竟是隔行如隔山，对今年入选的这几位作家，我委实不太了解；尤其是进入他们的作品——年度最佳中篇小说时，我发现差事不轻。好在只是个序言，无须长篇累牍，无须面面俱到；也好在对象诸公多少可以看在我又来客串的分上原谅一二。

一

老实说，这六部作品摆在眼前，兀自有一种真实的沉重或者虚构的机巧（而非轻巧）。列位看官，这正是我阅读它们的第一印象。所谓真实，本无须多言，但似乎又不得不言。因为，这里所说的真实至少有以下几种：

一谓社会的真实、生活的真实，二谓作者的真实、心理的真实。前者是生活的照影，后者是作家撷取生活的角度和方式。二者相辅相成，但未必等量齐观、划一齐整。因此，这种真实是双重的，有时你很难界定是作家描写的背景更真实呢，还是他撷取的角度更真实。但有些作品却无须界定，譬如夏榆的《像野蜂蜜一样的自由》，或者孙频的《东山宴》，又或者盛可以的《福地》。这三部作品的共同特点便是真实的沉重。由于过分沉重，我们会忘却作者的角度，而去更多地关注"生活"的分量。

先说分量。它当然不是用页码或字符多寡来衡量的。《像野蜂蜜一样的自由》，题目相当"轻飘"，因为它来自俄国白银时代诗人阿赫玛托娃的诗歌《野蜂蜜闻起来像自由》。但是，小说负载了"北漂"者的哀痛。那是一个群体的哀痛，但也是一对姐妹花的哀痛。是的，伊朗和伊明是姐妹花，她们生长在丹顶鹤的故乡。成人后，妹妹伊朗告别故乡到首都漂流。姐姐留守故乡，结婚、生子，继续祖祖辈辈传承的寻常生活。伊朗在北京遇到了同在一家报社工作的"他"，彼此惺惺相惜，开始了一段令人唏嘘的感情。感情的开始只因为伊朗遭遇流言蜚语和祸起萧墙时"他"没有投石下井。当然，他们的感情注定是没有结果的。这中间除了"他"是已婚，而且很快因不堪工作环境而辞职赋闲，姐姐的悲催生活也始终是伊朗走向正经婚恋的障碍。最后，意外的车祸使她们的父亲一命呜呼。未明真相的伊朗踏上返乡之旅，但等待她的是没有结果的结果。她因此从"他"的视阈和生活消失了。这个多少有些残酷的故事夹杂了大量关于众多"流散者"的信息，其中"北漂"者的心酸、单位的潜规则、年轻一代（80后？90后？）的生存法则都是不能不关注的。首先，"他"和太太都是"北漂"，生活的艰辛在"他""不得不"辞职以后便十二分地凸显出来。"他"就像民国（包括当下台湾，如琼瑶）小说中的小职员，最后剩下的唯有辞职换来的一点点尊严，而这一点点尊严在油盐酱醋面前竟脆弱得无地自容。匈牙利诗人裴多菲的"生命诚可贵，爱情价更高，若为自由故，二者皆可抛"，用在渺小的"他"身上无疑太牵强了，但"他"依然是值得同情和尊敬的。至于以墨兰为象征的年轻一代，其圆滑世故似乎另当别论。她更像是个个案，否则80后、90后们一定不会答应。

《东山宴》是一篇奇谲的小说，写吕梁山山沟里一个叫作水暖村的"原始部落"。我之所以称之为"原始"（当然要加引号），是因为内心深处确实掠过了几丝原始的悲凉。它仿佛一股来自远古的寒风，带着腐朽和恐怖。类似的悲凉，我在第一次读莫言的《红高粱家族》时感受到了，早年读鲁尔福的作品时也感受到了。原以为魔幻风暴过后不再有惊奇，但孙频的这篇小说着实惊到了我。"……村子小不过是个体积问题，更重要的是内部结构错综复杂而又搭配有致，没有一个人是被浪费掉的，堪比工艺精巧的玲珑塔。张三家的窑洞里住着一男一女过日子，不过这女人本是他嫂嫂，哥哥死后，身为光棍的他便继承了哥哥的窑洞和女人。被继承的女人每日照样活得心安理得，若是这小叔子身板不强壮又死在她前面了，而他又碰巧还有个弟弟，那她还会被一路继续继承下去，说不来她活到耄耋之年还要被更小辈的继承。"如果这样的叙述还算不得奇谲（因为我们对诸如此类的故事有所耳闻），那么后来的故事就不由得你不惊愕了：一个奶奶为了安慰小孙子居然不惜"以身相许"。当然，这个孙子有点傻，却被唤作阿德。奇怪的是这个阿德念念不忘已故的母亲，最后也便追随新逝的奶奶一头扎进坟墓——死了。无独有偶，继母带来的姐姐采采也曾对他"以身相许"。而奶奶几乎亲手操办了她自己的葬礼，一如《百年孤独》中的阿玛兰塔。

《福地》可能是最可诤的一篇小说。它矛头直指社会腐败。作品从一个智障流浪女的视角，叙述某地下代孕基地的可怕景观。基地（这个词汇而今意味深长）创办者——"牛总统"挖空心思掌管代孕产业，用各种匪夷所思的奇妙招数罗织代孕机器，竭尽坑蒙拐骗之能事。他口口声声让她们开开心心，俨然是大棒加胡萝卜政策，以便生产出让顾客满意的一流产品——合格婴儿。他用各色水果指代代孕者，如苹果、柠檬、雪梨、菠萝，如此等等，不一而足。叙述者智障女则被称作"桃子"。她们穿上各种颜色的制服，以显示不同的孕期：没受孕的，穿白色；怀孕头三个月，穿绿色；四到六个月，换蓝色；七个月到生产，着红色。小说除了偶然从叙述者的角度提到了"桃子"本名问水，其他人物罕有真名实姓。基地像一座管理严密的监狱，代孕者完全丧失自由和人格，尤其是叙述者"我"——"桃子"。后者因为智障而备受凌辱，就连她的小狗也未能幸免，尽管它有一个响当当的名字——"福气"。基地和"福气"一样，被称为"福地"。这正是小说标题的由来，其反讽意味溢于言表。与另两篇小说不同，《福地》在结尾处给出了一丝暖色："福地"被查封了，有关人员被带走了。同时，它也留下了斜阳式的一抹惆怅："我"走到大门口。"铁门是敞开的。我抓住充满腥味的铁栏栅，看着远处。太阳已经滚落山坡，福气在摇晃的野草丛中向我跑来"。问题是，"福气"明明被"牛总统"的手下"小将"杀死打牙祭，并剥皮示众了。

从叙事方式看，《像野蜂蜜一样的自由》似乎有意先虚晃一枪，然后由浪漫进入残酷。《东山宴》如前所述，从一个腐朽习俗讲起，旋即顺势而下。《福地》看似平铺直叙，但很快从容地进入了"桃子"的"混沌"。这是大处着眼的取法，他们之间的不同却是更多，在此恕不一一罗列。

二

与上述三篇小说截然不同，劳马的《错乱的影子》、裘山山的《琴声何来》和朱文颖的《春风沉醉的夜晚》似乎有意起到了某种制衡作用。这当然是就叙事策略而言。如果非要延续生活—生活视角来勾勒这后三篇小说，那么作家攫取生活的艺术显然被挪移到了首要位置。这其中虚构的机巧似乎更引人注目。

《错乱的影子》既是一篇小说，也是一部剧作，但归根结底是为了阅读的文本，而非为了舞台的脚本。从形式上看，作品攫取了作为对象的塞万提斯+堂吉诃德和桑丘+中国读者（师生），并将其融会贯通。彼作—彼作者—彼人物—彼语言在劳马机智巧妙的演绎和编织下与"此在"相衔接。这其中既有滑稽的碰撞，也有严峻的重叠，所催生的当然不仅是喜剧，而是对传统喜剧，乃至戏剧的颠覆性重构。这里确有元文学成分，但它不是主要元素，而是信手拈来的戏仿式点缀。重要的是劳马与对象（包括其作品、人物）的对话与狂欢。为此，劳马有意引入了中国读者（文学课师生的讨论与调侃）。于是，巴赫金的对话与狂欢理论被现代化、具象化、艺术化了。这不能不说是一种奇崛的还原：既指向"彼在"，也面对"此在"；既有对理论的演绎，也有对以往文学演绎的再演绎。同时，作为风格要素的平移和穿越令人叹为观止。平移法不用说，因为劳马的素材来源于加引号的"喜剧"。而穿越法不仅有赖于古今中外的融通，还在于当代话语的镶嵌。此外，关涉风格的还有劳马个性鲜明的幽默，以及将悲剧转化为喜剧（反之亦然）的高超技艺。就像他作品中时常出现的矛与盾：理想与现实、彼在与此在，等等。这些矛盾犹如劳马剧作喜剧&悲剧样难分难解，奠定了他基本的格调：戏谑滑稽的面与严肃崇高的里。

《琴声何来》的叙事策略，我称之为反悬念的悬念、不可能的可能。它以一个救急电话开篇，难免令人联想到那些骇人听闻又司空见惯的电话诈骗。但这里不是。作者自称要写出爱情的复杂。从这个意义上说，《琴声何来》的确够复杂。它一反通常爱情小说的路数，甚至可以说是反其道而行之，或谓明知不可为而为之。小说起始于黉夜的一个救急电话，电话是从某医院打来的，说从一名女患者的手机中找到了男主人公的电话，而那名患者需要抢救。于是，男主人公赶到医院，遭遇了大学同学、昔日似曾暗恋他这个白马王子、而今依然单身的患者——女主人公吴秋明。他在医院的施救单上签了字。不久，女主人公康复出院，自然要感谢他这个"救命恩人"。二人一来二往，竟催生了一段奇异的感情：男主人公虽已离异，而且有过别的情感纠葛，可谓情场老手，但对女主人公这个老同学却从来没有一丝感觉。原因看似简单：女主人公长得很丑。如今，阴差阳错，命运将他们重新拉回原点——单身，且事业有成：一个是心理学家、博士后在读，一个是大学教授、学院院长。因为一样的专业、相近的价值观和鬼使神差的重逢，使他们开始了不是恋爱的恋爱。之所以称其为不是恋爱的恋爱，是因为女主人公一直心有所属（一位已故的同性）。从这个角度说，她过去暗恋男主人公、后来和他建立恋爱关系，都是不能成立的。唯有从男主人公的角度，才谈得上奇异的爱情。当然，不可能的可能完全可能。过程不能代替结果，反之亦然。

《春风沉醉的夜晚》同样是一个想象多于实际、虚构多于经验的故事，尽管这个想象和实际、虚构和经验都是相对而言的。从叙事方法看，它让我想起了鸳鸯蝴蝶派。然而，也许它比鸳鸯蝴蝶派小说更富有"微妙的肉感"。"我，夏秉秋，查丽丽"，小说这样开场。两女一男，极易将读者引向烂熟的三角恋爱。一开始，女主人公"我"出于一点点虚荣，隐瞒了自己的替代身份，在柏林的一个国际会议上认识了台湾籍男主人公。这期间，女主人公的闺蜜恰好在德国留学。于是，三人相聚不可避免。而穿插其间的另一位男性人物、男主人公的好友似乎若隐若现，并不起眼。但随着情节的展开，女主人公"我"和男主人公确立了恋爱关系，这让她喜出望外，因为她一直担心闺蜜捷足先登，而且顾为自己的小隐瞒感到愧疚。但是，好景不长，她就等来了一个出乎意料的消息：男主人公的好友去世了，而且从闺蜜嘴里得知死者是个穷光蛋、一个"骗子"。最后，故事急转直下，奔丧回来的男主人公向她坦白，他原来也是个"骗子"，一个装扮成绅士、无所事事的穷光蛋。值得一提的是，男主人公曾以田野调查为名，一度带着女友"我"深入底层，对乞丐、妓女等进行采访。

　　说到田野调查，我要补充的是，这后三篇小说也不是完全脱离生活的无病呻吟。《错乱的影子》关乎某高校师生的对话，可谓妙趣横生，其中的生活哲理不可谓不现实、不可谓不深刻。《琴声何来》对现今婚恋和男女关系的描写充满现实指涉和潜台词。而《春风沉醉的夜晚》中的田野调查不仅是叙事策略，它同样可以说是面对现实的一种方式。不过话又说回来，越与现实或生活保持距离，便越考验机巧，但同时也越易出现逻辑错误。在此，我们大可不必苛求完美。

　　总之，六篇小说，分为两组，大抵使人回想起约翰逊和布莱克的著名论争。在约翰逊看来，伟大的艺术必然面向永恒的人性，故而从不拘牵于现实情景和个别事物。反之，布莱克不相信所谓的永恒人性。他反诘说："有这样的东西吗？"他并且认为一切伟大的文学必定从个案出发，从现实切入。这当然是两个极端，我们可以轻易为二者列举大量实例，至少是基本得到公认的经典实例。不说远的，在我的前辈中，钱锺书的创作旨意是体现"两足动物的基本根性"；而冯至却始终致力于表现现实，哪怕不得不在否定和否定的否定中否定自己。至于徘徊于这两个极端的中间状态，则更是说不尽的，几可无限推演。这既是生活的复杂，也是文学的复杂。

　　好在生活有自己强大的、毋庸置疑的逻辑，甚至反逻辑的逻辑；也好在艺术常常可以自立逻辑。无论是不可能的可能还是可能的不可能，或者生活的想象还是现实的照影，皆可入戏，也足可为戏。即或纯属虚构，那又何妨？关键是读者你我，是否认可，是否喜欢。

琴声何来

◎裘山山

1

那个晚上有什么特别的吗？马骁驭回忆过好几次。仲春，下雨。似乎就这么两点可说的，其他一切平常。

他躺在舒适的床上，翻来覆去睡不着，莫名其妙的。有那么一会儿，他感觉自己睡着了，迷迷糊糊中似乎还飘了几缕梦影，但很快又意识到其实是醒着的，好像某根筋被谁拽着，不让他进入梦乡。

细思这一向并没什么烦心事，工作也还顺利，本该倒头大睡才是，怎么会失眠呢。想起最近看到的一个资料说，脑萎缩的其中一个特征就是失眠。马骁驭不禁哑然苦笑，自己才四十出头，不至于吧？而且，没成家没生子的，革命尚未成功，没道理萎缩。按联合国的规定，他还没到中年呢。还在青年的尾巴上。

应该是偶尔失眠，无需乱想。马骁驭拉开灯，打算找安定出来吃上半粒。原先他对安定很抗拒，后来听说他们学校一位九十多岁的老教授，一直是靠安定入睡的，好好的，既没糊涂也没痴呆，他也不再抗拒了，备了一小盒在床头。

窗外传来淅淅沥沥的雨声，那种暗夜里无边的响动，更让夜晚显得万籁俱寂，无论白天有多少烦乱，多少不公，多少悲欢，夜晚总是这样宁静，让醒着的人，很容易触到内心深处最敏感的神经。

听见他开灯拉抽屉，老贝闻声从床下窸窸窣窣地钻了出来，抖抖毛，定定地看着他，似乎有几分不解。老贝是母亲养的小狗，母亲走后就跟了他。11年，在狗界已经是高寿了，但在马骁驭这里依然像个小孩儿。老贝最怕下雨，平时睡在马骁驭床边的沙发上，一到下雨就钻到床下去了，为此马骁驭在床下为它铺了个垫子。

马骁驭去客厅倒水，老贝也小跑着跟上，紧撵着他脚后跟，生怕跟丢了。爪子在木地板上发出窸窸窣窣的响声。这是他们两个共同的家。马骁驭吃了安定，站在窗前发了一会儿呆，雨哗啦啦地发出响声。春天竟然会下那么大的雨，有些让人惊骇。

他回到床边。顺手拿起手机看了一眼，啊，竟有5个未接电话！

难怪他睡不着。看来人和手机也是有感应的，即使是静音也能唤醒他。他连忙打开看，哦，不是老爸，还好。是他的大学同学吴秋明。5个未接电话都是吴秋明的。再看时间，最后一个电话是1点10分打的，差不多就是他起来吃安定的那一刻。

怎么回事？半夜三更的给他打电话？莫非是前两天会议上的偶遇，又让她想入非非了吗？想找他煲电话粥吗？想到这一点不免有些烦躁。他不想给自己找麻烦。

正想着，电话再次响起，因为取消了静音，铃声大作，即使有哗哗的雨声也很刺耳，屏幕上跳出吴秋明三个字，一声，两声，三声。马骁驭纠结着，要不要假装依然在熟睡中没听见？这一接，会不会给自己带来麻烦？

但他终于还是接了起来。

一个陌生女人的声音，请问你是马……那个马先生吗？

马骁驭说，我是。

他估计女人念不出"骁驭"两个字，只好叫他马先生了。

我是二医院急诊室，有位女士昏倒在这里。可能是你的家人，你能不能过来一下？

虽然现在电话骗局多多，但马骁驭凭直觉，相信对方真的是医院。他只是本能地求证了一下：嗯，这个电话是我同学吴秋明的，是她昏倒在你们医院了吗？

对方说，我不知道她的名字，她一个人来医院的，到急诊室就昏倒了。医生正在抢救，我在她手机里翻到几个电话都打不通，就你的通了，你赶紧过来一下吧。是市二医院急诊室哈。

马骁驭只好说，好的，我马上过来。

马骁驭有点儿发蒙。居然遇到这样的事。虽然不是他想象中的麻烦，却是另一种麻烦。他和吴秋明毕业后几乎没联系过，仅仅因为前些天开会遇见了，才互相留了电话。也就是说，他的号码进驻吴秋明的手机不到10天，就派上了大用场。

吴秋明单身一人，他们班同学都知道，四十多岁的她始终单身。她这个单身跟马骁驭不同，马骁驭是离婚独居，她是从来没结过婚。独自一人，住在东郊的一个小区里，离市区、离她单位都很远（搞不懂她为什么选择那里）。这个二医院是离她家比较近的一个医院了，估计是半夜发病，没有救兵可搬。

马骁驭的家离二医院颇远，即使夜里不堵车也得开二十多分钟吧。但眼下别无选择，他只能去了。虽然事情来得很莫名其妙，本能却指挥着他迅速穿上外衣，拿上车钥匙。

老贝依然黏着他的脚后跟，紧跟不舍，一直跟到了门口。马骁驭蹲下来摸摸它的头，跟它说，你不能去，在家等我，外面在下雨。可是老贝不肯，大概它从来没见主人半夜三更丢下它出去过，何况还是雨天，它很紧张，一个小跑，抢先蹲到门口挡住去路。

马骁驭只好把它拎起来，放回到沙发上，厉声道，不许跟着！

老贝可怜巴巴地站在沙发上，目送他出门。

地下车库安静得像悬疑片里的案发现场，昏黄的灯光下一辆辆轿车雌伏在车库里一动不动，车主人们正在梦里神游。马骁驭打亮自己的车，电子车门发出的叽叽声尖锐地刺破了固体般的宁静，他心里忽地涌起一浪悲伤，一年前他为了母亲曾夜半奔向医院，未到天亮，母亲就撒开他的手，离去。看着母亲平静的面庞，他当时竟有一种松口气的感觉，他想，妈妈终于不用再受痛苦的煎熬了。

可是他却把痛苦承接了过来，像得了后遗症似的，很长一段时间不敢去医院，看到医院的标志心口就发紧。哪怕是亲友病了，他也找各种借口不去探视。如同大地震之后的很长一段时间里，他都不能看到拆迁工地，一看到半倒塌的房屋心里就发慌、发闷。

今天只能去了。他平静地坐上车，系好安全带，将车缓缓驶出车库，驶入雨夜。

2

马骁驭和吴秋明是大学同学。

二十多年前他们进了同一所大学，在同一个系同一个班。但他们做同学时基本没什么交往，夸张一点儿地说，马骁驭都没正眼看过吴秋明。不是马骁驭多么骄傲无礼，是实在顾不过来，总有一个接一个的美女遮挡住他的视线。马骁驭在大学里是风云人物，班长、校篮球队队长、文学社社长，最重要的是，他很帅，帅而高、帅而聪明、帅而有教养。是女生们梦寐以求的白马王子，碰巧他还姓马。可是吴秋明呢？是他们班9个女生里最不好看的那个，不仅长得不好看，左脸颊靠下巴的地方，还有一道伤疤。这伤疤让她的嘴显得有点歪，把她划入了丑女子的阵营。

进入大四后，班上那几个还没女朋友的男生坐立不安了，即使是毕业后去向的迷茫也压不住青春的慌张。可是男多女少，无法平均分配，更何况马骁驭这样的家伙还多吃多占。于是其中一个男生，再三考虑后就去找吴秋明了。他感觉他有九分的把握，就好像去他们村里那个冷清的供销社买牙膏，牙膏有点儿过期还有点儿脏，但大妈说，就剩这支了。没有选择，牙膏孤零零的，也是急于让他买走的样子。这位男生早就注意到，吴秋明没有男友，她总是和班上另一个相貌平庸的女生一起，打开水，去食堂，上图书馆。就在不久前，那个女生居然被政教系一个慌张的男生给拽走了。吴秋明便独自一人在校园里行走，用那个文雅的词来形容，就是孑然一身。

该男生在某一个晚自习时间，勇敢地前去求爱，他信心满满，甚至有点儿当救星的意思。他在图书馆外的林荫道上拦住了吴秋明，很直截了当地说，做我的女朋友好吗？吴秋明看着他，面无表情，好像看着路边的悬铃木。他以为她被意外惊呆了，于是又重复了一遍刚才的话，声音还稍稍提高了一点儿。这回吴秋明很清楚地回答了一个字，不。男生大为惊讶。他以为吴秋明会羞怯，会感激，会不知所措，唯独没想到她会拒绝，而且拒绝得那么淡定。

Why？男生忍不住冒出语气夸张的英语，还搭了一个耸肩的动作。吴秋明用中文回答说，抱歉，我不喜欢你。男生下不来台了，尴尬地讪笑道，没关系的，我们先做普通朋友，互相了解，增加友谊。好不好？吴秋明依然说，不。我觉得没必要。

碰壁男从尴尬转为生气，拂袖而去。一个晚自习都在郁闷，都在想不通。他不明白吴秋明哪儿来的自信？当晚，他便在他们寝室的卧谈会上吐槽吴秋明（据说现在的大学生已经没有卧谈会了，晚上都各自玩儿手机或者ipad，或者用笔记本上网，互不交谈。光是这一点，就令马骁驭十分怀旧）。他吐槽时，自然是抹去了自己被拒的那一幕，只是假作旁观者的口吻说：靠，听说咱们班那个丑女子心气还高着嘞，宣称非帅哥不找。

一说丑女子，男生们马上明白是指吴秋明，哗然了：不会吧？是没人要吧？故意给自己找台阶吧？就她那样还找帅哥？这不是跟自己过不去吗？肯定是看《简·爱》看出毛病了吧，还真以为有罗切斯特在等她啊。问题是她比简·爱难看多了。

舆论一边倒，让碰壁男心理平衡了一些。他冷笑道，我也是听说的，不信你们哪个去试试？肯定会遭拒。立即有个男生说，好，我去！为了满足你们的好奇心，本人出卖一回色相。不过，他又说，她要是答应了，你们得帮我解脱哈。

该男生已经有女友了，是高中同学，爹还是高干。他因此被班上男生戏称为快婿。快婿无聊生事，趁着女友不在身边，就去找吴秋明了。但事情的结果又一次出人意料，吴秋明也断然拒绝了快婿。理由依然很简单：抱歉。我不喜欢你。

快婿毕竟有点儿思想准备，于是追问道，那你能告诉我，你的理想男生是什么样子吗？吴秋明不说话，转身要走，快婿不甘心，追上去问，难道你是要找马骁驭那样的？

这话原本有些挑衅的意味，快婿男预料吴秋明会生气，不理他。但吴秋明回头看了他一眼，冷冷地说，不可以吗？

快婿说，不不，当然可以。我的意思是，你也喜欢马骁驭？

吴秋明依然淡定地看着他说，喜欢，又怎么样？

然后转身就走了。其实吴秋明回答的都是反问句。但有时候反问句就是肯定句。何况快婿有了先入为主的看法。

这场风波后，班上的人都知道吴秋明暗恋马骁驭了。男生们在嘲讽了吴秋明之后，又开始起哄马骁驭，说马骁驭你真是老少通吃啊，美女丑女一网打尽啊。

马骁驭闻听此事，才去注意这个叫吴秋明的女生。当然，他肯定认识她，只是从未把她当女生好好看过。上课了，他看到她走进来，依然穿着件浅深咖色的灯芯绒夹克，前面后面几乎差不多，微微低头，径直走向座位，好像入无人之境。马骁驭特意查看了一下她的成绩，成绩不错，每次考试都能进入前三。也许这就是传说中的书呆子吧。

马骁驭是个有教养的人，爹妈都是大学老师，他制止了几个男生的起哄，并说大家应该尊重吴秋明，不要拿这事取笑她。每个人都有选择的自由。"亏你们还是学心理学的，怎么一点儿体恤他人的意识都没有？"他说这话时，心里是怀着怜悯的。这么一个女孩子，一手牌只有一张主（年轻），但也和其他漂亮姑娘一样心怀高不可及的择偶标准，今后的日子一定会很辛苦的。

马骁驭的怜悯，肯定是有着优越感的怜悯。从心理学上讲，怜悯本身就是从高向下的，或者说是置身事外的，同情才相对平等，彼此类似。但对于吴秋明的处境，马骁驭哪里能感同身受？好在他还善良，还有体验别人痛苦的能力。

到毕业，马骁驭和吴秋明也没有正面"交锋"过。马骁驭假装不知道，像对待其他同学一样对待吴秋明，吴秋明呢，好像也从来没说过喜欢马骁驭这样的话，照样一个人独来独往，悄无声息地进出教室，紧紧抿着略微有些歪的嘴唇，偶尔和马骁驭照面，也没有任何表示，不要说眉目含情，连笑意都没有。

就这样毕业了，各奔东西。

3

一开车上路，马骁驭发现雨挺大，比他在窗前听到的还要大。大雨裹着风，在路灯下飘飘忽忽，是一个他似曾相识的雨夜。

已经很久没有在这样风雨交加的夜晚外出了。这样的夜晚，会让马骁驭心情沉重，因为母亲去世的那个夜晚，也是这样的风雨交加，他接到医院的电话，慌慌张张开车赶过去，一边开车一边通知父亲，虽然父亲与母亲已离异多年。

脑袋发沉，不会是安定起作用了吧？真要命。此刻本该躺在雨夜里呼呼大睡的，却驾着车在风雨中前行。人的命运不知道在什么时候就突然拐弯儿了。也许是在前两天那个会议上拐弯儿的？那天他怎么也没想到会遇见吴秋明……

马骁驭使劲儿揉脸，抓头皮，恨不能抽上一支烟。雨刮器来回扫，前路还是一片迷茫，他瞪大了眼睛盯着。幸好是夜里，街上车辆稀少。

忽然，一把不知从哪儿飞来的雨伞，猛地打在他的车前窗上，那一瞬间马骁驭还以为撞倒人了，猛踩急刹，雨伞飞到了路边，车轮却控制不住地打滑，斜到一边，撞在了路边的隔离带上，马骁驭整个人往前冲又被安全带拽回，但已是魂飞魄散。

一个女人从路边跑过来捡伞，捡起来后怯生生地站在路边，似乎等着挨骂。

马骁驭伏在方向盘上，心脏被惊得咚咚直跳，幸好是雨伞，要是人的话，后果不堪设想。他忍不住骂了几句。这骂的几句里，也有冲着吴秋明去的。你说这种事干吗把我给扯进去？难道在这个生活了二十多年的城市里，你就找不出一个比我亲近的人？碰上这样的紧急状态，按社会关系排，首先是老公，没老公是儿女，没儿女是父母兄妹，没父母兄妹是同事，实在不济，才是同学，同学也应该是比较要好的女同学。怎么也轮不着一个天远地远的男同学吧。

当然，他心里也清楚，在吴秋明看来，他们不仅仅是男女同学关系，甚至连他们班同学，都认为他们之间是有故事的。何况，电话也不是她本人打的。她一定已处于无法自控的状态了，否则以她的矜持，是不会给他打电话的。

马骁驭下车，到车前看了看，车前的挡板撞了个大坑，右前灯也撞裂了。幸好轮胎什么的，都没事儿，要不这大半夜的，上哪儿去修？他拿出手机，拍了两张照片，好向保险公司交代。

捡起雨伞的女人依然站在路边，那眼神让他忽然想起了自己的前任女友，那个挺能"作"的女友。

马骁驭冲着她发火道：大半夜的，你在马路上晃什么晃？

貌似前女友的女人也被吓到了，连连说，对不起啊，风太大了，我没拿住。他本来还想吼一句，你知不知道你差点儿害死我！但雨水流进嘴里，让他闭了嘴，他挥挥手，意思是赶紧走你的吧。

女人就撑着伞，款款地走了，那步态，好像是出来散步。大半夜的，还冒雨，在大马路上散什么步啊。这神经兮兮的行为，也是和自己的前女友极像的。

前女友一到下雨的时候，就会提出要出去走走。有一天是晚上，她也提出这个要求。马骁驭答应了，虽然很不情愿，但那时候正热恋，他还是很配合的。他们挽着胳膊，在人影稀疏的街道上走了半个小时，裤脚和胳膊都淋湿了。女友在他耳边说，我觉得爱情就是两个人一起撑一把伞，在下雨的时候相依着一起走。他听着心里发毛，不知怎么回应，如果说是的，感觉自己太矫情，这样的雨天，怎么也该待在家里，喝杯热茶。但说不是，是断然不行的，他只好轻轻吻了一下女友的脸颊，相当于女友给他发示爱微信时，他回一个动作表情。

关于爱情，人类有成千上万种表达，曾经打动过马骁驭的是塞林格的一段话："有人认为爱是性、是婚姻、是清晨六点的吻、是一堆孩子，也许真是这样的，但你知道我怎么想吗？我觉得爱是想触碰又收回的手。"如果以此界定，马骁驭早就不再享有爱情了，虽然他身边的女人没有断过，但那都是性的需要，或者，生活的需要。自离婚后，他前前后后谈过的女朋友，没有三十个也有二十个吧。发生过肌肤之亲的，也超过十个了吧。她们让他动心，仅仅是春心，没有一个，是让他想触碰又收回自己手的。眼前这位喜欢下雨天散步的，已经是其中最让他珍惜的了。马骁驭想，问题不是出在女人身上，是出在他自己身上，他的心已经长了厚厚的茧了，脱敏了。

前女友貌美，还脱俗，不是一般的脱俗。每每两人在一起，马骁驭请求她做顿饭或者煲锅汤时，她总是找各种理由拒绝，如果马骁驭说，我看人家那些女人……话还没出口她马上就会说，我干吗要和别人一样？我就不喜欢厨房！她宁可叫外卖，胡乱对付，然后用做饭的时间看书，听歌，甚至发呆。她说这样的人生才是她想要的人生。她从不要求他买名牌，不化妆也不烫头，穿着简朴，有时甚至过于简朴，一条牛仔裤，一件布衬衣加上一件卫衣外套，一个旧牛皮包已经发硬了，她好像对自己的美丽毫不在意，以至于马骁驭不得不主动给她买衣服，买鞋，买包。如果说她有生活欲望，那么也是按书上来的，比如"一生中要做的99件事"，做过的她就勾掉。

马骁驭最初是极喜欢的，这么清纯、这么有文艺范儿，在物欲横流的今天，多么难得。问题是她并不是因为丑小鸭不打扮，她是个漂亮女人，虽然没漂亮到惊艳，却是别有韵味，很耐看，稍稍打扮下绝对是个美女。最让马骁驭欣赏的是她"腹有诗书"。聊天时，常会恰到好处地掉个书袋，令谈话趣味横生。他曾暗暗惊喜，都这个年龄了，竟然还捡了个宝。

但时间久了，他有点儿受不了。毕竟，日子是通俗的，人是要过日子的，人得通俗点儿才能把日子过下去。马骁驭承认自己是个俗人。"腹有诗书"之前要腹有大米。他们之间的最终爆发是因为大海。不是叫大海的人，就是大海，The sea。

前女友每天都说，在"一生中要做的99件事"里，她最想做的就是去海边看日出，在海边发呆，让海风吹乱头发，赤脚在沙滩上奔跑，让海浪亲吻双脚，趴在沙子上听自己的心跳，闭上眼睛让太阳覆盖全身……

感觉完全是书上抄下来的句子，语气词都没改。

马骁驭只得一次次地表态说：好，等我有假期了就带你去。

可是他的确忙，从冬忙到春，从春忙到夏。学院的现任领导还有一年就到龄了，他是候选人之一，但他的论文篇目还不够，而且他的课题还没完成。

前女友开始不高兴了，不高兴的具体表现是拒绝马骁驭亲热。他们在一起两三个月了，始终没有进入到男女最实质的交往，直截了当地说，始终没有做爱。马骁驭每每蠢蠢欲动时，她就各种打岔。状态最佳时，也只允许马骁驭亲吻，或抚摸。不高兴后，她连这个层次也关闭了，彻底拒签。

马骁驭在她这儿明白了一个道理，对女人来说，性和爱一定是紧密相关的，感情上的不满足一定会导致性事上的不积极。而男人是可以分开的。马骁驭终于意识到，这事比他的课题更紧迫。

有一天他咬咬牙，在网上买了两个人的往返机票，去三亚的。然后把信息发给前女友，前女友立即回复了无数个亲吻和红心，和各种手舞足蹈的动画小人儿，然后是一句"大海我来了！大海请张开你的怀抱！"马骁驭一瞬间感到，那种兴奋瞬间感染了他，他拿着手机都感到自己的身体发热。看来这付出很值得。接下来，马骁驭更是心满意足，到三亚的第一天晚上，和女友的关系就突飞猛进，达到顶峰了。

但核心问题并没有解决，马骁驭本人并没有看海的心情，哪怕是到了三亚也没有心情，他只是让女友每天去看海，去赤脚在沙滩上跑，去发呆，去让海风吹乱头发……总之，去做"一生中必须做的99件事"之一。他只是偶尔从窗口望望海，望望前女友的情影，休息一下眼睛，然后就回到电脑前，要么赶论文，要么通过视频跟学生们讨论课题。他想，幸好有网络啊，还能继续工作。

哪知在返回的飞机上，前女友一直情绪不高。问她，玩儿得不开心吗？她幽幽地说，我终于明白了，你不是真的爱我。马骁驭惊诧莫名，这话从何说起？我要不爱你，能专门飞这一趟吗？前女友说，如果你真的爱我，怎么会舍得让我一个人去海边？面对无垠的大海你不知道我有多孤独？我多想靠在你的怀里面对大海，和你一起闭着眼睛晒太阳，那样才是最最幸福的。可是你却离我远远的，和电脑在一起。

马骁驭说，没有啊，我经常在窗口看你，而且，每天的大部分时间我都陪在你身边的，一日三餐，还有整整一夜。

前女友依然充满忧伤地说，不，你带我来三亚，是为了应付我，是为了……达到你的……目的。并不是真的想陪我看大海。在你心里，论文比我更重要。我真的很失望，我看错你了。

马骁驭崩溃了。感觉自己花了冤枉钱，两个人的往返机票，加上酒店住宿，近两万元啊，只换来一个"应付"。

马骁驭感觉这个累，不亚于随时掏钱买名牌的那种累。照理说，他们的年龄相差不到10岁，前女友也是三十多岁的人了，不该有代沟的。那么，是三观不同？他们之间有个"三观沟"？还是最通俗的说法，性格不合？

结局自然是分手。虽然马骁驭很有些不舍，这一位，是他离婚后谈的无数对象里时间最长、感觉最好的一个。但他的确没法满足她，因为不能满足，他们之间的距离越来越大，他几乎碰不到她的身体了，对他来说她真的变成了一个花瓶。一辈子那么长，按书上说的，这才做了不到30件事，还有66件呢，早晚会分手的。

分手后马骁驭全力以赴埋头搞论文，搞课题，一年后如愿以偿地当上了院长。这个时候，孤独涌来，欲望涌来，他需要一个女人，太需要了，于是，新一轮求偶活动开始。

4

那把飞来的伞，彻底惊醒了马骁驭，安定催生的睡意也撞成了亢奋。他开着只亮一个前灯的独眼龙车，快速赶到了医院。

医生果然在等他。上来就说，你总算来了，我们什么都准备好了，就等着你来签字做手术了。马骁驭说，到底发生什么事了？医生说，是急性阑尾炎，很危险，再不手术就要穿孔了。

马骁驭松口气，说可我不是她家属啊。我就是她同学。

一个年轻护士说，是我给你打的电话，我翻她的手机，拨了前面几个号码都没通，只有你回了电话的。现在手术不能等，你就签字吧。

马骁驭无奈，只能默默地拿过单子来。不看不知道，一看吓一跳。原来，一个手术潜在的危险竟有那么多?! 光是麻药可能引发的危险就有一堆。他有些犹豫了，自己能担起这个责任吗？

他问医生，必须手术吗？医生说，必须手术，否则穿孔就完了。她已经高烧了，各项指标都亮红灯了，不做手术过不了今晚。

吴秋明这时已经醒了，穿着手术衣躺在那里，看到他连忙说，马骁驭你就签吧，拜托了，赶快签吧，你不签我只有自己签了。

马骁驭只好签字。他来医院，不就是为了签字吗？特殊情况特殊对待，如同战争时期。属不可抗力范畴。

然后就坐在手术室外面等。

雨好像停了，仿佛刚才的疾风骤雨，只是为了给马骁驭深夜进医院制造一种紧张气氛。走廊里空无一人，灯光反射在光洁的地面上，散发出不同寻常的幽静。每个病房都悄无声息的，偶尔有护工进出，蹑手蹑脚的。但马骁驭知道，绝对还有很多人，没有入睡，在被病痛折磨。那样的幽静，是危机四伏的幽静，让他马上想起了母亲病重的日子。

母亲是去年走的，最后那半个月，他天天跑医院，几乎二十四小时守着。母亲并没有手术。在查出是癌症后，母亲坚定地表示不手术，不化疗，不放疗。她看了很多资料，认定现在医学对癌症是没有办法的，所有的治疗都只是折磨，最终还是得走。她说与其在医院里被折磨到走，不如在家享受最后一段日子。马骁驭无法违背母亲，对一个什么都很明白又很固执的女教授，你无法说服她。但是，癌症的确是可怕的。到后来母亲进入了昏迷状态，马骁驭只好再送她进医院，在医院里，她依然备受折磨，常常要靠打杜冷丁止痛，直到离世。

　　事后马骁驭想起这个过程，常常心痛自责。因为在决定母亲治疗方案时，他很无力，很没主见，他也不知道到底是手术好还是中医保守治疗好，只好顺从母亲。母亲离世后他时常内疚、后悔，认为自己是应该说服母亲做手术的，也许手术了，可以多活几年。直到有一天，他听见一位刚经历了父亲患癌症离世的人说，从家人查出癌症那天起，你的所有决定都是错误的，怎么做都是错误的。因为你无法做两次选择，无法比较。他才终于放下了这个包袱。

　　整整一年，他活得沉重而又悲伤。父亲和母亲，在他考上大学后忽然离婚了，那时他才知道，父亲早就有了外遇，是母亲恳求他等儿子高考完再分开的。这让他对母亲充满了一种心疼的感激。他不知道母亲是怎么忍下来的，每天笑脸面对他，给他做好吃的，让他安心高考。而父亲的外遇并没有因为他的学问而上档次，和普通男人一样，他就是喜欢上一个年轻漂亮的女人，他为了那个年轻美丽的躯体和活泼快乐的性格离开了母亲。也许人到中年的他格外需要阳光照耀，他向葵花一样义无反顾地朝着阳光而去，不管背阴处如何杂草肆意丛生。父亲再婚后，马骁驭便一直和母亲住在一起，给了母亲最大的安慰。即使在国外的几年，他也和母亲每天通话，每周视频。这不仅仅是因为他想弥补父亲对母亲的伤害，更因为母亲还是他的朋友。所以母亲的去世，对他的打击是双重的。他不明白母亲这样一个优秀的女人，善良的女人，为什么要承受如此不堪的命运？尽管母亲去世后他的论文得了奖，也如愿以偿地当上了院长，内心的伤痛却无法抹去。这种伤痛无人能明白，无人能替代。他只能安慰自己，母亲走的时候是知道他要当院长的，很开心；虽然母亲始终为他的成家操心，他也不敢欺骗母亲，不敢带临时女友去见她。母亲能一眼看穿他……

　　……可是，他居然领着吴秋明去见母亲了，母亲幽默地说，这一位，不像是你的口味嘛，你们怎么会在一起？他结结巴巴地说，她生病了，我必须照顾她……

　　有人拍醒了马骁驭，他这才发现自己不知什么时候睡着了，安定终于放倒了他，他就那么和衣躺在医院的长椅上进入了梦乡，还做了个荒唐的梦，有点儿不像他的做派。

　　原来是吴秋明的手术结束了。

被推出手术室的吴秋明是清醒的，虽然面色苍白，她努力笑着对马骁驭说，真不好意思，深更半夜把你给折腾到了医院。马骁驭意义不明地摇摇头，吴秋明说，你可以回去了，我没事了。马骁驭说，刚做完手术，总得有个人在身边才是，你看我给谁打个电话？吴秋明说，没事，谁也不用打。有护士呢。

马骁驭听她这么说有点儿恼，走也不是，留也不是。看看时间，已经是凌晨3点了。即使不考虑工作，老贝独自在家也让他惦记。这时吴秋明终于说了句，我叫了我表姐的，她会照顾我，你放心走吧。

马骁驭这才松口气，不过心下有些奇怪，为什么不早说？害我纠结半天。吴秋明似乎看穿了马骁驭的心思，解释说：我表姐要从老家赶过来。可能马上要到了，你放心吧。

马骁驭这才释然，拜托了护士，然后匆匆离开。

无论从哪个角度讲，他也算尽心尽力了。

5

大学毕业各奔东西。

马骁驭在众多美女中徘徊，到毕业也没敲定。选谁都有遗憾，放弃谁都可惜。于是只身一人出国留学，一去经年。读完博士回国，依然单身。这期间谈过数次恋爱，包括洋妞，但都没到婚嫁那一步。而且越谈越没感觉了。有时候就是这样，没有选择很痛苦，太多选择也痛苦。最后，他居然是经人介绍才成家的，对方是个空姐，相貌不说了，脾气还挺好，家庭条件也很好。差不多一手牌全是主了。但奇怪得很，主多了也会输牌，仅仅两年，空姐就在飞行中有了外遇，跟别人通牌，让马骁驭输得很惨，妻子很快成了前妻。幸好他们还没有孩子。马骁驭重新成了王老五。

前妻离婚后曾打过一次电话，向他表达了歉意。但在道歉的同时，也替自己做了辩解，大意是，我还是很珍惜我们之间的感情的，我也为此努力过。但我这样的女人，毕竟面临的诱惑太多。如果普通女人结婚后要面临三到五次的出轨诱惑，我就要面临三十到五十次。我已经抵挡住百分之九十九了，也算是为我们的感情尽力了。

马骁驭感到好笑，这纯属诡辩嘛，只要一次出轨，就无法证明你曾经抵挡住了百分之九十九。但他不得不承认她说得有道理。你娶个美女回家，本身就是高危行为，就是个潜在的事故苗子。你自己也得承担相应的责任。他大度也是颓丧地说，我不怪你，怪我自己。

班上同学得知他从美国回来了，搞了一次聚会，一是说要欢迎他回来报效祖国，二是说要宰一下他这个大海龟，还有一说是给王老五开个相亲会，希望他在同学里拆散一对。同学在一起说话总是没正经的。那天留在省城的同学都来了，有十好几个。马骁驭感觉大家都混得还不错，而且除了他，都成家有孩子了。甚至都有二婚的了。对他的王老五身份，男士们羡慕嫉妒恨，好一通攻击，女生们则嘲讽他揪着青春尾巴不放，在等着下一代长大。马骁驭只好推说在国外没条件，不想找洋妞，女留学生都难看，没有一个比得过他们班女生的。这下惹祸上身了，大家都说那好，我们班正好还有个女生空着呢，你娶不娶啊？肥水不流外人田噢。马骁驭连连说，不要乱说哈。

其实聚会一开始他就发现吴秋明没来，想问，又怕给同学们提供更多的口实。现在听大家说吴秋明也还单着，心里不免咯噔一下，但脸上是"那和我有什么关系"的表情，心里也想，我又没追过她，是她自己愿意单着的。

但不管怎样，吴秋明还是在他心里占了个位置，很小很小，仿佛隐形。每当他身边一个女人离开，另一个女人没有到来时，她才会浮现出来。他就会想：她怎么样了？结婚了吗？嫁给一个什么样的男人了？毕竟，那是一个喜欢他的女人。

据说当一个人得知对方喜欢自己时，本能反应就是喜欢对方。这在心理学上也是可以解释的，因为人的本质是自恋的，科学家研究表明，人一天百分之九十的时间都是在想自己，那么，对一个和自己一样成天想自己的人，怎么都会有几分好感。

以后马骁驭还参加过几次同学聚会，吴秋明都没出现，反而是班上另一个女生，一个当年喜欢过马骁驭的女生，向他展开了攻势，她几次暗示马骁驭，如果他愿意，她就离婚，因为她一直喜欢他。最初马骁驭还有几分动心，跟她约会了两次，毕竟是个漂亮女人，三十多岁风韵犹存。但两次之后马骁驭就闪开了。闪开的原因不是害怕破坏对方的婚姻，那婚姻不用他破坏已经名存实亡。而是他对那个女生本人没兴趣了。她和他在一起，总是说些很无趣很乏味的话，那些话题，让马骁驭一丝一毫也感觉不出她也是读过硕士、读过二十年书的人。鸡毛蒜皮陈年烂芝麻的事被那张漂亮的嘴嚼碎了再吐出来，实在有种让人不忍直视的庸俗。大学时他们没机会接触，故无法判断她是一直如此，还是被生活浸泡成如此。马骁驭沮丧地想，哪怕每次在一起她能多说一句新鲜话，他也会多喜欢她一点。马骁驭无法把自己的后半生，交给这么一个无趣的女人。

两年前母校七十周年校庆，吴秋明终于出现了。女生们说，是他们年级主任亲自打电话请吴秋明，她才答应来的，她是年级主任的骄傲，从学业上说，她是他们这批最出息的，读了博士，还考取了专业心理咨询师资格，另外还有好多社会头衔。

这个时候离他们毕业，已经过去17年了。他们都是挨边儿四十或者四十出头的人了。

马骁驭跟吴秋明握手的时候，毫无悬念地发现，吴秋明老了，当然，自己在对方眼里一定也老了。毕竟他们都已迈向不惑之年。不过上了年纪的吴秋明，因为不烫头不化妆，有种书生气，反而缩小了年轻时与其他女生在容貌上的差异。加之略微长胖的缘故，嘴巴上的那道疤似乎浅了一些。当然，作为女性，她依然缺乏魅力。不过班上的同学对她都表现得格外尊重，除了他们已经成熟以外，更重要的是，吴秋明值得他们尊重。几个曾经调侃过她的男生，都恨不能将往事一笔抹去。

马骁驭作出很超脱的样子上前和她握手：嘿，你好。毕业到现在，咱们头一回见啊。

吴秋明也很大方地与他握手，说，可不是，白驹过隙啊。

马骁驭感觉她的大方不是装出来的，她的眼神和肢体动作，一点儿也没有他想象中的暧昧，或者含羞，或者尴尬。握在他手里的那只手跟其他同学没有两样。是同学的手，不是女人的手。

是不是她结婚了？对他脱敏了？但接下来马骁驭尴尬地得知，吴秋明依然单着，全班单着的只有他和她。连那个当初追过吴秋明的碰壁男，孩子都上初中了。

马骁驭单着还好说，总算是有过短暂婚史，而且要再婚也是分分钟的事。

吴秋明却是从来没结过婚，俗称老姑娘。这可不一般。这说明她拒不凑合婚姻，还说明她很专一。

同学们都很知趣，没人把他们往一起撮合，因为，吴秋明手上一张主都没了。马骁驭虽然是个王老五，前面却有"钻石"作定语。他回国后在母校当教授，带硕士，依然帅气挺拔，好多女学生暗地里爱慕他，他如果想找个小自己十几岁甚至二十岁的年轻姑娘，都是轻而易举的事。只不过马骁驭给自己规定了底线，绝不和女学生发生情感瓜葛。吴秋明呢，在母校读到博士，然后在社科院做研究员。据说发表了很多论文，还出版了两本专著。这些都是同学中的佼佼者。可以说气质不俗，学养深厚。可是，哪个男人是被女人的学识打动的？

让人想不到的是，吴秋明那天还登台表演了节目，吹口琴。最初她上去的时候，很多同学的表情都是极为不解，甚至有点儿嘲笑的意味，意思是，你这不是找不自在吗？用现在的话说，你一点儿颜值都没有，怎么能在众人面前表演呢？可是等吴秋明的口琴声响起，大家的表情就变了，惊讶，赞赏，陶醉。吴秋明吹得真是非常好，不，不应该说吹，应该说演奏。她演奏了《千与千寻》《红莓花儿开》《梁祝》，还有《千里之外》。掌声非常热烈，而且是由衷的。

这其中就包含马骁驭的掌声。他暗暗惊讶，真没想到吴秋明的口琴吹得那么好，有点儿专业水平了。

王静声音很大地说，秋明，真没想到你还有这一手，大学里那么多次晚会你都没表演过，藏得很深呀。

吴秋明笑笑说，我也是毕业后才学的。

她笑着，脸颊泛红，也许是吹奏使然，也许是心情使然。音乐真有魔力，此刻的吴秋明，很有些楚楚动人。

同学会一直持续到晚上，晚饭的时候，吴秋明居然喝醉了。

本来喝醉是人之常事，有些人三天一大醉两天一小醉，可是放在吴秋明身上就会让人意外，因为她是一个那么有理性的人，她还是个心理咨询师，职业就是开导他人的，还能开导不了自己吗？据说吴秋明醉了后泪流不止，似乎勾起了什么伤心事。几个女同学都猜测她是因为马骁驭，毕业那么多年，重新见到马骁驭难免受刺激。睹人伤情。

事后，有个热心肠的女生，也是在学校跟她关系还不错的那个女生王静，就说要帮她介绍个对象，男方是个刚离婚的退休公务员，年龄、经济条件都不错，妻子病逝，孩子上大学了。应该说非常合适。

还是找个伴儿吧，彼此照顾。大家都这么说。

但被吴秋明一口拒绝了，连见都不想见。

王静说，你这是干吗？非把自己搞得这么孤苦伶仃的，找个伴儿哪点儿不好？吴秋明说，我习惯了，我不想结婚。你们不用替我担心。王静说，可你才四十，后面的日子还长呢。吴秋明不说话。王静直截了当地说，莫非你还想等马骁驭？吴秋明又是那句话，不可以吗？王静说，你醒醒吧。吴秋明几乎是愤怒地说，我清醒得很。为什么我不能等他？等不等是我的自由！我妨碍谁了吗？你们为了他就要把我打发了吗？放心，我不会纠缠谁的，我还没那么厚脸皮。

马骁驭听了这段新鲜的八卦心情很复杂，既感动，也恼火。或者说恼火多于感动。因为吴秋明这样表白，他感觉自己莫名其妙就亏欠了她，被绑架了似的。他想，看来自己还是赶紧找个人成家吧，免得她再抱希望。且不说外貌，关键是自己对她一点儿感觉没有。又不是找课题小组搭档，他找个女学者干吗。

6

三天后马骁驭给吴秋明打了个电话。

头两天他就想打了，又怕显得过于关心，让吴秋明误会。对一个长期暗恋你的人，你不能不小心地保持着彼此间的距离。他便有意拖了两天。其实他很想知道她手术后情况如何？毕竟是他签字画押的。

电话打过去，吴秋明很快接了，告诉他自己一切都好，再有两天拆了线就可以回家了，叫他放心。马骁驭抱歉说自己这两天太忙，没来医院看她。吴秋明一迭声地说，不用不用，已经太麻烦你了。

语气里有一种毫不掩饰她现在有人照顾，不再需要他的那种轻松。这让马骁驭多少有些失落。马骁驭转念想，也好，就算自己做了一回好事，不必拖泥带水的。

不过，半个月后，马骁驭还是接到了吴秋明的电话，说她已经出院回家了，要谢谢他，请他吃个饭。马骁驭先是有种被感恩的愉悦，跟着又有了一种万一被黏糊上怎么办的担忧。

但他还是很绅士地说，我来请你吧，庆祝你康复。

吴秋明说，那怎么行？肯定是我请你。公私分明嘛。

马骁驭听出了吴秋明的潜台词，答谢宴就是答谢宴，定性了。他便不再坚持。但在商量去哪家饭店时，两人都有些拿不定主意，马骁驭提议说，要不去彩虹西餐厅？那儿环境不错。吴秋明迟疑了。这迟疑是那么明显，让马骁驭后悔提出这样的建议。因为那个场合很小资，总是恋人居多。马骁驭原先和女友去过几次。他习惯性地想到了那里，吴秋明一迟疑，他一下子意识到不妥，搞得他有想法似的。

还好，马骁驭还来不及尴尬，吴秋明就说，就在我家吧，家里自在些。好啊！马骁驭立即回应，仿佛是为了否定自己刚才那个建议。吴秋明又说，我把王静和她老公也一起叫上吧？这次生病住院也麻烦了她不少呢。

马骁驭差点儿击节赞叹：太好了。

他赞叹首先是因为家宴。作为一个单身男人，他已经有太长时间没吃过家常饭了。其次是因为邀请王静夫妇，王静也是他们班同学。这就更让他放松踏实了。他努力保持着矜持追加了一句，那就得辛苦你了噢。吴秋明说，没事，我喜欢烧菜。

马骁驭忽然想起，问，你表姐呢？

吴秋明愣了一下，然后"哦"了一声，表姐呀，她回老家了。

看来她的确没有生活伴侣，生病靠表姐照顾，表姐一走就孤身一人。以马骁驭的经验，很多人虽然未婚，却始终享受已婚待遇，暗地有伴侣。比如他，在多数情况下也是有伴儿的，只是这段时间单着。

四个人的家宴，显然吴秋明并没有想趁机怎么样。可是校庆那天她为什么会喝醉呢？为什么会说出那样的话呢？什么非马骁驭不嫁，什么她这一生注定要孤独，搞得他压力顿生，生怕背负不起吴秋明的悲伤，慌忙投入到了找对象的活动中。

同学聚会后，马骁驭像打歼灭战一样四处见女人，以前懒得见的都一一去见。老实说，还真不易找到合适的，他自己设定的30岁到40岁的这个年龄段，多数是离婚女人。离婚女人往往是一朝被蛇咬、十年怕井绳，看他帅条件好，便顾虑重重，无法坦诚相处，甚至疑心他有生理问题（以你这么好条件怎么40岁了还单身）。另有几个未婚的大龄女性，一个抽烟喝酒泡夜店，他无法接受；一个居然怕狗，怕到要尖叫的地步；还有一个上来就说要带母亲过来一起住，不能离开母亲。

不这么满世界找对象，他根本无法知道女性的品种如此丰富，让他一次次瞠目结舌。当然，在女性眼里估计男人也一样。马骁驭越来越感觉到，结婚这种事一定要趁年轻，年轻时糊里糊涂就结了，借着荷尔蒙汹涌、多巴胺澎湃，什么样的对象也敢结成对子。一旦理性了成熟了，就左不对右也不对，越来越胆小。结婚结婚，要先昏才能结。过了昏头的年龄，太难了。

后来总算遇到一个相对合适的女人，33岁，长相、身高、学历这些硬件都符合他的择偶条件。从没结过婚，其原因是太挑剔，把自己挑成了老姑娘。说老姑娘，也只是沿用老旧的习俗，若要看人，完全像个小姑娘，脸庞依然有光泽，头发依然黝黑，穿着打扮更是入时。有时候是齐大腿根的短裤，有时候是拖到脚背的长裙，还喜欢背双肩包，手机背面上贴卡通画。

可往往就是这样，硬件归硬件，马骁驭跟她在一起总也没感觉，完全是为了谈对象而谈对象，不冷不热的。女子跟介绍人说她对马骁驭很满意，可每次在一起都很矜持。搞得马骁驭一想到要和她见面心里就有障碍。不知是主动好还是等待好。有两次马骁驭主动伸手，想揽一下她的腰，她敏感地闪开了。是不是因为从没结过婚，对性的事情很拒绝？马骁驭不好问，也不敢再试探。就这么不尴不尬地交往着，几个月过去了也毫无走向婚姻的迹象。

虽然在男女关系上毫无进展，经济上却突飞猛进。从送花，请吃饭，到送衣服送包。最后终于谈到了钻戒。却原来，未婚女子说，前一个男友，就是太小气，才分手的。

马骁驭有点儿不爽，虽然他明白，以他这样的年龄，哪里还有单纯建立在感情上的婚姻？所有的婚姻都包含着感情以外的因素，甚至大于感情因素。可是，你要求我大气，我是不是也该要求你大气呢？

他用半开玩笑的语气说了此话，女子竟生气了，甩门而去，两天不接他电话。他犹豫了两天，本想挽回的，前期已经投入了那么多，自己一点儿收益没有，实在冤，可是他又无法预测自己要大方到什么时候，才能从女子那儿得到回报。

他便打电话过去，试探着提出分手。女子以为他打电话来是求和的，哪知竟是分手，有点儿下不来台，就来了句赌气的话，那就祝你好运吧，关了电话。

这次求偶活动便以马骁驭的惨败而告终，他前后花了好几万，却连女子的腰都没揽过。虽然情感上并没有伤筋动骨，还是让马骁驭添堵。大约不是分手本身，而是由分手想到的自己的狼狈生活。

就在这个空当期，也就是一个月前，他又一次见到了吴秋明。

是在一个心理学会议上遇见的。

这样专业的会遇到同学是很正常的，可是马骁驭却莫名的紧张，还好吴秋明丝毫没有假公济私的意思，除了见面时打过招呼，私底下一次也没来找过他。这让马骁驭觉得，吴秋明这个人还是很有自尊的，心气很高的。因此多了一份好感。从会议名单上马骁驭发现，她已经是省心理学会的执委了。会议结束分手时，他便主动给了她电话，还客气地说了句有什么事就找我，别客气。

吴秋明把马骁驭的电话输进手机，回拨给马骁驭，马骁驭也就存下了她的号码。这是两人大学毕业二十年，头一回建立实质性的联系。

不想就发生了雨夜赶往医院的事。

7

马骁驭很费了些劲儿才找到吴秋明的家。她家在东郊一个很普通的小区里，面积不大，就立着两栋电梯公寓，间隔着一些草坪和绿化带，中间稍大些的地方，有几样常见的锻炼设施，还有孩子的滑滑梯和秋千。小路干干净净，看上去物管不错。马骁驭暗想，其实一个城市里，会有许多从未涉入却让人惬意的角落。

敲开吴秋明的家，最先冲出来迎接的居然是一条狗狗！而且那狗狗和老贝长得蛮像，棕黄色，短毛，尖耳朵，中等体型，狗狗毫不见外地往马骁驭身上扑，欢天喜地的样子。

吴秋明跟在后面连声唤：糖糖，糖糖！不许叫，回来！

马骁驭连忙说，没事没事，我喜欢狗，我也养了一条。

吴秋明还是把糖糖喝回去，关到了阳台上。

王静夫妇还没到，马骁驭略有些尴尬，显得自己过分积极了。他笑说，我还以为我迟到了，没想到是第一个。吴秋明笑说，你当然迟到了，迟到了十分钟。王静那家伙历来磨蹭，现在有孩子了更磨蹭。

马骁驭把带来的红酒交给吴秋明，吴秋明说，我答谢你，你还带这么贵的红酒呀。本末倒置了。

马骁驭说，同学之间，别说客气话。

吴秋明说，真的很感谢你。那天夜里你的鼎力相助对我来说太重要了，差不多是救了我一命。

马骁驭说哪里哪里，救你的是医生，我不过是签了个字。

吴秋明说，你不签字画押，医生哪敢手术？

马骁驭心想，我是被迫签的。深更半夜的，没法推托。

吴秋明像是猜到了他的心思，又说，得请你原谅，在那个时候给你打电话，那么唐突。你肯定很吃惊吧？

马骁驭说，确实有点儿意外。

吴秋明说，他们按手机上的顺序连着打了几个电话，有我单位同事的，有朋友的，有王静的，甚至还有超市送货的，大部分人都关机了，王静虽然是通的，但她静音，毕竟是半夜，接电话的概率太低。

马骁驭说，这么低的概率还被我中了，人品爆发嘛。不过事后我想，即使你有很多选择，估计我也是最佳，有车，行动方便，单身，不必请假。

吴秋明咯咯地笑，马骁驭还从来没见过她这样笑过。吴秋明说，其实最重要的一点是，你居然在那个点儿还没睡着，才可能接到这样百年不遇的电话。

马骁驭心里动了一下，是呀，自己那天晚上莫名其妙地失眠，仿佛就是为了等这个电话似的。但他掩饰说，嗨，我那天晚上刚好在赶一篇稿子，睡晚了。

吴秋明家很特别，虽然只是两室一厅，但厅很大，四壁都是书柜，中间一张大书桌，没有家家户户都摆放的凹型沙发和茶几。书桌上除了一个笔记本电脑，依然是一摞摞的书。正在看的，还没拆封的，像书店里的展柜。再细看，大多是心理学方面的书：《津巴多普通心理学》《社会心理学》《怪诞心理学》《怪诞行为学》《当经济学遇上心理学》《大脑开窍手册》《发展心理学》《人格心理学》《变态心理学》《组织管理心理学》《心理测量》《心理统计》《认知心理学》《心理学史》《向伪心理学说不》。最显眼的是那本基础教材《心理学与生活》，一看就是经常在看，已经蓬松了。作者是两位美国教授，一个是纽约州立大学的理查德·格里格，一个是斯坦福大学的菲利普·津巴多。对他们这个领域的人来说，是无人不知的大佬。

书中间还有个大烟缸，一看就是青花瓷笔洗下嫁做的烟缸。马骁驭暗笑，吴秋明果然如同学们说的，不像个女人。唯一能看出主人性别的，是电脑旁的两盆肉肉植物。

不过马骁驭置身其中，倒是觉得亲切自在。忽然，他一眼看到了那本橘黄色的《20世纪最伟大的心理学实验》，如获至宝，连忙拿起来翻看：嗨，你在哪儿买到的？这书我一直没买到。

吴秋明说，几年前去北京出差，在书店买的。

马骁驭没好意思开口借。他想，现在恐怕没有借书看的人了吧？即使是作为追女人的手段都过时了。

吴秋明主动说，你想看就拿回去看好了，我已经看完了。

马骁驭说，我还真想借回去看看，这书不知什么原因买不到，只有电子版，我不习惯看电子版。

吴秋明说，肯定是没销路呗，出版社不想加印了。其实这样的书，不是专业人士也能看进去的，很有趣，还是宣传不够吧。你发现没有，现在的教材大多是以英美国家为主的。其他国家，比如日本、俄罗斯、澳大利亚等，都非常少。所以我最近带了两个学生在翻译一本印度学者写的心理学专著。

马骁驭说，那我可要好好拜读。听说你都出了两本专著了，也让我学习一下嘛。

吴秋明说，千万别这么说，我都不好意思送你。

马骁驭说，你做心理咨询也需要看这么多理论书吗？我总觉得做心理咨询主要靠耐心，甚至靠天赋，会开导人就行。

吴秋明笑笑说，我在读博士后。

马骁驭吃了一惊，你？在读博士后？现在吗？

吴秋明说，对，去年开始的。

马骁驭真有些大跌眼镜，实在是佩服得紧。

四十多岁了，还读书？他说，我可是早已读书读厌了，现在只要工作能对付，就不想碰专业书。羞愧呀。

吴秋明轻描淡写地说，我空闲时间多，不想让自己闲着。那就读一个呗。挑战自己有快感。

马骁驭想，看来读书对吴秋明来说就是个爱好，跟很多人玩儿乐器，玩儿相机，玩儿邮票，打游戏一样。据说马克思空闲时就经常解微积分来换脑子。这人和人，真是绝对不一样。

吴秋明找来一个纸袋，将马骁驭要借的书和自己写的两本书一起放了进去，然后把一杯泡好的茶递给他。马骁驭接过茶杯，在沙发上坐下，忽然感觉很熨帖，很自在，就好像把缩回在棉衣里的内衣袖子拉下来。奇怪，这可是他头一回走近吴秋明。

糖糖在阳台上发出哼哼叽叽的声音，用爪子拍门，马骁驭走过去安抚它，问道，它多大了？吴秋明说，在我家13年了，两个月来的。马骁驭惊讶道，噢，比我家老贝还长寿。糖糖，是糖果的糖吗？吴秋明笑眯眯地说，对。这样我每天都甜甜的。

马骁驭乐了。吴秋明挺开朗啊，不像他想象中的单身女人。

王静夫妇果然在临近晚饭时才到达，王静进门就说了一堆迟到的理由，马骁驭这才发现王静这么嘴碎，在大学里觉得她是个闷葫芦，跟吴秋明一样闷。她的丈夫，就是临到毕业前把她拽走的那位政教系男生，在一旁揭发她忘性大，车都开出一条街了，才想起忘带礼物了，又折回去拿。

王静说，就怪我们那孩子的老师，电话里啰嗦半天，说孩子中考的事。其实她是想让我帮她个忙，害得我忘了拿礼物，都准备好了，放在桌子上又忘了，那肯定要折回去啊，对吧。下次见面又不知道什么时候，必须带来。

说罢她从包里拿出两条烟来放在桌子上：这是专门给我们心理大师提供的弹药。吴秋明有些意外，说干吗给我带这么好的烟呀？太贵了。王静说，人家送他的，他也不抽，顺水人情，你别当回事。吴秋明迟疑了一下，把烟放到了书桌上。

王静在她身后说，你也是，就不能穿得稍微时尚点儿？老是这一身。吴秋明说，这衣服可是新买的。王静说，看不出来。你衣服不是黑就是蓝，要么灰。我就没见你穿过暖色和花色。吴秋明说，深色遮丑嘛。

她毫不在意自己的外貌，这反倒让马骁驭佩服。他注意看了一下吴秋明的穿着，深蓝色的衬衣，灰裤子。虽然不时尚，质地却很好。马骁驭看出来了，绝对不便宜。再看王静，穿的是连衣裙，领口很低，腰部有复杂的褶皱，的确时尚。可是，如果让两个人交换着穿，一定别扭。

吴秋明把菜摆上桌，有模有样，七八个，马骁驭努力克制着，还是没能掩饰住那副馋相。真没想到你还有这一手。他由衷地赞叹了一句。王静也说，比我厨艺好多了。

吴秋明说，那得感谢你们来做客，平日里我很凑合。

马骁驭说，这么好的厨艺不展示真是极大的浪费。

吴秋明说，一个人嘛，吃饲料就行了。

马骁驭会意地说：我也经常吃饲料的。他知道此说法：一个人吃的是饲料，两个人吃的才是饭。

王静在一旁说，你们说什么呢，吃什么饲料？

吴秋明说，我们在说单身狗的生活，你不会明白的。

马骁驭忍不住大笑。没想到吴秋明这么风趣，并没有因为长期单身而变成刻板的大妈。

吴秋明拿出一瓶红酒，开红酒时，她还用一块毛巾垫着瓶口，颇有仪式感。她举起杯，首先感谢马骁驭在那个雨夜的鼎力相助，然后感谢王静那两天跑来帮她喂糖糖。

同学就是好。吴秋明用这句话规范了他们的关系。让马骁驭听着顺耳，他不再想说客套话了。王静却笑道，本来签字的应该是我，马骁驭谢谢你替我受累了，让我一觉睡到天亮。

几个人都大笑起来。

马骁驭原本存有的一点儿局促，在笑声中噼里啪啦消除了，就跟他常常玩儿的爱消除游戏一样，同样的花色相遇了，一碰四散，很有快感。

8

马骁驭事后回想，其实那天他最惊讶的，不是吴秋明在读博士后，也不是吴秋明的厨艺，而是他竟然跟吴秋明很聊得来。无论是专业，还是非专业，是学术问题，还是社会问题，甚至连狗狗都能说到一块儿去。这让马骁驭心里暗暗有些惊讶。

晚饭后王静夫妇先走了，照理说马骁驭也该一起撤的。但王静提醒他喝了酒，不能开车。马骁驭说，我只喝了那么一小杯红酒。王静说，那也不行，你还是规矩点儿，喝会儿茶再走吧。

马骁驭暗想，王静这是要帮吴秋明"撮合"吗？吃饭中间她曾两次说，吴秋明这下你知道一个人过日子有问题吧？半夜痛昏过去都找不到个人送医院，还是找个伴儿为好。吴秋明当时只是笑笑没有作答。不管她和她什么意思，马骁驭也只好留下了。他确实喝了酒的。王静可是一滴酒没沾，她老公喝了不少。

送走王静夫妇，他们俩就移师阳台。糖糖很安静地卧在吴秋明脚边，没有对马骁驭的存在表现出抗议。吴秋明家在27楼，蛮高，加上那天天气不错，少有的清爽，夕阳下一眼能看到远处的山脉。两个老同学相对而坐，喝茶，闲扯，放松而舒适。偶尔两个人还互相递烟。马骁驭原本是看不惯女人吸烟的，但不知为何，吴秋明吸烟他感觉很自然。

聊天的话题广泛到天边又深入到犄角旮旯。同学就是同学，共鸣比较多。说起大学时代，吴秋明丝毫也不回避她在大学里的形单影只，但她说她一点儿也不觉得孤单，很自在，每天有那么多书可看，好幸福，有时候看到一本喜欢的书，兴奋好几天，就像是和作者有了一次深入交流。

马骁驭相信她说的是心里话，不是哪里抄来的。

吴秋明说，我很庆幸自己那几年的埋头苦读，后来工作了，时间少了，最重要的是阅读质量开始下降，注意力没那么容易集中了。全靠大学四年的海量阅读，打下学业的基础。那天看到一句话，感觉说到心里去了，那作者说，我很感谢自己年轻时的努力。我也是，很感谢自己年轻时埋头读书。

马骁驭在这一点上是羞愧的，他四年的大部分时间，都被青春年少的快乐和浮躁占领了，学业全靠小聪明扛着。但对于吴秋明说她丝毫不感到孤单，他还是存疑的。毕竟青春年少。

他没有再追问。那应该算他们之间的雷区，如果吴秋明说感到孤单，那不是由他造成的吗？她说她丝毫不孤单，也许是不想给他压力。何况她的确做出了成绩。那次他们班同学聚会，一数，依旧做专业的只有五六个人了，做得好的大概要数吴秋明了，她不但取得了心理咨询师专业资格，还是省心理学研究会的执委，在心理学界已小有影响。马骁驭虽然也一直做本专业，但以前以教学为主，现在以行政工作为主，没有更深入的研究。

马骁驭说，现在做纯理论研究的的确不多了。我在大学里常常被问到是否做心理咨询。老实说，我都懒得解释心理学和应用心理学之间的不同。就连考我的硕士生也会问到这样的问题。我只能让他们先去读一批书，读过之后再思考一下，自己究竟是对一门研究人的心理和行为的实验科学感兴趣，还是对心理咨询，帮助人解决困惑感兴趣。这是两个大方向。

然后呢，选择哪个方向的多？吴秋明问。

马骁驭说，还是选择实用性的多。人们太需要实用性的东西了，这是人的本能。你看微信圈儿就可以发现，好多心理分析已经变成通俗读物了。比如随手涂鸦，画房子和树，可以看出一个人的个性，喜欢画上门窗的，表明心理比较开放，喜欢画上树冠和太阳的，表明内心有阳光；还有，太爱照镜子和自拍的人，都是有自恋倾向的人。有自恋倾向的人很容易得强迫症，进而抑郁症。如果所有人的性格都这么有规律的话，世界就简单了。

吴秋明说，现在的人喜欢通过一些符号来分析人、窥探人，比如生辰八字、星座、属相、血型、姓名笔画，现在甚至还用手机号、身份证号，以及喜欢的颜色、喜欢的形状，五花八门的。这说明人都渴望了解自己，同时又渴望看到自己好的一面。那些星座、血型、属相的分析，不管是哪一种，都能在其中看到自己想看到的优点，听到顺耳的话。

马骁驭说，是的，我经常被我的学生问到属相和星座。尤其是女生爱问。有一次我故意说错，我说我是摩羯座的，我那学生居然惊呼：老师你太像摩羯座了！我只能呵呵了。所以我是不信这些东西的。什么都能往上靠，都是些骗人的把戏而已。

吴秋明说，骗人说不上，就是娱乐吧。我不信这些东西，我根本不知道自己是什么星座。

　　马骁驭说，怎么会？那个很容易查到。

　　吴秋明答非所问地说，其实不管用什么方式，都无法完全破解一个人的内心、破解所谓的命运，即使是易经。人心有道天然屏障，藏着一些任谁也无法看到的隐秘，父母、孩子、配偶，都无法看到。

　　马骁驭点头称是。

　　吴秋明说，哪怕你去听他的梦呓，你也不能听明白。因为有时候连他自己都不明白他的内心，自己都把握不住自己的内心。

　　马骁驭感叹，到底是研究心理学的，看得深。他忽然想起前女友之一总喜欢说，你猜我想要什么？你猜我现在想干吗？如果马骁驭说猜不到，或者我怎么知道？她就会说，你不是学心理学的吗，怎么会猜不到我心里在想什么？马骁驭没法跟她说明白，只好敷衍说，你不是一般女人，你的心理构造特别复杂，是极少数人的那种。女友被忽悠得找不到北了，就放过他。

　　他把这个桥段讲给吴秋明听，吴秋明笑坏了，笑到弯腰。马骁驭发现她笑起来还是很动人的。也许任何人的笑容都是动人的，哪怕是满脸皱褶的老太太。笑容应该是女人最好的化妆品，如同阳光是风景最好的化妆师。只是，吴秋明这样笑的时候不多。总体上她是一个严肃的人，严肃的女性。

　　一说起专业，她的话很密、很兴奋：我早年参加过一个公益活动，以电信局的一个公众号为平台，通过电话疏导那些有心理困惑的人，做了五年。那个时候就经常遇到这样的问题：比如算命先生说我克夫（或者旺夫），那我该找个什么样的人？还有，人家给我介绍了个对象，和我的属相、血型都不符，我该不该去见？

　　有意思。马骁驭说，还挺不好回答吧？

　　吴秋明说，我只能尽量从正面去引导。当然还是有很多真正的心理困惑，你可以倾听、疏导、安抚，最终听到对方轻松愉快的声音，真的很有成就感。那个时候我发现，人们隔着电话说出自己的隐私要容易得多。中国人还不习惯找心理医生，或者说没条件找。所以我们的咨询电话填补了一大空缺。其实在我们那个公益组织里，大部分人是没有心理咨询师资格的，他们甚至不具有心理咨询的基本知识，就是一些有文化的热心公益的人，比如共青团干部、中小学老师、大学老师、医生、作家、编辑、等等。真正从事心理学研究的，只有三位。有时我明显感觉到一些打来电话的人，已经有了严重的心理疾患，而不是普通的苦恼困惑，应该去专业医院就医才是。但是我还是感觉到，我们那个心理咨询热线，对普通百姓的心理疏导起了非常重要的作用，差不多跟教堂一样，每个周六开通，很多人为此等待星期六。

马骁驭一边听一边有点儿走神，难怪他们班同学都说她喜欢参加公益事业，还真是。听说大地震的时候，她天天跑灾区，为灾民和救灾部队做心理疏导。但他很愿意她说这些。即使抛开所说的内容，单是她说话的语速和语调，也挺悦耳的。

如果，马骁驭想的是如果，如果吴秋明稍微好看一些，自己会不会喜欢上她呢？作为男人喜欢女人的那种喜欢？为什么男人那么在意女人的相貌呢？是雄性动物的天性吗？

吴秋明发现他走神了，不说了。马骁驭很快发现了吴秋明的发现，连忙捡起她的话头说，这真是件非常好的事，为什么现在没有了？

吴秋明说，还是有的，只是越来越规范了，不再是公益性质了。

马骁驭忽然说，你自己呢？总会有心情很糟的时候吧？你怎么解压？是胡吃海喝？疯狂购物？还是去微信圈里喝心灵鸡汤？还是给朋友打电话倾诉？总不会是咬一根筷子吧。

吴秋明知道马骁驭指的是保罗·艾克曼的表情理论。当情绪低落高兴不起来的时候，咬住一根筷子或者铅笔，让自己假装"微笑"，就真的会体会到微笑的心情，让情绪好起来。

吴秋明说，你做心理调查啊。

马骁驭说，哪里，真心请教。

吴秋明说，咬根筷子对我来说，还不如吹口琴来得爽。

马骁驭说，还真是。那楼下的人有福了，可以免费欣赏那么好听的音乐。

马骁驭是由衷的，他想起了吴秋明在同学会上的演奏。

吴秋明说，说不定人家还觉得被打扰了呢。我一般不在阳台上吹，有时候想吹了，就到河边去吹。过过瘾，回来就安安静静地看书。老实说，胡吃海喝、疯狂购物对我都不起作用。心灵鸡汤和倾诉我也不喜欢，你知道咱们学这个的，什么都明白。可是我也不想自己闷着，那不利于心理健康。对我最有效的解闷方式，还不是吹口琴，而是做事，一做事，我马上就心平气和了。

马骁驭问，做事？做什么事？

吴秋明说，公益呗。

又是公益。马骁驭说，我早听同学说，大地震的时候，你做了三个多月的公益。你这么喜欢做公益是有什么特别的原因吗？

吴秋明说，没什么特别原因，都是为自己。一是为自己心理健康的需要，二是为自己专业研究需要。一举两得，何乐而不为？

不知怎么，马骁驭总感觉她还应该有其他原因，但这两点也足够说服他了，甚至让他暗暗动心，自己似乎应该参与一些公益才是。

差不多到11点，马骁驭才告辞。

马骁驭开车出小区时，耳边隐约传来琴声。他不知道是吴秋明此刻站在阳台上吹口琴呢，还是他的幻听？

一曲《千里之外》，把他送出了大门。

9

那次家宴之后，他们又各入自己的轨道了，不但没见面，连电话都没有。

在马骁驭这里，是想继续保持以往的距离，回到原来的生活轨道上。两个单身男女，不打算结婚没道理总在一起。不打算结婚的恋爱都是要流氓，虽然说得有点儿过，本质没错。马骁驭不想让吴秋明误会自己。虽然他愿意和她聊天，但也就止于聊天。

至于吴秋明怎么想他就不知道了，反正她也没和他联系。

马骁驭觉得有点儿奇怪。让他略感失落。如果真的如同学们所说的那样，她那么钟情于他，就该主动和他联系才是，反正有了开端。

马骁驭忽然意识到自己是在等吴秋明的音讯，不免感到好笑。这是怎么了？真的是太孤单了吗？

这时，他生活里发生了一件悲催的事，让他心悸了数日：那位他曾经交往过的、让他很动心的前女友，突然自杀了。

那天马骁驭正在讲课，见手机在桌子上一闪一闪的，看也没看就关掉了。等下了课拿出手机一看，竟然是他前女友之一的电话，就是那个要做99件事的前女友。他们分手后他还没有删掉她的手机号。他正犹豫要不要打回去，一条短信又到了：

女士先生，我们悲痛地告知各位，某某女士已于昨日深夜不幸去世。根据她的遗愿，不开追悼会，不举行遗体告别仪式。如有希望表达心意者，请于明天上午到她的家中致哀。地址：某某街某某花园几栋几单元几号。

马骁驭虽然不是第一次接到这样的通知，还是有些心惊，因为这个人是曾经与他有亲密关系的人，他们差点儿就定了终身。怎么回事？他要不要去搞清楚原委？

最终他还是去了那个某某街某某花园。女友的母亲是认识他的，见到他就控制不住地抱头痛哭，让他也无法克制地泪下。却原来前女友与他分手后，又与一个男人恋爱，那个男人对她百依百顺，看大海等日出雨天出去散步，什么什么都不在话下。他做饭的时候她给他读诗，她看书的时候他给她喂苹果。她感觉幸福无比。却在某一天，忽然发现那男人是有妇之夫，孩子都3岁了，在另一个城市。这个打击实在是太大了，她无法承受，便选择了离世。是煤气自杀。也不知她是怎么知道这方法的。女孩儿的妈妈有些神经质地反复念叨说，还好没有跳楼，不然更惨。女孩儿的父亲说，她迟早会离开的，她不属于这个世界。

他们轮番说着相同的话，目光呆滞，他们用那些话来缓解内心的疼痛。马骁驭除了耐心倾听，没有其他安抚方式。老实说，他先是松了口气的，原来和自己无关，不是自己害死的；但接着感到痛心，那么好一个姑娘，就这么没了；再接着是自责，也许不和她分手就不会这样了。但跟着又庆幸，幸好分手了。就这么翻来覆去地蹂躏自己。最终还是痛苦多于庆幸。

很长一段时间里他心情郁闷，无人可说。因为他最想向其倾诉这一切的，只有吴秋明。有个晚上，他终于按捺不住，试着给吴秋明打了个电话。电话通了，传来悦耳的口琴曲，虽然很好听，他也没好意思让口琴曲响到结束才关电话。

之后收到一条短信，吴秋明回复说，她回老家了，乡下信号不好。

这一搁，也就搁下了。

一晃秋天。

马骁驭走在黄叶子纷纷飞落的校园里，莫名涌起一股人到中年的滋味儿，酸不拉几灰不溜秋。不管日子过得如何，是单身还是有孩子长大成人，一到这个节点，中年的心情都会自动下载安装。没有了年轻时的朝气和想入非非，也还没有老年的心神气定，万事皆空。两头不挂，欲说还休。

马骁驭暗地里自嘲了一把，忽然琴声入耳，是《梁祝》。虽然拉得不是很娴熟，依然有种动人的音韵随风飘来。也许是心境所致，他顺着琴声走过去，见一个教学楼后面的小花园里，一个男生在专注地演奏小提琴。他们学校是没有音乐系的，这学生显然是业余爱好。爱好音乐会让人内心更丰富。这是吴秋明说的，她说她之所以人到中年还学吹口琴，就是想以最低的成本涉足音乐。马骁驭在这一点上又一次感到羞愧了，小时候父母为了让他学琴，买了小提琴，还买了架聂耳牌钢琴。可他至今只会弹《致爱丽丝》，小提琴则完全废弃了。

离开小提琴手，转身，却见系里那个新来的女老师款款走来。马骁驭赶紧往右一拐，插到另一条路上去。

那个老师是这个学期刚来他们系的，女博士。28岁，未婚。到系里的第一周，就主动约马骁驭吃饭。马骁驭稍感意外，还是去了。起初他有顾忌，一是她比自己小十几岁，怕有代沟；二是读书读到博士会不会呆？哪知见面没多久他就意识到他的顾忌都不是顾忌。真正令他退缩的居然是一个极小的细节，就是女博士的口头禅。女博士说到自己时永远都不是"我"，也不是"俺"，也不是"偶"，而是"人家"：人家不想这样嘛。人家饿了嘛。人家光顾读书没时间找对象嘛。"人家"是她的第一人称。

几个"人家"下来，马骁驭就受不了了。吃饭快要结束时，他只好透露自己已经有未婚妻了。"人家"略有愠怒，但只顿了一下，就大大方方地说：没事啦，一起吃个饭，以后多多关照人家哦。

吴秋明曾经说，越是看上去优秀的女孩儿，越会有些致命的毛病。还真是。照理说女博士聪明、漂亮、温柔（如果那种说话方式被接受的话可以算温柔），他却无福消受。吴秋明还说，即使是两个一见钟情的人，也是由他们的文化背景决定的。

奇怪。马骁驭现在时常像想起名人语录一样想起吴秋明说过的一些话。看来吴秋明对他的影响超出了他的预料。

像吴秋明那样的女人，估计在任何男人面前都不会撒娇的。不过，这个女人的心思还真不好猜，是真的看淡一切了，还是像自己一样仍迷惑着，用冷硬的外表做保护色？她怎么就不联络了呢？她看不出自己是乐意和她一起聊天的吗？难道自己有什么话说得不妥吗？

在马骁驭的记忆里，那次深夜畅聊，他们之间只发生过一个小小的分歧。就是在说到王静夫妇的时候。

那天王静夫妇离开时，吴秋明强行把他们带来的两条好烟塞还给他们，搞得王静有些下不来台。马骁驭问她为何如此？同学之间还这么讲原则？吴秋明便告诉他，王静送她烟是有所求的，来之前她就在电话里问她，是否认识刊物或者报社的编辑？说他们女儿没什么特长，麻烦她帮忙找人帮女儿修改作文拿去发表，说他们学校对发表文章的学生特别看重，中考可以加分。她当时就表示了做不到，王静还是带了烟过来。

我不想做这件事，所以不想收她的烟。吴秋明说，我不明白他们是什么思维？你看王静和她老公，吃饭的时候一直在吐槽，说他们单位领导徇私舞弊，任人唯亲，明明该他上却用了个他老乡。王静也是，骂完单位又骂孩子学校，教育腐败，老师无德。我还以为他俩是愤世嫉俗忧国忧民的主呢。没想到自己也是其中一部分。这就是今天的新常态，一边骂不正之风、一边搞不正之风。

马骁驭颇意外。但他还是打圆场说，父母对孩子嘛，往往会不顾一切。再说现在这个社会就这样。

吴秋明说，可是你这样做，不是让孩子从小就感觉到可以通过不正常途径获得好处吗？你从小给他这样的暗示。可以不靠自己的努力去获得真实的成就，长大了还指望他靠自己奋斗吗？你自己看不惯的事，为什么还让我做？

马骁驭敷衍说，可不是，己所不欲，勿施于人嘛。

吴秋明说，己所欲，也应该勿施于人。

马骁驭不由地点头赞同，虽然感觉过于尖锐。

吴秋明却有些刹不住车了：我感觉现在最糟糕的不是官员的腐败，是观念的腐败，不是空气的污染，是心灵的污染。几乎每个人都成了这个社会糟糕的土壤。不要说普通人，就是所谓的知识分子，也有很多人已经丧失了思考能力，想当然地看生活，顺从生活，接受生活。愤世嫉俗反而会被嘲笑，这样的平庸才是万恶之源。

马骁驭说，听你这么说，我感觉你肯定是汉娜·阿伦特的追随者。

吴秋明眼睛一亮，毫不犹豫地说，她是我的偶像，我爱她！我真希望成为她那样的女性。我连抽烟都是模仿她的。前不久我又看了一遍她的传记片，那演员还真是我想象的样子。好喜欢。

这样，他们总算把话题转到了电影上。聊了汉娜·阿伦特的那部电影后，又聊到纳什的传记片《美丽心灵》，又聊到《模仿游戏》里的计算机之父图灵。吴秋明说她非常喜欢看传记片，尤其喜欢看天才的传记片。

我发现这些天才的后面都有后缀，缀上了古怪和不幸。吴秋明说，他们是孤独的，不能在尘世中找到知己，或者不能被作为大多数的凡人认同，也无法获得寻常世界里的快乐。可是因为有天才的存在，凡人才有可能被引领向上。我常常为自己能与这些非凡之人同处一个星球感到幸运。我一点儿也不否认我崇尚天才。

虽然吴秋明的论点马骁驭未必认可，但他喜欢听吴秋明谈论这样的观点，痛快，有智慧，见性情。

那样的深夜长谈，他真的想再来一次。

想归想，马骁驭还是按兵不动。

10

这个时候，又有人给马骁驭介绍对象了。

这回是间接熟人，具体说是父亲早年一个朋友的女儿。年龄也不小了，只比马骁驭小6岁，也就是说，35了。女人35相当于男人50，虽然没人明说，但这个潜规则肯定存在于择偶界。这让她父亲焦虑不堪。有一天偶遇马骁驭的父亲，得知他的宝贝儿子竟然也单着，还是个大学教授，如获至宝，便不顾颜面地主动要求安排两个孩子见个面，也许能成就一段好姻缘。

父亲跟马骁驭说这事儿时，一点儿没有积极促成的意思，反而很抱歉，他一再解释说，他是碍于老朋友的面子才答应的，还说答应之后很后悔，他当时不该说儿子单身，应该说已经成家，这样就免去这个麻烦了。

父亲的自责让马骁驭意外，难道再次离婚让他也看破红尘了？他反过来安慰父亲说，没事儿，见个面也没啥，我去见就是了，您不必感到不安。

夏天快要结束的时候，父亲和他的第二任妻子离婚了，那个曾让父亲非常迷恋的年轻女人，终于也老了，也进入更年期了，脾气变得乖戾，尤其在酷热难挨的时候，他们天天吵架，终于分手。

婚姻到底是怎么回事？被情绪左右还是被利益左右？到底是为了找个人一起陪伴过日子更重要，还是找个人解决性需求更重要？到底是内心世界的和谐重要，还是外部世界的如意重要？即使是做心理研究的马骁驭，也是无法洞晓。

相亲的见面地点定在锦城艺术宫。女方母亲买了两张艺术宫的票，是话剧。由此想冲淡相亲的世俗气息。看话剧前，女方提出在艺术宫旁边的星巴克见面，因为那女子说正在减肥，不能吃晚饭，提出在星巴克喝杯咖啡就去看演出。马骁驭只好陪她一起饿肚子。老实说，他对话剧不感冒，对吃饭很感冒，可是也只能如此了。

见了面，就感觉不来事儿。不是对方不漂亮，也不是没文化，而是个性太强，像个骄傲的公主，一看就是长期当家做主养成的，说一不二，不容商量。马骁驭自己也差不多是这德行，那两个人在一起，还不得针尖对麦芒？

而且，那女子对自己的外貌在乎到了极点，估计一天中一半的时间都花在打扮上，如果马骁驭也算外貌协会的，那她就是VIP会员。她坐下来第一件事，就是侧着头翘着下巴来了张自拍，一看就不是个过寻常日子的女人。就在喝咖啡的那会儿工夫，还去卫生间补妆。马骁驭对这样的女人可是不敢过问，他有过前车之鉴，还不止一辆两辆。

马骁驭暗暗寻思，这次得速战速决，一次了断。可是作为一个有教养的男人（至少在外人看来他应该是有教养的），他还是希望女人先提出拒绝，给足女人面子。

等那女子从卫生间回来，马骁驭就说，我估计你也是被迫来相亲的吧？你那么好条件哪里需要介绍？要想结婚早就结了。

女子稍微愣了一下，自负地说，可不是，给老爸个面子呗。

马骁驭正中下怀，连忙说，我也是为了孝顺父亲，那咱们就……

他预想的结束语还没说出口，女子突然来了个急转弯：不过，我也是看人的。我听我爸说了你的情况后，感觉还是值得一见。

马骁驭暗暗叫苦。

我还从没和大学老师相亲过呢。何况你还是个帅哥。女子的口吻像是在调侃，带了几分轻浮：我也奇怪像你这样的条件怎么会单着？听说你是房子车子票子什么都不缺，就缺个女主人了。难道这么大个钱包还让我捡着了？

女子哈哈哈笑着，马骁驭明白，她是有意把一个庸俗的问题用洒脱的语气说出来，以掩饰自己的尴尬。但这番话却令他瞬间产生了反感。心里更加确定这位不是自己的菜，应退回。

他应付道，哪里哪里，我也就是一个穷书生。

女子又说，我到现在还和父母住一起，成天听他们唠叨很烦。听说你家装修得特别高大上，那我可以直接拎包入住了？

面对再次进攻，马骁驭决定关上城门阻击了。他也用调侃的语气说，你还真幽默呢。我明白，咱们都是成年人，婚姻大事哪能让别人安排。今天顺应长辈见个面，算是有个交代，就可以了了。

女子微微有些意外，但还是放不下面子要求继续交往，她收起笑容顺着他的话说，可不是，我都拒绝好多回了，这次因为爸爸说和你父亲认识，我不好意思拒绝才来的。

马骁驭说，抱歉抱歉。

女子站起来说，那咱们就去剧场吧，边演戏边看戏。

居然还幽默了一句。

走进剧场就被嘈杂包围。看来观众还不少。看介绍，戏的主演是个当红女明星，也许很多人是冲着她来的，戏好不好无所谓。马骁驭跟在相亲女子的后面，看她袅袅婷婷地朝前走，微微抬着下巴，高挑的身材挂着一套时尚衣着，把满场的女观众比下去一半多。也难怪她傲娇自负。眼看女子走过了他们的位置，马骁驭只好哎了一声：哎，在这儿。她回头，嫣然一笑，款款走回到马骁驭身边。马骁驭侧身，让她先进入座位，在外人看来，他们真的很般配。

铃声拉响，全场转暗。马骁驭看了眼手机，7点30分。他暗地里掐算着，9点半演出完毕，10点多可以到家。洗个澡，11点肯定能躺上床了，靠床上一边玩儿手游，一边看电视，舒舒服服的。

他忽然意识到，自己已很多次如此了，去参加聚会，总是在聚会开始不到一小时就掐算着回家的时间。真的是人到中年激情消退。他在漆黑的剧场里独自苦笑。

哪知中场休息时，他竟然在卫生间拐角处遇到了吴秋明。吴秋明一个人站在那儿抽烟。

马骁驭惊喜之下有些尴尬。照理说他一个王老五，出来相亲正大光明，而且相的是女人，未婚女人，一点儿猫腻也没有，但不知道怎么他就是感觉很尴尬。吴秋明倒是落落大方地跟他打招呼，说没想到你也喜欢话剧？马骁驭只好含含糊糊地应付两句，心里纠结着要不要告诉吴秋明自己出现在这里的真正缘由。

他没话找话地问，你一个人？

吴秋明说，一个人。我经常一个人看戏看电影，自在。你呢？

马骁驭只好说，我和一个朋友一起来的。

吴秋明很理解的样子笑笑，转身要走，马骁驭忽然说，看完戏我们一起喝一杯？

吴秋明似乎意外，但还是接受了：行。在哪儿？

马骁驭说，旁边有家星巴克。

吴秋明说，不如去酒吧。星巴克旁边有个酒吧。

于是就说好了，散场后在那里碰头。

奇怪，一旦谈妥了这个约会，后半场的戏马骁驭就看进去了，还跟着乐了两回，鼓掌两回。那女子说，你不是说不喜欢看话剧吗？马骁驭说，没想到还有点儿意思。

11

果然在剧场不远处找到了一家酒吧。

吴秋明熟门熟路地率先进入，找了一个面对窗户的长条高桌，一跃而上。马骁驭也随后在她旁边坐下。

　　玻璃窗外，灯光璀璨的街景如舞台一般，只是演员在不断变换，上演着多幕哑剧。马骁驭点了两罐黑啤，吴秋明要了一瓶干红。服务生刚要走，马骁驭又喊回来，加了一份儿蛋糕。

　　我实在是饿了。他不好意思地解释说。吴秋明说，怎么没吃晚饭？马骁驭说，没。吴秋明又说，连饲料都没吃？马骁驭立即想到了那次在吴秋明家里的段子，忍不住哈哈大笑起来，但他马上止住，四下看了看，还好没人注意。

　　马骁驭低声道：不瞒你说，我没来过酒吧，总感觉这种地方是年轻人的天下。吴秋明说，什么年轻不年轻的，你心理不要画线，就没人给你画线。

　　显然吴秋明比他淡定多了。一个长期过单身生活的女人，一个相貌有缺陷的女人，肯定无数次面对他人不解的目光，早被历练出来了。就如同今天中场休息抽烟，虽然没去吸烟室，却也毫不介意地站在走廊上。

　　喝着酒，看着窗外来来往往的行人，彼此问了近况。一时竟无话了，一条沉默的河流在两个酒杯之间淌过。马骁驭想打破沉默，是他主动约她的，他应该主动说点儿啥。一次又一次地相亲失败，让他越发觉得，比起那些年轻貌美的女性，他更愿意和吴秋明在一起。这样说来，促使他和吴秋明在一起的，不是吴秋明本人，而是一个又一个的美女。这属于什么现象？

　　鬼使神差的，他就告诉了吴秋明今晚自己来看戏，其实是为了相亲。之所以没吃晚饭，就是因为那位相亲的女子要减肥。他把那个女子简单地描述了一下，流露出了不以为然，并有所克制地炫耀了一下自己的机智果断。

　　吴秋明只是微笑，没有发表什么看法。

　　马骁驭只好继续作主讲：我主要是不想违逆父亲。不过我父亲也是奇怪，一方面安排我相亲，一方面又对此深表歉意。一再地跟我说抱歉，搞得我还挺不适应的。因为他老人家历来意志强大。也许这说明他真的老了？你说人老了，到底是心肠越来越硬还是越来越软？有种说法是人老了，神经变得毛糙了，不易感受到爱和恨了，于是变硬；另一个说法是，人老了，神经磨细了，经不起更多的痛苦悲伤了，于是变软。你怎么看？我想听听你的看法。

　　他像老师一样，强行把话头递给了吴秋明。

吴秋明喝了一口酒，终于开口说，我想应该是两种都存在。偶尔十分脆弱，偶尔十分坚强。没有一条笔直的线。比如我自己，上网的时候，很不愿意打开负面新闻的链接，害怕自己看了之后半天缓不过劲儿来；人家求我帮忙时，即使我为难也说不出拒绝的话，看到伸手要钱的讨饭的，很难假装没看见。这都是心肠变软的表现。我原来不这样，我原来很坚决很理性。

马骁驭很意外，他还以为吴秋明是个女汉子呢。

吴秋明说，但另一方面，看那些煽情的电视剧，我一点儿也不会动心，更不会流泪。看到那些演员哭得稀里哗啦的我反而很心烦。

马骁驭说，同感同感。歇斯底里本来是女性特有的毛病，你肯定知道这个词本身就源于"子宫"嘛。可是现在男人也个个歇斯底里，真让人受不了。

吴秋明说，那是古希腊的说法，现在早过时了。

马骁驭笑了，其实他只是想借用这个说法，来表明他对那样一种表演状态的厌恶，更是想用这种夸张的情绪来表达他此时内心的愉悦。终于又和吴秋明坐在一起聊天了，有种久违的亲切。吴秋明低低的略微沙哑的说话声，如同推开一扇古老而陈旧的木门的吱呀声一样悦耳，吱呀声响起后，马骁驭就走进门去。

他把前女友自杀的事，告诉了吴秋明。虽然事情已经过去了两个月，他没那么郁闷了，可是一旦触及到，又有些伤感。为什么好女孩儿这么脆弱？

显然这姑娘有心理疾患。吴秋明说，她如果能意识到，早些治疗调整，也许不至于走上绝路。你当时没感觉？

马骁驭说，当时只是觉得她太在意自己了，太不接地气了。身体嘛，好像比较虚弱，血压低，心动过缓。

吴秋明说，这就对了，很多心理疾病和生理疾病是关联的。体弱多病的女孩子往往敏感脆弱，敏感脆弱又更容易让身体虚弱。尤其遇到特殊事件，两者更易互相强化。我记得大地震的时候去灾区，遇到一个连队，百分之九十的战士都皮肤过敏，生牛皮癣，另外一个连队发生了集体拉肚子的情况，他们还以为是灾区不卫生造成的，我告诉他们是精神因素造成的，高度的压力、紧张和抑郁导致。是精神因素躯体化最典型的案例。我自己也一样，严重皮肤过敏，后来什么药都没吃，心理缓解后就消除了。

马骁驭说，嗯，看来是这么回事。

吴秋明说，其实每个人都会存在这样的问题，比如我，我脸上这道疤带给我的心理问题就是自卑，对我的长相来说是雪上加霜，只不过我因为受过教育，能理性调整，所以还比较健康。

吴秋明笑起来，有一种坦诚的自信。

吴秋明又说：从你说的情况看，这女孩子条件很不错，没什么可自卑的。但她太追求完美了。追求完美本身没什么错。问题在于你不能要求别人完美。就是我上次说的，己所不欲勿施于人，己所欲，也勿施于人。你要包容这个世界的种种缺陷，这样的包容正是你自身完美的一部分。

马骁驭暗地里惊讶吴秋明的表达，她总是能说到点子上，让他既赞同又钦佩。

你呢？追求完美吗？他问。

吴秋明毫不犹豫地说，当然。准确地说，我一直在超越自己，让自己比昨天更好。海明威不是说过，优于别人不算高贵，优于过去的自己才是高贵。

马骁驭说，嗯嗯，那个明星演员马修·康纳德也说过，他的偶像永远是十年后的自己。

吴秋明举杯，来，为我们十年后的自己干杯。

她不等马骁驭喝，就先一饮而尽。

马骁驭发现她挺能喝的，一瓶干红很快下去一半了。不会喝多吧？那次校庆她可是喝醉了的，显然并不是个有海量的人。今天就他们两个，醉了怎么办？马骁驭略微有些担心了。毕竟，他们还只是关系微妙的同学。如果她醉了向他表白，他该怎么办？在经历了一些事情后，他不可能再像过去那样毫不犹豫地拒绝，他和她之间，毕竟已经有了一些感情。说感情似乎不准确，有了一些交情？也不准确。总之和过去不一样了。

担心归担心，马骁驭还是给吴秋明倒了酒。就他的感觉，她是一个能把控自己的人。

吴秋明心情很好的样子，说，我觉得跟好朋友在一起彻夜地饮酒聊天，是人生一大快事。那天你去家里我就想请你喝酒的，可惜你要开车。今天咱们痛痛快快喝一回吧。

马骁驭说，今天我也开车。

他马上又追了一句，不过可以叫代驾。一个女人都这么爽了，自己再扭捏说不过去。

吴秋明说，对，叫代驾，哪能因为一辆车，就放弃快意人生！

她举起杯跟马骁驭碰了一下：今天咱们AA吧，先说好了，免得等会儿喝糊涂了争来争去，难看。

她还真是个特别的女人。马骁驭暗自赞叹：好吧。我同意。我发现你的很多做事风格，真还挺男人的。

这句话本来是赞扬。但一说出口他有些后悔，也许对女人来说是贬义。哪个女人愿意像男人？政治不正确。

吴秋明却说，我本来就不像个女人。

马骁驭赶紧说，你也不像男人啊。

吴秋明说，我是杂质。

马骁驭没听懂，杂志？什么杂志？

吴秋明说，高中的时候老师讲过，化学中有一个神奇的东西，它不溶于酸，不溶于碱，不溶于盐，不溶于有机物，它水火不侵，百毒不伤，无论是在喷灯上加热，还是通上高压电，都毫发无损，它拥有最稳定、最优秀的化学性质，却总是被人遗弃。它的名字叫杂质。我感觉，我就是一粒杂质。

真绝！

马骁驭不得不赞叹吴秋明的这番自我定位，超凡脱俗。如果吴秋明是杂质，自己是什么？是流水线上出来的合格产品吧？虽然没瑕疵，却也没个性，多到烂大街。可是，在旁人看来，他却是个紧俏货。标准不同，世界不同。

嗯，我想冒昧地问个问题。马骁驭借着酒劲儿，想把话题深入下去，大不了直面他和她长期回避的那个问题。他又说：当然为了公平，你也可以问我一个问题。

吴秋明侧过头看了他一眼，说，你是想问我为什么不结婚吧？

马骁驭说，真不愧是学心理学的。差不多是这个意思吧。你为什么一直一个人呢？

吴秋明说，如果你问我为什么不结婚，那好回答，其实我是结过婚的，用婚姻广告上的话说，有过短暂不幸的婚史。

这个回答大出马骁驭的意料，虽然他原本没打算问这个问题。他有点儿接不上话了。

吴秋明说，但你要问我为什么一直一个人，我可以不回答吗？

马骁驭有些尴尬地笑道，当然可以不回答。不过我还继续问，你认为婚姻最重要的是什么？

吴秋明想了想说，这个不能一概而论。不同的人不一样，不同的时期也不一样。青年时期最重要的肯定是情爱甚至是性爱，进入中年，精神沟通变得重要了，当然，经济因素也变得重要了。到了老年，身体健康变得重要了，陪伴变得重要了。

马骁驭默默听着。想，每个女人都有她最动人的时候。有的女人是在厨房忙碌时最动人，尤其是用筷子夹一点刚烧好的菜喂到孩子嘴里，目光如圣女；有的女人是在舞蹈的时候最动人，她的身体已不再属于人类，羽化成仙；有的女人是在弹琴的时候最动人，音乐带走了她的灵魂；有的女人是在读书的时候最动人（这个马骁驭深有体会，他读大学时有一次坐公交车进城，在车上遇见一个读书的女孩子，阳光透过车窗洒在她的身上和书上，实在是太美了！马骁驭一直看着她，一直看着她，她却始终没抬头，似乎忘记了周遭的一切。最终马骁驭坐过了站，和女孩子一起到了终点）。而吴秋明，这个女人是在谈话的时候最美丽。她在表达她独特的观点时，在若有所思时，在义愤填膺时，在自嘲时，都有一种和其他女人不一样的美丽。她的学识、性情、嗓音、手势，融合在一起，有一种迷人的魅力。

头越来越晕乎，心越来越软乎。两人坐在灯光昏暗、乐曲低回的酒吧里继续聊着，喝酒，吸烟。还互相递烟，不像恋人，倒像两个兄弟。这样的经历，本是从未有过的，却让他瞬间产生了既视感。

恍惚中，马骁驭聊到了自己的母亲，聊到母亲去世带给他的伤痛。自母亲病重，马骁驭忽然醒悟了很多事情，也忽然体会到了过去不曾体验过的一些情感。对生活一直比较平顺的马骁驭来说，母亲的去世就是重大的人生打击。但他在此重创后，一直未能得到心理释放。

当说到母亲昏迷几天，醒来连声叫他的名字时，他的眼圈红了。他有些不好意思，端起酒杯掩饰。

但他忽然发现，吴秋明也和他同样悲伤，不是同情，是悲伤，不是为了安抚他而表现的悲伤，是发自内心的悲伤。因为她的眼角和嘴角都耷拉下来，法令纹也格外明显，显然她的内心被难过的情绪控制了，脸庞呈现出的晦暗之色，仿佛她遭受了重大打击。这让马骁驭的心有些战栗。还没有一个女人，为他悲伤陷入如此的境地。

他试着想，如果是前妻，也许会走过来抚摸他，用肢体安慰他；如果是前女友，会说一些关于人必须承受苦难一类的话，如果是另一个前女友，也许会去给他煲个汤，暖暖他的胃。毕竟在这个世界上，没有人可以对另一个人的伤痛感同身受，可是吴秋明，却是和他一起悲伤，一起陷入，他感觉他们在心底最深处握着手。

这一发现，让马骁驭有了一种握住现实中吴秋明那只手的冲动。那只手就放在吧台上。但他克制住了。他想起《圣经》中常说的"怜悯人"或"动了慈心"，英文即 have compassion，意思是，"由于爱心的关怀而促成一种怜恤的感触"。那么，吴秋明此刻的怜悯究竟是怎样的？她的爱心仅仅是关怀，还是有情爱的成分？

马骁驭思绪紊乱的时候，吴秋明开口了。

她说，我特别能理解你的心情，我也曾失去过最爱的人，很长一段时间沉入悲伤无法自拔。甚至，产生厌世情绪。

吴秋明捋了一下前额的头发，用手撑在额头上。

马骁驭看着她，有所期待。他想，该轮到她讲故事了。她失去了谁？父母，还是……恋人？他想知道。交换彼此的经历往往是恋爱的规定程序。交换经历，然后再交换共同的情感，再拥有共同的感情，百分之九十的恋人都如此吧？可是，吴秋明只是默默地盯着窗外，又回头盯着酒杯，喝了一口。

显然，吴秋明没有进入规定程序。

马骁驭有些意外，夹杂着失落。看来吴秋明不打算让他分享她的过去。虽然他们是同学，可他们只是同学四年，那四年之前发生的事，四年之后发生的事，他都一无所知。马骁驭只知道，吴秋明是他们县的文科状元，入校时也不过18岁。但她表现出来的成熟（比如沉默寡言的性格和成天钻图书馆的行为），加上她毫不动人的外貌，让人觉得她比实际年龄大很多。

很久，吴秋明才把视线转向马骁驭，声音喑哑地说：有一天我终于明白了，只有我们看着所爱的人死去，才知道我们有多爱他。

这句话虽然不是马骁驭期待中的话，却一下子击中了他，一瞬间他喉头哽咽，眼眶湿润。他终于克制不住地，握住了吴秋明放在吧台上的手。

12

马骁驭作出一个重要的决定，跟吴秋明结婚。

本来应该说作出一个艰难的决定，但沾了"艰难"之后便有了流行语的色彩，显得不够郑重。马骁驭是很郑重的。他是在一夜未眠之后作出这个决定的。那一夜他翻来覆去的，把自己纠结成一根油条，再放到油锅里炸。外焦里也焦的时候，才终于放松下来，睡了一小会儿。早上醒来，他感觉神清气爽，纠结已打开，心情大好。

在作决定之前他认真梳理了一下这个决定的来龙去脉，确定自己最初产生想法，应该早在吴秋明的家宴上，只是他当时自己都没察觉。而后在他一次次对那些相亲女子失望的时候迅速发酵了，最终在酒吧之夜瓜熟蒂落。

他们的酒吧长谈延续到凌晨，这是马骁驭这辈子不曾有过的事。在他循规蹈矩的人生里，和男生一起长谈也不曾通宵，而且还喝着酒，还掏心掏肺。只是，当马骁驭控制不住地握住吴秋明的手后，吴秋明并没有扑进他的怀里痛哭，她抽出手，捂住了自己的脸，呜咽了好一会儿。

并不是所有的女人都要扑到男人的怀里哭泣，马骁驭想。

因为作出重要决定而有些心慌的马骁驭，把老贝从沙发上抱了起来，像举孩子那样举了三下。老贝从头顶往下受宠若惊地瞪眼看着他，不明白主人的反常缘于什么。

他放下老贝，拍拍它脑袋说，以后你要乖一点儿。

他照例去卫生间做必修课。在马桶上坐下，随手拿起一本《读者》，再随手翻开一页，就读到了一段仿佛为他准备的话：哈特菲尔德的研究表明，人们接触的时间越长，越容易产生友谊或者爱情。还举了个例，一个男子追求一名女子，为此写了700多封信，最终女子嫁给了邮递员。因为邮递员天天和女子见面，而写信的男子无论多么深情诉说，却只做了红娘。

这完全符合心理学上的那个说法，马骁驭想，人们总是喜欢对自己好的人。或者说，要想对方喜欢自己，先去喜欢对方。不过，很多恋人恐怕不认可这个说法，他们感到困惑的，恰好是在一起时间越长感情越淡漠（而不是越好）。也许这里有个时间节点？没相爱之前是接触越多越有感情，相爱之后就走向了反面。也许如吴秋明所说，心理学也回答不了所有情感问题。

抛开他人，他对吴秋明的感情，究竟是日久生情，还是同情，还是仅仅是心里愉悦？也无法厘清。可以肯定的是，他愿意和吴秋明在一起。每次和她聊天后都能获得一种愉悦的心情。他已经好多年没有过这样的状态了，只有在美国读博士的时候有过。

他们在一起时，他不必担心她不高兴，或者冒犯了她。甚至见面时也不必考虑给她买什么礼物，讨她欢心。虽然吴秋明曾酒后吐真言，说自己在等马骁驭，但清醒的时候她从不涉及这个话题。这让马骁驭在放松的同时，更敬重她。他想（他不断地发现吴秋明的优点，是在为自己发现），这绝对是个理性的女人，相比较那些感性的（也是诱人的）女性，他还是更愿意和理性的女人在一起。

那么，他们这样轻松的没有冲突的关系，是基于彼此没有要求吗？他和前妻，和前女友、前前女友，彼此都是有要求的，即使是他和他的学生彼此也是有要求的。所以冲突随时发生。而他和吴秋明，他们之间的无求无欲，是成了两人之间的润滑剂？还是绝缘体？应该是后者吧。

虽然没有来电，但他们在一起所发生的一些无关宏旨的细节，却常常令他感动。这些小感动聚集起来，能量不小。以至于让他有了和她在一起过日子的冲动。冲动又蜕变为理性的抉择。

马骁驭不得不承认，在他们交往的这段时间，吴秋明完胜。要学问有学问，还风趣幽默，还三观正确，还擅长烹饪，对了，还有专一的情感态度（从大学到现在二十多年不变心，比《霍乱时期的爱情》里的弗洛伦蒂诺还要专一，弗洛伦蒂诺虽然等了五十年，可期间女人不断，多达60多个，只是精神上等待而已）。相比之下，吴秋明仿佛是个女神，借着一个最简陋的躯体来到了人间。他马骁驭终于在历练几十年后，看破外表的虚华，欣赏到了金子般的内心。他想和这样的人生活在一起，不是说没她就不能活（那是虚伪的），而是有她生活会更好。或者说，能和她一起生活是他的福气。

唯一让他感到缺憾的，是他对她始终没有产生性冲动。也许是因为吴秋明比较克制自己，总表现出理性的一面？真的进入了婚姻会不同吧？是不是没必要太看重性在婚姻中的作用？而更应当看重两人之间的精神交流？马骁驭自己也不明确。他只是明确一点，他愿意和吴秋明共度余生。

其实他们曾经谈到过婚姻，就在酒吧长谈那个夜晚。

是马骁驭先说起父母的婚姻。他说他父母的婚姻是失败的，母亲为了他委曲求全三年，直到他考上大学才和父亲分开。可是他也无法埋怨父亲，父亲有他追求幸福的权利。他只能尽可能地对母亲好，弥补母亲在情感上的巨大空洞。不料母亲却如此不幸，在儿子有能力有心情陪伴她时，离开了人世。

吴秋明没有接话，马骁驭问：你父母的婚姻怎样，他们还好吗？吴秋明说，我父母，他们谈不上什么婚姻，婚姻是一种平等的说法，他们没有，只能说，我母亲嫁给了我父亲，嫁给了我父亲的家，为吴家传宗接代。如此而已。

马骁驭虽有些意外，也觉得吴秋明说得有道理。千千万万的农村妇女，恐怕一辈子都不知道什么叫婚姻。

吴秋明接着说，我母亲生了我们三姊妹加上一个弟弟。我知道她是为了生儿子才不得已生了我们三姊妹，所以她完全不记得我们三姊妹的生日，甚至连哪年生的都很模糊，取名字就更潦草了，大姐叫大妹，我叫小妹，妹妹叫幺妹。我现在的名字，是上学后老师改的。为此我很感谢我的老师。父亲总算还记得我们的属相，我是从属相推断出自己的年龄的，至于具体日子，母亲说，反正是收玉米的时候。

马骁驭忽然意识到，他和吴秋明的差异，不仅仅是外在，还有出身，他完全无法想象一个母亲说不出自己孩子的生日。他的母亲，不仅知道日子，还能说出是星期六，还能说出是凌晨三点。难怪吴秋明说，她根本不知道自己是什么星座。还调侃说，自己是玉米星座。吴秋明比他想的还要悲苦。这样的悲苦让他产生了心疼和内疚。

也许马骁驭的眼里流露出了深切的怜悯，吴秋明忽然说，没什么，你不用可怜我，更不要有什么负担。这是属于我的命。我说这些，仅仅是因为你问到，告诉你事实。

在简单的洗漱、早餐之后，他开始考虑怎样向吴秋明告白。

这虽是个技术问题，却会影响到感情的表达。

马骁驭泡了杯茶，放了个碟片，是舒缓清新的有如四月田野的钢琴曲。听着钢琴曲，他想起了吴秋明的口琴声。什么时候去买张口琴的碟片回来，他想。他非常认真地坐下来，考虑接下来该怎么做。老贝见状迅速跳上沙发，调整好姿态，把脑袋趴在他的腿上，还努力把头钻进他的手心里，要他抚摸。他们经常以这样的状态互相依偎。也许，吴秋明和糖糖也经常这样互相依偎吧？

最直接的当然是当面告白，去找她，看着她的眼睛说，我们结婚吧。或者，我们在一起吧。

但感觉有些困难，毕竟，他们都是四十多岁的人了。何况，在此之前，他们并没有进入到恋爱状态。这么告白会不会突兀？虽然他知道吴秋明愿意和他在一起，可他们之前毕竟一直是以同学身份相处。

那么，先发一封电子邮件？郑重地写出来，像写情书一样，告诉她这一年来，准确地说，在他们交往几次后，她让他产生了好感，这好感使他想和她一起生活。

会不会显得太过文化了？

还是先铺垫下吧，约她出来，适当的时候再表达。她一定会大吃一惊的，所谓又惊又喜，惊喜交集。

于是马骁驭发了个微信给吴秋明，早上好，在做什么呢？

有几分随意，几分亲切。

吴秋明没有回复，不知在忙什么。她并不像大多数女人那样，总是看着手机（这也是她的优点之一吧），多数时间她坐在电脑前，偶尔坐在沙发上看书。再或者，走出家门，用她的话说，去做事。

马骁驭耐心等了一会儿，大概10分钟，没等到短信，却等到了吴秋明的电话。她居然直接打过来了，不过声音一如往常的平静。

她说，嗨，我正想和你联系呢，我今天要去儿童村，就是我跟你提起过的，你不是说也想去看看吗？

马骁驭道，好啊，一起去。我今天正好没课。

吴秋明曾经跟他说起，她每周都要做的公益，就是去儿童村。她坦率地告诉马骁驭，最初去那里，是想领养一个孩子，去了后意识到，领养哪一个心里都纠结，因为每个孩子都让她心动、心疼，她索性一个都不领了，每周来看孩子们，给孩子们读书，洗头洗澡，剪指甲。已经坚持近十年。与此同时，她也正好对儿童以及青少年的认知、思维、情绪、人格和能力等，做一些调研。

于是约好，马骁驭开车到吴秋明家接上她，然后去儿童村。

13

天气晴朗，蓝天白云的，一眼望去很惬意。你眼中的世界实际是你心理的投射。吴秋明如果在旁边肯定会这样说的。马骁驭不禁莞尔一笑。

11月了，街两边的行道树依然浓绿，只掺杂少许的黄叶子，反而更有了画面感。南方的树总是在春天落叶，落叶的同时新叶就生出了，树叶们在树枝上停留的时间几乎长达三个季度。由此想，南方的树是很辛苦的。

到达小区，门口的保安照例拦住了马骁驭的车，他耐着性子报了门牌号码和户主姓名，栏杆抬了起来。他忽然感觉自己心里的那根栏杆，也是这样抬起来的，只是从栏杆下通过的，应该是吴秋明。

马骁驭从后视镜里看了眼自己，感觉自己依然算得上英俊，就算减去百分之三十的夸大，也还不错。据说人在镜子里看到自己的长相，要比实际的好看百分之三十。因为人照镜子的时候，大脑已经进行了自动的脑补。这也是情人眼里出西施的原因，当你爱ta的时候，你也会为ta的长相自动进行脑补。

好看的人总有一天会看腻，丑的人却会越看越顺眼。

吴秋明下楼，快速走来。难得地穿了件蓝色小碎花的薄棉衣，看上去是旧的。马骁驭心里一个打闪，想起了母亲。也许是注意到了马骁驭的目光，吴秋明上车后主动解释说，这件衣服会让孩子们感到亲切。

马骁驭说，你真有心。

吴秋明说，你知道那个著名的绒布妈妈实验吧？

马骁驭说，不知道。

吴秋明说，是上个世纪一个叫哈利·哈洛的心理学家做的实验，他把刚刚出生的小猴子和妈妈分开，关在笼子里用奶瓶喂养。因为当时科学界认为婴儿的最佳成长条件就是充足的食物和干净的环境。这样喂养的小猴子果然很强壮。但他发现小猴子们总是吮手指头，发呆，神情漠然。他分析是缺少母爱的缘故，于是给小猴子做了两个假妈妈，一个是有奶的"铁皮妈妈"，一个是没有奶的"绒布妈妈"。结果哈洛惊奇地发现，小猴子只会在饿了的时候去"铁皮妈妈"那里吃奶，绝大多数时间（超过12个小时），它们都依偎在"绒布妈妈"身边。这个实验说明，母亲并不仅仅意味着有食物，还有温暖的怀抱。温暖的怀抱对小猴子来说非常重要。

　　马骁驭说，太有意思了。

　　吴秋明笑道，所以我每次去儿童村，都要一个个地挨着去拥抱那些孩子。尤其是两三岁的孩子，我会多抱他们一会儿。我给不了他们一个完整的家，至少给他们一个温暖的怀抱。我知道那对他们来说有多重要，也许他们自己都意识不到。何况我不仅仅是绒布妈妈，我还有温暖，有心跳，有笑容，我真心爱他们。

　　马骁驭忽然有了一种拥抱吴秋明的冲动。

　　他暗想，也许吴秋明没有意识到，这拥抱其实是彼此需要的。她作为一个女人，肯定有做母亲的天性，每周和孩子们一起待一天彼此都有益处。何况，一个长期单身的女人，也是需要拥抱的。

　　到了西郊，停好车，他们一起走入一条小巷。

　　吴秋明虽然个子矮小，步子却很大。马骁驭感觉和她走在一起速度蛮接近。进入一条小巷时，眼前出现一个旧木门。马骁驭一眼看到了门旁挂的牌子，某某市第一儿童村。

　　吴秋明熟门熟路地进入，孩子们正在院子里玩耍，有好几个围上来叫吴妈妈。吴秋明左揽右抱，踉跄地往里走，和迎上来的老师们一一握手，并把身后的马骁驭介绍给他们。

　　"这是我大学同学，现在是大学教授。他也在做儿童心理学研究，听我介绍了你们这个地方，想来看看。"

　　尽管吴秋明这样介绍了，老师们看马骁驭的眼光依然是暧昧的：哦，太好了，欢迎欢迎！

不过她们的笑容很真诚，从她们的笑容里可以看出，吴秋明与她们之间的关系，已经像老朋友了。

后院停着一辆卡车，正在往下卸东西，有几个老师在搬运卸下来的纸箱，大一点儿的孩子也在帮忙搬。似乎是水果和食品。马骁驭也连忙过去帮忙，想免去站在那里被众老师打量的尴尬，但被老师们阻止了，她们热情地把他拉进办公室，要他喝茶。

那个下午，马骁驭也收获不小，他咨询了老师们很多关于孩子的问题，这些孩子大多是被遗弃的，和正常家庭长大的孩子，在心理上有着许多不同。马骁驭一边听一边产生了做研究课题的冲动。

马骁驭从院长办公室出来，一眼看到院子里一个场景，吴秋明挽着袖子在给几个女孩子洗头。初夏的阳光洒在院子里，让这普通的场景呈现出非一般的美丽。一个已经洗好头的女孩儿，披着湿漉漉的头发在一旁帮吴秋明递毛巾，吴秋明舀起一瓢水，缓慢地淋到水池边另一个女孩子的头上，阳光穿透水柱，发出宝石的光芒。

马骁驭定定地站在那里。又产生了既视感，这样的场景他在哪里见过？就仿佛见到了自己的灵魂，随时都在，却无法捕捉。他一动不敢动，害怕惊动它，打碎它。

那一刻，他动心了，再次动心了。一个人对一个人动心，肯定是一次又一次。尤其是在他们这个年龄，需要无数次的小动心，才能汇合成冲破藩篱的勇气。

他看到吴秋明拧干毛巾，给孩子擦头发，很认真、很仔细，脸上洋溢着一种光芒，这光芒让马骁驭忽然有了一种性冲动，头一回，他渴望把吴秋明拥入怀中，给她爱抚。

他走过去，帮吴秋明把用过的毛巾搓干净，一一晾到铁丝上，转过身时，看见头发湿漉漉的女孩子正趴在吴秋明的怀里，左右摇晃，半个脸埋在她怀里，半个脸沐浴在阳光下。另一个小男孩儿跑过来说，还有我，还有我，吴妈妈！吴秋明伸出另外一个胳膊搂住了他。

马骁驭拿出手机，拍下了这个画面。

而后他走到她身边，以从未有过的语调说，以后我每次都和你一起来，好不好？

那语调令他自己都感到陌生，估计他的脸也微微红了。吴秋明有些困惑不解：你说什么？

马骁驭不好意思了，换了个语调说，我是说，有没有什么我可以帮忙的？我也想为这些孩子做点儿什么。

吴秋明说，有啊，要不你给孩子们买口琴吧，我想教他们吹口琴。

马骁驭说，没问题。需要多少？

吴秋明说，等我统计一下吧。

马骁驭走开去，给其他孩子拍照。

14

吴秋明失踪了。

当然不是在社会意义上的失踪，只是在马骁驭这里失踪了。

从儿童村回来，马骁驭就再也联系不上她了。打电话总是关机，发短信也不回。说好三天后再去酒吧碰面的，她也没出现。这么爽约，不像是吴秋明所为。显然，她是在躲避自己。

那天从儿童村回来的路上，他向她表白。他说，我们结婚好吗？

吴秋明当时非常惊愕，马骁驭没转头也能感觉到，她甚至发出了轻微的一声"啊"。马骁驭心慌了，把车停在路边，看着她重新说了一遍：我们结婚吧。他用略微轻松的口吻说，嗯，我想整个后半生都能和你聊天。

吴秋明躲开他的目光，摸出烟来点上。脸上完全没有他想象中的样子，比如惊喜，比如羞怯，比如感动。没有。只有惊愕，甚至有点儿吓到的样子。这是怎么了？她不是一直在等着他表白吗？这么多年了，她不是一直在等他吗？是事情过于突然，还是她另有其人了？

马骁驭只好结结巴巴继续表白说，这段日子的相处，让他意识到他愿意和她在一起，她就是他渴望共度余生的那个人。

"对不起，我想我们都人到中年了，没必要说那些抒情的话，所以就直截了当了。也许我太直接了？"

吴秋明依然不说话，大口地抽烟，似乎在平息自己的心情。

马骁驭有点儿沉不住气了：难道我误会你了？我一直以为……

吴秋明终于说，不不你没误会，我是说过，说过那样的话。但是，但是，我还是没想到……你那么优秀，你各方面都那么出色，我以为我们永远不可能。

马骁驭松口气，说，也许随着年龄的增长，明白了什么才是最重要的吧。年轻时看重的一些东西慢慢退居其次了。

吴秋明还是不语。吐出的烟雾在她凝重的脸庞上飘散。有一瞬间让马骁驭觉得她是自己的判官，他紧张得不敢动。

这时有人来敲车窗，比画手势，大概意思是此处不能停车。马骁驭只得重新启动，继续向前开。

吴秋明终于说，对不起，太突然了，我需要想想。

马骁驭说，当然，这是大事。希望你相信我不是一时冲动，是经过慎重考虑过的。其实今天早上我发短信给你，就是想说这些话，我昨天想了整整一晚上。

吴秋明的持续沉默，让马骁驭说不下去了。他把她送回家，离开。离开前，他们约好三天后，再在那家酒吧见面。

那三天里，马骁驭反复梳理了自己的情感，梳理了他们之间的关系。确信自己是理性的决定。他甚至为自己找出了理论依据。美国心理学家纳撒尼尔·布兰登认为，我们之所以会持久地爱上一个人，本质上是因为你的灵魂真正地被一个人看见了，你就会爱上这个人。当你会发现，别人看你的眼光跟你内心深处最真实的自己对自己的看法是一致的，并且对你的言行表现出理解，你就会有一种深深地被"看见"的感觉，就会产生爱。他和吴秋明之间，难道不就是这样吗？他们能彼此看见，彼此理解，可以会心地微笑，可以在心底深处握手。自己的判断不应该有误。

第二天早上，马骁驭忍不住给吴秋明打电话了，他感觉自己头一天有些话没说到位，应该再清楚地表达一下。而且，向一个女性求婚，自己显得太生硬，柔情不够。

结果没打通，连那个悦耳的口琴声都没听见，那个他已经听熟了的《千里之外》。只有一个冷冰冰的声音在说，你拨打的用户已关机。

他想她是不是在开会什么的，不方便，就发了一条很长的微信，意思是说，他对她的感情是真诚的，绝对没有怜悯、同情之类杂质，是她的优秀品质征服了他。她让他看到了自己的灵魂，产生了爱，这爱既有精神之爱，也有男女之爱，他渴望和她在一起共度余生。

可是一直到夜里，吴秋明也没有回复。

三天后，马骁驭按约定来到那家酒吧，一直等到凌晨，吴秋明也没有出现。他硬着头皮给王静打了个电话，王静颇有微词地说，我哪儿知道她上哪儿去了，人家是专家级的人物。他又往她的单位打了个电话，称自己是心理学会的，单位上的人说，她请假回老家了，说家里突然有急事。

家里有急事？有急事为什么不跟他说一声呢？

马骁驭去买了20个口琴，去儿童村，他跟院长说，是吴秋明让他买的。院长却说，吴秋明打电话告诉她，要出远门，这段时间暂时不能来了。

马骁驭实在按捺不住，去了吴秋明家。

走进小区，他一下就听见了琴声，口琴声。《千里之外》。他心里满是喜悦，兀自微笑。嗨，着急半天，很可能吴秋明就在家里宅着呢，她只是不想被打搅，想一个人安静一下。

可是走上楼，按门铃，无人应。琴声也消失了，安静无比，连糖糖的吠声都没有。

他再打她的手机，仍是关机。

刚才那琴声从何而来？

不会是出了什么事吧？一个独居的女人，也会让人这样猜想。马骁驭便去小区门口问物管，物管说她外出了，把糖糖托付给了他们。马骁驭问要出去多久，物管说不清楚。

这样说来，她的失踪，是在躲避他。

马骁驭不明白事情怎么会变成这样？是他哪里做错了吗？无意中伤害到她了吗？左思右想，不得安宁。他还从来没有被一个女性搞得这么不得安宁过。所谓大反转，就是这样吧。

"也许你我终将行踪不明，但是你该知道我曾因你而动情。"马骁驭脑子里冒出了波德莱尔的这句诗，有些酸楚。他起了个念头：坐长途车去吴秋明的老家，去那个她多次提到过的叫作古柏村五组的地方，找到她，面对面地问个清楚。

但就在这时，马骁驭收到一个快递，里面是一本书，书里有一封厚厚的信。

15

骁驭，非常抱歉，让你等了这么多天。我知道你一直在等我的回复，或者在找我，我却不知该怎么面对你。我一直认为自己是一个很能把控事情方向的人，却不料最近这些日子有些失控。

骁驭，首先要谢谢你，和你的偶遇，和你之后的几次相处，都给我带来了非常多的快乐，如你所说，我们彼此能理解，能看见，我非常愿意和你一起聊天，那种默契和会意，是从未有过的。

我们之间的默契，是建立在彼此的尊重和欣赏上。但不知你是否察觉，这尊重和欣赏又让我们保持着距离。或者说，是我有意与你保持了距离。我想说你并不真的了解我，这不了解是我有意造成的。人的知情意，感知觉，都源于人的眼耳鼻舌身，我的身不同于他人，我的感知觉就不同于他人，你不了解我的身，自然不了解我这个人。

我曾经告诉你我有过短暂的婚史，你一定奇怪我这个从来不看好婚姻的人为何会结婚？现在我告诉你，我结婚是为了一个人，离婚也是为了一个人。可这个人最终还是离开了我，离开了这个世界。她的离世，是我这辈子最大的罪孽。所以在我的内心世界里，我是个有罪的人，我所做的一切，都是为了向她赎罪。

我小时候家里很穷，这个穷，不是说破衣烂衫吃不上饭，饭还是有的吃的，但每一碗都要算计。加上孩子多，母亲脾气暴躁。偏偏我小时候胃口好，特别能吃，母亲恨恨地骂我比猪还能吃，看不顺眼就打。有一次母亲打我的时候，我们村会计家的大女儿荷香姐正好来我们家，她连忙拦住母亲，把我搂进怀里。虽然我的脑袋已经被母亲扔过来的柴棍打出了血，血蹭到了她的衣服上，但那天我一点儿都不觉得疼，因为我平生第一次感觉到了人体的温暖。自有记忆起，我就没有被母亲抱过，在我还不能站稳时母亲就把我放到了地下。我像个小动物一样在地上爬、滚、摔，直到站立。我不知道被人拥抱会如此幸福，人的怀抱会如此温暖。我就像那个睁开眼看到母鸡的小鸭子，以为母鸡就是自己的母亲。后来我一挨揍就往会计家跑，有时候没挨揍也会找理由去。荷香姐比我大6岁，她总是像个母亲一样安抚我、拥抱我。我的暗无天日的生活终于有了一点阳光。

后来，我变得越来越依恋荷香姐，认定这个世界上只有她是我的亲人。我时常悄悄地把好吃的拿给她，帮她做事，给她讲学校里听来的笑话。看她开心我就感到幸福。我像个影子一样跟着她，她去河边洗衣服我也去，记得有一次洗完衣服，我们就依偎在一起坐着，一句话也不说。

没想到幸福很快被终结。荷香姐20岁那年，家里给她说了一门亲事，男方在我们对面那座大山里。我听说了后发疯一样大哭大闹，嗓子都哭哑了。可是穷人家的孩子眼泪是不值钱的。荷香姐也哭，她不想嫁给那个陌生男人，她舍不得离开我。可是，她父母已经收了人家的彩礼，无论荷香姐怎么伤心，天天以泪洗面也毫无用处。她的眼泪也不值钱。穷人家的孩子不配悲伤。

我们老家有个习惯，女儿出生时会种一棵树，等女儿出嫁时就砍了那棵树，做箱子当嫁妆。那些日子我不吃不喝，成天抱着那棵树，我以为只要树在，荷香姐就嫁不成。可是砍树的人来了，像提溜小鸡仔一样把我提溜到一边，我再扑上去的时候，撞到了一个人的砍刀，当时就满脸是血。我真的想一死了之，最终还是没有勇气。

伤好后我成了一个丑女子。除了埋头苦读，没有任何想法。我只希望自己有朝一日出人头地，能把荷香姐救出来。

考上大学后，天真幼稚的我，连着给荷香姐写了几封信，却从未收到过她的回信。暑假时，我按捺不住跑进山里去找她。她正在地里干活，面容憔悴，眼里没有一点儿光亮。她见到我忍不住大放悲声，诉说丈夫和婆家对她的种种虐待。我真的心疼万分，比自己遭罪还要难受。冲动之下我带着她逃出了婆家，逃到了县城。可是仅仅几天我们就过不下去了。我是个连自己都养不活的穷学生啊。我只好把她送回到娘家，希望她能在娘家躲避一段日子。

那几天，成了我一生中最重要的日子。我们天天在一起，幸福而又痛苦，痛苦而又幸福。

可是我把她送回娘家后，娘家很快又把她送回了婆家。我返回校没多久，就听到了噩耗：她回到婆家后，男人变本加厉地虐待她，她受不了了，喝了农药……

是我害死了她，害死了我的爱人。我曾经跟你说，只有我们看着所爱的人死去，才知道我们有多爱他。我说的他，其实是她。

因为她，我无法再接受任何人。可是大学一毕业，父母就逼着我结婚，因为老家传出了关于我和荷香姐的种种流言，他们受不了，他们觉得丢死人了。于是我匆匆忙忙嫁给了县上一个公务员，可是结婚的当晚我就跑掉了……

我厌恶虚伪的一切，我不想背叛自己。

更何况这世上我唯一爱过的人因为我的过失死了，那么，她死后我唯一能做的，就是赎罪。

我曾说我喜欢超越自己，挑战自己，其实，我是在赎罪。

骁驭，我从未对人说起过这一切，这一切一直深埋在我内心的墓地中。我无权享受快乐，我只能活在自己的世界里。却不料你走了进来，这些天我反复想，你有权知道这一切。

我的不幸是出生在一个贫苦的没有爱没有温暖的家庭，我的幸运是父母总算给了我一个健全的大脑；我的不幸是天生其貌不扬后天又加重了外在的缺陷，我的幸运是没有因此生就偏执的性格和阴郁的心理；我的不幸是没有女性的魅力和欲望，我的幸运是因为喜欢读书而有了读书人的魅力和欲望；我的不幸是不能和普通人那样去男欢女爱享受快乐，我的幸运是我终究找到了我自己的最爱；我的不幸是遇见了你却不能爱你；我的幸运是最终能被你欣赏和接受。

幸与不幸交织在一起，就是我的人生。我很满足这样的人生。

我跟你说过，我是杂质，我坦然接受这样的自己。

对不起，骁驭，我利用了你，我以为你永远不会爱上我，便用你来掩盖我的不想被世人知晓的真相。我没想到事情会成为这样。我没想到我又多了一重罪孽，我只能继续赎罪了。

信到这里，戛然而止。

信是夹在一本书里的，书名是《心是孤独的猎手》，美国女作家卡森·麦卡勒斯所著。

（原载《长江文艺》2016年第1期）

像野蜂蜜一样的自由

◎夏　榆

1

二〇一四年的深秋他有过一次秘密的旅程。乘坐航班由北京飞往哈尔滨，又从哈尔滨换乘长途客运车去蜜山。他去看了兴凯湖，据说那是丹顶鹤的故乡。然而湖水干涸，也没有丹顶鹤的踪影。兴凯湖之美和丹顶鹤的灵异永久留在她的内心了吧，他想。他是用这样的方式怀念一个姑娘。他到了她的家乡，踏访她成长的老屋和街道、她就读的小学和中学。他坐在学校空寂的操场上怀念她的往昔。与其说是怀念，不如说是遥想。

N年前的那个午夜他没有忍住内心的冲动，将伊朗堵到北京故宫的红墙下亲吻。红墙之下阒无人迹。她挣扎了一下就顺从，他吻她的双唇，吻她的鼻子和眼睛。黑色的风衣，银色的丝绸衬衣，黑色的胸罩。她闭着眼睛，任由他抚摸。后来停下来了。他们都没有再往前进一步。他们谁也没表示在一起的意愿。那天午夜他送她到位于雍和宫西角十二层高楼的寓所楼下，在那里告别。她跟他说再见。他们没有缠绵，他看着她迅速消失在公寓楼的电梯间。

"我想我是喜欢你了。"他离开她，回到寓所后又拨通她的电话。

他没有使用"爱"。但那时，他开始体验到内心燃起的爱情之焰。

"你可真是慢热，够木的。难怪你的名儿是树呢。"她开玩笑。

"我是说真的，有点怕这感觉，"他开玩笑说，"爱情是一种病。"

"咱们可别染上这病。"她回答。

已经晚了。他在心里对自己说。

"爱有用吗？你能娶我吗？能跟你老婆离婚吗？呵呵，不能。那为什么要改变现状呢？"后来她对他这么说。是的，他们的情感现实就是这样的，看起来没什么特别。

他们只能停下来，不再往前进。这是他的意识，也是他的戒律。

后来他厌倦了自己的这种意识和戒律，然而为时已晚。那年他有过十五天的失踪。失踪者，在他寄居的这座城市经常有。他的失踪仅仅因为身上没有带身份证。

等他结束失踪期限之后很多事情已经物是人非。人的命运也已经被改写。

现在她从这个星球失踪了。她是返回故乡去看望遭遇车祸的父亲，没想到父亲是死于谋杀。她是在调查父亲死因的过程中失踪的。谁也说不清她最后的去向。

他更是无从判断。除了那些留给他的手机简讯的片言只语，他不能知道更多。

她最后发给他的简讯是：我出发了。腰还是有些痛。看样子必须坚持了。还有一条简讯是她的姐姐伊明发给他的：很不幸，伊朗丢了，我们到处都找不到。

这是他和她最后的通讯。他们的话语交流永久停留在某个时刻。

据她的姐姐伊明说，那天早晨她和伊朗出门准备去法院，伊朗的姐夫开着车。汽车行驶在镇上唯一的高速路上。中途伊明和丈夫吵起来。

争吵是因为很长时间他们一直闹离婚。

到了高速公路的收费站他们还在争吵。丈夫生气就丢下她们开车走了。这个情况使伊朗很生气，她丢下姐姐独自上路。

后来的事情伊明就不知道了，她只知道妹妹伊朗失踪了。

"男人是琴师，女人就是琴弦。琴弦能演绎出什么样的乐音，在于琴师的感知和技艺的能力。如同女人的生命是显现出光华还是在黯然中消逝，更多取决于她遇到的男人。"这是他以前对她说过的话。

伊朗有过两任男友，都是现役军人。第一位是天安门国旗班的礼兵。是从河北农村征兵来京服役的，因为身材魁梧、相貌英俊被选拔到国旗班。她也是在升国旗的时候认识男友的。当时就被小伙子的帅劲儿惊傻了。作为容貌漂亮、身材高挑的姑娘，她还是有办法认识这个军人的。一来二去他们就熟悉了，但是真的确定恋爱关系后，伊朗觉得不满足，甚至遗憾。

"价值观不同是很大的问题，我们可以是好朋友，但是却很难成伴侣。"

有一天她跟他解释为什么分手时这么说。然而半年之后她交的男友依然是军人。第二任男友是军医，当时在读医学硕士，后来在哈尔滨某军事医学院当外科医生。他们也是老乡，他是亲戚的孩子。她觉得就选定这位做爱人吧。他们一起为分到手的房子装修、购买家具。她也要求自己做好跑家上班的准备——哈尔滨和北京双城跑。他们领了结婚证，开始试婚生活。然而依然是沟通的问题。丈夫从小在学校长大，高中、大学、读硕士，包括后来读博士，都是在学校，对社会的经验等于零，自我管理能力、独立生活能力都是零。而且无条件听母亲的话，即使明知不对的时候。

她终于无可忍受，要求离婚。军婚结起来容易离异难。她费了很大的劲儿才得以分手。

"我想好了，这辈子就独身吧，不要家庭也挺好，自由自在过活。"

她回到哈尔滨办完离婚手续之后回到北京，他们再次见面时她说。

他只能站在她的生活之外看她。他什么也做不了。

那天中午，看到手机上显示伊朗的电话号码，他就知道不会是好事儿。她一般发简讯，只有不能解决的困扰才会求助他。

"他们去法院的路上打起架了。姐姐和姐夫。气死我了。"

伊朗说姐姐哭了。那天，伊朗要到法院递交她写好的申诉状，要求法院重新调查父亲死因。然而姐夫不愿意，他觉得事情完了就完了，到法院上诉，如果法院受理还要调查、取证、反复审理，会很麻烦，时间赔不起。姐姐认为父亲不能白死，她有证据证明父亲是被谋害致死。姐夫最后说："这是你们家的事情，我已经不想多掺和了。"他赌气扔下姐姐就回家了。

这时伊朗才知道姐姐和姐夫闹离婚很久了。姐夫感情出轨，他离开医院自己开诊所，挣了点钱，在外面搞了一个姑娘，他们在诊所幽会的时候被姐姐发现。在他们闹离婚的时候，父亲出事。他们放下离婚的事情处理父亲的丧葬，父亲安葬了，他们又闹起离婚。

"气死我了，爸爸二七还没过，他们就闹离婚。"她在电话里愤愤地说。

"冷静点。每个人都有自己的境况和命运，他们也会有。"

"我真的很绝望。不知道还怎么活在令人恐惧的世道，一下就没了勇气。"

"别乱想。沉住气，把该办的事情办完，尽早回来。"

"好吧。现在我只有自己去调查父亲的死因了。"她最后说。

"蜜山没有蜂蜜。蜜山一点儿都不甜，我更多觉得是苦。"

这话是伊朗以前对他说过的。不止一次。但以前她说的时候平静无感。

后来再说起故乡蜜山，他就感觉到伊朗的伤楚，感到她内心不能消弭的哀恸。

这哀恸始于N年前的初冬之夜。他们沿着铁制的阶梯走上西单靠近王府井的过街天桥。他们站在天桥正中，倚靠桥栏，他看着桥下缓慢移动的汽车洪流，北京的夜晚华灯璀璨，车流拥堵，车辆的尾灯闪烁如红河。他们站在那里看夜景，这时伊朗放在包里的手机响起铃声，她取出手机姿态优雅地依靠在桥栏说话，他看着她的侧脸，她的神情瞬间变化，她紧张慌乱地对电话里的人说着什么。他觉得情况不妙，应该出什么大事了，否则她不会这么反应。

果然，讲完电话挂掉手机，伊朗蹲在桥上抱头失声痛哭。

她的哭声把他吓一跳。他挽着她的胳膊扶她起来，她伏在他的肩头啜泣，他拥抱她轻抚着她的背安慰她。"我爸出事了。"伊朗说。来电话的是她姐姐伊明，告诉她父亲出了车祸，被送到医院抢救。她必须赶在第二天早晨搭乘回哈尔滨的航班回家乡，这样还有时间赶到医院。姐姐的电话使她崩溃，他的心境也转至黯然。生命无常，不知道厄运什么时候就会偷袭我们。他对她说，也是对自己说。突如其来的厄运使他们相互靠近。他们拥抱着在桥上停留了大约十多分钟，走下天桥时仍然牵着手。

航班时间是次日早晨六时，她必须早回寓所准备。出租车沿着长安街疾驰，穿过故宫的红墙，穿过北海沿岸的桥栏，向着她在雍和宫的住处驶去。他们亲密无间相邻而坐，却没有男女间的情欲。半小时后，出租车驶到她住的安慧北街楼下。他再次拥抱她，目送她进入住宅区的铁门，看她走进电梯间。幽暗的电梯间有灯光亮起来，灯光随着开动的电梯一直升到八楼。灯光消隐之后他拦车回自己的寓所。

此前王府井大街的老豆西餐厅，是他们经常相聚的地方。

现在老豆西餐厅从地球上消失了，随着城市建设的滚滚浪潮，这幢白色的哥特式建筑被挖掘机彻底铲平。然而在二〇〇〇年的时候它还在，人们期待已久的千禧年到来的时刻，他和前同事就在老豆西餐厅搞跨年聚会。新世纪如期到来。他提心吊胆地看着悬挂在西餐厅的时钟，注视指针移向子时，担心时钟在子时敲响的同时，他身处的这个星球瞬间爆炸。他看过诺查·丹玛斯写的预言集《诸世纪》。准确地预测过第二次世界大战爆发、预测过国王被杀的诺查·丹玛斯预测千禧年有恐怖大王从天而降。指针移动，一刻钟过去，三十分钟过去，一个小时过去，大地安定，连轻微的晃动都没有。

那一夜并没有从天而降的恐怖大王。世界末日的阴影解除。他放任自己体会狂喜之情的涤荡。

有人喝多了酒趴在杯盘狼藉的桌上睡觉，有人又哭又笑耍酒疯，还有人看见姑娘就拥抱。伊朗也在这狂欢的聚会上，她举着盛有葡萄酒的高脚玻璃杯来到他面前。

"为我们还能好好活在这世上干杯。"她开着玩笑。

"人生多福，岁月静好。"他想不起更好听的词句。

他用手中的酒杯跟她碰过。伊朗寒暄几句又转身找别的人碰杯了，赭色衣裙在人群里闪动。

那时都以为迎来千禧年，和平安宁的生活一直贯穿在时间之河。

没想到灾难很快就集束式来临。先是"9·11"纽约世贸中心大楼被恐怖分子驾机撞毁。再是阿富汗战争，美国精确式导弹如雷暴倾泻在阿富汗的土地。世界还没从震惊中醒来，美伊战争又爆发。再后来，战争、地震、海啸、飓风、空难，这些惨绝人寰的灾难持续不断地袭击着这个星球不同国家不同地区。然而遥远的战争和他国的灾难并没有影响他的个人生活。他和伊朗还是会隔三岔五地聚会。在咖啡厅或酒吧坐坐，说说话，或者不说话在柔美低回的音乐中发呆也好。他有家室，女儿在读初中二年级，她也有男友，虽然很难预期会在什么时候结婚。就这样，他们的交往云淡风轻，波澜不兴。

"相爱的男女之间碰撞出火焰是容易的，向感情的巅峰冲刺是容易的，适可而止停下来却很难，因为难而珍贵，因为珍贵而长久。"她这么对他说，开始他不信，后来他信了，也能安享他们的情感现实。当然，坐在一辆出租车里的时候，他还是会心跳加快，会有想触碰她的愿望，想握她的手。他喜欢她的手型，手掌薄而手指柔润纤长。

他们第一次约会就是在老豆西餐厅。女乐手坐在琴凳上弹着白色的钢琴，琴声轻柔舒缓，他们在靠近窗户的位置，隔一张罩着金色丝绸的桌子相对而坐。银制的烛台插着点燃的白色蜡烛，烛光映照着他们的脸，他握着她的手，他们面前是喝空的啤酒瓶。酒是她要的，科罗娜啤酒。他也要了一瓶，和她要的牌子一样。他喝酒并不管酒的牌子，觉得什么牌子都行。

"科罗娜，在很多人眼里就是情人的意思。"她举着酒瓶对他说。

那时他浑身上下透着乡巴佬的气息。很少涉足京城的夜店，没有交际没有娱乐生活。

他第一次近距离面对她，心跳不休。觉得自己总应该表现一下，不能让她看扁了。他在心里提醒自己。他是犹豫着握到她手的，她的双手放在桌上相互绞着。那一握让他心脏狂跳。

但是在那次约会中他们什么也没做。离开西餐厅，他们在王府井步行街散步，从那里走到长安街。她走在他的身边，她的个头高挑，估计有一米七五，而他是一米六七。所以他没有接吻的想法。他们一直心情安宁地漫走。"跟你在一起，我都要穿平底鞋，要尽量走在低处，避免给你压迫感。"后来她跟他开玩笑说。

在长安街漫步，到午夜的时候他打车送她回寓所，在她的寓所楼下告别，再回自己的住处。几年来他们就是这样相处着。他觉得这样其实很好。

他从来没有邀请她到自己的寓所，也没有想过要走进她的居处。

他住在北京西郊，一个名叫瑞王坟的村庄。出租车到他住的地方要四十多分钟。马路两边全是浓密的树林，这些树林横贯西郊。没有灯光，也没有高层楼房，马路两边只能看到掩映在树林间的黑阒阒的村落。

夜晚回到住处，取钥匙摸黑对着铁门锁眼插进去，旋转半圈之后门打开。这些是依靠感觉来做的事情。他租住的寓所是一个套间。里外两间屋，里间作他的卧室兼工作室，外屋有床和电视可作客厅。走进寓所关上铁门之后，他的手机讯号就消失了。后来房东告诉他，这里是军事管理区，民用通讯系统是受限制的。

有一部座机供他与最亲近的人联系。座机线路不用通过电信，所以不受限制。

那天晚上回到寓所，他什么都不愿干了，拉开被子躺到被窝里，座机也被他从书桌上拎到枕头边。拨通她的电话，她的声音传过来。是安定的声音。

第二天凌晨，是他送伊朗到机场的。

还没等闹铃响他就起来，迅速穿好衣服冲进卫生间洗漱，然后锁门出街。

天还黑着，街上清冷看不到人迹，车辆也稀少，坐到车里感觉困意还是未消。出租车在高速公路疾驰，他看着夜空下彻夜亮着的街灯心思浩渺。到伊朗居处的楼下给她打电话，看见她寓所的窗亮着灯光，知道她是早做好了准备。几分钟后，楼层电梯响，电梯从高处下降的声音传来，声音停止时她拖着行李箱从门里出来，他拥抱了她，然后拉开车门请她上车。坐到车里，她身体清淡的幽香弥漫开来，她穿着黑衣——黑色棉布长裙，黑色绸裤和黑色短靴。他们坐在出租车的后排，还是握着手，听任出租车往机场的方向驶去。

路上除了几句问候基本无话。四十分钟之后出租车停在候机楼的大门外，付过车资下车，取行李箱进候机大厅。

早晨出行的人稀少，她去柜台前办理登机牌，很快就办理好。他们告别的时间到了。

"这次回去不知道会多久，不知道会遇到什么事情。"她看着他的眼睛说。

"不能帮你忙很遗憾，祝你顺利吧。"他说。

她的手松开旅行箱的拉杆，拥抱住他。

"谢谢你，有你在身边是我的安慰。"她伏在他肩头，贴着他的耳边说。

拥抱他的时候她需要俯下一点身子。他接受了她的拥抱。

"随时联系，我人不能跟你前行，心随你前往。"他说。

"谢谢。真的，谢谢。"她更紧地拥抱他。

她拖着行李箱过安检通道。他等在安检处之外，挥手跟她告别。

2

他继续自己的散漫日子。作为一个失业者。这个句子是他对自己的鉴定。

每次要跟什么人谈事情需要自我介绍的时候，他就这么说。

失业者是一个视角，也是一种立场和态度。它是社会的边缘者，脆弱和无能是它的全部特征。是的，脆弱和无能。这是他熟悉也洞察到的人之境况。如同坐在一艘即将沉没于大海的船上，危机感是随时可以体察到的。当他出街的时候，他要乘坐交通工具，要吃饭、购物，总之在需要用到钱的时候，他马上会感觉到隐伏的困顿，而且不知道困顿会跟随多久，不知道困顿下去会是怎样的沉沦。恐慌、安全感尽失，这就是他在那时候的精神状态。

如果坚持下去不离职呢？他也这么问自己。那会是另一种困顿。精神的困顿。当时他在一家都市报供职，做时政记者，报道人文领域的新闻。报社总部在长沙，他属于驻京采编中心，员工有百多名。开始这份工作带给他新鲜感，按照自己的愿望选择想要采访的人，或者按照新闻价值选择被采访的人，这样的活儿做起来有意思。赚的钱也还不少，用报社总编辑的话说，可以保持体面的生活。

然而时间长了，所谓的体面就像泡沫迸裂，再看报社就看出很多问题。总经理是从总部调过来的，此前属于广播电视系统行政官员，在他眼里报纸就是赚钱工具，版面必须拉到多少广告，发行必须达到多少额度，都有强硬规定，完不成任务的就被换掉。报纸创刊不到两个月，执行总编辑就因为完不成任务被撤掉，换上来的总编辑没干到两个月又被撤换。

他就是在这家报社跟伊朗相识的。那时伊朗经常穿一身黑色衣裙，短勒软皮鞋，或棕色或黑色，有时配红色围巾，有时配白色围巾，看上去俏丽优雅。她也是时政记者，兼任社会版编辑，由她采写的报道经常发在头版。他平时在家写稿，不用到办公室坐班，有选题就出去采访。他在办公室的座位与部门主任卢笛的座位相邻。偶尔他到报社时会赶上午餐，大家成群结队去楼下餐厅吃饭。他们常去的是一家川菜馆，卢笛请客，几个美女记者也会跟着。他隐约感觉卢笛喜欢伊朗，他以为她也会喜欢卢笛。每次在那样的场合他会不自在，极少开口，多半是听他们闲聊，打情骂俏互相斗嘴。卢笛喜欢喝酒，每次喝酒就满脸潮红，喝起来没完，最后直喝到满身酒气，回报社干活儿。

有一天，新闻部的几个女编辑、记者联合到主编那里告卢笛的状，指控他以权谋私。证据就是卢笛每次都会帮伊朗修改稿子，而她采写的稿子也都会及时发在头版头题。这件事情闹得很凶，策动闹剧的女记者试图让报社惩罚采编部主任，她们为此发动集体罢工。他没有参与，觉得这就是办公室政治。他意外的是，有一天会接到伊朗的电话。

"你在干吗呢？说话方便吗？"她问。

"在回家的路上。"他答。

"耽误你一会儿时间可以吗？"她又问。

没什么不可以的。他可以停下来说话，晚回家几分钟没问题。

"没关系，你说吧。"

"报社的事情你肯定知道了，那些坏人乱嚼舌头，"她说，"她们怎么可以那么不负责任地乱说话，胡乱造谣？气死我了。"

突然她的声音带上了哭腔。他安慰着她，同时也诧异为什么这个电话会打给他。那天的电话通了有半个多小时。

"跟你说这些，对不起。"她后来表达着歉意。

"没关系。"他说。

"那我以后能经常跟你通话吗？"她问。

"当然可以。"他说。可是他心里想的是没有必要，因为事实上他们并不熟悉。

后来他果然经常接到她的电话，她邀请他出去喝茶、喝咖啡、吃饭。

"你是真不明白还是装糊涂？"终于有一次她忍不住问他。

那时候他才知道，她竟然喜欢他。但这感觉在他看来突兀，令他茫然。

她说她从来没有爱过卢笛，是他在追求她。仿佛是为了佐证她的说法，有时他们在一起正吃着饭，她接到电话，态度冷漠倨傲。放下电话后她对他说打电话的正是卢笛。他觉得自己是不应该知道这些事情的，他和卢笛是哥们儿，她是哥们儿喜欢的女人。

"你傻呀？我又没许给他。"她不屑地对他说。

在报社当记者是他在北京做的第三份工作。很早他就向往新闻职业，对新闻业怀有尊敬感。

那时他还在做矿工，每天得下矿井劳作，然而他已经开始写作。包括业余为队部写通讯报道。就是报道那些发生在单位里的好人好事，当然也鞭挞坏人坏事。

他用圆珠笔和复写纸在稿纸上誊写，每篇通讯稿誊写五六次，然后交到矿宣传科加盖公章，由专人分别带到局里市里的新闻机构，远处的就邮寄到省里甚至北京的各家媒体。

某年的某个春天。矿区子弟小学的一个女孩被坏人强暴。女孩是在课间去厕所的时候被人从背后捂住嘴巴拖到角落施暴的。消息很快从学校传出来。比强暴女孩的发指行为更令人愤怒的是这件事情没有人追究。学校老师只是把女孩送回家，还劝孩子的家长不要声张。"不要传出去呀，外人知道了这事情，一个女孩怎么有脸活呢？"老师对孩子的父亲千叮咛万嘱咐。出事以后那个做着矿工的父亲想着带女儿转学，回老家去读书，躲开矿上的闲言碎语。

他听到这些事情觉得不能忍受。这事跟他没关系，可他就是想去看看这个女孩，去她的家里慰问这个孩子，让她坚强起来，勇于指认犯罪者。

这件事情应该报道出来，让外界关注和重视起来，追查惩治凶手，安抚受害者。就是这么想着。满怀的冲动，满腔的义愤。他上山去矿工自建的家属区找受害女孩的家。

走在路上感觉血在身体里是热的。他觉得自己能做这些事情，也为自己能做这些事情感到骄傲。在石头砌起来的昏暗的屋子里，他看到那个女孩。她惊恐地躲在角落，不敢跟生人说话。她的父亲老实巴交地坐在炕上除了叹气做不了别的事情。他觉得更应该做那些想要做的事情。跟他一起到这个女孩家里的还有当时跟他谈恋爱的小雪和她的一个女友。在那个昏暗的石头房间里，他们分析形势，做出各自的分工，在离开这个家庭之后分头行动。

他们行动的结果只是让自己体内的血由热变凉。省城太原的媒体，首都北京的媒体，在他们打去电话的时候都没有表现应有的热情。他们觉得这样的事情不能做成新闻。几番电话打下来都没有结果，最后只有放弃。

他们偃旗息鼓再没有去看那个女孩。不知道她后来的命运如何。

在他送伊朗回老家的第三天，他又去火车站接小雪回他的寓所。小雪是会计师，这份工作她做得很轻松。每个月有几天到单位做账，处理各种报表，其余的时间她就是自由的。从他老家大同到北京，坐特快列车的话是三个小时，坐飞机只需半个小时。所以小雪有空就会来到他的身边。这是婚姻赋予她的权利，做妻子的权利。

她并不知道他生活中发生的变化，辞职的事情他没有跟她说，也是为了避免她啰嗦。他家乡的人们都愿意过稳定的生活，对动荡和变化都怀有恐惧感。况且小雪恐惧的不止这些，她还对他们的情感状态忧虑不安。见面之后她会检查他的寓所，比如掀开床垫看下边有没有变化。

他尽量理解女人的心态，也理解她的忧虑不安，但是说老实话有些厌倦这种做法。

厌倦也还是要做出如常的状态。有些为难他，可是为难也没办法，他要演出欢喜的状态。

那时候他每天都会出门。早晨起床之后洗漱，吃小雪做好的早餐，然后拎着他的公文包出街。等他走到大街上，急促的脚步就放缓了。他的双脚迈动的时候显得犹疑，因为不知道去哪里。但他还是会走到公交站，360或714，这是进入城区支线的公交车。他经常这么漫无目的地坐着公交车环城巡游，偶尔到某条他看上去有新鲜感的街市闲逛，最后一无所获地回家。这是他在那段时间经常有的状态。失业的状态。他是在愤怒的情势下写出辞职报告的，他的办公室在光华路七十三号院那幢白色大楼的二层，门上钉着仿铜铭牌：采编中心总监室。总经理办公室在三楼，他坐在办公桌前用随身带的黑色碳素笔写下辞职报告，几乎没加考虑就起身走出办公室，径直上了三楼。他把辞职报告交到总经理秘书刘京手里，刘京低头看了眼，眼睛突然泛红，眼泪瞬间涌出来。

那段时间出走的人如倾倒下去的多米诺骨牌。老员工因为不满集团管理层集体出走，新来的采编中心员工都是他招聘的，本来他是想好好干下去，但是从长沙总部空降过来的总经理作风专断，行事莽撞，工作毫无章法，他生出离开的想法。

最后促使他下决心离职的是办公室主任查他负责的采编中心的考勤，这个主任是总经理带过来的，头顶已光秃的主任年龄五十开外，他觉得这个主任身负监控他的任务，因为部门的很多事情都被主任打小报告给总经理。采编中心以前是不坐班的，记者只要按时完成工作任务就好，但是总经理到任后，行政中心主任要求记者每天坐办公室，早九晚五按时打卡上班。缺勤、早退都被扣罚奖金。对媒体人的严苛管制是他不能接受的，直接导致他离开的导火索是行政中心主任以迟到为名扣罚采编中心记者的奖金。他不想再在这幢大楼里浪费自己的时间。他收拾好自己的物品，走出办公楼，走出光华路七十三号大院。这是军队的一个大院，他走出大院的门楼时，站立在岗亭的哨兵向他行举手礼。

那是他最后一次看到哨兵了。走出大院，他的身影迅速淹没在街上的人流之中。

"你就是个任性的孩子。你甩手走了，我们还怎么干呢？"伊朗后来对他这么说。

辞职以后靠什么生活，如何在这座城市生存下去，这些问题他都没及细想。就像卸去重轭的马，他需要的是没有负荷的自由。他必须要在自由的状态下呼吸，以自由的呼吸给养饱经磨难的心。

但他还是不愿让小雪担心。小雪的心脏不好。她总是担心自己时日不多，总是觉得不能陪他更久。他没有见过的岳母就患有先天性心脏病，在小雪读高三的时候病逝。在那样的状态下她无法专注学业，结果当然是高考失败。他和小雪结婚那年是二十四岁，小雪比他大一岁。那时候他每天要穿着结满汗碱的工装下矿井。而那个叫小雪的姑娘刚刚从市里的财会学校毕业分配到家乡工作。他当然是在读书的时候就爱上她的，那时在他看来她是聪慧的，容貌也清秀。总之他是爱她的。

"我可能不能生育，可能会活不久，因为我妈就没得早。"她对他说。

与其说她是告知，不如说是考验他爱的意志，看他有没有勇气走下去。后来他们有了聪慧健康的女儿，她也还一直健康地生活着。

辞职那天，他是在傍晚到家的，在路上就想着怎么告诉小雪这个消息。后来他还是决定不告诉她，等找到新的工作再说。每次外出回家，推开家门的时候他就让自己调整好面部表情。深呼吸一下，让自己显得乐观，看上去是对生活满意的样子。不能表现出幸福，至少要表现得满意，这是他对自己的要求。回到家里他要演出忙碌的状态，演出工作的状态。比如那些需要完成交出的稿件，那些没完没了需要预约的各种采访。

事实上，让他焦虑的还不是他没有工作可做。

小雪这次来京的时候从家乡带来一个姑娘。她希望他能为这个姑娘寻找工作，这是他真正忧虑的。姑娘叫墨兰，刚辞职到北京，没有多少钱，就寄住在他家里。她是家乡一所医院的妇产科护士。回家乡时他见过几次面，有时是在街上遇到，有时是墨兰去他家里，每次见面言谈之间她都流露出想到北京的打算。"医院好几个月发不出工资了，与其在这里苦熬不如到外面找出路。"她站在医院门前跟他说，那所医院与他母亲所住的家属区一墙之隔。墨兰和小雪是老街坊，她称小雪为"姨"，称他为"叔"。"叔，你能带我离开这里吗？我还这么年轻，实在不甘心在这里死熬着。"她跟他就在医院门前这么聊着。"你能做什么呢？"他问她。"我能接生呀，我有妇产科护士资格证，有医学院的代培证，我想不愁找不到工作呢。"她回答。他打量她一下。墨兰染着棕黄色的头发扎成马尾在脑后翘着，她身材高挑，肤色白皙，大眼睛看着他的时候晶亮。

以前他在矿区的时候就跟墨兰有过接触。她是护士，也是歌咏队的女高音。每年"五一""七一"的时候，矿区都组织歌咏比赛，演唱各种红色歌曲。墨兰被医院选拔出来唱女高音，她有一个绰号就是"墨百灵"，每次歌咏比赛医院代表队都能获奖。有一次他回家乡，跟朋友们在城里聚会，当煤老板的一哥们请客，喝完酒已是午夜，煤老板提议去一家夜总会玩儿，那里唱歌、洗浴、泡脚各种项目都有，架不住朋友的怂恿，他们开车去了。那是一座五层楼的豪华酒店，生意火爆，大厅挤满等待包厢的客人。朋友找了酒店经理给安排了包厢，一行人上楼时，他在走廊里看到一个姑娘面熟，仔细看认出是墨兰，她脸上化着浓妆，穿着黑色蕾丝超短裙，白色高跟鞋，胸部和腿裸露着，他很意外。看到他的时候墨兰也很慌张，他们从她面前走过的时候她对他说："叔，您可千万别跟人说在这里见过我啊！"

他当然不会跟任何人谈起，但他记住了她慌张的样子。

朋友们走进包厢，夜总会的值班经理跟着他们问："给你们找几个姑娘吧，想唱歌唱歌，想做啥都行，有预留的房间。"朋友很自若地点头答应着说："好好好。"

进来三个姑娘，看样子也就二十出头。那些姑娘里没有墨兰，他暗自松了口气。打开音响，放出音乐，进来的姑娘迅速锁好包厢门，然后迅速脱掉衣裙。朋友们又继续喝端上来的酒，各自找说话的对象闲聊。一个姑娘是专门跳艳舞的，一个姑娘拉着座中的朋友去套间。他看着光线幽暗的歌房，沿墙摆放的沙发都是颜色陈旧的布面花纹沙发。他婉谢了那个涂着蓝眼影的小姑娘邀请，她想带他去另外的房间。

这是他离别三年未回的家乡小城。看着朋友们的神情，看着那些陪舞陪聊的姑娘们的举止，想到在走廊里遇见的墨兰，他脑海闪现出一个句子：故乡的沉沦。

当然他的故乡并无特别。

事实上他看到的很多地方都是这样。

直到离开夜总会都没再见到墨兰，在记忆中他把那天看到的情景抹去了。后来他也见到过墨兰，素衣素面，举止端庄的样子。她跟小雪算是朋友，平素多有来往，偶尔她会到家来看孩子。给孩子买玩具，买食物，他明白她是有求于他的。那次她终于开口问他是否可以把她带出去。除了喜欢唱歌，墨兰还喜欢写东西。他看过她写的几大本随笔，觉得她还是有写作才能的。当时他也是这样对她说的。这样的说法可能鼓励了她，也让她看到了另一种希望。

他觉得墨兰到北京找一份工作不会太难。既然她称小雪"姨"，叫他"叔"，那么帮她的忙也是应该的。见面两个月之后小雪就带墨兰到了北京，他去火车站接她们。墨兰跟在小雪身后，她穿着白色连衣裙、白色高跟鞋，拖着她装满衣服和杂物的大皮箱走下火车。半小时后出租车就到了他居住的覆盖着桃林的村庄，到了他租住的寓所。他回到家乡的时候，人们认为他是成功人士，但是事实上他还是得租房过日子。

在他逼仄的空间里住着三个人，其中的这个姑娘虽然熟识，实际上也陌生。他必须尽快给墨兰找到适合她干的工作。对他来说这是一段尴尬的时刻。在家时他必须花时间陪客人聊天，否则会显得他冷淡。他们经常不咸不淡地闲扯，没有多少有意义的话，姑娘努力表现出可爱的样子，努力机智地说话。

白天总还好说。他可以出街去，不用时时面对没话找话的尴尬。真正困扰他的是夜晚。沿北墙放着一张单人床，房东提供的。铁栏钢角，床板是木制的。虽然铺着床垫，铺着棉褥，但是墨兰睡在上边还是会发出吱吱嘎嘎的声音。他和妻子睡在另一张床上，也是铁栏钢角，木制床板，也是铺着床垫，铺着棉褥，可是人只要坐上去就会发出吱吱嘎嘎的响声。他们都要尽力避免发出此类的声音。

他以为自己是不会在意这个姑娘的。她就是一个毛丫头，他是她的长辈，在阅历、经验和价值观上都有代沟。晚上睡觉时他尽量不让自己朝墨兰所在的方位看过去。这个女孩子睡觉的时候并不安生。姿势不是很雅观。虽然有一道白色的纱帘隔着，他还是能看到她。墨兰穿着她的黑色蕾丝吊带睡衣，黑色的睡衣反衬出她肤色的白皙。她的胸部丰满，乳房把吊带睡衣撑出醒目的曲线。他让自己目不斜视，心意平和。但他还是会看到她，在午夜醒来的时候。他坐到电脑前，借着台灯的光亮，他还是会看到墨兰。那是一台老式的386台式机，只可以拨号上网，用WORD系统打字。他有这样的习惯，每天会在午夜醒来，写点东西。她丰腴的乳峰，她修长却结实的腿，她染了豆蔻色指甲油的脚趾。他漫不经心地望一眼，然后面对电脑屏幕。墨兰睡在那里的身姿清晰地浮现在眼前。

3

伊朗乘坐飞机从北京到哈尔滨，又从哈尔滨换乘长途客运车去家乡蜜山。客运车蒙满尘土，车上的人都在说话，男女老少都有，多半是回乡的民工，加上客车电视播放着一部香港武打电影，声音嘈杂混乱。

"我离开这里是对的。家乡的一切都让我厌倦。这里的陈旧、灰暗和停滞状态令人窒息。"她用手机跟他对话。她需要跟人说说话，缓解一下压抑的心情。她厌倦家乡的风貌，这是她在几年前不顾一切离开这里的缘由。

那时有个滑到眼前的机会。北京的一家汽车公司在招聘销售代理。她觉得要把握这个机会，无论如何要走出去。她通过邮局投递了自己的简历。为了能被招聘单位接受，她谎称自己住在北京西郊的某个地区。这样招聘单位不至于因为她居住在蜜山而拒绝她。在北京西郊的那个地区住着她的朋友，她以前去过，朋友带着她在各处逛，看电影、看话剧、游北海、逛故宫、登长城，一圈玩下来她的心就动了。她喜欢这座都城。即使像朋友那样租房住，给人打工，日子过得节俭，她也愿意待在京城。

很顺利地通过。那是她在北京做的第一份工。现在她很烦汽车。尤其那种设计简陋、功能粗糙的车型。她回家乡坐的这款客运车，在别的城市都已经被淘汰了。

"对于不可改变的事物，只有顺应。这是对自己好的方式。"他回简讯给她。

长途客车驶进蜜山市区后，她打电话问姐姐："爸在市医院吗？在哪个科室？我直接去。"

姐姐回答："别去医院了，回家来吧。爸今天中午就接回家了。"

她预感到情况不好。果然，到了家所在的街区时，看见在街口搭起的白色帆布篷。

她的双腿发软，浑身颤抖，眼泪夺眶而出。看见停在帐篷里的棺木和贴在棺木上的父亲的黑白照片，她丢下手里的皮箱扑到棺木前恸哭。姐姐穿着白衣系着麻绳站在她的身边扶着她哭。

"这是为什么啊？爸究竟是怎么了？"她拍打着棺木对着姐姐哭喊。

"我姐大我两岁，她比我成熟，也比我漂亮。"伊朗曾经跟他这么说。

姐姐也经常到北京看伊朗。她有意让姐姐多到北京走走，让姐姐多接受城市文明的熏陶。

姐姐待在老家有点瞎了，她很优秀，聪明、漂亮、能干，但是待在那个死水一潭的地方是严重的浪费。姐夫是骨科医生，早几年就脱离医院自己开了诊所。他们的儿子读小学，正是需要照顾的时候，离不开人。姐姐无法在北京长久居住，自然没办法在北京工作。但是伊朗会为姐姐找活儿。比如她采访完的录音会交给姐姐"扒磁"——听着录音整理出文字。

"我要让姐姐多跟我的朋友圈接触，多跟我的朋友们交往，要让姐姐知道记者是怎么采访的，她一旦能离开家的时候就可以迅速胜任一份新闻工作。"伊朗说。她一直在为姐姐到北京闯荡做准备，她自己喜欢新闻职业也希望姐姐从事新闻工作。

"女孩子做记者蛮好，锻炼生存能力，经历不同生活，也会积累广泛人脉。"她这么说。

他一直没有机会见到伊朗的姐姐，但是他们彼此都知道。伊朗跟姐姐介绍过她有个蓝颜知己，而他从伊朗的样子就能想象她姐的样子。

她一直很骄傲有这么个姐姐，她认为姐姐生活得很幸福，因为有做医生的姐夫爱她。她的希望是有一天姐姐和姐夫都来北京发展，他们可以在北京开诊所，孩子也可以到北京读书，过几年爸爸退休，爸妈也可以接到北京来，那样她就觉得有完整的幸福了。

然而猝然来临的厄运摧毁了她的梦想。

止住哭泣，伊朗拖着皮箱回到家里。她看见母亲盖着被子躺在床上。看见女儿回来母亲哭起来。伊朗又陪着母亲哭。

黄昏的时候，姐夫对伊朗说："你看一眼爸吧，他在最后时刻一直在等你。"

棺木停在灵棚之间，还没有封棺盖。那是为伊朗留着的。

这样的话只能由姐夫来说，他是冷静的，他有着外科医生所需要的一切冷静和坚韧。

姐姐和妈妈都已经病倒了，她们躺在床上，沉陷在悲伤中。

她跟着姐夫来到灵棚，走到父亲的棺木前，入殓师带着工具包站在他们身后。

这是她生平第一次经历亲人的死亡。入殓师移开棺木沉重的盖子，她看到躺在棺木中穿着装殓衣的父亲。更强劲的哭泣从她的肺腑间冲出，变成撕裂心肺的哀嚎。她拍打着棺木跺着脚喊着爸爸。

"这是我此生最黑暗哀恸绝望的时刻。我失去了父亲。在这个人世就没有了真正爱我佑护我的人，我就像一条断流的河没有了源头。此后我将孤独地生活在人世，我有姐姐还有母亲，她们还在我心里，但是没有了父亲我会觉得没有了精神依靠。我从此就是一个真正的漂流者，在尘世间由命运牵引着沉浮。"她对他说。

那天她打电话给他。在午夜的时候。这个时间他接电话并不合适。

小雪就在他的身边。她装作在做自己的事情，但是他知道她在听他打电话。

伊朗恸哭着。那一刻她什么都不顾忌。在电话里呜咽。

他倾听，也安慰着她。耐心地倾听和安慰。

每个人都有自己的故乡。故乡是人与出生地的精神联结，也是血亲联结。

现在生活在一座浩大的他人的城市里，他觉得自己是孤独的，孤独的缘由就是他失去了故乡。从地理的意义或者血亲的意义上来说，他的故乡是消逝了。那个村庄还在，然而联结着他和故乡的血脉被切断了。他成了一条孤独的没有了源头的河流。他成为自己的源头。

父亲在六十九岁那年被医生确诊为胃癌。"老子就是死也要回老家死。"父亲说。母亲陪着父亲回去。当时他要工作留在家里。他通过母亲邮寄回来的照片看到父亲回到家乡的情景。他看到父亲和姥爷坐在窑洞里的土炕上。父亲戴着他常戴的黑色呢制帽子，披着黑色呢制大衣。父亲的面孔消瘦脸容憔悴，眼神黯然。姥爷坐在父亲身边。姥爷披着羊皮袄，满头跟羊毛一样的白发。

六十九岁的父亲和八十二岁的姥爷又坐到了一起。他们是昔日的仇敌。半个世纪以前，父亲还是一个乡间少年的时候受雇乡间地主放牧他的马匹。放牧马匹的地方位于晋陕峡谷的壶口瀑布，黄河在那里跌宕起伏，奔腾呼啸。那年赶上了黄河泛滥，咆哮的黄河水浊浪滔天惊散了马匹，父亲害怕不敢回家，他在逃出黄河浪涛之后流落县城。在那里遇见化装执行任务的县游击队长，他被拉到山上入伙。十五岁的少年开始扛着长枪打游击。后来因为畏惧战事，父亲又脱逃回乡，在家乡父亲过起了隐居和藏匿的生活。那时候游击队有专门搜索逃兵的行动队，姥爷就是负责追寻逃兵的游击队员。姥爷在一条河道上跟父亲狭路相逢，把父亲押回营地，关禁闭吊到房梁上拷打。那些鞭笞的痛楚长久地留在父亲的身体上，留在父亲的内心里，数十年经久不散。

有一年他去过壶口瀑布。他跟随一个世界非物质文化遗产考察团到了壶口瀑布。

这是漫长的旅程，考察由北京周口店的山顶洞人遗址出发，沿途经过陕西、山西、甘肃和宁夏。他坐在宝马车里。这是由德国汽车生产商赞助的活动，参加的多是有宝马车的车主，他们多是富豪显贵。他是作为新闻记者受邀参加的。会开车的记者轮流开着车。他不会开车就坐在车里。一路上数十辆宝马车由警车开道，所到之处浩浩荡荡，威风凛凛。但他能感觉到自己和他人的距离，他和这个活动以及参加这个活动的人很有点格格不入。他之所以接受邀请就是因为他们的旅程会经过他的家乡。他愿意到他的家乡去看看。说不出来他是要去寻找什么，他就是想站在那里。

到达壶口瀑布的时候他们先住到壶口旁边的一家酒店。安顿好住处他就来到了壶口瀑布前。浑浊的黄河水冲击着嶙峋错裂的石壁，溅起数尺高。黄河水拍击的涛声巨响震荡耳膜。他站在瀑布前久久地凝视着那些浩荡的水流。他想当年是怎样的水流使父亲惊慌失措进而丧魂失魄。在岩壁前有陕北的老人头戴白羊肚毛巾穿对襟衣服坐在木凳上，老人咬着长长的旱烟杆，是专门为拍摄照片提供模特服务的，可以赚到一点零用钱。他跟这个老人聊天，听他讲黄河发洪水的情景。老人说黄河水最大的时候淹没了河道，那些岸边建造在高地的楼房都像泡在水里的玩具。那个时候他想象父亲的样子，想象他故乡亲人的样子。想象他们的惊恐和慌乱，想象他们的奔逃和奔逃不及的厄运。现在这样的情景对他来说已经不会震撼心灵。世界上有比吞没父亲的黄河洪灾更大的灾难。比如海啸、比如飓风、比如地震，灾难瞬间吞没了人类。他亲见或者由影像和因特网所见。

但他还是想念着那次洪峰，想念着那次灾难。曾经每年的秋天姥姥和姥爷会来矿区走亲戚，看望他们的闺女。姥姥扭动着尖如锥子的三寸小脚，姥姥是这个时代最后仅存的小脚女人。她穿着黑色的衣裤，打着裹腿，头戴棕色的围巾。姥爷的步履很慢，他走路的架势透出他内心的骄傲，那是一个老年男人的骄傲。姥爷一生做过很多事情，早年他是戏班班主，带领一个乡间晋剧团走村串乡四处演出，后来因为得罪了地痞，剧团被迫解散，上山投奔了八路军在偏关县的游击队。这样的经历在他人看来具有传奇性，在他看来并不在意。因为他很少认真去听父亲和姥爷的对话。

曾经他们坐到一起就翻旧账，翻到旧账就摔杯砸碗相互怒骂。

但是无论如何骂也摆脱不了他们的翁婿关系。在父亲最后的时光里，他投奔了自己的宿敌。姥爷接纳了父亲。事实上在这样的时刻，在他们彼此衰老的时候很多往事一起跟着衰老，记忆也变得很模糊。两位老人把酒言欢，重叙旧话。只是他们谁也没想到这样的时光很短暂。父亲活在人间的时光没有超过两个月。父亲气息断绝的时候，他和母亲守在身边。他们坐在乡间土窑的土炕上，父亲换上了他葬老的衣服，蓝色的类似清朝的绸缎质地的官服，有花翎的蓝顶黑边的官帽，这是预先就准备好的。在他看来这是很怪的服饰，不知道为什么会做如此的设计。他近距离看着生命的元气如何从一个人的肉身消逝。星相学家说，人的身体是由金木水火土形成的，生命消亡的时候一定是他的金木水火土完全消逝的时候。父亲的内脏被他全部吐出来，在医生的透视仪下成为莲花形状的肺叶加剧着腐败的速度，在父亲不能摄入食物的时候，又一点一点地吐出来。

那时候一具棺木打制好停放在舅舅开的车马大店的马圈里。那具棺木在开始的时候还没有被油漆，没有被涂画，只是露着白茬闲置在舅舅开的车马大店里。父亲对他说："你去看看老子的棺材合适了吗？"这是在他的家乡，他的祖籍，山西省偏关县杨家营村。一个自古就征战不休的地方，传说这个村庄在北宋时期是杨家将的兵营。就在那一年，他不断地往返于回乡的道路上。虽然这个故乡对于他是隔膜的，但它是他的故乡。他和它有着血脉的联系。这也是父亲愿意回老家的理由，他喜欢围绕在他膝下的侄男侄女。他愿意死在祖籍地，那是他的根。父亲可能也听见了木匠钉制棺木的声音，那些声音在大哥的监督和催逼下日夜回响在马厩里。时间不等人，父亲是要看到它们定制起来的，他有自己的标准，比如棺木的厚度，他希望他即将躺进去的是一具材质结实厚重的棺材。

除了木匠日夜兼程打制棺木，还有石匠马不停蹄地在后山为父亲碹墓地。他看着他的表兄弟，看着他的舅舅们在山坡上挖掘出深坑，看着他们从坑里扔出黄土，看着他们把石头搬进深坑砌起墓穴。当然他们做这些事情是母亲付了钱的。在村里几乎做任何事情都需要母亲付钱。那是父亲要住进去的地方。那时候他的心绪是平静的，或者说是麻木的，他适应了那种心理状态，从他知道父亲检查出胃癌，到他开始衰弱，病倒不起，他适应了那一切。在父亲离别之前他应该是在父亲身边最久的。大哥在外地，会隔天回来看望父亲。只有他在身边，早晨他会陪父亲出去散步，父子之间一辈子都没有这么亲近过，那几天他始终陪在父亲身边。医生告诉他胃癌到晚期的时候会痛，病人会受不了。别人也告诉他，癌症患者最后的痛苦情形。医生说你要给你父亲准备一些杜冷丁，到时候可以帮他缓解痛苦。他就骑着自行车去医院，找医生开出杜冷丁。他把它们小心地装在口袋里，骑车回家。那还是冬季，有飞雪飘落，他骑着车子一边小心滑倒，一边就想着那些药液被注射进父亲身体里的情景。他从医院开出的杜冷丁没有全部用完，父亲就撒手人寰。

与伊朗相识正是他身心倦怠的时刻。

"曾经沧海难为水。"这是他对自己的调侃。他内心弥漫着沧桑感，这是真实的。

但是她还怀有对事物的好奇心。对生活怀抱热忱，也憧憬各种理想境界。

"蜜山听说过吗？那就是我的家乡，靠近俄罗斯边境，有兴凯湖，湖畔有丹顶鹤，是中国保存最好的野生态地域之一。"她经常对他提起家乡，看得出她为家乡感到骄傲，她的身上也有雪国的明朗和纯净。是的，在他看来那就是他曾经向往的雪国。

"蜜山。它让我想起俄罗斯女诗人安娜·阿赫玛托娃的诗：《野蜂蜜闻起来像自由》。"她说。

> 灰尘如太阳的光线/紫罗兰的芳馨/少女的嘴唇/
> 而金子乏味/木樨草有一种泉水的甘冽/而爱散发出苹果的香气
> 但是我闻一次也就永远知道了/血，闻起来只能像血腥味。

她的声音很好听，有种透明的磁性。她的普通话很标准。她为他朗读那首她喜欢的诗。

她热爱诗歌。阿赫玛托娃、茨维塔耶娃、曼德尔施塔姆。这些生活在冰雪之地的俄罗斯诗人让她在地域上感到亲近，也在精神上感到亲近。蜜山就是中国与俄罗斯的边境小城。

这是在夏季的时候。他们见面比较多。自从他第一次接到她的电话，听她在电话里哭泣之后，仿佛他们就变得亲近起来。是的，他听到她的哭泣就等于分享了她内心的秘密。他们相约着去西餐厅咖啡馆和茶室聚晤。他们说话，漫无目地地聊天。他们相对而坐在某个被珠帘隔开的空间。

他们相识的时候伊朗已在北京漂流了五年。换过不同的工作，也换过多个住处。从东城到西城，从西城到南城，再到东城。他们相识之前她是一家汽车杂志的编辑，因为积累的人脉，她的生活圈子日益扩大。有畅销书作家，有当红影视明星，有公司老板，还有航海家、国际摄影师。当然更多是公司小白领。

"在北京这五年，但凡我的定力弱点也早就完了。有多少堕落的机会啊。"

她有次喝着酒对他这么说。

"可是我都拒绝了，情愿一个人辛苦赚钱养自己。"她说。

他相信她的话。如果那样做了，以她的条件就不是今天的样子。

伊朗是难得有职业精神能踏实做事的人。她是时政记者，姑娘做时政记者会很辛苦。她报道过印尼的海啸，只身前往灾难现场，在混乱的难民群里跟难民们在一起忍饥挨饿。在临时搭建的难民营，在挤满伤残者的医院，在被洪水浸泡过的旅馆采访灾民。她还去过河南艾滋病村。那时外界还没有大规模报道，她独自坐着出租车前往那些荒凉而危险的村落。换乘中巴客车进入被封闭的村庄，跟那些乡人聊天，空气里充满可疑的病菌。每个跟她说话的人都可能是艾滋病菌的携带者。单身姑娘在那里是危险的，那些紧盯着她看的闲人的目光让她害怕，可是她就那么完成了采访。她很有荣誉感，每次报纸发出报道就像孩子般开心，报纸被她翻来覆去看。

作为同事，他对她怀有尊敬感，觉得这个姑娘很难得。

以前他也以为卢笛跟她有情人关系。有次他刚走出地铁就看到卢笛走在前边，这是雍和宫的地铁站，他觉得卢笛会在走出地铁站以后去她的寓所找她。

当然卢笛的身影很快就消失在街头汹涌的人潮中，他去了哪里很难知晓。

"我从来没有接受过他的感情，我们只是哥们儿。"她对他说。

"哦，我们也是这样的情况吧。"他微笑着调侃道。

"你傻啊，你怎么能跟别人乱比较呢？我是爱你的，我跟他只是哥们儿。"她认真地说。

"我们有什么区别吗？"他继续逗她。

"区别就是一个是爱，一个不是。爱和不爱都不需要理由。"她回答。

"为什么在我这里是爱，在他那里不是？是什么决定这种感情的？"他笑着问。

"我也奇怪，为什么会爱你呢？是不是脑筋短路了？"她白了他一眼。

他们离开报社之后各自找寻自己的出路。

卢笛到北京以前是家乡小城的一家都市报采编主任，也是当地小有名气的作家。他是京城这家异地报社招聘而定的唯一采编主任。阅历、经验和职业能力都使他受到上峰的器重。卢笛的妻子是家乡一所大学的老师，也是画家，女儿在读中学。他本来想好好干几年，攒笔钱接妻子和女儿到京发展。然而报社内部的动荡和混乱使他的计划难以实施。

在同事们纷纷离开之后卢笛最后也选择了离开。他去了一家房地产公司做企宣。那里似乎待遇很好，卢笛经常可以出国。他隔三岔五能收到卢笛的信息，邀请他去参加各种促销活动。卢笛还是喜欢喝酒，他们见过几次，卢笛总是满脸通红、满身酒气。

有天傍晚他们同时收到卢笛的手机简讯。卢笛说他最近生病，到医院检查。医生说是胆囊炎，需要手术治疗。他们慰问了一番，谁都没觉得这有什么特别。

两个星期之后，他们又收到简讯。

"泣告：卢笛先生于今晚十九时在北京友谊医院不幸辞世。"

那是卢笛的妻子发给他们的简讯。突然而至的消息使他们深感错愕。

死亡如同夜空的闪电，在幽暗中突袭他们。

他去出席了卢笛的遗体告别仪式。那天清晨他坐车到八宝山公墓。此前参加过几次在那里举行的亡故明星和名人的追悼会，他对那里已经不陌生，按照通知他找到殡仪馆，沿着林荫道走到大门前，看到摆放在门侧的大幅遗像和花圈。看见卢笛那张熟悉的微笑着的面孔，他的泪水夺眶而出。

遗体告别也是追思会。卢笛的遗体安放在花丛中，他跟几位前同事随着前来吊唁的人缓慢环绕而行，瞻仰遗体。他们曾经共事，有良好的合作，也有良好的友谊。卢笛将自己的作品给他看，也编辑过他写的报道。他突然忍不住悲泣起来，眼泪横流。

然而追思会刚结束，前同事们就吵嚷着找餐馆喝酒。

当时正盛传香港某女星的艳照门事件，这些已经在不同地方工作的前同事们当街打开电脑交换看起色情照片。他没参与，他的悲伤还没止息。他跟他们告别，打车回家。坐到工作台前，打开电脑他想写点什么。小雪在厨房做饭，问他什么他都没有反应。他只是沉浸在悲伤之中。感到伤痛淤积在心里，悲哀覆压着自己，他的泪水再次漫溢出来。那天伊朗没去告别仪式的现场。她不想见那些诽谤过她的前同事，也不愿意面对卢笛的死亡。她在电话里对他说："我在心里悼念吧，为失去一个好兄弟而悲伤。"

　　他们都是故乡的自我放逐者，也都是他乡的漂流者。

　　一九九九年他开始漂流生涯的时候，随身带着一本美籍俄裔诗人约瑟夫·布罗茨基的随笔集《文明的孩子》，这本书当时发行量很小，印数只有五千册。他是在海淀区一家书店买的。这本书他读了很久，至今带在身边。他当年反复读过其中一篇随笔《我们称为"流亡"的状态，或浮起的事实》，这篇文字被他用圆珠笔画满黑蓝的虚线，同时也摘录到笔记本中。

　　·迫使千百万人走上流亡之路的是苛政和苦难。

　　·移位和错位是这个世纪的一个常见现象。从不好的地方奔向较好的地方。由政治和经济的死水向先进的工业化社会的转移。

　　·漂流，将我们推入孤独，推入一个绝对的远景，推入这样一个状态。

　　在这样的状态中，留给我们的只有我们自己和我们的语言。在流亡中与语言之间那种隐私的、亲密的关系，变成了命运。

　　·我们全都在为一部字典而工作。因为文学就是一部字典，就是一部解释各种人类命运、各种体验之含义的手册。

　　他在回溯个人生命史的时候，将布罗茨基的"流亡"一词易为他的"漂流"。

　　现在从外表已经很难看出他跟北京人的差别。生活境遇改变一个人的容貌，这句话是有道理的。想当年他连出门都感到恐惧，害怕外面的世界，觉得那是混乱的让他感觉不安全的世界。第一次到北京是在一九八二年。其时他高中辍学顶替退休的父亲做矿工。那年他用第一次领到的七十块薪水跟他的朋友李黎到北京。李黎是他高中同学，带着勤工俭学在铁路工地干零活赚到的九十块钱，他们从家乡上了绿皮火车，为了省钱，两个人只买一张票，他们轮流使用那张票，应对乘务员的检票。一路上他们欣赏着车窗外的流动风景。李黎带着心爱的口琴倚靠着车窗吹奏各种乐曲，《草帽歌》《故乡的云》，他当李黎的听者。两个外省青年踏上远行的旅途，心里有难以言说的悸动。列车到张家口的时候列车员又一次查票，他和李黎商量好，他们在离北京最近的一站补票，花很少的钱节省出一张车票的钱。补票的任务交给他，他拿着钱挤到列车补票席，跟列车员说他要补一张票。列车员问他是从哪站上来的。他竟然脑子里一片空白，他的神情马上引起列车员的怀疑，结果他补了票还被罚了钱。

懊恼、沮丧、挫折。觉得自己无用。李黎宽慰他，就算他们为上路交的学费吧。

然而还有更懊恼更沮丧更挫折的事情发生。列车驶到北京站，他们背着双肩旅行包跟随着蜂拥的人群走出火车站，他感到清晨北京微凉的空气，他们上了一辆公共汽车。李黎带着地图一路都在查询前往的地方。第一站选择的是西单。那时他们是为西单墙而来的。最让他们失望和沮丧的还是西单墙无迹可寻，无奈之下他们离开西单大街去寻找住处的时候。他们在街角看到一家旅馆，决定去住宿。坐在营业台前的一个白胡子老头抬头看着他们，让他们提供身份证件。那时他发现自己犯了个致命的错误，他竟然出门的时候没带身份证件。结果白胡子老头拒绝为他们登记。不只如此，他们找到的任何一家旅馆都不接受他们的入住。那时他恨不得左右开弓扇自己的嘴巴子。他怎么可以犯这么低级的错误呢？他们又困倦又饥饿，但是没有身份证明他们做不了任何事情。

后来他们去了西单大街的一家澡堂。李黎先用自己的身份证件登记了，再把登记好的住宿卡交给他让他歇息，自己去了火车站。犯错误的是他，去火车站长椅露宿的却是李黎，而他竟然懵懂地接受了这显然是不合理的安排。这件事情检测出他的无能，也检测出身份的重要性：没有身份整个城市都可以拒绝你。

这样他迎来了旅行结婚的时候。其时他已二十四岁，那是他再次出门远行，也是到北京。整个行程中他都是哑默的，不敢说话，害怕北京城的人听出他的乡音，害怕暴露他的乡巴佬面目，但是这种害怕恰恰是他作为乡巴佬的特征。他跟小雪在王府井商厦逛，旅行结婚的钱是由母亲缝在底裤里的，底裤有夹层，有拉链，钱放在夹层里，需要买东西时他就找洗手间取钱。买东西时都要由小雪去交涉，他不敢张嘴，小雪很无奈地领着他逛，在他不敢开口的时候替他开口。

就这样他完成了全部的旅行。这当然是痛苦的经历。

4

他真正进入北京是在一所文学院进修之后。

一九九六年秋天，为他命运带来转机的时刻。因为写作他获得到北京进修的机会。这个机会让他熟悉了这座城市，他像阅读一本书一样阅读着这座城市。那之后他留在京城漂流，在漂流中以工作谋生。

算下来他在北京做过三份工。另两份是在出版公司做图书编辑。

最初他工作的地方在北京理工大学。每天清晨骑着自行车离开家门，汇入马路上的车流，骑车四十分钟到大学校区。他像就读的学生一样跟随人群走进学校大门，办公室在行政大楼后一排装修过的平房里，那里有总经理办公室，有编辑室、制作部、资讯工作室。他的办公位置在编辑室。最初带他进来的是一个长着大胡子、微微谢顶的人，这是个性情温和的人，大胡子带着他在办公区走了一圈，几十部电脑前分别坐着埋头工作的姑娘们，她们穿着白色的防辐射工服，安静地敲击着键盘。或者录入文字，或者制作图像，办公室整洁肃静，给他留下美好印象。

大胡子是公司的创意总监，是朋友介绍他找大胡子的。简单面试之后他被留下来，当时大胡子问他对薪酬的要求，他说要是能有一千五最好。大胡子没动声色，表情保持着淡定。后来他知道公司的薪酬标准是三千到五千一档，五千到八千一档，八千到一万二一档。

但他觉得满足，因为在家乡的时候他能得到的薪酬只有八百元。

那时候他是内心欢欣的。每天快乐地骑着自行车上班，穿行在蜂拥混乱的车流和人潮中，有时候他的自行车车轮几乎要贴着轿车的车身行驶。城市里没有自行车道，或者有自行车道也被机动车道占据着。没有规则，只有竞争和拼抢。这是他对这座城市最初的印象。从自行车上下来的时候他经常会觉得下半身是悬空的，他推着自行车如同飘浮在空气中，因为长久的骑行他的下半身基本处于知觉麻木的状态。但他还是快乐的，能找到工作，能用劳动养家糊口，他对自己很满意。

为他介绍这份工作的人是他昔日在文学院的同学唐朝，也是小雪在文学院的同学。这份工作最初是介绍给小雪的。为什么会介绍工作给她呢？应该是喜欢她的吧。

在这所文学院，唐朝是很有派头的，只要出门都会前呼后拥着一群兄弟姐妹，但其实唐朝是个患有小儿麻痹的中年男，他瘦削，甚至干枯，走路高低不平，但是他就是有老大的威仪。流浪诗人、自由作家、流行歌手、职业演员，各路人马都跟唐朝有交道。最初他到这个学院时，跟唐朝在同一寝室。加上来自东北的一个同学，他们并称三剑客。唐朝尊为大哥，东北兄弟为二哥，他排行老三。在他们之外还有一群女孩子，他们下饭馆吃饭、喝酒、玩乐，在学院食堂改装的舞厅跳熄灯舞、贴面舞，回到寝室男女同宿，这就是他们在那个时期的做派。

堕落。这个词语所指涉的词义如果是成立的，那么他的堕落就始于这个时刻。他爱上了一个名叫卢燕的女同学。那是位皮肤白皙、形容秀美的女子，最初她是和一个长发男子在一起，长发男子是学院附近画家村里的画家，高大魁梧，举止潇洒，极有艺术家的风度。他们经常成双成对出现在学院的走廊。

有一天他们相约去看一位老师。那是他们到这所院校就读的共同的介绍人。回来的时候他们都有些微醉。在车上他的手扶着扶栏，她的手也扶着扶栏。忽然间他的手就覆盖在她的手上，她没有移开就那样让它覆盖着。几天之后在傍晚他约她到学院之外的一条腐臭的废水河边散步。那时候他们没有别的地方可去，他们之间的关系还没亲密到可以去旅馆开房，那时候已经有不少男女学员住在学院之外的出租屋里，或是住在学院之外的旅馆里。

他们能去的地方就是这条废水河边的草滩上。他们来回走着，说着话，不知不觉天色幽暗。他突然就拥抱住了她。他的手臂从她的身后绕过她的腰拥住她。这样的拥抱也应该是自然的，顺理成章的。他们应该就是为等待这个时刻而到这条河边的，虽然有所准备，他还是感觉到他们相拥时带给他身体的剧烈颤抖。那时仿佛天上的星辰坠落，在坠落之间闪现着电光。他捧起她的脸吻下去。他觉得应该这样做吧。不这样做似乎不正常。他们相吻的时候彼此颤抖着，他们的嘴唇和牙齿有时会碰击在一起。那时他已有婚姻，女儿应该是七岁，在家乡读小学。她也有婚姻，先生是某家电力公司的经理，她的女儿是两岁，也是在家乡。他感觉到脚下的碎石，感觉到脚下的荒草。感觉到河岸的腐败气息。他们都没有停下来。爱情，或者欲望，从他们内心冲上了脑顶，从他们肉体扩散到神经。天色幽暗，夜色深沉，在这废水河岸只有他们相拥而立。

这是夏季，河里不时还有蛙声。她突然对他说："谢谢你。"

"谢谢你给了我爱的感觉。"她继续说，"我一直以为自己不会再爱了。"

"我以为我的身体不会再有爱的意识了。"她说，"谢谢你让我看到它们是活着的。"

他是茫然的，也是懵懂的。他的脑子里一直闪现着小雪的影子，闪现着女儿的影子。他不知道自己的行为是对还是不对。在这瞬间他的内心陷于道义的纠结中。但是他也没有放弃即刻出现的对情爱的欢娱体验。"你给了我生之欢娱，我也要给你爱之惊喜。"她在黑暗中对他说。他看见了她闪亮的眼睛。她牵着他的手迈动脚步离开站立的位置。他不知她要做什么，只是任由她牵手而行。

在河边有一株放倒的枯树。枯树裸露着枝干横卧在地。

"你坐上去。"她对他说。

他不知道她要干什么。

"你坐上去嘛。"她又一次说。

他只好老实地坐上去。她轻轻解开他腰间皮带的铁扣。他闻到她头发的暗香。接下来他体验到的就是黑暗中的意乱情迷。

自由的失重。这是他在那段时光中显现的状态。

那年寒假回家的时候小雪敏感到他的异常。

他和小雪睡在一起时是倦怠的。他的神情显示出激动的样子，但是他却不能勃起。显然它已经习惯了另一个女人的激情。

寒假结束后小雪放他返校。

后来他和小雪有过一次谈话，她要求像他一样到那所学院进修。

她提出这个要求时他几乎难以拒绝。但他的内心是清楚的，如果她像他一样去那里进修，无疑是自投罗网，羊入狼群。堕落、沉溺、迷失。这是他对自己在那个时期的生活的总结。在事情过去之后他更容易看清楚。那么他还会同意她去吗？但是他找不到反对的理由。他能做的就是帮助她向校方提出进修申请。因为他在那里待过一年，尽管是懵懂的一年，总还是认识教务处的教授主任们。他们在他离去之后还肯给他面子，签发了同意小雪就读的申请函。然后就是她去筹措学费，办理带薪读书的手续。

在这年的秋季，他们来了一次角色置换。

和此前的旅途和道路相同。他们将年幼的女儿寄养在母亲家里，带着行囊乘坐列车进京。他送她到学院报到。走在爬满长春藤的藤萝架下，他内心升起的愿望就是希望小雪的生活是规则的。

他们决定共同奋斗，他由此开始自由写作的生涯。

小雪住在学院，他就在学院附近租下一间民房。买好了印有五百字的大稿纸，买好了各种书写的笔，过起他自由作家的生活。但是他先要学会在这种民房里生活。包括如何用蜂窝煤生火煮饭，在院子里把蜂窝煤架好，底部是劈好的浇了煤油的木柴，用打火机从铁炉的底部点燃，等着煤炉冒出青烟，等着青烟散尽才可以搬到房子里。取暖或者做饭。这是他要学会的。房子每月的房租是四百五十元。他那时是带着工资的。每月只有八百元，支付了房租就所剩无几。

每天都在恐慌中度过，因为不知道下月的房租如何支付。房东是一对身材矮粗肥胖的夫妇，养着一个正读高中的儿子，他们的儿子经常会带不同的女同学到家里来。那些女生都以为自己是这个男孩子唯一的喜爱。他看得很清楚，可是他在这个大院里只是寄居者。他唯一需要做的就是按时支付每月的房租。房东夫妇有爱好戏曲的习惯，每天只要在家的时候都会开着音响播放戏曲唱腔，或者男主人在院子里用练习戏曲唱段来吊嗓子。这时候他不能安心做任何事情。不能读书，不能写作。能做的就是出门到临街的学院看小雪。

那个学院的男学员是知道他的，知道他是谁谁的丈夫。可是他们并不在乎。有时候他们到小雪的寝室来，大大咧咧地坐在床铺上。这是对他的冒犯，但是这里的男人并无顾忌。他们按照自己的习性行事，这使他深深地厌恶这里的人。

但是他又有什么可说的呢？前一年他在这所学院进修的时候难道不是同样的作为吗？至少小雪还是能自持的，她基本不回应男人们的追求。说基本不回应是他的判断。有时他去旁听课程，有时他去演播室里上内部的电影观摩课。他看到那些男人对小雪的殷勤，小雪的表现很得体。他坐在不被人注意的角落，默默地看着这一切，觉得生活是一出充满荒诞色彩的戏剧。

小雪结业的时候唐朝托朋友给她介绍了工作。想让唐朝介绍工作的女人很多，但是最后只有小雪得到了这份工作。当时他已经回到了家乡，在北京的自由写作生活太艰难。每天闲着无聊在街上看打台球。小雪给他打电话："你出来吧，争取能得到这份工作，这样生活就有基本保障了。"这是他重新出发的时刻。他收拾好要带的东西再次离开家乡奔赴京城。

这是他第二次出走。这一去就再没有回头。

现在失业又让他回到昔日的状态，回到乡巴佬的状态。

失去工作之后，他平时不在意的很多问题暴露出来。比如暂住证。他一直没有到公安局办理。暂住人口就是盲流，盲流者是没有任何体制性身份的人，没有任何机构给予保护的人。他觉得这证件就是盲流者的身份标签，并非花不起九十六元钱（两个人是一百九十二元钱），是他抗拒这个身份标签。以前他住在一个名叫张中堂的公寓，这是由北京人投建的出租群落，上百幢房屋住满了来京的外省人，这是警察经常光顾的地方。这里的人们逃避警察检查暂住证的方法是，给门上锁，再从窗子爬进去，警察看到门上有锁就不再检查，那些被查出没有暂住证的人就被大声喝斥着带走，会被驱逐，被遣送回原籍。办理了暂住证呢？大院里住着一个在动物园卖服装的摊贩，夫妇两个加三个儿女，显然是超生家庭，计生委、市容管理、卫生防疫，类似机构不断找上门来收取罚款。那个男子是长着一身肥膘的壮汉，遇到这样的事情也只有唉声叹气。

在大院里除了房东之外，罗丽是唯一享有个人尊严的人。"我是作家。"每次被查到的时候她就对警察这么说。她会亮出她的作家协会颁发的证件。这时候警察会对她礼貌相待。

而他除了身份证，没有任何别的证件可以证明自己的身份。他的记者证在办理辞职手续之前上交了报社。

每次大院的门被拳头敲响的时候他的心脏跳动就加速。小雪听到急骤的敲门声就脸色发白，眼神慌乱。他们都知道总有一天躲无可躲。这使他日益被焦虑感围困。

现在的问题不只是他失去工作，小雪没有工作，在他的家里还寄居着一个没有工作的姑娘。为了安全居住在这座城市，他需要重新找到工作，为墨兰找到工作也变得紧迫。那时他像密探一样，只要出街就会留意各种工作机会，张贴在大街上的招聘广告，贴在地上的招聘广告，都会被他仔细查看。明知道在这样的媒介上找到合适的工作概率是零，他还是会看。

离家出门，经常会在街上买一些报纸。一份报纸五角钱，都市类日报。这是他可以买得起的。售报亭在香山脚下，距离他住的地方有三站地。贾家坟、瑞王坟、南河滩。这是去往香山必经的车站。买到报纸他会仔细阅读广告版的招聘启事，知道真正的机会不会出现在报纸上，他也还是会看看，结果照例是一无所获。为了消磨闲散的时间他经常会去香山脚下。据说在很久以前，这里是京城西部的荒郊，以及坟场。这是他能想象到的景象。再往前是王侯贵胄所居的园林，这是千百年前的景象，当年王侯之门所有亭榭楼台的繁华盛景，也是可以想象的。现在繁华凋零，墓园搬迁，有主的墓地被迁走，没有主的墓地就被挖掘机碾平。曾经的墓园成为现在的居所，在人们的居所之下，曾经深埋着白骨和遗骸，他想。住在这个村庄，到夜晚的时候，他会想到他睡卧的地方，就是无数旧人长眠的地方。黑暗是它们的遮蔽，也是它们的乔装，只有在黑暗中它们可以跨越生与死的边界。黑暗，这是他能体验到的。他总是能体验到，他对黑暗有特别的感受力。

我是黑暗之子。这是他对自己的认定。自然，也有黑暗退去的时候。他生活在一个白昼和夜晚恒定更替的世界。多年以后他去过位于北极圈的国度，挪威、瑞典，体验过那里的极昼和极夜。跟那样的世界比，他生活的世界是均衡的，也是对称的。当然，极昼和极夜也是对称和均衡的。他也到达过波兰和德国，这是他经验之外的国家，他也体验过那里的漫长黑暗，那是自然的黑暗和人类劫难衍生的黑暗，它们如同相异的标本封存在历史和时间的容器里。那时，早晨醒来，洗漱过后，用过早餐，他就会坐360公交车去香山。他习惯上午买一份报纸给自己看。上午的时光是安详的，晨起的人忙碌着他们的世俗生活。也有不安详的时刻，他亲眼看到一辆满载乘客的公交车跟一辆运载水泥的巨轮卡车相撞，车轮朝天翻倒在地。混乱和恐惧伴随着这个场景。列队呼啸着疾驰而来的急救车，从破碎的玻璃窗里爬出来的满脸鲜血的人，被匆匆抬上担架的奄奄一息的人。这是他看见的。他看见了混乱，恐惧就在内心里生根，恐惧会使他的身体发紧，这是本能的或生物性的反应。看见车祸之后，他还是会乘公交车出行。马路是人类的杀手，是人类的血刃之地。和平年代，只有在马路上的人可以被飞来的灾祸夺命。每一座城市都会有它们的交通死亡报告，就像每一座城市有它们的疾病死亡报告一样。他是前工业时代的矿工，以前他以为只有矿区是危险的，他以为只有矿区灾难频仍。现在生活在这座浩大的都市里，他觉得这个世界就是危险的。或者这个星球就是危险的。几乎每天他都会看到这个世界灾难的讯息，人肉炸弹、恐怖袭击、地区冲突、局部战争，对人类而言，杀戮从来就没有停止过，厄运也从来没有消失过。他看到过一个卫星拍摄的地球每天的航行云图，那些黄色的飞行的光斑如同密集的蝗虫。空难在这个世界也是此起彼伏，现在对人类来说，很难说哪里是安全的。

去香山买报纸，去一次一元钱，这是他能付得起的。

他一直保持着阅读习惯，有时报纸，有时书籍。在那段时间里他阅读更多的是报纸。每次去香山脚下的售报亭，他买若干份报纸。这是看完就扔掉的，没有保存的价值。但他还是会去买。阅读成为心理需要，也成为生理欲求，这多少让他不安。是否这样的习惯跟吸毒类似呢？吸毒成瘾，阅读也成瘾。对他个人而言，阅读成瘾的危害，不亚于吸毒成瘾。

那些瘾君子他是见到过的。就在他住的这个村庄，在一望无际弥漫着死水腐败气息的稻田里，有一幢黑色的砖瓦房屋，那幢房屋他进去过，穿过狭长的走廊，推开一扇铁门，他看见屋里有几个男人和一个女子。男人长发披垂，黑衣黑裤黑色皮靴，他们面色苍白，眼神涣散。女的秃头，也是黑衣黑裤黑色长靴，手臂间环佩叮当。

他们是借居在这个村庄的歌者，自由音乐人。上午沉睡，下午练习，晚上就出现在城市酒吧里。他们在房间里排练时鼓乐琴声就从门窗里飞散出来，他经常会听到这些声音。他跟他们并不熟识。刚搬到这个村庄的时候，在诗人秦俑的带领下他进入过那些歌者的房间，他只看着秦俑跟他们交谈。在他们的房间里，他看到那四个相貌英俊、面色苍白的男人和一个冷艳美丽的女人。他还看到了他们挂在屋里墙壁上白色的野兽头骨，刺满抽象图案的布艺壁挂。摆放在地上的贝司、吉他、爵士鼓、小号，以及展开在谱架上的乐谱。他没有看到任何毒品，但是秦俑说他们就是吸食毒品，依靠毒品激发灵感，依靠毒品的幻觉抚慰自己的人。

这个说法让他略微感觉紧张。那是他刚到北京的时刻。他进入到这个有三千年历史的帝王之都，进入到这个国家的心脏——首都。在走出那幢黑色房屋时，他看到了一望无际的稻田，青黄的稻秧在金黄的阳光照耀下现出具有层次感的稻浪。但是他也闻到了弥漫在稻田之间腐败的恶臭的气息，那是沉积在稻田里的稻肥的气息。有时候他也会在村子里看到那几个人，他们去杂货店买东西，比如香烟或是啤酒。这些人在阳光的照耀下面色苍白，他们总有一种特别的气质，那气质可以用颓废来形容。

跟那些外表狂野内心傲岸不羁的音乐人比，他是本分的。此时他是一个阅读者。仅仅是一个阅读者。但阅读成瘾，会不会也有类似吸毒的危险呢？这是他担心的。这是他对个人的担心，他对自己的担心。就是说他还是在寻求一个文字构筑的世界，而文字指向的是一个虚拟、悬浮、幻象的世界。那些印在纸上的字有什么用？管吃还是管喝呢？这是父亲质问他的话。他是一个孩子。他是畏惧父亲的一个孩子。在他的世界里，父亲是一切。

风行 KTV 急聘

男女公关 800~3000 元/天（日结）

私人伴游 1000~5000 元/天（日结）

男女服务员 3000~4200 元/月（酒提小费）

内外保安 3500~6000 元/月

音响学徒、调酒学徒 底薪 2800 元

这是贴在电线杆上的一则广告。电线杆在北京火车站右侧的小巷里。进入小巷就看见很多杂货摊、各种饭馆，苍蝇飞在肉案上，落在肉案上被剔过毛的猪肉上。卖肉的女人系着黑色皮围裙坐在肉案后，她的手里握着苍蝇拍不时挥动拍击那些落在肉案上的苍蝇。他穿过分列在巷子两边的杂货摊，往里走。并没有具体目标就那么随意漫走。也许在这深巷里会有什么发现。小贩们看见他神情多有警惕，是他的相貌带给人们戒备和警惕感吗？也许。他是斯文的，从相貌和气质看更像写字楼的高级白领，或者像国家机关里吃官俸的公务员。但事实上他什么也不是，只是一个内心焦虑惶恐的失业者。他本来以为自己是不会焦虑也不会惶恐的。但是在他离开光华路七十三号之后，焦虑和惶恐还是像野地里的杂草生出来。这么快就想找到新的工作，这种内心的急迫确实让他意外。只能说定力不够。他这么认定自己。

5

现在他不仅是要给自己找到谋生的工作，还要给留守在家里的一个外人找到谋生的工作。这是让他深感倦怠的事情。不想回家也不行。总有他不能躲避的时刻。到夜深的时候他就必须得回家去。坐公交汽车，颠簸一个小时回到他住的村落，站到他住的四合院门口，他需要深呼吸一下，调整好自己的心情。

"叔好，您回来了。"墨兰看到他进家门就起身站到地上迎候。

"累坏了吧，怎么这么晚才到家？"小雪帮他脱去外套，给他拿过拖鞋换掉脚上的皮鞋。

仿佛有一个在空中的自己看着那个走进家里的自己，看着那个在人前表演着乐观的自己。他希望赶紧躺到床上去，希望早些熄灯，在黑暗中他会感觉比较放松。他没有独自待着的时候，即使躺到床上他还是要跟小雪躺在一起。他还是要表现出乐观和有力的状态，表现出他很行的样子。他们住的房间只有二十多平方米，如此狭小的空间放了两张床。他让自己格外小心，他要保持礼仪感，即使在转身的时候他也尽量让自己的声音放轻。但是小雪会很大声，她要做爱。不知道为什么她就不能克制一下。因为心境的缘故，他没有兴致。但还是躲不掉。

她完全不顾及在这逼仄的空间里还睡着一个姑娘。他不明白她是什么样的心理。他尽量忍耐着让自己不发出声音。隔着布幔的另一张床是安静的，没有任何声息。或许墨兰也在努力不发出声响吧。

那天早晨，墨兰对小雪说她要去王府井逛逛。

"来了这么长时间还没机会走走呢。出去也给姨买点什么东西。"她说。

墨兰的嘴巴很甜，样子也乖巧，小雪也被哄得挺开心。她穿了件藕荷色连衣长裙，棕色短靴，长发绾起，模样俏丽。描眉画唇，梳妆完毕，就拎着坤包出门。

小雪在书桌前整理自己从单位带回来的账目。

他装作上班的样子，离开家坐上360公交车，但是去哪里他还是很茫然。半个小时之后他来到中关村一家常去的书店，在书架前看了一会儿新书，选了几本坐到书店的咖啡馆里。在靠近窗口的座位坐下，要了一杯卡布奇诺，翻阅那些书。

突然他的手机震动，他看到闪出一条简讯："您想出来玩吗？我陪您。"

手机被他调至静音状态。进来讯息的时候屏幕只亮灯而无声。号码是陌生的，且没有署名。他的直觉告诉他这个简讯是墨兰发的。他不知道怎么回，就没去管。

十分钟之后，又进来一条简讯："想出来玩的时候，您给我电话。"

这次他确认简讯是墨兰发来的。

这确实是一个心机很深的姑娘。他删除了那两条简讯。当然他不会出去玩，不会去找她。除了他心里有所禁忌，他也厌倦可能出现的麻烦。

那天回到家，墨兰并没有对他提起手机简讯的事情，仿佛压根儿就没有过这事情。她给小雪买了雅诗兰黛的化妆品，这自然让小雪心情大好。墨兰欢快地讲述在街上的发现，看得出来她在努力让同在屋宇之下的人开心。

一时之间还找不到合适的工作，他当着小雪和墨兰的面装模作样给几个人打过电话，帮着寻找工作机会，那些人都还没有回话。他想很难有回话，因为那都是些不靠谱的人。小雪的态度也很积极，也在跟她的朋友们联络工作的事宜。两个人都在忙碌这个事，墨兰自然很感激，经常帮着小雪做各种她能看见的事情。自来水井在院子里，需要提水的时候她就主动拎着水桶去院子里接水，洗过碗以后她也会主动出去倒水，他当然知道她表现这么乖巧和勤快的理由。

他们之间的微妙还在于，墨兰跟他们同居一室，她就得遵守住在四合院里的默契和规则。在这个大院里住着五户人家，房东老沈一家住北厢房，他和小雪住东厢房，作家罗丽住西厢房，两个民工住南厢房。住在四合院里的人们共用自来水，也共用一个厕所。墨兰就得知道什么时候可以进厕所，什么时候不可以进，这些微小琐屑的事情稍有不慎就会影响她在这里的状态。

不过他很快就发现墨兰还是依靠自己的乖巧赢得了罗丽的好感。

有一天罗丽回到大院里把人们吓了一跳。她的头上围着黑色纱巾。回到房间里摘去纱巾人们看到她满头包裹着白色纱布。"我去医院做了美容手术，"她对小雪说，"我不想住在医院里，还是在家里舒服。你让墨兰来照顾我吧，她帮我做做饭，料理料理家务，我可以支付她工钱，就算我请她做助理。"小雪跟罗丽是好朋友，她把罗丽的意愿告诉墨兰时墨兰很开心地接受了，"罗丽阿姨，就让我来照顾您吧，什么工钱不工钱的，您说这个就见外了。"墨兰被叫到罗丽面前时这么说。这样的话当然让罗丽听了高兴，他们也都暂时松了口气。

对大院里的每个人墨兰都恭敬有礼、谦和有加，婶婶大伯、叔叔大爷、哥哥姐姐，她把这院子里的几个人哄得团团转。但是太乖巧也会有问题，他看到小雪在墨兰表现出乖巧样子的时候挂在脸上的冷笑。

"这就是个小妖精。"小雪自言自语地说。

后来他觉得他还是低估了墨兰。

这个小姑娘有着两副面具。在人前是一副，面对他是另一副。有别人在场时她称他为"叔"，使用尊称"您"。他们单独在一起的时候，她就会直接说"你"，而且不会叫他"叔"。

总有小雪不在房间的时候，只要小雪不在房间，墨兰对他就会换一副面孔。

"我喜欢你。"有次墨兰对他说。他被她的话吓一跳。

"你喜欢我么？我是很早就喜欢你的。"她盯着他的眼睛看。

他当然不会让自己在意这个姑娘的任性表演。

"你能吻我一下吗？我想让你吻。"他听到她说。

看他没有回应。她靠近一步倚靠住他的身体，隔着裤子伸手抚摸他。

看他没反应，她攥住他的手放到乳房上。

"你摸摸我，我想让你摸。像你对姨一样。你别怕，我是愿意的。"

他感到紧张。突然之间也觉得手足无措。她抱着他的脸亲吻起来。可是他不信任她。看他没有反应，她的欲火也慢慢冷却下来。

"胆小鬼，没出息。"她看着他轻蔑地说。

正在这时院子里响起房东女人与小雪说话的声音。墨兰迅速起身整理好衣裙，出门迎接小雪。他听到她故作热情地叫小雪"姨"。他想，这个姑娘不能久留在这儿。

看得出来罗丽对墨兰是满意的，在那段休养的日子里墨兰也算是悉心照料着她。

"这小姑娘还蛮好。"罗丽咧着嘴笑。她出生时就是兔唇，父母虽然为她做过兔唇缝合手术，遗痕还是有，仔细辨识能看见手术缝合后的肉线。罗丽也并不避讳，她经常会拿自己的兔唇开玩笑，说自己的父母有多么不尽责，不管她愿不愿意就把她带到这个世界。手术过后半个月，脸部的浮肿渐消，生活也可以自理，墨兰就从陪侍的劳碌中解脱出来。为了庆祝罗丽恢复健康状态，她提议去餐馆喝酒，大院里的几个人都去，包括房东老沈全家。一群人开到香山脚下的一家餐馆，在那里纵情狂饮。席间罗丽跟小雪说："让墨兰去我朋友的公司吧，我跟朋友说一下，去了看她能做什么，慢慢培养吧，我看这姑娘还不错。"

当时罗丽就拨通了朋友的电话。她用很熟络的口气跟对方说话。席间人们都在看她说话。

电话挂断罗丽对墨兰说："成了，你就去这个公司吧，先干着，有问题再说。"

夜深回家的时候这群人中有几个是大醉而归的。他回到家栽倒在床上就人事不省。

第二天早晨他起床的时候，看到地上放着墨兰收拾好的提包和皮箱。她穿好衣服，洗漱完吃过早餐坐在床边。"就等着您醒来呢，我要跟叔说再见。今儿就去罗丽阿姨介绍的公司去工作了，谢谢您和小雪姨这些天来的关照，给你们添麻烦了。"她对他说。他要起床感觉头晕目眩，无法下地。墨兰拦住他，然后提着她的提包、拉着皮箱出门。他听到墨兰在院子里跟人告别的声音。应该说他就此可以轻松了，卸去了心里巨大的重负。可是他还没来得及体会这心情就又昏睡过去。

墨兰要去工作的那家公司他不熟悉，小雪是熟悉的。小雪跟那家公司老板的情人很熟。

老板是从沈阳到北京的，以前做房地产生意，后来依托学院做起教育培训。他们组建一个少年写作班，面向全国招收学员，这个项目带给他们滚滚财源。然而小雪很清楚老板和情人的关系。情人要求名分，老板又不愿意离婚。他们经常争吵打架，情人是能作的女人，切腕自杀过一次，吃安眠药自杀过一次。两次自杀都未遂。老板被折磨得心力交瘁。后来他给了情人一笔钱，供她去美国读书，总算是得到了暂时的清静。

去公司报到的当天下午墨兰打电话给小雪说她被安排上班了。

"就是给全国各地参加培训的学员邮寄资料，我负责抄写信封。"

墨兰的声音是快乐的。因为工作总算是有了着落。公司负责吃住，她住在公司为职员租下来的集体公寓，四人一个房间，同屋的三个姑娘都是公司的职员。她在电话里描述着自己报到的情况，声音里有抑制不住的快乐。"我会从头学起，好好把握各种机会。"她说。

放下电话，他看见小雪冷笑一声。只要谈及墨兰，她总是冷笑一下。

"这小狐狸精走哪儿都不会是安生的主儿。"她自言自语道。

从小雪的表情看去，好像她能窥见这个姑娘什么隐秘的事情。女人的心思实在是诡谲得很。他想。

墨兰离开了他们，然而也不会断绝音讯。她还是会打来电话，一则表示礼貌，再则通报情况。每次她都是打电话给小雪，讲她在那个文化公司的工作状态。每天她会抄写四百个信封，抄写一个五毛钱。

"这样一个月下来收入挺可观。谢谢姨和叔为我找到这么好的工作。"墨兰说。

小雪跟他转达了通话的内容后撇着嘴，她认为墨兰不会甘心做抄写信封的事情。

"看着吧，会有戏看的，这丫头不是省油的灯。"小雪在背后念叨着。

他当然知道这姑娘不是省油的灯。他想到此前墨兰发给他的那两条匿名简讯。

"您其实不用压抑自己的，想爱就爱，要恨就恨，人活着不就是为了开心吗？"

后来他又收到过一条简讯，他依然觉得没有回复的兴致。显然发信息给他的人并不真的理解。他其实不是压抑，而是倦怠。

他没有爱，更没有恨，只有淡漠。

墨兰离开之后，很快就到发薪的日子，但是这个月他无薪可发，没有收入。

事情发生这么多天，他也渐渐适应了自己的状态。这个戏码不想再演下去了，随便怎样吧。他不再积极地表演上班，不再在不愿意出门的时候出门。小雪当然有所觉察。那天在吃饭的时候问他："出什么事了吗？"

她手里端着饭碗，拿着筷子，眼睛却盯着他。

"怎么？为什么这么问？"他反问她。

"看你心不在焉的样子，肯定是发生了什么事情。"她继续说。眼睛不离开他的眼睛。

想了两秒钟的时间，他突然说："我辞职了。有几天了。"

沉默。小雪把眼睛掉开，开始吃饭。手里快速舞动着筷子，米饭和菜迅速进入她的嘴里。会有爆发的时刻，他想，同时在心里做着迎接爆发的准备。

"接下来你怎么办呢？想过了吗？"她沉默过后问。

"先歇着，慢慢看再找个什么合适的工作。不用急。现在咱银行存折还有点钱，够我们抵挡一阵子。"他说。说完这些话他觉得卸去了心里的重负。解脱感是缓慢来临的。

"你这个人怎么这么没常性呢？这工作怎么就说辞就辞呢？现在经济这么不景气，物价飞涨，工作这么难找，几百万人都在拼命争抢工作的机会，你怎么就说辞就辞了，辞之前怎么也不跟我商量一下？"小雪终于开始唠叨了。

他没有说话，只闷头吃饭。

"我问你呢？怎么就辞职之前不跟我商量一下呢？"小雪继续逼问着他。

"商量什么呢？商量了我还能辞吗？"他回答。

"你就故意瞒着我是吗？你想过辞职以后家里的日子怎么过了吗？"

他埋头吃饭。沉默。

"你怎么还能吃进饭去？发生这么大的事情怎么还能吃进饭去？"小雪继续絮叨。

"知道你烦我，烦我去找你的相好啊，去找你那些野女人！"她不断地唠叨。

他突然就把手里的筷子拍到桌子上。饭碗也砸在桌子上。封存在内心的怒火终于爆发。

是的。这是他厌倦感的由来。家庭生活在他看来是一种重轭，使他身心倦怠。

"你给我闭嘴!"他冲着小雪怒吼出来，然后起身离开座位。

6

他是摔门出来的。使出全身力气到达手上，他听到门撞在门框剧烈的震响，玻璃碎了。没有回头，继续往外走。但是心里是有犹豫的。他觉得这个动作有点大。能想象到小雪独自在家里的情景，她肯定是傻住了。因为她没有跑出来追他，没有哭泣，也没有谩骂。她一定是傻住了，因为他在家的时候很少发脾气，现在表现出来的暴怒显然是他的失控。也真的是忍到尽头了，像家里使用的高压锅，气压太强的时候爆炸是必须的，只有爆炸才能泄出气体。就是这个道理。

出门的时候他加快了脚步。他能想象到住在院子里的人们的惊诧。平时他给人们的印象也多是温和礼貌。房东大妈就当众夸赞过他的好，他其实并不想接受这种赞美，在他看来他的内心经常是荒芜冷寂的。他只是掩饰得成功，不让他人看出来罢了。现在他管不了那么多，让他们说去吧。他再也不想演戏了。他就是不高兴，就是愤怒。

家门是被他用力摔上的，走出院子时院门就得轻轻关上。即使在愤怒的时候理智也是不能失去的。毕竟这个院子还是公共场合，住在院子里的人并没有欠他什么。这么想着出了院门，沿着院子外边的土路向着街巷走去。能去哪里，他还是不知道。

但是走到街口的时候他停下来。街口站着三四个警察，他们身后是一辆警用面包车。从这路口经过的人都要被警察盘问。他知道这是查验暂住证的警察。前边走的人也退回来，那是民工模样的人，他们表情惊慌，退回到后街就撒腿奔跑。这是没有暂住证的民工吧，他再往远处看，稻田里都有向后奔跑的人。那里也有警察在查验证件。

他想退后，像那些四散奔逃的民工一样躲开检查。没有想到的是在他的身后也出现了警察。"你的证件？"那个脸上长着粉刺疙瘩的年轻警察拦住他的去路询问他。他知道事情坏了，出门的时候仓促，他的钱包和手机都忘记带。

"对不起，我没带证件。"他说。

"你是没有证件，还是没带证件？"

"我确实是没带。"

"那你跟我们走吧。"那个警察说。

"我有事情，不方便跟你们走。"他说。

"叫你走就走，啰嗦什么！到局里去解释。"警察不由分说，擒住他的手臂就往车上押。

他挣扎。那个警察打了他一个耳光。"老实点！再不老实就铐你！"

还有几个没有身份证的人都被押到警车上。他看着那些人，应该是住在这个村里的民工和商贩。那几个人因为害怕身体哆嗦着蜷缩在角落里。"你们都老实点，别想耍滑头。"警察对他们说。车门关上，他们跟警察隔着一道铁栏。警车开动，他想只能跟着警察走了。

"给你们的家人或者朋友打电话，让他们来领你们回去。有身份证的就回去，没身份证的就罚款，不老实的就拘留。"到了治安联防队的拘留所，那个警察对他们说。

他对数字从来不敏感。除了自己的电话，任何电话他都难以记清。

那些被押到拘留所的人围着一部电话，轮到他的时候，他握着电话怎么也想不起小雪的号码。他试着拨了好几个印象中的号码都不对。那个警察看着他，最后他无奈地放下电话说：

"对不起，我记不准家里人的电话。"

"怎么可能？你是在耍滑头，跟我们玩花招，是吧？"

"我跟我老婆吵架出的门，我就是赌气没想太多，没想去哪里，出门太仓促，忘带钱包了，手机也没带。"他跟警察辩解着。

"你不是说要去办事的吗？为什么又说是跟老婆吵架？看你小子就不是个老实人。告诉你，没有人来领就拘留你！"警察显然是认为抓到了一个可以抓的人。

"你可以跟我去家里。"他说。

"你以为你是谁？没有人来领你就在这里老实待着！"警察说。

他突然觉得待在这里也好。成为一个失踪者。这个想法突然间让他觉得很有趣。隐遁和逃避，虽然这个隐遁和逃避之地是警局的看守所。作为暂时的游戏也不错。待在这里不需要他做什么事情。他能暂时隔离一下现实生活，将自己与熟悉也厌倦的人与事隔开。

想到这里他突然愿意接受警察带给他的麻烦。

"就这样吧。我就失踪一次。"他对自己说。

他被警察押着坐上警车去京郊的沙河镇。同车的还有几个人，看样子是建筑工地的民工。他们都是没有身份证的人，或者也是逃避办理暂住证的人。作为惩罚，他们被押去晒沙子。这是以前他听说过的事情，现在变成了他的现实。"都给我老实点，敢耍滑头看怎么收拾你们。"片警关起警车的后门时对他们说。他没有反抗也没有挣扎，顺从地坐到警车的后车厢。蓝色的橡胶椅坐上去感觉屁股冰凉。

他没有坐实，而是缓慢地坐下来，坐到冷硬的橡胶椅上，缓慢地用自己屁股的温度缓解身体所触到的冰凉感。警车开动，驶出派出所后院，驶向马路，在道路之间疾驰。

四十分钟后汽车在沙河镇停下来。那里建有一个看守所，他们被押进那个有警察警戒的大院里。他从警车上下来身体有些发抖。看到门口写着"××第一看守所"的字样之后他才不安起来。

"放心，只要你们好好表现，不会为难你们。"警察对着他说。

好像是看穿了他的恐惧心，警察还把手搭在他的肩上示意友好。

在京郊的沙河镇他过了十五天。那也算是有规律的十五天。白天劳动。在一个工地模样的地方搬砖和晒沙子。在工地吃饭，稀粥、馒头、咸菜。从早到晚都是这老三样。晚上在大通铺睡觉，二十几个人躺在一个大通铺上，身体挨着身体，彼此的身体气息和呼吸都能闻得到。如果这里有什么让他难以容忍的，除了单调繁重的劳动和简单的伙食以外就是这没有距离感的人贴人。这样的状态是他真正厌恶的。

后来他离开看守所，回到家里，拿到手机。

最先看到的就是伊朗发给他的手机音频短讯。

我病了，两天都没起床了。伊朗说。她的声音显得衰弱无力。

我也不知道是不是能活着回去见到你。我的腰快要断成两截了，只要动一下就撕裂地痛。吃不进东西，每天只能强迫自己喝点白米粥。我妈也一直病着，我们各自在两间屋躺着，家里只有姐姐在照顾我们，姐夫去诊所上班了。

他查看音频留言的时间，正是那天他离家之后。

家里还要打官司，过几天还要出庭。我爸是被害的。回到家才知道。

伊朗的父亲是中学历史老师，这是他以前听说过的。父亲很少离开他生活的那个小镇，但是却喜欢研究世界历史和地理。在家里父亲的书房，除了堆满案头插满书架的书，就是一个地球仪、一幅世界地图、一幅中国地图。父亲喜欢看着地图和地球仪遥想外部的世界。然而那所学校都是民办教师，学校经常发不出工资。有房地产开发商看中学校所在的地块儿，要校方拆迁。镇上不给老师们发工资，也不给他们补偿，如果学校拆迁，教师们的教学和生活更难保障，几百名学生也会失去安宁读书的机会。教师们不答应，就集体到市政府前静坐。

我爸好管闲事儿，遇到不平事会出头，他参与组织了到市政府前的静坐集会。

静坐的老师们拉着横幅坐在马路中间，他们占领马路阻挡了来往的车辆行驶。

闻讯赶往现场的警察驱散了他们，把几个领头组织的教师刑拘了。

她一直在电话里说。

我爸是从学校回家的路上被大卡车撞了的，这事故太蹊跷，我觉得那些人故意害他。

她问：你在听吗？

以前听过太多这样的事，都跟我们没有关系。即使是作为记者去报道，也只是在完成一个采访任务，对我们来说不管多离谱多冷血多残酷的事情也只是一个选题。可是现在它发生在自己的亲人身上，想到我爸有可能就是这么被人撞死的，还是觉得痛苦。

听完她的音频留言，他打电话给她。

手机回响着系统自动播放的声音："对不起，您所呼叫的用户无法接听。"

后来伊朗的姐姐伊明告诉他，父亲是在伊朗回到家的第三天出殡的。她穿起邻居为她们草草做出来的白布丧服，腰间缠着麻绳为父亲送葬。眼泪哭干了，嗓子哭哑了，出殡的车队沿着山道走向选好的墓地，她跟着母亲和姐姐姐夫走在送葬队伍前，她们的前边是父亲的灵柩，力气大的男乡亲们用木杠抬着灵柩走在山道上走向墓地。

"爸爸是怎么出的车祸?"后来回到家情绪稳定下来以后，她问姐姐。

"是去学校的路上，一辆装满泥沙的大卡车撞了他。"

"警察勘查事故现场了吗? 谁的责任?"她问。

"交警说是卡车司机的责任。卡车是从身后开过去的，直接就撞了爸。"

二〇一四年深秋，他只身登上飞机前往蜜山，在那个临近兴凯湖的小城镇到处寻访伊朗的踪迹。他不相信他真的失去了伊朗，他不相信这个世界真的失去了伊朗。

（原载《收获》2016年第3期）

福　地

◎盛可以

1

"新来的？叫什么名字？"穿绿长袍的女孩走过来，双手搭我肩上，像要跟我跳舞。

她有一双羊的眼睛，在动物世界，当狮子打算撕开羊的喉管时，这双眼睛会问，"为什么"。

"算了，柠檬，没看出来吗，她是个白痴。"

"竟然还带着狗——是条吉娃娃呢。"

"她也就十五六岁吧？……喂，小姑娘，趁你有胃口，赶紧吃，用不了多久，你就会吃什么吐什么的。"

"168号……"一个女人用指头描了一遍绣在我胸口的数字，顺便在我乳房上划了一圈："这儿可真是熟透了……"

女人们笑起来。

"瞧吧，她这样剃着光头，穿着带编号的白袍，比谁都像个囚犯。"

穿红长袍的大肚子女人摸着我的脑袋："你先得有一个水果名字——"

她们叫她"苹果"。她身上淡淡的香皂味像妈妈的。她很结实。脸是圆的，眼睛是圆的，鼻子边那颗痣，像墙角的青苔，手指头轻轻一压，就能挤出水来。妈妈在屋里叫喊，好像有人在揍她。鸟在屋顶上的杂草中啄食，被妈妈的号叫声惊起，唧——，它们像子弹射进灰茫茫的天空。树叶已经落光了，折了的枯丫子吊在树上，像断指一样，晃来晃去。地坪上人很多，男人们忙着做轿子，将睡椅绑在两根楠竹上，搁上扁担。麻绳缠来缠去，竹质品发出吱呀吱呀的声音。看热闹的女人抱着孩子，嗑着瓜子，一点也不担心妈妈的叫喊。

"我生我们家老大时，喊得比她还吓人。"

"我们女人家，别的本事冇得，就是忍得痛。"

两个男人抬着妈妈走出来，她的头发湿漉漉地糊在脸上，下身全是红的。妈妈被搁在睡椅上，她眼睛闭着，嘴巴抿着，睡得很香。他们到镇里打了一个回转。妈妈被抬回来的时候，以同样的姿势躺着，也是这种表情，只是头发干了，脸色更白。她累了，都懒得睁开眼睛看我一眼，直到她睡进泥巴地里，也没有问我吃饭了没有。

"就叫她哈密瓜吧，反正是哈里哈气的。"

"我看蓝莓挺适合，她脸上有种淡淡的忧伤。"

"不对，她像桃子，桃子，性感又多汁。"

"车厘子吧，小巧玲珑，又新鲜，又精致。"

"哈哈，叫笨西瓜算了，反正是谁都可以劈上一刀的。"

女人们给我取名字，逗我带来的小黑狗。饭吃到一半，我就成了"桃子"，黑狗被叫作"福气"。

2

一个胖男人走进餐厅，灰色西装，猪血领带，板着脸，似乎丢了东西，眼睛滚来滚去，要从我们中间揪出贼来。穿迷彩服的后生跟着他，头发软塌塌的，皮肤很白，脸上黑痣散落。

"064。"胖男人喊了一声。

"到。"苹果用手护着肚子，慢慢站起来，结实的肌肉突然松松垮垮的。

"自己老实交代问题吧。"胖男人仿佛黑暗中的哨塔，翻了翻小眼睛，眼白像探照灯一扫。

"……我未经基地允许，违规写信，按基地规章制度第六条第四款，罚款一千……"

"完了?"胖男人盯着苹果的脸，像一条狗等着主人吐出嘴里的碎骨。

"我错了。"碎骨吐了出来。

"大兵，严惩不贷。"胖男人叼起骨头，斜乜着眼，好像被烟熏得厉害。

"请牛总统放心。"

他们离开餐厅，像一艘船驶离。

女人们水一样重新聚拢。

"牛肉丸是个机器人，太过分了，咱们得想办法煮一煮他。"柠檬说。

"算了吧，忍一忍就过去了。"刚呕吐完的瘦脸女人说，"一个月批准写一封信，我看也够了，我连这一封都不想写——代孕哩，有脸谈。"

"雪梨，别自己看不起自己，"说话的女人大眼睛大嘴巴大鼻子大门牙，"替别人生孩子，卖子宫，又不是卖×。"

"哦哟，榴莲，你是很自豪了？你丁解唔话你亲朋好友知？"雪梨一副又要呕吐的样子。

"你能说普通话吗？舌头都捋不顺还……"

"我说的就系普通话。"

"你俩又铆上了。"柠檬打断她们，"明知道牛肉丸最怕我们齐心。"

"……打电话他们要监听；写信他们要审查……他到底怕什么呢？我们不就是想熬过这十个月，拿了钱走人吗？"

"得了个白癜风，就当自己是白种人，只差在鼻子底下贴一撮毛冒充希特勒了。"

"希特勒是谁？"

"一个变态佬。"

"我们每个人到这儿来，都有自己的原因，但现在我们面对的问题一样，不能任由牛肉丸宰割。我们要搞清楚，他这样的地下公司，实际上是怕我们的。"柠檬的眼睛变得像豹子眼那样明亮。

3

刺耳的铃声响过，胖男人——牛总统又进了餐厅，身后是两个穿迷彩服的，一个刚刚来过，另一个叫小将。小将像一头水牛，两腿笔直，蹄子套着黑靴。

福气摇尾迎过去，挨了一脚，夹着尾巴跑到我身边。

牛总统闭着嘴，像检阅军队，眼睛在餐盘上缓缓移动。

"123，为什么不啃干净骨头？"他在盘子里扒拉两下，扔掉筷子。

"这种骨头，只有狗才啃得干净。"柠檬的脖子很细，挺得很直。"我已经尽力了。"

牛总统从不同角度看着骨头，没吭声。他继续往前走。看到空空的盘子，很满意，抬眼看一看盘子的主人，一副马上要笑的样子。但他始终没有笑出来，就像努力憋住一个屁。

"这又是怎么回事？"牛总统走到榴莲面前，背着手，挺着肚子。

"有股猪屎味。"榴莲回答。

"记下。按照规章制度办。"牛总统吩咐大兵。

"饭菜难吃，是厨房的问题。"榴莲抗议。小将看着她。

"别人都吃了，你为什么不能吃？"牛总统眯着眼，转向另一个，"088，你说说，你为什么能吃那么干净？"

"报告牛总统，我觉得我还吃得下两份。"088脸红扑扑的，受到表扬后就更红了。

"草莓，你可真是谄媚。"柠檬说道。

"定餐、定量、定时、定味，是饮食准则，遵从科学饮食，对母亲和胎儿都很关键。"牛总统踱着八字步，"为什么那么多基地倒闭了，我的基地却越来越兴旺？因为我经营得好，客户信任。我，顾客至上，以人为本。你们要搞清楚，罚款的目的，归根结底，还是为了你们好。这里是你们的福地。"

"你不是以人为本，是以胎儿——钱为本。"

"母体不好，胎儿能好得了？扯淡。我这儿出去的产品，没有一件不合格的。"

"产品？你认为婴儿是产品？"

"对，产品。"牛总统看起来想上厕所。"你们就是产品制造者。"

"难道我们不算母亲？不配得到尊重？"

"母亲？"一个圆滚滚的哈哈从牛总统薄薄的嘴皮子里弹出来："你们不该那么想。你们只是一所房子。打个比方，邻居养了一条哈士奇，因为出差，哈士奇暂时放你屋里寄养，然后付你一些费用。就这么简单。"

"我们是人。"柠檬说道。

"当然，你们是人，是产品制造者。"牛总统又露出那种烟熏眼睛的表情，"明白这个道理，你们会过得更轻松。"

小将突然走到我旁边，"这儿不许养狗！"他揪住福气脖颈上的毛拖拽。我抱紧福气。福气呜哇哭叫。我张开嘴，喊不出声音。那只揪着福气的手，冒起青筋。我一口咬住那只手。一股咸味涌上舌尖。手的主人"啊"了一声，松开了。我退到墙壁。福气舔着我嘴角的血，那不是我的。

雪梨掏出创可贴，给小将封住伤口："放心吧，她打过疫苗的。"

这句话带来了笑声，连牛总统也没忍住。

4

玻璃窗裂缝像闪电。

"问水，我去买吃的，你站这别动。"木脑壳的后脑勺在人群中忽隐忽现。

我沿着商铺一路走，一路数砖块。木脑壳经常捞鱼给我吃。鲫鱼、草鱼、小虾米。他对我说真话。他说他很孤单，尤其是在刮北风的夜里，门框响得吓人。他脱了裤子，让我看他那根肿胀的东西，那道发红的伤口，他搓摸那儿，疼得嗷嗷叫。

"问水，莫跟木脑壳耍，他会把你卖掉的。"村里人说。

我没找到木脑壳，跌了一跤。妈妈发现我裤子上的血，一路哭着找支书，支书召集村长、队长、组长、出纳、会计、妇女主任一起开会。"木脑壳的情况大家都了解，他是个傻子，还有个瘫子娘……都是乡亲邻舍，事情闹大了，对孩子也影响不好。"

"书记、村长、组长，各级领导都在，你们可是要给出一个公道。"

木脑壳的妈妈趴在木脑壳背上，找村支书，要是不帮她，她就死在他家里。

妈妈拿到了公道，牵走了木脑壳家的大水牛。爸爸的病花光了大水牛。妈妈要赊账。医生说医院不是他开的，是公家的。妈妈不认识公家，她没有他的地址，也没他的电话。公家是个坏男人，我猜他也没有什么朋友，连村里那些没见过他的人，都经常骂他的娘。他的娘要是知道这些，会很伤心。谁敢抓得小鸡吱吱叫，老母鸡会啄人。要是有人喊我白痴，妈妈就会拿扫把扑过去。

镇里很多人不干活，就爱吸白粉。没钱了，就到乡下捞。遇到戴金银首饰的妇女，明抢，谁要是反抗，他们就用刀子。夜里头上房揭瓦，撬门进屋，值钱的就拿，连腊鱼腊肉都要。人们把狗拴起来，门上加一把锁，屋里留一盏灯，一有动静，就大喊一声：谁！语气里好像拿着菜刀。人们管这些人叫毒鬼子。木脑壳后来和他们搞到一起，把各家各户的底细报给他们。木脑壳有了钱，还弄到一只苹果手机。一个人打游戏，跺脚骂娘。他大声讲电话，戴着耳机，从村子这头走到村子那头。

"我想去远方。"木脑壳对我说，"他们都说我坏话，因为我送鱼给你吃，他们嫉妒。"

5

睡在天桥下，总能看见月亮，稀薄的，里面有一棵树，一个人拿着斧子在砍树。他抽出斧子，树就像水一样合拢。我盯着他。他一直砍。老鼠和蟑螂爬到我的腿上。天桥底下长出了水泥钉，他们用棍子挑散我的家，扔到垃圾桶里。我搬到公园后门，厕所边有一块空地，从那里可以看见公园景色。一个老头子拿把剑，这边刺一下，那边刺一下，将剑夹在腋窝里，用一条腿站着，手掌慢慢推开空气。

柔软的床有一条河那么宽，河水在太阳底下闪光。捡块瓦片打漂漂儿。瓦片在水面突突突突，像只逃跑的老鼠，一头钻进洞中。门忽然开了，"168，起来，准备去检查身体。"

圆圆的牛总统，后面跟着一个圆圆的女人，脸上粉白，眼线很黑，到眼角那儿往上一挑。唱草台子戏的演员，眼睛也画成这样。她的奶子堆得像两座坟，泥土几乎挤到下巴了。清明节，我从别人的坟山里扯来纸灯笼，插进妈妈和爸爸的坟山。清明节的雨水比眼泪多。妈妈说，眼泪解决不了任何问题，但是爸爸死的时候，她偷偷哭了好多次。

牛总统伸手拍拍坟墓，手掌和嫩肉撞击出叭叭的脆响声，坟墓颤波波的。

圆圆的女人挑起眼尾，"别，她看着呢。"

"她懂啥，跟条狗差不多。"牛总统在她两腿间擦掉手上的坟土，女人胸一挺，顶开了他。

他们吃吃地笑。她凑近我，眼尾角飞起来："我猜你不是哑巴，你就是不想说话，对不？"

她的鼻子边围着一群小雀斑，嘴唇涂得鲜红，好像刚吃过人血馒头，一股血腥味。木脑壳就有这种味道。湖水是这种味道。村里也是这种味道。每天都有人吃鱼、剖鱼、晒鱼，鱼杂堆在阴沟里，到处有鱼骨头扎脚。

"我叫丁当，就是这种响声，你听……"女人弯起手指头，敲了敲床头柜，"丁、当。"

我听到"咚咚"两响。她说假话。

6

"这真是基地有史以来最健康的数据指标。"牛总统笑得露出了全部牙龈，"168，一路发啊。我就知道，这种到处流浪的野人，饥一餐，饱一餐，还不病不痛，准是一头健壮的小母牛……你瞧她那胳膊腿，那髋骨……眼睛黑白分明，头发墨黑，肾好，气血足，生上十胎八胎都没问题。丁当，你抓紧时间给她建档……很简单，从应聘资料中找模板，做一个完整的档案。大学毕业，身体健康，无遗传病史……智商的问题，还是得看运气的。哈哈。无本生利的好生意。"

"没想到你真的把她带回基地了，万一……"

"我观察了不下三个月，没有人知道她的来历，看样子是个南方人。"

"我总是觉得这事儿有点那个……"

"小丁当，你需要见见大世面。"牛总统揪了她屁股一把，拨通电话："大兵，通知厨房，给168加料，先养上半个月。"

他侧转脸看着我，眼睛像两枚钱币，突然发出金色光芒。

7

远山像茅草房一样矮。阳光从屋顶斜射过来。女人们站好队，面向太阳。小将喊道：

"基地广播体操，现在开始……一、二、三、四，二、二、三、四，三、二、三、四……"

女人们伸手摘星，踢腿抽筋，一会儿抱着肚子摇晃，一会儿扭动脖子转圈。 阳光在她们的脸上闪烁。

"168，放下那狗东西，跟上节奏。"被我咬过之后，小将不再靠近我。

白色、绿色、蓝色、红色，色彩翻动。太阳明晃晃的，像手术灯。

"问水，太烧了，让我放进去冰一冰，冰一冰就不疼了。"

木脑壳对我说。河边青草坡，河水波光闪烁。

"躺下，腿张开。"

"绑一下，别让她乱动。"

"你说，她是不是处女？"

"一个睡大街的傻子，肯定早被破了。"

"去年收到一个急性阑尾炎病人，癫老太婆，被很多人胡乱睡过，生了两个儿子，都不知道是谁的。"

"是嘛，刘医生，我是担着风险的……"

"老牛，你说的没错，看这对夫妇的运气了……他们是什么人？"

"不算穷，也不算富，独生子出车祸死了，想再生，可是女的年龄大了，心脏也不好……"

"现在查得很严……你知道，这是违法行医……我老婆都开始反对了……"

"富贵险中求啊，刘医生，每例手术费增加百分之二十，我想，你不会反对吧？"

"老朋友之间，最紧要是合作愉快。"

"来吧。摸摸。它很烫。它发烧了。"阳光从水中反射出来，河面一片金光。木脑壳的裤子掉下去了，没有力气提上来，他哼哼唧唧。它病得很厉害，发烧，脸都是红的。我看了看河水，伸手捧了一捧，洒在他发烧的地方。他叫了一声，好像烫着了。你躺下，腿张开。草尖扎得屁股痒痒的。青草的味道钻进鼻孔。蚂蚁正在行军，两只鸟从他背上飞过。有一只朝我眨了眨眼睛，收拢翅膀，说——唧噫。

8

女人们围着我，揉我的头发，摸我的肚子，像下蛋后的母鸡咯咯叫。

"她什么都不懂，他们已经在她身体里种下了苗。"

"才知道，她是牛肉丸捡回来的……冇阴功啊。"

"冇阴功？什么意思？"

"有阴功就是到了阴间也会记功，冇阴功就是造孽。"

"我们能不能想办法帮帮她。"

"她在外面，不见得比在这里更好。"

"我觉得也是，你想想，她要是在外面被别人搞大了肚子……"

"牛肉丸拿她来赚钱，会遭报应的。"

"哪有什么报应，恶人都活得好好的。"

"桃子，听着，如果你的肚子肿起来了，你不要害怕，用不了多久，它就会瘪下去的。"

小将离开天台。榴莲一个人继续做广播体操。

"想要小将单独为你喊……操呀？"

"怀孕身子苦，禁欲心里苦啊。"

"苹果最幸福，再过两三个月，就可以回家让老公操个够了。"

"我只想见儿子。"

"雪梨，小将对你有意思，你那块温柔的创可贴……"

"他腿那么壮，跑十万八千里都不会累。"

"怎么可能，没看他站那儿喊操，有点疲软吗？"

"谁跟他跑过了？"

"每一个女人都是嫌疑犯。"

9

我看着镜子里的人，穿着绿袍子，头发根根竖起，脑袋像个刺球。除了丁当，基地还派了一个女人照顾我，反复跟我讲，走路要慢，不要蹦跳，不要攀高，不要坐在地上，走路时手要护着肚子，小心撞到桌子角。妈妈总跟在我屁股后面喊，"问水，慢点呀，别摔着了。"我跑得更欢。看见瓷砖格子，我就跳房子；福气追我，就蹦到椅子上。妈妈撵上我，抱我起来使劲亲。没人的时候，丁当会揍我，她扇我耳光，骂我的娘，"白痴，一辈子没享过这样的福吧，真把自己当公主了是不？"她说用不了多久，我就是一条奶子拖到地上的老母狗，再没卵用。

绿袍像是魔衣，很宽松，却裹得我透不过气。

我想冲出自己的身体。

我从一个房间，走到另一个房间。

"桃子，你要是没种上就好了。"柠檬撇撇嘴，摸我的绿袍，"牛肉丸这只铁公鸡，用衣服颜色来划分我们，没受孕的，穿白色；怀孕头三个月，穿绿色；四到六个月，换蓝色；七个月到生产，换红色。你知道，这样的话，他眼睛一扫，就像看到了对账单，所有账目一清二楚。"

我嘎嘣一声咬开话梅核。

"基地的丰收季节来了，没听他说嘛，'再过个把月，基地就会有六件产品面世，而蓝色的这批当中，将有七个产品制造者转入红色，绿色的这批当中，如果不出意外，也会有三个进入蓝色'……关键时候，他亲自过问伙食，检阅餐盘……他现在梦里都在数钱了。"

柠檬的脸上没有一丝皱纹，皮肤像瓷砖一样光洁。

我张开嘴，呕出舌头。

我不吃饭，她们绑住灌我，灌不进就打我，用针尖扎我手指头。只要丁当举起那根针，我就一口气把碗里的东西吃个精光。

我很想吃妈妈做的萝卜丝煮鲫鱼，加两勺剁辣椒，放在小柴炉上，汤水煮嘚啵啵响，鲫鱼清甜的，萝卜丝也清甜的，再弄点汤泡饭。鱼骨头都给福气，我会喝光剩下的汤。

福气学会了表演。谁的手里拿着骨头，它就朝谁作揖，踮着两条后腿，伸长脖子转圈。要是谁的手指弄成枪的样子对着它"叭"地一声，它就会立刻倒地装死，一动不动。它还会做祷告，前脚放在桌子上，埋下脑袋。如果它刚叼着骨头，那边枪一响，它便倒下，嘴里还咬着骨头。

10

房子睡了，门像眼睛那样闭上了。夜灯昏暗。门牌号闪着微光。走廊里静悄悄的。我的嗓子里有只猫，发出呼噜呼噜的声音。黑影跟着我，走走，停停。我转身找它，它就不见了。我轻手轻脚，上楼梯时摆脱了它，到走廊里，却发现它仍然跟着。它贴着墙壁，像一张薄纸片。我转过身，它又不见了。我背靠墙，缩在地上，在这个位置，不论鬼从哪个方向出来，我都看得见。

昏暗的走廊通到更模糊的地方。妈妈点着蜡烛走过来，"问水，要去屙尿了吗？"厕所在后门口，竹林里墨黑的，里面有几座坟山，坟山里还有黑洞。"问水，别怕，妈妈陪你。"妈妈推开厕所门，吱呀一声，昏暗中走出一个高个男人，脖子被两条手臂缠着。高个男人已经退到门口，返身抱住暗处那人。

"嘘，天已经亮了，可别被人撞见。"

"信很急，记得今天一定寄了。"

我听得出是小将和雪梨。

"睡吧。"妈妈亲了亲我，吹黑了蜡烛。

11

"谁是夜班巡逻的？怎么看不见一个大活人睡在走廊上？地板上那么冷，冻坏了怎么办？流产了怎么办？在我的基地，决不允许发生这种重大事故。"牛总统叉着腰大发脾气，"事实上，自打有基地以来，也从未发生过重大事故，小事故也没有。"牛总统身体转向女人们，继续发火，"我呵护你们，照料你们，就像对待自己的亲人，你们却对我种种不满，背底里骂我，要造反。拜托你们，站我的角度想一想，想一想我的难处，管理这么大一个基地，当好这个家，我丫的容易吗？"

"牛总统，应该是'你丫的'，不能说'我丫的'……"

"怎么不能说？我丫的想怎么说就怎么说。"

"丫的意思是丫头养的，是野种……"

牛总统噎住了，喉结上下一滚，使劲咽下那团东西。

"……国有国法，家有家规，组织有组织的纪律。无规矩不成方圆，如果任你们由着性子来，基地早就垮了，垮了对你们有什么好处？你们上哪儿挣这种舒服钱去。你们是幸运的，基地不但没垮，而且发展蓬勃，这证明什么？用屁股想想也能明白，这证明我的这套制度是合理的、有效的、可持续的。我要你们遵守规章制度，我自己也是全部遵照合同办事。

"我有没有拖欠过你们一分钱？没有。我有没有撒过一次谎？没有。我是不是更多地站在你们的立场，为你们的利益着想？是吧。我照顾你们的物质生活，还照顾你们的精神生活，每周两场电影，文艺片、爱情片、动画片，只要是你们想看的，尽量满足你们。还有拼图、刺绣、音乐、绘画，随你们想。可是你们，成天想的是写信、打电话。这肯定不行。你人在这里，这段时间的心，也要属于这里，只有这样，你才会心安，一心一意，才会快乐，快乐才能出健康的产品。我不想搪塞客户吧？至少，你们也得对生命负责，对不对？他在你们的子宫里时，善待他，这是美德。"

"牛总统，你说话前后矛盾，你叫我们不要感情用事，因为孩子生下来，我们连看一眼的资格都没有。你说我们是房子，就是房子好了，我们都按你说的做。"榴莲咽东西时，眼珠子都快鼓出来了，"你又说善待，怎么个善待法，善多了就变成了爱，你拿把尺子让我们量着做？"

"你这是狡辩，狡辩赢了又有卵用？哈士奇寄养在你这儿，你不用爱它，但你得养好它对吧？如果它在你这儿生了大病，岂不就坏事了？"牛总统说道。

"母性是天性，要克服天性，哪有那么容易。"榴莲站得直直的，一只手在空中划动，"打个比方，人发情是天性，却不得不禁欲，这就难熬了。牛总统，这么说你能理解吧？"

"怎么着这是？我今天跟你们谈纪律，你们倒一个一个开始批评教育我了？这儿不是监狱，不乐意的，现在就可以走人。大兵，把铁门打开。"牛总统没话说时，就来这一套。

大家都不吱声了，呆在自己的座位上，望着眼前的小米粥、包子、牛奶、鸡蛋、胡萝卜。

"我不知道，你们到底在扯什么？你们要干什么？我只是想告诉你们，让事情变简单些，就像母鸡下蛋，下完就离开了，管它蛋大蛋小，黄壳白壳。"牛总统挥了挥手。"大兵，新添一项规章制度，记住，在基地，永远不准谈感情、谈母性，违者罚款五百。"

女人们抬起头，眼睛突然放得像碗那么大，这些碗大的灯泡电力十足，照着牛总统白花花的皮肤，汗毛像森林一样，他脸上的坑坑洼洼，像一个个陷阱。

我感到恶心，张开嘴，嗷——嗓子里滚出一个哑球，碾出一片寂静。

12

电视机里，一个没头发的男人站在桌子前，手里捏着一支毛笔，眼睛眨巴眨巴，说话很客气。他说一阵，就用毛笔在纸上扫一下，说一阵，在纸上点几点，说一阵，再点几点，纸上画出一个人，胡子比头发长。女人们便哦哟一声。这个男人每天穿着同样的衣服，站在那张桌子前，一边说一边画。有时画一棵树，有时画一座山。画着画着，电视里就有一条卫生巾蹦出来，跳舞，旋转成一个穿白裙子的女孩，女孩跳舞，撇开两腿飞到空中。她跳到床上。她翻来覆去，咯咯笑。女孩又变成卫生巾继续跳舞。一杯水倒向卫生巾，卫生巾一张嘴，全吸进去了。

看到这儿，小将就关掉电视。女人们各自忙碌。铺开白纸，倒出墨水，抓着长长的毛笔，像拿匕首一样。有的站着，有的坐着，捋起袖管，手挥来挥去，好像在后厨准备酒席饭菜，剁的剁肉，切的切菜，洗的洗碗。墨香味散了一屋，有点臭水沟的味道。纸上很快有东西看了，有人做了一只鸡蛋出来，有的画了一朵开了的花，有的弄出一对女人的奶子，有的手抖动着，雕花刻印，努力要写直那一竖。

小将像刚洗过澡，身上飘着香皂味。他表情严肃，慢慢地、稳稳地踱着小步，东看看，西看看，磨磨蹭蹭地，最后走到榴莲后面，贴住榴莲多肉的屁股。肉屁股被压扁了，它像一块大吸铁石，牢牢地吸住了小将的身体。小将停顿片刻，慢慢从肉屁股上搓开，用手扯了扯衣摆。

我看着墙上的斑点。我听见我肚子里的声音。我听见鸟爪子落在瓦片上。我听见妈妈喊我。"问水，回来吃饭啦。""问水，给奶奶端茶。"我一直看着墙上的斑点。那可能是一坨苍蝇屎。风揉揉云，云变成一条狗。风揉揉云，云变成一头牛。风不来揉我，我还是我。妈妈的衣服是棉布的，非常柔软。窗帘也是棉布的。我剪了一截。带在身上。手指头搓着布的纹路，心里很舒服。

"桃子，墙有乜嘢睇的，过来画一画。"雪梨的脸黄黄的，她盯着我，好像要从我的眼里找到昨天晚上的秘密，那个秘密是她的，被我发现了，她想拿回去。"一块破布有什么好玩的，扔了它，我给你个芭比娃娃。"

雪梨身上有小将的味道。我和她拽着那块棉布，都不放手。

柠檬说："雪梨，欺负桃子，你好意思？"

"嗳，谁欺负她呀，我一番好心，怎么都跟个傻子一样，不领情。"

"谁是傻子？"榴莲说，"别以为你比她聪明多少。"

"哒啦，你和她一样聪明。"

"又吵。你们精力真好。"苹果正在画房子，屋门口一个小男孩在打陀螺，一条欢蹦乱跳的黑狗，"牛肉丸不许我们谈母性，我还是要谈一下，谁要是想告密领赏，尽管去。母性，不仅仅是对自己的孩子，应该是对所有的生命，包括你们说的傻子、残疾、动物……你都爱，都会宽容。"

"我们要在基地修炼成圣母吗？"雪梨说。

"自从我有了儿子之后，就是这么看世界的，我儿子走了之后，我更加这么认为。"

"给新来的讲讲你儿子，讲讲那次灾难吧。"

"我不想变成祥林嫂。"苹果说道。"总之，我喜欢我所做的事情。"

我摸着棉布，看着墙上的斑点。女人们聊着、叹息。妈妈靠着一棵苦枣树，风扫过去，紫色的枣树花就飘下来，落在妈妈和女人们的头上。她们都戴着花冠，我闻得到香气。

13

这栋楼有多少房间，我一直没数清楚，每次数到九，自动弹回一，我只好数得更慢，使劲扳住每一个数字，用脚踩住，不让它们跑动。妈妈就不用这么费劲，如果数字滚了，她就用食指和拇指将它捏回来，因为她把数字变成了黄豆。数字听妈妈的话，乖乖地拢在一起，就像一群毛茸茸的小鸡。妈妈也会把数字变成脚印，印在下过雨的泥路上。我也试过将数字印在走廊上，但还是数到九时，就自动弹回来。我不管它，爬上楼接着数，九、九、九……牛总统的办公室门开着，音箱里传出女人的声音。

"轮到你了，榴莲，你第一次是什么时候？和谁？在什么地方？"

"一定要说真话？"

"真话游戏，当然要说真话。"

"好吧。十四岁，读初二，在男同学家里。"

"说细节。"

"算了，那时候不懂事，稀里糊涂的。"

"怎么样稀里糊涂的？"

"……"

牛总统撑着腮帮子听着，脸上的小坑坑都红了。见我进来，他关掉音箱，坐直身体，两只手像吵了架似，一边一只，搁在椅子边上：

"咳……168，挺精神啊。再过一阵，你就吃得下一箩筐东西了。"那只右手不生气了，主动搭在左手上，抚摸它，左手原谅了右手，翻过来，抓住了右手，两只手绞到一起，互相搓揉、拍打。雪梨和小将嘴巴对嘴巴，发出嗞嗞的声音。雪梨的手臂像青藤绕住小将的脖子，一条腿缠在小将的腰上，小将扭动屁股，好像要挣脱缠住他的东西，但是他挣脱了好久，直到那些东西自己脱落。

"我知道，你喜欢吃番茄蛋汤、粉蒸排骨、辣椒炒肉。到时候会让你吃个够。"他指着音箱。"那些女人，唧唧歪歪的，身在福中不知福。她们就是不想老老实实地过这十个月。这蛋一天不生下来，我这心就悬着，真是操碎了心。唉，即便这样，鸡飞蛋打的事情，也不是没有过，但都过去了。撇开这些不说，万一哪天查了，一锅端了——头上悬着一把剑，多危险哪！这些十足的母白眼狼。"

十足……十、十……我终于数到十了。

"报告总统。"大兵在门口。

牛总统拧开保温杯，说话太多，他得喝点水，"带上门。"

大兵要推我出去。

"说吧，不碍事。"

"小将以前抽中南海，最近竟抽起软中华了……我怀疑他在帮她们寄信，捞油水。"

"怀疑，怀疑有卵用？我跟你说过，凡事要讲证据。我们基地做任何事情，都是有法可依的。没证据，你让我怎么办？"

牛总统摊开双手，紧接被他自己白花花的双手吸引，露出喜爱的神色：

"我这双手，干过很多杂活，搬运、泥工、厨师、替人收账，拿过刀，砍过人，至今安然无恙。不过，也有些不太明显的伤。瞧，这个疤，十五年前的；这道口子，十三年前的；这只手指断过，重新接上去的，看得出来吧，有点歪。但不影响。我想说的是，比起人世间别的许多事情，下蛋是最轻松的活。比如，一个果子熟了，叭地掉到地上，你听过树喊疼吗？你见过哪棵树拒绝结果子吗？没有不是？"

"168，你遇到我，真的是走了狗屎运。现在物价那么高，别人养一个孩子都费劲，谁还愿意领你回家？你现在还睡在厕所边，吃那些发馊的垃圾，也可能被那些畜牲似的家伙奸了又奸……啊，真是不堪想象。当然，你还得感谢你的父母，他们总算将你生得漂漂亮亮，小母牛似的健健康康。你家祖上积德了。"

"是啊，要不是牛总统大发善心，这傻子还在大街上抠虱子呢！"大兵说。

牛总统微微一笑，那双白花花的手落在肚子上，随着肚皮起伏。

一、二、三……九、九……十，十只小白猪睡在肚皮上。

14

苹果总在织毛衣，捏几根细竹签，默默地戳来戳去。戳一会儿，就停下来，东西摊在床上，像瞎子一样，又摸又抠，有时把头埋进去，肩膀一阵抖动，眼泪乱抹。忽然又抽掉竹签，扯起毛线头，毛线老鼠似的突突奔跑，她手里的线球渐渐膨胀。

"生下他第一天，眼睛还没睁开呢，就紧紧地抓着我的手指头。到两三岁，这也要帮妈妈做，那也要帮妈妈做，还说，'我的妈妈是世界上最好的妈妈'。"

毛线球掉地上，一路滚到门口，福气叼回来，又啃又咬。

"那天夜里，我要是没加班，就跟他们一起去了……"

苹果说着，走到窗前，透过防盗网格看出去，是一堵灰墙。

时间嘀嗒嘀嗒，雨水滴答滴答。摊开手掌，雨击中手心。我的妈妈是世界上最好的妈妈。她肩挑担子，一筐瓜果，一筐我。一筐化肥，一筐我。一筐大米，一筐我。

天台有花有树。摸摸叶子，嗅嗅花朵，听它们叽叽喳喳地闹。花衣虫爬动，壳里的翅膀突然散开，甩出两把刀，飞起来，卷起狂风。树叶嘻嘻笑。田野，树林，水沟边野芹菜，昆虫，小鸟，头顶上白茫茫的天空。知了在树上叫，来呀，来捉我呀。油菜花地里，蜜蜂嗡嗡地，来呀，来捉我呀。天牛吱吱叫嚷，来呀，来捉我呀。

一只蚂蚁爬上树，围着树干转圈，爬到叶尖上，看着远方，不高兴，好像要跳下去。它想了一会儿，慢慢调转头，回到原路，又顺着树干爬下来，钻进泥土里。我闭上眼睛，开始钓鱼。柳树荫下，河水一漾一漾。蜉蝣贴着水面飞。一会儿碰一下自己的影子，一会儿蹿到空中。太阳斜了，我的影子落在河面上，罩着鱼标，一动不动。我等着鱼来吃我的影子。天空中划出很长的一道白雾。那是飞机。木脑壳说，想去看飞机吗？草哼哼唧唧。我等着鱼来吃我的影子。

透过抠成纱网的树叶看着她们。她们肥胖，脸上浮肿。太阳落在她们身上，毛茸茸的。她们在开会，像一群企鹅围拢。风一吹，袍子贴紧她们的肉体，显出身体的形状。屁股和肚子像两个大括弧。脚尖尖地插在地上。她们低头沉默，好像在悼念地上死去的蚂蚁。福气追咬一只苍蝇，嘴巴发出叭叭的声音。苍蝇在空中划了几个大字，落在柠檬袍子上。

我走到她们中间，用树叶挡住柠檬的眼睛。她的眼睫毛扫过树叶，沙沙响。

"桃子，咱们要玩一个游戏，明天早餐铃响过之后，不要去餐厅吃饭，就待在房间里。"柠檬说。她身上有花香。

15

我躺在床上，玩一个游戏。早餐铃一遍遍响，肚子里咕噜冒泡。泡泡飞到耳朵里，啪啪炸开。铃声在脑子里嗡嗡地响。过了一会儿，我走出房间。大兵和小将正在敲门。"早餐时间到了，马上到餐厅去"。嘭嘭嘭嘭。"马上到餐厅去，牛总统在等你们。"大兵敲完，小将敲。敲完这张敲那张，满走廊嘭嘭嘭嘭的声音。

福气嗓子里呜呜的，要吠小将。我抱起它去餐厅。

牛总统背着双手，在屋里转圈。他的脸像吹饱了气，圆圆的，嵌在肉丸子里的眼珠子就要鼓出来了，头发一根根竖着，像扎了满脑壳的鱼刺。他盯着我，好像不认识我。他继续转圈。西装绷得紧紧的，后背勒出肉堆——他又肥了不少。

"她们要干什么，搞得我们都吃不成饭。"菠萝和一个女人交头接耳。

"昨天晚上跑我房间里，要我罢食，简直是胡闹。准时准点吃饭、睡觉有什么不好？营养配菜固定菜式有什么不好？你能把基地闹翻天？"

"就是，身体都租给人家了，就得按合同老老实实办。"

"等着看戏吧。看那些蚂蚱能蹦到哪儿去。"

她们也等着看戏。游戏里还有蚂蚱。绿身子黄眼睛的蚂蚱，一蹦就不见了。也许还有知了、天牛、蜜蜂、蝙蝠、蝴蝶。

柠檬她们像一群鱼游了进来。水里一片寂静。

"怎么回事？"牛总统压着怒火，"是铃声哑了，还是你们聋了？"

"报告总统，铃没哑，我们也没聋，"榴莲回答，"你应该知道，孕妇总是欠睡的。"

"欠什么税？我的账目一清二楚。"牛总统说。

"她意思是，怀孕的女人欠睡，不像丁当姑娘，总是被人喂得饱饱的。"柠檬说。

牛总统一愣，脸上的肉红一块白一块，花里胡哨。这张脸埋进丁当小姐那两座坟墓里时，也是这种颜色。在沙发上。胖猪崽拱母猪奶子，叽唧叽唧，拱完这只拱那只，嗷嗷叫。柠檬说得不对，应该是丁当把牛总统喂得饱饱的。他吃饱奶，松皮带，和木脑壳一样，把发烫的东西放丁当身体里冰，冰了很久。丁当的腿肥白，断了似的，一甩一甩。

"基地几十号人，每天等着我开饭，发钱。我对你们有责任心。懂不懂？责任心，你们缺的就是这个。"牛总统恢复威严，抬起手，看了一下时间，在那只金光闪闪的手表上找到了答案："早餐时间已经延误三十分钟，一切都乱套了。都坐下。开饭。"

"今天这事……怎么处理？"大兵问。

"照规矩，该怎么罚，就怎么罚。"牛总统巴掌从额头一直捋到后脑勺。

"有六个人违规……"

牛总统瞪着大兵："人多就不罚？人多就证明她们是对的？今天不罚，明天就会有更多的人不准时吃饭、睡觉，一切就乱套了。"

"今天你要是罚了我们，明天就会有更多的人不会下来吃饭。那就真的乱套了。"柠檬说道。

"饿死了。我只想准时吃饭。"菠萝用筷子敲桌子。

"嘿，猪被抬上案板，还会嗷嗷叫，有的人呢，顶配合的，颈窝子对准刀尖撞过去了，省得屠户出力。"榴莲说。

"哟，你有什么资格教训别人，不也就是一座房子吗？有本事别养哈士奇啊！"菠萝翻着白眼。

"都少说两句，要是有别的路走，谁愿意出来干这个。"

"雪梨，你错了，我就愿意干这个。"苹果摸着自己的肚子，"我很享受这种时光，一个生命依赖我，我——是的，也依赖他——尽管他是别人的孩子……你可能不会明白我的感受——我的确感到某种幸福。对我来说……没有比孕育生命更美好的了。"

女人们垂下头，好像在寻找苹果说的那种幸福。

"说白了，这就是积德！"牛总统好像终于找到开锁的钥匙，"让一个家庭延续香火，满足他们为人父母的愿望，可不就是积德嘛！所以，你们遵章守纪，出好产品，就是积德。往小了说，是为家，往大了说，是为国呢。"

没有人反驳。

"买卖自由。大门是敞开的，谁想走，随时可以。"牛总统的语气欢快起来。"在我的基地，只要你做一个遵纪守法的人，你就是百分之百自由的。"他肩膀上的大肉丸子滚了两圈，"顺便说一句，你们这些女人，对自由的理解太狭隘、太肤浅了。"

我张开嘴，唾液顺着嘴角滴下来，拉成一根黏稠的丝线，亮晶晶的。

16

"你以为，我真的有那么在乎基地的权利？噗。我只是无聊。太难熬了。反正是行尸走肉，还去要什么自由，要什么权利，挺可笑……我必须分散注意力。我找到事儿了不是？我在这儿当总指挥，为基地女人争取自由与权利，多风光啊，在外面，我就是个女领袖，后面会有很多人追随、崇拜……嘿。你们永远不要相信眼睛看到的，看不见的才是真实的部分……我只是无聊，太无聊了。游戏必须继续玩下去。和牛肉丸斗很有乐趣。他竟然将基地'总部统管'简称总统，他一定做着帝国梦……所有女人都会拎着子宫投奔他……"

柠檬在日记上飞快地写着，但仍然跟不上她的语速，她有时闭上嘴，让笔尖独自在纸上沙沙地跑：

"……我爱他，我再也不会像爱他一样，爱上别的任何人……为了挽救妈妈的生命，我什么都愿意做。"

餐铃响过三遍，柠檬合上日记本。

"桃子，咱们吃饭去。我最喜欢看牛肉丸发飙的样子。知道吗，其实他心里很虚。他是个蹩脚演员。"

餐厅一派喜庆。搭了一个临时舞台，挂了红色横幅标语。汽球彩带飘舞，花篮摆了一圈。

"超过十分钟了，为什么还不开饭？"菠萝嚷嚷。

"只要有一个人没来，就不开饭。"大兵一边看表，一边盯着桌边的空位子。

"罚得太少了，必须加倍，狠狠地罚，直到她们老老实实地，准时准点出现在这张桌子边。"菠萝捶着桌子，她的拳头很多肉："操。"

榴莲走近她，"你说什么？"

"你聋的？"菠萝翻白眼。

榴莲手一挥，扇了她一巴掌。菠萝傻了。但很快又聪明了。她站起来，挺着肚子，好像抱着很厉害的武器，要和敌人同归于尽。她一把揪住榴莲的长发。榴莲不得不昂起头，脸对着天花板，两手乱薅，像不会游泳的人，眼看就要沉下水。但是榴莲一反手，也揪住了菠萝的头发，两颗脑袋碰到一起，手和头发难解难分。

"都松手，别打了。"苹果想掰开她们。

菠萝一声狮吼，三个人都倒在地上，像企鹅耷拉着翅膀。其中两只慢慢站起来，捋顺头发，拍去灰尘，喘着粗气。只有苹果躺在地上，捂着肚子，脸慢慢地变白。

"啊呀，她要生了！"有人喊了一声。餐厅一阵骚乱。

苹果的红袍看上去只是湿了一块。人们抬走了她。

菠萝的气焰灭了，她像一堆灰烬，在风中微微颤抖。

饭菜这时上了桌。女人们都坐着不动。没有伸手拿筷子，没有在桌沿敲破鸡蛋壳，没有把油条泡进豆浆里，没有掰开馒头咬一口鲜肉馅，没有吃饺子。没有在酱油碟里加醋。饺子散发热气。葱花浮在汤面上。草莓攥着拳头，搁在碗边。包子裂了缝，看得见肉沫，汤汁也渗出来了。手突然弹起来，抓起了包子。

"对不起，我能听到他在我肚子里饿得哭……我退出。"草莓吃光了盘子。

17

音箱里传出乱糟糟的声音，像一群马奔跑过来。大兵穿着黑西装、蓝衬衣、红领带、黑皮鞋，脸上扑了粉，头发倒向右边，水草似的。他顺着窄窄的红地毯，走到一个小话筒前。马蹄声停了，他对着小话筒吹口气。

"大家上午好！我很荣幸成为今天庆典活动的主持人，作为基地老员工，我心情很激动。"大兵咽了一下口水，"基地是一个温馨大家庭，幸福是基地的灵魂。根据牛总统的指示精神，为繁荣基地文化，增加凝聚力，提高群众幸福指数，我创作了一首基地之歌——《福地》，将于明天正式进入排练。"

女人们的手安静地伏在大腿上。音箱里传出掌声和口哨声。

大兵微笑着，两腿紧并，等掌声停下来，接着说道："大家来自五湖四海，有缘相聚基地。基地创建以来，我们一直广泛征求群众意见，从饮食、起居、娱乐、健康、福利等各个方面，不断做出调整、补充，以满足大家的需求愿望……"

"胡说八道！谁征求过我们的意见？榴莲要吃麻辣酱，申请了不下一百次……"柠檬喊道，但她的声音被麦克风盖过了。

"我相信，每一个离开基地的人，都难以忘记基地的温馨、舒适、快乐……"

"鬼话……这里是监狱……"

"下面，进入庆典活动的重要环节，有请基地总部统管牛玉根先生讲话。"

音箱里掌声如雷。

一粒快乐的肉丸子滚上舞台。他满脸笑容，两条腿轻巧地跨上一个台阶。他一边走，一边伸手摸了摸胸前的新领带，领带结像他的喉结一下长在脖子上。话筒正戳着他的鼻子。他微笑着望着台下。音箱里的掌声一直在响。牛总统转身做了一个手势，现场便安静了。他太胖，两条腿自然撇成八字站立。他伸手抹了一把脸，仿佛揭走了面具，五官顿时各就各位，变得非常严肃。他举起稿子，手伸得远远的，像戴着老花眼看电器说明书。

"尊敬的女士们、积德者们、产品制造者们，大家好。今天，我非常高兴，在这儿，向大家做基地工作报告。毫无疑问，你们，是基地的主要力量，没有你们，就没有基地的今天，更没有基地的未来。作为基地总统，我尤为高兴，和大家一起分享，基地创建以来的，各项成果。首先，我要感谢，时代赋予基地发展兴盛的，历史机遇。

"经济发展是个好东西。经济是什么？经济就是钱，钱是个好东西。这绝对不是什么拜金主义、物质主义，更不是庸俗的唯利是图。脑子有病的人，才跟钱有仇。你去买一根牙签都需要钱，这就是现实，现实就是，钱能使你过得更舒服。钱能让你去好的医院治病，钱能让你的孩子受最好的教育，钱能让你的孩子吃上进口奶粉，钱能让你吃上环保有机菜，钱能让你住上宽敞的房子，钱能让你有能力帮助那些需要帮助的人。甚至，钱还能让你获得爱情，使你的晚年焕发青春。括弧，此处有掌声……"

音箱里掌声雷响。欢呼声海浪一般涌动。

"这是大兵写的稿子吧。"女人们捂着嘴笑。

"越来越多的人富起来之后，是钱帮他们解决了很多问题，包括不能生儿育女的痛苦，实现香火延续的梦想。而大量需要钱的人，也因此获得了一份体面积德的工作，在极短的时间里，即可获得百倍于普通人的收入，迅速解决各自生活中的难题。

"基地，就是这样的福地。在《荷马史诗》中，福地，是大洋河岸上一个美丽的山谷，那里没有暴风雨，没有严寒，没有冬天，常年和风吹拂。在诗歌等文学作品中，福地就是美丽、幸福之国的意思。基地当之无愧。很多人因此走出了困境，很多家庭也因此获得了幸福。"

牛总统停顿片刻。

音箱里又是一阵掌声、欢呼声。

"过去几年，我们坚持基地核心价值观，以科学发展观为指导，凝神聚力，开拓创新，以造福人类为己任，以人为本，法治基地，推出了一套行之有效的管理办法。作为基地总统，我向你们做出庄严承诺，未来，我们将进一步改善基地条件，增加设施，扩大场地，为你们提供更舒适、更理想的生活环境。

"我感谢你们、也尊敬你们。你们孕育的不只是一件产品、一个生命，你们孕育的是一个国家的未来、一个国家的梦想。让我们加倍努力，为建成富强民主文明和谐的社会主义现代化国家、实现中华民族伟大复兴的梦，做出应有的贡献！"

掌声如海啸，几乎要炸裂音箱，同时传来齐声口号：

"福地！福地！福地！福地！"

大兵小将在侧台鼓掌，保安鼓掌，厨师鼓掌，清洁工鼓掌。

牛总统收起稿纸，左手握着右手，垂在两腿中间。

"现在，我要宣布一个好消息，昨天下午三点五十分，四点二十分，基地有两个女人顺利生产，诞生出两件产品，相当完美。一件是雄性，重4公斤；一件是雌性，重3.5公斤。当时交割完毕。客户十分满意，额外奖了她们五万块，基地没有提取分成，并且，同样奖励她们每人五千元。她们永远是基地的一分子。基地的大门永远为她们敞开。"

雷声，欢呼声。汽球被戳爆了，啪啪啪啪地炸响。

18

天气变热，蟑螂越来越多。灯一黑就满楼爬动。无数的脚在地板上擦出沙沙沙沙的声音。它们交配，屙屎，产卵，小蟑螂一群一群地，在缝隙里爬进爬出。它们小声说话。打架，向妈妈告状。妈妈很快肚皮朝天，挺挺身，弹弹脚就死了。清洁工从角落里扫出它们的尸体，倒进垃圾袋。

"桃子姑娘，你穿蓝色可真漂亮。想想你第一天到这儿，又脏又臭，身上的虱子个个跟偷油婆一样大呢。谁想到，萝卜洗干净泥巴，水嫩水嫩的。转眼就四个月了……我呀，最喜欢看着女人们的肚子一天比一天大起来。小孩在肚子里，就像夜里的植物一样，稀里哗啦地长呢。"

清洁工扫地、洗厕所、抹桌子，清理垃圾桶，嘴里说个不停。

"可惜了你个漂漂亮亮的姑娘，又哑又傻。你爹妈会不会到处找你呢？唔……说不定，你还是家里的累赘，谁也顾不上你……"

屋子里扬起灰尘。我走出房间。

草莓披头散发，胸脯很白，也堆得鼓鼓的，绿玉石夹在乳沟里，像雪山峡谷间的一片绿洲。她的手指也肉乎乎的，手背很多小酒窝。她给它们涂润肤霜，揉得手掌粉红。草莓的房间里有脂粉香气。

"想吃牛肉干？给，这儿还有半包。"草莓总是往脸上抹东西，又揉又拍，她一笑，光彩照人，"牛肉丸是只铁公鸡。还说什么吃零食是个人消费，不在合同范围内，但一定想办法满足我们吃零食的要求——这不，他把干货店开到基地来了。"

五香味的牛肉干。我一丝一丝地嚼着。

"我很清楚我自己，本质上就是个好逸恶劳的人。我父亲从小就在我耳边嚷，要学习，要努力，不管他怎么打我骂我，就是抽不掉我的懒筋。我为什么一定要上进呢？我的一生，我自己想怎么过就怎么过。这就是堕落？那就让我堕落好了。"

她往我脸上抹了一点霜，用手指头匀开，手掌拍了拍，"女人最紧要是美，美，首先就得皮肤好……看看你，漂亮多了。"她把桌子上的瓶瓶罐罐，一个一个往抽屉里放。"我父亲临死之前嘱咐我，找份工作好好干。朝九晚五，挤公交地铁，就为了每个月拿那点钱？简直是浪费生命……"

草莓突然僵住，一只手缓缓地抚摸腹部。片刻，另一只手也放了上去。

她双手捧着肚子，呆呆地盯着镜子里的脸，眼睛慢慢地湿润起来。

"生命……"她轻声说了一句，抓起我的手放在她肚子上，"他在动，感觉到了吗？"

她的肚子暖乎乎的。

"问水，你弟弟又在调皮了。"妈妈轻轻拍着她的肚皮，像唱歌一样："喂，问天，听见吗，姐姐在这儿等你呢。"

我耳朵贴着肚皮，里面响声很大，闹哄哄的。

草莓缓缓站起来，好像地板滑，小心地从房间这头走到那头，从那头走到这头。

19

"牛总统去马尔代夫了。这几天工作暂时由我代理。"由丁当宣布开饭，她捏出一副甜美的嗓音，"其实，关于吃饭时间，我倒觉得不必强求，各人可以自行调节……但是，牛总统的那一套管理办法，也没有什么不好……这么多年，基地就是按那套制度走的……你们放心，我当值期间的事情，我会处理好，也不会向牛总统汇报。"

"丁当小姐，你真仁慈。恰恰相反，我们不希望你隐瞒什么。午餐我们迟到了，晚餐也难以准时。"柠檬说道。

"为什么要刻意这么做?"丁当鼓大眼睛。

"我们要正常的权利，包括写信、打电话的自由。"

"对，要不，干脆就不吃饭了。"

"报废所有的产品，基地就会垮掉。"

丁当推推胸前两座坟，摆正乳沟："何必弄得两败俱伤。"

"那就拜托你吹吹枕边风?"榴莲说。

福气在要疯，一甩头将嘴里的骨头抛出老远。

女人们哄地笑起来。

皮肤太白的人，藏不住什么秘密。丁当的脸红了，两座坟也红了。她跟着笑，笑得脸上歪歪扭扭，下巴压到了坟墓。

"任何事情都要讲证据。基地制度不是一天两天形成的，要改，也不是一天两天能改的。我的建议是：1. 你们拿到充分的证据，证明准时准点吃饭的危害性；2. 证明不能随时写信、打电话，将会对产品造成什么样的负面影响；3. 同时反向证明。"

丁当这段话太长，大家枯着眉毛，不作声。

20

牛总统说，大肚子的女人，吃多了会成负担，而且也装不下，肚子里的那个人占了太多地方，而且吃得再多都会变成屎。多吃音乐没问题。吃音乐喂产品，脑子就会聪明，智商高。古典、民谣、爵士、乡村音乐，吃得最多的是交响乐。尽是些摔盘子、砸玻璃、锯铁、电焊、打雷、劈柴的声音，还有人用村里妇女喊吃饭的大嗓门唱歌，叭啦叭啦，舌头很大。有时候，只剩一根针尖似的细线，扯出尖尖的声音，像巢里的小鸟，张嘴要吃的。一群大鸟，它的爸爸妈妈，七姑六婆，拍打翅膀飞来了，哗啦啦一阵大风大雨。太阳嘭地弹出来。阳光炸开一个洞。黑夜从滑梯里滚出来。月亮汽球一样飘在天空。植物在呻吟。白玉兰使劲撑开肥大的花瓣，花粉洒落下来。

女人们坐着，捧着肚子，闭了眼睛，上半身跟着音乐拂动。

天很黑。星星发光。风像松鼠，在树间蹿来蹿去。我站在两棵树之间，闭着眼睛，我就变成了一棵树。蚂蚁在我的树枝上爬，昆虫在叶子上玩耍。树和树聊天，树和我聊天。问水，看到星星了吗？星星是爆米花，炸到天上去了。月亮呢？月亮是妈妈做的化粑粑。我抱着树，风像松鼠一样，在树叶里蹿来蹿去。

小将和榴莲在暗处啃嘴。

"雪梨说你的奶子是假的。她是煎蛋坪，嫉妒你。"

"你怎么知道？"

"谁都看得出来她那儿是个飞机场。"

"你看她的胸干吗？"

"我还听到她说你乱搞，被老公逮着了，所以离婚了。"

"你相信她说的？"

"无所谓。"

"诋毁我，对她有什么好处？"

"所以，离她远点儿。"

21

福气呕吐完，趴在角落不动，连尾巴都懒得摆了。

我抱着福气，从走廊这头，走到那头，从楼上走到楼下。妈妈抱着我，拍着我的背，摇啊摇。我拍着福气的背，摇啊摇。房间门都开着，柠檬在写日记。苹果织毛衣。雪梨望着窗外发呆。菠萝撕开一包零食，哗地撒了一地。

草莓的头发绾起来了，在后脑勺卷成一个黑粑粑。她的额头很高，像一座山。

"放下福气，它只是吃太多了。"草莓不断往布包里塞东西。那只绣着花鸟的漂亮袋子撑满了。鸟站在开花的树上，眼睛圆鼓鼓的，马上会飞起来。

"不能再等了。"她坐在床边，胸脯起伏，"必须尽快离开。我不能把孩子交给他们。"

"桃子，你想回家吗？想找妈妈吗——今天是端午节。"草莓轻轻晃了晃我的身体，泪水从我眼里溢了出来。我嗓子里发出打嗝似的声音，很难听。我闭上嘴巴，鼻子里却跑出另一种古怪的声音。妈妈给我洗了艾叶澡，穿了花衣裳。河水涨得满满的。放了响铳，擂起大鼓。哦——嗬——，哦——嗬——，划龙舟的人齐声喊着，划着，龙舟在水面飞行。

楼里已经静下来，笑声和脚步声流到黑暗中。蟑螂出来了，带刺的爪子擦出沙沙的响声。拉屎，交配，产卵。我踩扁一只，它变了形。我走开时，它拖着肠子爬进了墙缝。福气追过去，鼻子蹭到缝边嗅，用爪子挠。

我拿出塑料袋，往里装东西。塑料袋鼓鼓的。我要回家了。我搂着塑料袋。坐了一会儿，我放下塑料袋，抱起福气。我腾出一只手拎塑料袋，福气掉了。我再抱起福气，塑料袋垮了，东西散在地上。我没有办法同时抱着福气和塑料袋。我捡起来重新塞进袋子里。

"快，咱们走。" 草莓突然出现。花袋子上的小鸟就要飞起来。我抱起福气，我没有办法同时抱着福气和塑料袋。"那些破东西不要了。"我紧紧抱着福气。我跟着草莓回家。花袋子上的小鸟就要飞起来。她的头发绾成一个黑粑粑。我们下楼梯。又下一层，再下一层。我有点晕。草莓在喘息，她赤着脚。

像船滑在水面上。没有一点声音。她不时扭头看我，眼睛闪着鬼火。两只老鼠咬架。吱吱叫，奔跑。"别怕，跟紧我。"她的声音在哆嗦。她冷。摸过一小截墨黑的走廊，看见了灯光。值班岗亭。铁门，大锁。穿迷彩服的保安，趴在桌上睡着了。草莓身体比猫还轻。她走过去，两只手在保安身上乱翻，好像那是一具尸体。钥匙的碰撞声。她举起一大串钥匙。她的手哆嗦。钥匙插进锁屁股，锁不动。换一片，锁不动。再换一片，锁不动。草莓累得直喘气。深呼吸，再换一片。咔，锁弹开了。她打开铁门，一步跨了出去。她回头，见我站着没动，手使劲比画。她身后一片墨黑，我身后也是一片墨黑。我朝铁门走去。福气突然挣扎跌下地，调头消失在黑暗中。

22

　　天没亮，餐厅是黑的。我很饿。咔，锁弹开了。咔，咔，咔。锁不断地弹开。福气躺在桌子底下，舔爪子，吐舌头。我们的肚子咕噜直响。我咽了一阵口水。朦胧中，一只蝙蝠飞向我，眼睛闪着鬼火，吱吱磨牙，在我耳边喊，"桃子，喂，桃子……"

　　我睁开眼睛，看到圆滚滚的菠萝。"这傻子居然睡在餐厅里。"

　　"屡教不改。你那张臭嘴就没吐出过像样的东西。"榴莲说。

　　"我说傻子，跟你有什么关系？"

　　"从现在起，桃子就是我妹妹。欺负她就是欺负我。"

　　"好仗义呀，装得挺像。谁不知你什么人儿？"

　　"我什么人？你说？"

　　"你敢乱搞，难道我还不敢说？"

　　趁两人还没有扭打起来，柠檬挡在中间："上次，苹果因为你们早产，幸好母子平安。"

　　"对，有事就说事，莫动手。"雪梨来了兴致。

　　"幸灾乐祸看热闹，我偏不满足你。"菠萝撑着腰回到座位上。

　　"你怎么煽风点火？"柠檬说雪梨。

　　"我哪句话说错了？"

"唯恐天下不乱。"

正吵着，牛总统进来了。后面四个保安，分两列，全副武装，脚步齐刷刷的。

气氛不祥。

牛总统站住，脚撇成八字，领带拖到裤裆。

"简直是无法无天！辜负了基地一片苦心，气死我了……"他一只手按住胸口，仿佛宣誓效忠。

"闹，你们接着闹……一个一个尽管跑掉，但我告诉你们，跑哪儿，我都能把你捉回来。"牛总统将那只按在胸口的手挪开，放到额头上，手掌沿额头捋到后脑勺，最后攥成一把，好像草莓就在拳头里面，只要摊开手掌，吹口气，她就会现出原形。

我紧盯着那只拳头，等着看精彩的一幕。但是，牛总统将拳头送进了裤兜，撑宽了腰胯。另外一只手也伸进了裤兜。他站在那儿，仿佛马上要吹起口哨来。

23

去天台放风。把人放进风里，人就会飞起来，像鸟一样。

我迎着风，张开手臂。我穿过云朵，飞进太阳。飞过黑夜，满天的星星像野菊花一样开放。我飞起来。我看见村庄、屋顶、河流、小山丘。不合群的树，长在塘边，看着水里的影子。荷叶翻起波浪。荷花像鱼标浮在水中。木脑壳扯起钓竿。一条鱼蹦出水面，身体扭来扭去，它嘴里吃着线，好像马上要吞掉钓竿，吞掉拿钓竿的手，吞掉木脑壳，吞掉我。木脑壳举着钓竿，鱼落在草地上。"有本事你飞呀。"木脑壳对鱼说。我等着鱼飞起来。它瞪着我。用身体拍打草地，张着嘴，大口地喘气。我顺着线捉住它，从它嘴里掏出鱼钩。飞吧，我把鱼抛到河里。

我飞起来。妈妈的影子在窗口晃。锅里冒着热气，妈妈在煎蒿子粑粑。香气是箭，数不清的箭，嗖嗖地射中我胸口。整个天空都是那种香味。问水，别飞啦，快下来吃粑粑。窗户里伸出妈妈的脑袋。她梳着两条短辫子，额头光溜溜的。她缩回头，将粑粑铲进碗里。

"啪"，黑暗中跳出一团火，照亮榴莲的脸。烟火一闪一闪。

"我是什么人？我现在就跟你说说我是什么人。"榴莲吐出一股烟。"我以前在报社当编辑，每个月两三千块钱。租的板楼。墙很薄，冬天开着暖气，照样要穿秋裤。也不隔音。楼上有个女人，用同一种声音处理三件事，骂孩子、做爱、吵架。我只好戴着耳机听音乐。现在我的听力很差，就是那时期落下的毛病。后来我搬了，没电梯。我很乐意锻炼身体，尤其是拖着四十公斤的大箱子爬楼梯时，效果更好。

"有一次，我拖着大箱子下楼，里面装满了年货。我穿着高跟鞋，脚一崴，连人带箱子滚了下去。一个男的扶起我说，你还好吧。我心想我他妈的好得不得了。但总不能把火发到帮你的人身上对吧？我至少要对得起我那双高跟鞋。那个男的把我送上的士，说，回来时叫我帮你拎箱子吧。他给我留了电话。

"我回来时，箱子是空的，但还是给他发了信息。他在楼下等。他拎着我的空箱子爬楼梯。我跟在他后面爬楼梯，产生了双双把家还的幻觉。我说出来了，他说他也是。他停在我的家门口。我的大箱子像个孩子，温顺地依着他的腿。那是一条普通的腿，黑色的休闲裤，脚上是棕色翻皮鞋，袜子是黑的。看起来不讨厌。他说幻觉也可能变成现实。事情错就错在这儿，我们太贪婪，有了幻觉，还要现实。结果呢？妈的，我困了。下次再说吧。"

24

手指像一群啄食的鸡，咯咯咯咯，啄得键盘啪啪地响。白花花的鸡，啄着地上的谷粒。1、2、3、……10，整整十只鸡。牛总统不时打开铁柜，拿出档案盒子，翻出贴着照片的文件，皱着眉毛，眼睛在电脑屏幕和文件间穿梭，小鸡们好像吃饱了，不再抢食，只是偶尔啄两下。电话铃突然响起，小鸡们扑向电话，将话筒搬到牛总统耳边。

"我在办公室查资料。……你胡说八道什么？我哪有那份闲心？最近基地频频出事，我头痛得很，你就不要添乱了好吧？……什么，我这么忙，不是也抽空刚带你们去了马尔代夫吗？这边都快成烂摊子了……不如倒闭了好？倒闭了，谁给你买皮草，买LV，怎么环游世界？……别胡闹了……那女的……她是办公室搞行政的……哈哈，你真是闲得慌，胡思乱想……漂亮的是那些大肚子女人，你吃吃她们的醋，我还觉得有点道理……我不喜欢大奶子，你知道，我就喜欢你的，一只手握着，刚刚好，乳头小小的……我就爱吃'花生米'。你要是大奶子，我还不会娶你呢……真没有，你把你老公想成什么人了……别人喜欢，我不喜欢，堆在胸口，两座大坟山似的，看着就晦气……

　　"现在情况是这样，088晚上趁保安睡觉，跑了。我再等两天，看她会不会回来……报警？咱是没有营业执照的，换句话说，是非法经营……你没看这几年我脑毛顶上的头发没几根了？操心，担心，焦心啊……所以，你舒舒服服地过日子就好，别给我添乱……是的，是的，最近不太硬，不是对你没兴趣，不是不爱你了……是我每天精疲力尽，基地的管理发展伤脑筋……有几个大肚婆最不让我省心，读了点书，就抱怨基地制度，这儿不合理，那儿不合理，不吃饭耍脾气，她们还真以为自己在这儿当太皇太后哩……可我也真拿她们没辙，我整狠了，她们出去一告状，警察们也不是吃干饭的。虽说基地隐秘，但这么大一栋楼，花点时间精力，搜查出来也不是不可能……我冒着风险，因为我喜欢，我喜欢这个行业，太有市场了，身体就是本钱，很多女人愿意这么做……我们现在的基地太小了，还有好多订单没法接受。我打算再过一阵子，在别的城市建立新的基地，将来扩大到每个省会城市。说实话，如果允许基地注册公司，用不了几年，我也能融资上市哩。到时候，你就是董事长夫人了……你不当，你不当谁当？……看看，看看，又来了。我怎么会变心？你呀，把全世界的漂亮姑娘都当成自己的情敌，难道你老公就是一只猴子，尽干捡芝麻丢西瓜、掰苞米摘黄瓜的事吗？……等儿子到美国念高中，你就去好好陪读，住好吃好穿好……我不就是为你们打工的吗？我是你们的奴隶，老婆。

　　"大兵？大兵表现挺不错……我知道，我想着这件事，他现在是保安队长……他做事稳当，但性格偏柔弱……我在考虑，他能不能胜任基地经理？他上的那个不入流的大学，没什么用。基地还是要利落的人。这方面，小将比他强。小将吧，看着憨厚，其实挺有心计的，敢想敢做，但有时鲁莽，可惜他连不入流的大学也没上过。大学这东西，说它有用就有用，说它没用就没用，有的人不需要上大学，上MBA，天生就是管理人才。比如你老公我。有的人上了大学，也还是一颗榆木脑袋。……你说哪儿去了，什么你的亲戚我的亲戚，我一视同仁，但最终是要按能力用人。大兵和小将各有各的优势。……好好好，重点考虑大兵。大兵专一，对基地确实忠心耿耿。小将还有点花花肠子，也好色……哪个男人不好色，我要是不好色，就不会娶你是不是？关键是，好色而不淫，不荡，稳得住……我知道，我太知道了，现在这么多被查审的官员，哪个不是情妇一堆一堆的，他们就是稳不住嘛。……我，有你这一个纪委领导就足够了，我没那精力，我是要干大事业的人……不是心有余力不足，是彻底没那心思，那根筋娶了你之后就断了……我的天，你是恨不得钻进我脑子里，统治我的思想，连我做什么梦都要审查……对付一个老婆，比管理基地还难哪……这么跟你说吧，老婆，我看女人，完全是从商业角度出发，跟相一头牲口一样，牙口、眼睛、头发、精神、体型，在我眼里，她们就是单纯造人的工具……绝对没有兴趣。再说，你那么如狼似虎……好好好……你说得我都没心思工作了……"

小鸡将话筒搬回原处。

"她怎么会知道丁当？"牛总统摸了一把脸，挑起眉毛，睁大眼睛，见我望着他，吃了一惊，好像我从地下冒出来的。

那群小鸡跑到他的脑袋上，在短草丛中啄食。

"要是知道女人这么难缠，我是不会结这个婚的。贪得无厌。要皮草，要名牌包包，要你的肉体，还要你全部的心。居然还合情理，有道德支撑，受法律保护。女人们张开大腿，就得到了一切……我们这些结了婚的男人，如果不能出来透透气，一定会闷死……"

"如果能够重头再来，我真想一个人去荒岛上过。"

牛总统死了一阵的上半身，从椅子里复活，咕咚咕咚喝掉半杯子水，那群小鸡很快又在键盘上啄起食来。

25

半夜。月光好像一场雪。周围静悄悄的。我的耳朵里有水响，水声晃得厉害。我偏着脑袋，倒出耳朵里的水。过一会儿，好像又有虫子嗡嗡叫。我摇头晃脑袋在屋子里转圈。

"犯什么病了？"丁当查房。她手里有个小电筒。一道雪白的光射向我。她每天晚上来看我。教我正确的睡觉姿势，用手指压我的肚皮。"千万不要趴着睡觉，会闷死的，你要是死了，我们就把你挂树桠子里，像挂只死猫那样。"每次出房间，她都这么说。我害怕变成挂在树桠子上的死猫，夜里总是醒来，看自己有没有趴着睡。

丁当命令我睡觉。她一离开，我又坐了起来。一群耳屎在耳朵里吵吵嚷嚷。我用手指头捅。我一边捅耳朵，一边走出去。草莓的门半开着，灯光从门缝里透出来。

草莓正在脱得衣服，奶子又大又白，抖个不停，屁股和肚子向相反的方向挺出。她赤脚进了洗手间，里面传出哗哗的流水声。

我摸着那只瘪了的绣花包，鸟藏在皱折里，好像断了翅膀。

草莓摆动奶子走出来的时候，大兵已经坐在椅子上。他立刻站起来，手垂在两边，拳头捏紧又松开，不知道是要打她，还是抱她。

草莓慢慢穿上蓝长袍，梳理湿漉漉的头发。

"为什么骗我？"大兵走近她，"说好天亮前赶回来，可你消失了整整八天。"

"他们发现安眠药了？"草莓说。

"没有，连保安自己都不知道。"

"噢。"

"我天天等你。"大兵摸她的头发，"我以为见不着你了。"他把她脑袋抱在怀里。"就算他们不找你，我也会去找你的。"

我背起花袋子，满屋子跑，鸟也飞起来了。

"我是真的喜欢你，"大兵望着远处，"等我当上基地经理，我养你，你就负责美丽，想把自己打扮得能多漂亮，就多漂亮。"

"牛玉根能拿到经营许可证？"草莓朝我做了一个鬼脸。

"注册经营未必好。现在获得的是暴利。"大兵来了神，"抓紧机会再干几年，有了钱，我们再做别的打算。你说呢？"

"那你还敢为我冒险吗？"

"你还想再出去？"大兵很惊讶。

"妈妈身体不好……"

"这一次按规定你将被关禁闭，直到产品问世……但我会和牛总统沟通。"

大兵磨蹭一阵，离开了房间。

草莓松口气："我是个骗子，我谁也不爱，只想要这孩子，我不会把他交给任何人。"

26

"074，集中精力。"

"088，跟上节奏。"

"026，非常到位。"

"016，注意表情。"

小将喊话像吃牛肉干，撕成一条一条。

"请大家稍息。根据基地指示精神，为了团结一心，凝聚力量，从今天起，所有产品制造者每天早上九点钟准时集合，同唱《福地歌》，迟到者罚款两百，缺席者罚款一千。"小将眯起眼睛。他的眼睫毛又密又长，几乎看不见眼球，只有一丝亮光从缝隙里射出来。

"立正——向前看齐！"小将喊了一声，"《福地歌》，预备唱！"

> 她是美丽的山谷
> 没有风雨
> 没有凄苦
> 啊，基地
> 满满的爱意
> 甜蜜的福地
> ……

"稍息。"小将从屁股后面抽出一份文件："关于处罚088关禁闭的决定……"文件很长，翻了一页，又一页，喉管里有只老鼠窜上窜下。他的脸上刮得干干净净，两片肉嘴唇舔得湿润发亮。

"……基地纪律检查委员会。二〇一五年六月二十五日。"

小将卷起文件，塞进屁股袋。

"意淫。什么基地精神、基地思想、基地纪律，纯是意淫。"柠檬说道，"凭什么弄得跟宪法党章似的。"

"卵泡大一个地方，还基地纪律检察委员会呢。"

"牛肉丸他就是纪律检查委员会，他就是基地制度，他是一切。"

"反对关禁闭。"

"请注意你们的言论，"小将说，"不许侮辱基地。不许搞人身攻击。"

"小将，你是不是以为当了基地经理，就一人之下、万人之上了？"

"不许草莓出房间，我们也不出房间。"

"我只是负责传达文件，做该做的事，拿该拿的薪水。"小将眯起眼，"解散。"他转身就走了。

"草莓被关禁闭，"柠檬说道，"我们都是系在一根绳子上的蚂蚱。"

"那怎么办？"

"所以不能内讧。榴莲、雪梨，刚来时你们俩不是挺好吗？怎么现在变成冤家了？还有菠萝，尽管你很快就会离开基地，但我们更需要你的协助。"

"我什么时候变得重要起来了？我等着拿钱付首付呢。"菠萝很得意，"我可不想出什么乱子。"

"菠萝这人，刀子嘴豆腐心。"柠檬说道，"榴莲，116是你老乡，你负责做她的思想工作。"

"奶大吃四方。我去。"榴莲笑答。

27

福气躺在柠檬脚边，昂起头听她说话。

"昨晚又梦见了他。夜里很黑，下着大雪，我挽着他的胳膊，在胡同里走着走着，忽然醒了。我的心到现在都是空的。"菊花茶冒着香气，柠檬在日记本上涂画。"那是一条很深的死胡同，好几百年历史了。青砖黑瓦的院子，两溜老槐树，杂物堆积。公共厕所的味道，横七竖八的三轮车、自行车。老头子抽着旱烟大声说话，婆娘打骂孩子……"

这时我耳朵里传出一声闷响，肚子上挨了一下。我惊得站了起来。

"胎动了？"柠檬放下笔，手掌贴着我的肚子，像一只熨斗碾来碾去。

"是的。"她回答了自己。脸只亮了一秒钟，立刻变暗。那双羊的眼睛，充满忧伤。

我回房间躺下，丁当挺着胸脯走进来，俯下身，那两座坟墓压向我。她冰凉的手指在我肚皮上搜索。

那两座坟墓不像她的，不过是她想让自己看起来有气势，在胸口塞了两团东西。尤其是发怒前，那两团东西率先发出警告，它们比之前更膨胀，几乎要崩掉扣子，朝我弹射过来。

我盯着那粒扣子。那粒黑色的扣子，磨灰了边，四个孔，扎着十字线。

"不但脑壳没反应，肚子里也没反应。"丁当很生气。

她眼角上飞，眼白像湖泊一样辽阔。黑眼珠是个洞。看她眼白，跌进湖里，看她黑眼珠，就掉进洞里。我从洞里爬出来跌进湖里，从湖里爬起来掉进洞里，从洞里爬出来跌进湖里。我盯着那粒扣子。四个孔，一个叉。白白的肥肉即将从衣缝里鼓出来。妈妈切开肥肉炼油，肥肉像萝卜，水汪汪的；像豆腐，颤波波的，放锅里煮，熬出油来，肉成渣。油渣拌糖，油渣炒辣椒，油渣炒油渣。妈妈将油渣做成不同的口味。妈妈的手比机器还灵。青黄不接的时候，村里的懒婆娘到家里来要下饭菜，妈妈总能从坛坛罐罐里抓出点什么。妈妈把东西给别人的时候，我就哭。

"你哭什么……"丁当更生气了，"什么无本生意，比一头猪还能吃。到现在都没有胎动，指不定还要搭进去什么。"

她的手一直在摸索，好像那是她的传家宝。传家宝不值钱，留着占地方，扔了又可惜。她就这么怨个不停。 胸部渐渐膨胀，衣服忽然炸开，扣子崩射出去。

柠檬一脚踩中扣子，顺便踢开了。"听说禁闭制度是你的贡献，你真的在监狱工作过？"

丁当脸一暗，胸口瘪下去。"基地制度，不是为了让它派上用场。恰恰相反，谁也不愿意动用禁闭措施。你们不去碰制度，它就闲着，它就跟不存在一样。就像一个老鼠夹子，老鼠不去碰它，不去偷夹板上的肉，就不会被夹住。"

"你的比喻太屎了，跟你本人一样。"榴莲走进来，"你就是一坨屎。"

丁当红着脸，揪着崩掉扣子的地方，衣服勒出几道肉沟。

"我来个比喻吧，"榴莲直盯着她，"知道一头母猪有多少对奶子吗？如果靠奶子吃饭的话，猪比你更有资格。"

丁当的眼白辽阔起来，里头波光闪闪，谁往里一跳，就会扑溅出大股的水花。

母猪奶子数不清，奶头被猪崽吮得粉红。母猪是将军，是坦克。猪崽们是步兵。它们在地坪里演戏，撒下一路蹄花、桃花、梅花、梨花……

东西跳进了湖里，水花溅了出来。丁当捧着脸跑了。

28

蛋糕上长着红草莓。烛火一跳一跳。女人们围着桌子，吃零食，喝果汁、牛奶，扔果壳嬉戏。长袍晃动，好像春天里的一群仙女。太阳粑粑滚到山边，满河黄金。闪光。白的蛋糕，红的草莓，黑的巧克力。碰杯。

"今天是草莓的生日。我们要求她参加她自己的生日晚会。"

"反对关禁闭。"

我捏了一粒草莓，舔了一口奶酪，放了回去。草莓还没来。我捏起另一粒草莓，舔掉它身上的奶酪。接着，我吃掉我舔过的所有草莓。蛋糕上留下很多坑。我用手指头填平这些坑，为此吃了不少蛋糕。

我打出奶油味的嗝，很不舒服。我坐在椅子上，一点也动不了。我听见我嗓子里发出奇怪的声音。我的眼里流出了水，顺着脸往下滚。

"天啦，"菠萝叫道，"她吃掉了整个蛋糕！"

我打了一个嗝。我尽量控制，打多了嗝，蛋糕味就没了，遇到还有没吃过蛋糕想知道蛋糕味儿的，我再打。我想朝妈妈打蛋糕味儿的嗝，朝木脑壳打蛋糕味儿的嗝，朝小伙伴们打蛋糕味儿的嗝，我天天在村里打蛋糕味儿的嗝。小伙伴们会追着我，跟我一起跳绳、踢毽子、跳房子。我会教他们做弹弓射果子，捉传凉子。

柠檬拿纸巾在我嘴上抹了一圈。"等你过生日的时候，给你做一个更大的。"

"没人知道她哪天过生日。"

"不如就定在美国国庆日。"榴莲说。

"好主意。桃子，用不了几天，你就可以吃到自己的生日蛋糕了。"

吃进去的蛋糕总想从嗓子眼儿跑出来。我屏住喉咙。

牛总统匆匆走进来，"你们这又是要演哪一出？能不能站我的立场上考虑，哪怕是给我一点点同情和理解？"

"让工人阶级去同情剥削他们的资本家？这不是要骨头同情狗吗？"柠檬说。

"今天是草莓的生日，我们要给她庆生。"榴莲说。"看你讲不讲人性。"

"啧，人性，人性就是人不长记性。"牛总统往左踱两步，往右踱两步，后面保安像牵了线似的，同时左边踱两步，右边踱两步，再站回原来的地方。"制度放那儿，不是要你们去触犯的……"

"丁当也是这套屎论。她跟你可真是穿衣共裤呀。"榴莲说。

"……制度放那儿，不是要你们去触犯的……你们要是不碰它，它就闲着，它就跟不存在一样。"牛总统用手掌劈砍空气，"比如一个老鼠夹子，老鼠不去碰它，不去偷夹板上的肉，就不会被夹住……"

"猫扒拉沙子盖住屎尿是为了隐蔽行踪，躲避野兽。你扒拉沙子盖住屎尿，只是为了钱。"榴莲说道。

牛总统脖子缩了一下，"粗俗，太粗俗了。076，你一个受过正规本科教育的大学生，说话竟然这么粗俗……"

"你一脚踩中狗屎，会大喊'亲爱的'？"

"外国人会说FUCK。"

我打了一个很响的嗝。嗓子里那头动物又跑了出来。

柠檬拍拍我的后颈梗。她大概觉得我是一个装满稻谷的箩筐，摇摇拍拍，就能空出地方来。可是，那些蛋糕没往下面沉，在嗓子里膨胀。我张开嘴，蛋糕和奶酪从我嘴里溢出来。柠檬将蛋糕壳推到我下巴底下。我吐在上面。

"她吃多了。"雪梨说，"吃多了，总是要吐出来的，是不是？"

牛总统就像站在太阳照耀的树底下，脸上有树叶的影子。

柠檬给我擦嘴，抹眼泪。

"我已经没有耐心了。"榴莲说，右手伸进兜里。我盯着她的手，等着她掏出一支枪。

其他女人也将右手伸进兜里。

柠檬按住榴莲的手："牛总统，两件事，必须现在答复。第一，释放草莓；第二，废除禁闭制度。"

牛总统又缩了下脖子。退了两步，站到两个保安中间。

"基地制度，怎么能说改就改？基地是纸糊的？我是纸糊的？"牛总统劈砍空气，"人心不足蛇吞象，你们是得寸进尺。给了你们吃饭时间的自由，现在又要我废除禁闭制度，不按规矩惩罚……基地是你们创建的？不是你们吧？谁建的，就得听谁的。你们这种态度，我接受不了，你们的要求，我更加接受不了。想一想，谁给你们提供了快速赚钱的机会？谁在帮你们解决你们生活中的难题？啊？这是你们的福地，你们要学会感恩。"

"陈词滥调。"榴莲说道，"咱们现在就吃下去！"

榴莲抽出右手，牛总统身体往保安背后一闪。榴莲手里不是枪，是一粒药丸。她举起药丸。每个女人都举起了一粒药丸。

"什么东西？"牛总统站出来。

"打胎丸。"榴莲说道。

"啊……"牛总统双手在空中乱扑，"你们疯了！"

药丸闪闪发光。女人们半昂着头，张开嘴。只要松开手指头，药丸就会掉进喉管。

"你们没有权利破坏我的产品！你们故意破坏……是要负法律责任的。想想后果！"

"我投入了那么多真金白银……欠那么多银行贷款……你们这是要害我……家破人亡！"牛总统喊道，"你们……这些恶毒的女人！"

"现在，先将药丸咬着。"柠檬说，"牛总统，这是最后的机会。"

女人们将药丸咬在牙齿间，一动不动。

牛总统脑袋冒热气，额头上滚下水珠子。他死死地看着她们。

大兵在牛总统耳边嘀咕了几句。

牛总统眼皮耷下来："原本也没打算关088多久的禁闭……既然这样，今天放，明天放，也没什么区别。"

"牛总统，不能妥协。"小将说道，"我就不信，为了一个不相干的人，她们会扔掉自己的钱。"

"叫你放，你就放。"牛总统急了。

"关于第二条，废除禁闭……"榴莲逼近。

"基地创建以来，第一次有人触犯这条规矩……你们又不想逃跑，所以，这一条就跟没有一样。对吧？"牛总统温和可亲。

"听着，药丸马上就要融化了。"

牛总统抹一把汗，"大兵，关禁闭这一条，即刻作废。"

"噗。"女人们纷纷吐掉药丸。

等牛总统他们全部离开餐厅，女人们一阵暴笑。

"咱们的胶原蛋白发出了原子弹的威力。"柠檬说道，"大家演得真好，超出想象。"

"牛总统急得冷汗直流。他是影帝。"

我打了一个嗝，我闻到最后那丝淡淡的草莓味。

29

磨墨，裁纸，宣纸哗哗地响。电视里那个穿灰长袍的男人，手拿长笔，说道：

"今天，我们来学习画小鸡……小鸡羽毛绒细，天真活泼，为人们所喜爱。首先，要一笔点出头部……用中等大小的笔，调中等墨色，笔尖上略浓，侧锋点出。"

男人的笔在纸上扭来扭去。

"然后，在脖颈处向后点出双翅，成'八'字形……画臀部时，要由后向前画小'八'字。以上三部墨色要润泽些，背部空白不宜过大……胸部用淡墨，从喉部顺胸往后画……腹部，由臀部向前补一笔……大腿用淡墨，由腹部斜向后画一笔…… 小腿要用小笔，小白云或叶筋笔，蘸焦墨，向斜前方画小腿，用笔由细到粗。"

他换了一支笔。

"现在画爪子。小鸡有四趾，中趾较长，内处趾较短，后趾最短，以顺手方向为好，爪尖宜平……好，开始点嘴、眼和小飞羽及冠子……要用焦墨画嘴、眼和小飞羽……最后，用浓朱砂点小鸡冠子……看，画完了。"

屏幕里一只灰黑小鸡，歪着头看天。

太阳暖暖的。小鸡跳到我身上，它们啄我手里的青草。尖嘴巴，黄脚丫，眼睛像两颗黑豆。妈（唧噢）——妈（唧噢）——走丢了就大声喊；妈（唧噢）——妈（唧噢）——见到昆虫子也大声叫。"问水，你去哪里了，搞得一身这么邋遢？"妈妈拈去我头上的草屑，拍掉我衣服上的灰，"等问天出来，就有人和你玩了。"

"草莓，你那只手颤得像打摆子。"

"你像死刑犯画押，稳都稳不住。"

"雪梨，你画的那是一坨长了脚的屎。"

"哎呀，怪不得古人都躲到山里头画画，心里毛躁不行。"

女人们像一群大鸟，七嘴八舌。

我和福气捉迷藏，躲进烂杂物柜里。

30

牛总统脸上阴影晃动，手托腮思考，肉往上涌，一只眼睛挤没了缝。一直往后仰的头发朝前塌下来，搭在额头上。

"要是她知道了，你会怎么办？"丁当没有骑在牛总统身上，很端正地坐在办公桌对面。

"我会跪求她的原谅。"牛总统说。

"你一点也不在乎我。"

"我在乎。我也不想伤害你，我不想伤害你们当中的任何一个。我也不会让任何人伤害你。"

"你总得伤害一个。"

"从一开始我就没有骗你。她是我的妻子，我儿子的妈妈。"

"白痴，别敲了，出去！"丁当朝我喊。她眼里又涨大水了。

牛总统的双手越过办公桌的辽阔，抓住了丁当的手。

"你比她更懂我。如果我的生活不是这么复杂，我一定会好好和你在一起。"

"因为你创业时用了她的钱？"

"家和万事兴。男人要成功，后方不能乱。我要是没家庭责任感，你也不会喜欢我的。"

"那我是什么？"

"我已经很头疼了。她现在提任何要求，我看我都没办法拒绝。"

"你要提大兵当主任？"

"如果她提出来，我没有任何考虑的余地……但是，到底是谁跟踪我们，拍那些照片，并且还传到了她的手里？"

"她可能请了私人侦探。"

"不，她绝对不是那种人。"

"那就是你别的情人干的。为你堕过胎的那个女人呢？她不是恨你吗？"

"给了她十万，我可是仁至义尽。"

"原来那个011呢，她一来你就瞄上了。"

"那是我这辈子犯的最低级的错误。你也知道，我再也没有染指这些产品制造者。"

"你给了她多少？"

"她要我这个人，要了人，钱也就跟着来了。"牛总统说，"丁当，我喜欢和你在一起，非常愉快，非常放松。我要你一辈子做我的红颜知己。"

"一辈子……？"

"嗯。"牛总统收回自己的手，像是在计划做一次新的旅行，"风风雨雨一辈子。"

31

榴莲在剥莲蓬。我拿起一个，对着光线，能看见莲子的影子，像蜜蜂待在窝里。顺着莲蓬边，将蜂窝突起的一面全部揭开，莲子紧挨着，躺在棉被里睡觉。掀开棉被，用食指和拇指抱起它。

"真会弄，你是湖区的吧？"榴莲扔了被她剥得稀烂的壳，从抽屉里拿出两张地图，"来……找找……你的家在哪儿？"

密密麻麻，歪歪扭扭的线，粗的细的，红的绿的。一群群蚂蚁趴在上面。最大字的也不过是只小瓢虫。我家很大，这张纸画不下，妈妈的菜园，小鸡的草地，还有那条大河，河里游泳的鱼，树林，果树，鸟。

"我家在这儿……"榴莲用手指头画了一个圈，她的圈画得不圆。

整个地图像一只没毛的大公鸡。我的手指沿着拔了毛的大公鸡画了一圈，还画了两条腿，将那两只脚板连起来。

"这是台湾，没有路的。"榴莲说。

我又画了一遍两条腿。一只大公鸡，没有腿不行。

"你家在哪块？这儿？……这儿？"榴莲手指点来点去。

我给大公鸡画了又尖又长的嘴巴。当别的公鸡压着母鸡的时候，这只尖嘴巴就会去啄那只公鸡。公鸡们打起来，鸡毛飞舞。母鸡咯咯笑。

"还是来看看世界地图吧。"榴莲摊开另一张纸，"这就是整个世界。"

她摊开一只大南瓜。

"这儿……纽约。再过几年，我要送双喜去这里读书。"榴莲的指尖摩挲那个地方。

妈妈卖了半篮子鸡蛋，送我去学校报名。老师不收我。妈妈用学费给我做了一条红裙子。

"我不是想她将来能干一番事业，只想她活得健康自在……上次我说到哪儿了……想起来了，事情错就错在，人总是太贪婪，有了幻觉，还要现实。现在看来，我好像是为了摆脱那个沉重的大箱子而结婚的。谁能想到生活会出现一只更大更重的箱子呢。我结婚是个错误。但是，一个错误的选择，我有了双喜，没什么可后悔的。

"但是，有的错误会阴魂不散……等到双喜出生，我提出离婚。我花了一个月时间给他说清楚，结婚是个错误。我又花了半年时间证明，我要离婚，既不是脑子有病，也不是外面有人，更不是要挟他表现更好一些。我可不玩那种把戏。我搬出来，自己租了屋，我妈帮我带孩子，我仍在报社上班。他到我住处撒泼，抢双喜。我妈拼了老命，气得犯了心脏病。我请了假带双喜，还要照顾我妈。我不想再这样耗下去，我找了律师。有天早上，我刚打开门，发现他睡在外面，身上盖着被子。

"我报了警。警察说，你这是家事，他们管不着。他妈的。这就是婚姻的糟糕之处，一切侮辱、骚扰、恐吓都变成合法的家事。怪不得有人说，要想几个月不安宁，装修；要想几年不安宁，买房，要想一辈子不安宁，结婚。结婚，离婚，就是死一遍。"

"世界上没有比男人癫狂更可怕的物种。连魔鬼都有理性，还可以讲道理，谈条件。男人癫狂起来，你根本不知道他要干什么。我想，你不会明白那种感觉。他经常打通我的电话，不吭声。我换了号码。他跟踪我。我随便在什么地方，一转身就能看见他。他只是面无表情地站在那儿。很多时候，我下班，一出单位大门，就看见他站在那儿，望着我。我带双喜在超市买东西，一扭头，就瞥见他站在货架后。我有活见鬼的感觉。我快被逼疯了。

"有天半夜，外面突然雷雨交加。我起床关窗，一道闪电照亮黑夜，我看见他站街对面的公用电话亭边，看着我的窗口，淋得像刚从水里捞起来的。吓得我魂飞魄散。我只好换工作，搬家。但是，两个月后，他找到了我，继续跟踪我。像一个鬼魂出没。我东躲西藏。一两个月后他总能出现……"

一只苍蝇在屋里乱飞，落在莲蓬壳上。

32

"看来今天胃口都不错。"小将巡视餐厅。

"好吃，不知道是什么肉？"雪梨说。

小将看了看被咬过的那只手："狗肉。"

柠檬吃了一惊，"你们不是把它送走了？"

"它吃了这么多骨头，白送了多可惜。"

"你真是个混蛋。"菠萝骂道。

"简直是恩将仇报。"小将眯缝着眼，"你认为我会去哪儿弄条狗来，满足你们的胃口？"

柠檬好像中了毒，浑身发抖，说不出话。

"恶心。"草莓揽着我，"有些人为了上位，跟踪、拍照、揭发，什么都干得出来……文化没多少，整人还真有一套。"

小将假装没听见："还有，下次别搞什么胶原蛋白了……有本事动真格的。"

雪梨垂了头，看着地上。

33

"你得在这儿住几天。"丁当给我换穿上竖条纹衣。白床单上印着红字。几个穿白大褂的走进来，戴眼镜的那个问了一些问题，丁当一一回答了。"我是她姨妈。"她说。一个穿白大褂的年轻人拿一根透明的玻璃棒瞄准我的嘴巴，"啊——抬起舌头"，他说。我张开嘴，等他们来抬。玻璃棒已经撬起我的舌头，埋进舌根。年轻人用拳头捶了我下巴一下，我的嘴合上了。我发现我正咬着那根玻璃棒。戴眼镜的白大褂，用一群手指头在我肚皮上乱按。还有一个穿白大褂的，用橡皮条勒得我的手腕青筋突起，针头插进去肉里，抽了我一管血。干这些时，他们在聊天，谈论最近的股票。

"今年GDP继续转型降速，杠杆化盛行的泡沫格局下，行情波动震荡会加大。A股市场对中国经济这次释放'制度弹性的反应'，不像2005年的大牛市，也不像2008年之后的'放水式反弹'。"

"前两天看新闻说，综合指数4000点才刚开始，专家说这轮行情会持续十年，要涨到10000点。"

"都是不负责任的大嘴巴。"

"大盘蓝筹股是风口上的猪，要趁势而为。你什么仓位？"

"别人忙着赚钱，我等着解套。"

"我抓了条黑马……"戴眼镜的说，"好了，明天上午给她打针。"

一只手扯下我的衣摆，遮住我的肚子。"主任，下次入什么股，提前透点消息嘛。"

"我要是每次都买中，我就可以靠买股票建一家私立医院了。"

"赚了钱，还想着建医院，真佩服你。"

"大家都是大棋盘中的一粒小棋，左右不了局势……"戴眼镜的转身出去，后面一群人跟着走了。

邻床躺着一个女人。她很瘦，两只黑手放在白床单上，好像死人。一个小女孩坐在床边，扎着两个羊角辫。她折了一只纸飞机。纸飞机在屋里飞。从这头飞到那头，撞到天花板，飞机最后划出一道线，从窗口飞了出去。

"34床，今天还没有缴费，是打算出院了吗?"护士拿着本子和笔。

黑瘦女人没有说话，眼神像被东西勾住了。

"我爸爸去借钱了，爸爸借到钱，就会来交医药费的。"小女孩说。

"要是每一个病人都像你们这样，医院不就办成了慈善机构?"护士将纸和笔埋在胸前，"不能再拖了，请办出院手续吧，别的病号等着床位呢。"

"妈妈的病还没好，妈妈不能出院。"小女孩哭了，"爸爸马上就会拿钱来。"

"你爸爸和你妈妈已经离婚了，他要来，早来了。"

"爸爸说了，那没什么不同。"小女孩说，"爸爸还是我的爸爸，妈妈还是我的妈妈。"

护士又说了一句，小女孩哭得更厉害。白床单上那只瘦黑的手移到小女孩头上，就像一只大苍蝇落在那儿。

我也哭了起来。

"想吃点牛肉干吗?"她哗啦啦撕开一个塑料袋，用牛肉干堵住了我的嘴。小女孩扯着护士的裙边，只是哭。护士不耐烦，她使劲掰开小女孩的手。那只手像一只田螺，紧紧地吸附在石块上。

34

我平躺着。肚子圆圆的，像世界地图。医生戴着眼镜、口罩和手套，棉棍蘸了药水往我肚皮上抹。他不急不缓，一圈一圈，像摊薄饼。医生扔掉棉棍，拿起针管，针头像筷子那么长。戴胶手套的手，像只蝴蝶轻轻落在花瓣上，花瓣颤巍巍的。我动了起来。

"稳住她。"医生说。他们要捉住一只蜜蜂。蜜蜂的翅膀被按住了，腿被压住了，脑袋也被卡住了。发烫的针头钻进肚皮，一路烧下去。泥墙上凿出墨黑的蜜蜂洞。蜜蜂待在窝里。稻草棍戳中它。洞里传出嗡嗡的哭声。蜜蜂颤动，稻草棍也颤动。

"好了，不用多久就会出来的。"医生说。盘子里碰撞出金属声响。

"哼都没哼一下，傻子是不是天生迟钝？"

"哑巴怎么哼得出来。"

"看她脸上全是汗。"

"那是眼泪。"

"谁陪她来的。"

"她姨妈。"

"幸好坏了，生下来多麻烦。"

"带回床位观察。"戴眼镜的脱下胶手套扔进垃圾桶。

丁当姨妈坐不住。吃一阵水果，到走廊上跟别人聊天。我开始肚子疼。

下午两点，戴眼镜的医生来看我，后面跟着一群白大褂。他问了丁当姨妈几个问题，撩起床单，"裤子脱了。"丁当姨妈剐下我的内裤，塞到枕头底下。医生戴上胶手套，"张开腿。"

两根手指并排插进去，搅动。"疼了多久了？"

"四五个小时吧。"丁当姨妈回答。

"早着呢！刚刚两指开。"戴眼镜抽出手指。

后面的人排着队，戴好手套，手指捅进同一个地方。一个长得像木脑壳的男人，脸红扑扑的，扭扭捏捏，插入半根手指，很快抽出来。

戴眼镜的拉下床单，盖住他们捅过的地方，他表情严肃，要别人谈谈手指插进去的感想。每个人都说了几句。有的还拿本子记。

我的肚子更疼了。我弯成一只虾米。痛随呼吸起伏。全身汗水湿透，衣服拧得出水。丁当姨妈吃爆米花，喝可乐，戴着耳机看电影。

一个女人哭着经过。灯管雪白的。

丁当姨妈终于合上电脑，叹口气，揉着胸口，看了我一眼，打开折叠床躺了上去。她开始打酣。我的痛随着她的酣声起伏。我盯着她，等着她停止打酣。窗外很黑，我像浮在河面。鱼从我后背滑过。唧——鸟冲下来看我一眼，飞向天空。

仿佛是刀子在割肉。肉片落雪一样。地上白了，房子也白了。草垛子白了，河码头白了。妈妈的竹篱笆白了，妈妈的烂鞋子也白了。屋后面的铁钩子白了，屋门口的井摇手也白了。我在雪地里走来走去。冰块在太阳下燃烧。问水，快进来烤烤火，手会生冻疮的。妈妈喊我。

早上睁开眼，一串白大褂已经围在床边。丁当姨妈一只手抠眼角的眼屎，一只手梳头发。戴眼镜的掀起被单，他的手碰了碰我的腿，腿自动分开。两根手指伸进去。搅动，再搅动。他没说话。抽出手，脱下手套，和丁当姨妈说话。那一串白大褂轮流将手指伸进我的身体。

"还是两指宽。"

"好像比昨天松点儿。"

"不知什么时候能开到四五指宽。"

"有的人等两三天，突然就开了。"戴眼镜的说，"不用着急。"

"她得喝点水，嘴皮都干了。"

"给她抹抹，换件衣服，会舒服一点。"

"医生，什么时候能出来？"丁当问。

"下午，或明天早上。"戴眼镜的回答，"她必须吃东西，太虚弱了。"

痛是一个坏蛋，他欺负我。开水烫我，弹弓枪弹我，菱角尖刺我，碎蚌壳扎我，牙齿咬我，钉子钉我，火烤我，冰烫我。

痛藏得很隐秘，那一群白大褂也找不到他，他们不断伸手进去找，浪费很多手套。

一只手翻看我的眼睛。一只手掐住我的人中。

玻璃瓶子高高挂起。里面冒着水泡。我的手背打了一个白补丁。

"开始滴催产素。"护士对丁当姨妈说。

那串白大褂又进来了。和之前一样，轮番将手指插进我的身体。搅动，讨论。

凉水一滴滴流进去，我的身体冰凉的。我有点冷。

那串白大褂短了些，只剩三个。我对他们的手指已经熟悉了。我知道哪几根是戴眼镜的，哪几根是那些年轻白大褂的。戴眼镜的手指，像主人回到自己的家。年轻的白大褂的手指进去后，像迷路的狗。

"准备手术。"戴眼镜的说。

带轮子的床滚进了手术室。棉棍在我身上到处涂刺鼻的东西。针头扎我的屁股，打进我的手臂。我听见刀子、剪子、钳子碰撞的金属声响。他们在谈论手术，说到"捣碎"和"肢解"。我睡着了。睡着很香。做了一个不好的梦，梦见妈妈在屋子里号哭。两个男人抬着她走出来，她的头发湿漉漉地糊在脸上，下身全是红的。妈妈被搁在睡椅上，她眼睛闭着，嘴巴抿着。我哭醒了。

35

"她恢复得很快，比以前还结实。"丁当捏捏我的胳膊，拍拍我的屁股，"马上可以重新投入生产。"

"我讨厌失败。"牛总统皱着眉头，肉堆中两道目光直射过来。"算了，"他转望丁当，"向前看。进入下一轮。"

我摘下一片叶子，剥得只剩一层薄丝网。我看见牛总统分成很多块块。眼睛分成很多块块，鼻子分成很多块块，嘴巴分成很多块块，脑袋分成很多块块，桌子分成很多块块。电脑分成很多块块。窗户分成很多块块。丁当分成很多块块。坟墓分成很多块块 ……

"她看起来更傻了。"丁当说。

"要是再失败，就送走。从哪来的，回哪里去。"

"嗯。我们也是仁至义尽了。"

"基地创建这么些年，平安无事，也是要归功于我们的保密措施。咱俩的事情，要是有这么严密，就不至于被人拍到照片。这段时间，我可是夹紧卵蛋过的。"

"今天晚上去我那儿？你很久没去我那儿了。"

"改天，宝贝，我答应她今天晚上回去给她做糖醋排骨。"

"我只有醋的份。"

"这基地……你不当家，不为柴米油盐愁……我都焦头烂额了。"

"我可以给你分担很大一部分压力。我想你肯定也知道，有些公司垮掉，就是因为在公司安排了太多亲戚。"

"你说得对。"

36

我抓着铁栏杆，望着远处的荒地。铁的凉腥气钻入鼻孔。福气在草丛中奔跑。哈嗬哈嗬。野鸡飞起来。鸡毛在空中打转。汪！汪汪！福气对着老鼠洞吠，挖洞，拨得泥土乱蹦。汪！一阵风吹过。草矮了一片。福气变成一块石头，伏在草丛中。云在动。绵羊回家。福气跳上羊背。

"你进入禁区了。"保安嚷道。"快回去。"

福气向我跑来。我的脑袋卡在铁杆之间。

保安在我额头上推了一把。

"出血了。"他用纸巾抓走我脸上的虫子。"看来，你就是那个有问题的姑娘。"

"我要是说出我的名字，你记得住吧。"他看着我，"万春芽。一万两万的万，春天的春，发芽的芽……想想看，一万棵树在春天发芽。"

"我讨厌守大门，像条狗一样没事干。"他说。

"看，外面什么也没有……听说基地有很多好看的女人，我要是调去巡逻，每天都能看见你们……在这里我只能对蟑螂说话……对我这种话痨来说，每天闭嘴八小时，算得上是一种酷刑……这儿是你们女人的福地，可不是我的福地，你们怀一胎赚得几十万，耍着把钱挣了。做女人真好啊，下辈子我一定要做女人。"

他的嘴巴皮子敲钹。乒哐乒哐锵锵。唱花鼓戏的脸上涂得雪白，眼画得墨黑的，男的摇扇子，女的扇手帕，又唱又跳。

"除非我也是哑巴。"一万棵树在春天发芽抽出一根烟。打火机啪地一响。噗——。喷出一口烟雾。"可我不是。"

"这样吧，我允许你待在这儿，允许你站在铁栏杆那儿望外面。"一万棵树在春天发芽指着铁门，烟灰从手指尖落下来。"但你得小心，别再被夹住脑袋。也不要被大兵小将发现你来这儿。"

凉腥味的铁栏杆。远处那块石头，还没有变回福气。

"哎，看看。"他慢慢拉开裤子拉链，掏鱼内脏那样，掏出一截东西。

哪儿传来福气的吠声。

"女孩子都喜欢的。"他抓着那东西，像捉住一条鱼。"……我可以借给你玩……就一会儿……"他说。"我当你是好朋友了。"

"我从来没借给别人玩过……你不玩？那我收起来，以后你想玩，我也不拿出来了……我才不随便借人呢。"他两只手捧着那条鱼，像是放鱼入塘的样子。

鱼张嘴呼吸。它在岸上活不了多久。

凉腥味的铁栏栅。鱼鳞一样的铁锈。野草水波一样，一浪一浪。

37

闪电仿佛抽陀螺，一鞭接一鞭，抽得雷声滚滚。轰隆隆。轰隆隆。成裂碎块，滚向四面八方。风和雨在黑暗中欢呼。好啊，好啊。窗玻璃淌水，好像谁一直在哭。

走廊一亮，一暗。雷从远处滚来。

我靠着榴莲的肩膀，温暖柔软。

"有些人应该遭雷劈……竟然拿自己的孩子做人质。"榴莲说道，"那天我妈去幼儿园接双喜，但双喜被他带走了。真的像他说的，躲进地下三尺，也能挖出我们来。他要我一周之内，拿二十万换双喜，不然撕票……"

呼吸像雷声从远处滚来。黑暗。

"我报了警。他说只是带女儿玩几天，说我有臆想症。警察相信他，不相信我……"榴莲坐直，双手撑着身体，"我没有二十万，就算有，我也一分钱不会给……你不晓得一个人的心里，埋了多少垃圾和邪恶。你看不清一张人皮里面裹着什么东西。得多渣的人，才会把自己亲生的孩子放在刀口上威胁别人……所以，有时我也觉得，你在基地，至少是安全的。"

榴莲摸着我的头发。手指头像小鸡钻进草丛中。

"……以前，一打雷，我就这样听着，等雷劈掉他……也许是因为他手里还有一丝人性，刀没有要去双喜的命。双喜在医院住了半个月。她没事，可是她受的惊吓，精神上的创伤，她的自闭症……只要能治好她，忘记那次惊吓，换掉我的生活，换掉她所有的文化背景，换掉母语，换掉整个世界，甚至，让她的生活中不再出现任何一张中国男人的面孔……我都会去做。

"……是的，就算雷劈了他，也不能改变事实。我后来想明白了，仇恨只会增加自己的心理负担。宽恕这种精神上无法自理的可怜人，就是解放自己，走出牢笼。"

榴莲鼻孔喷出一声短气。她笑起来。

"桃子， 我们坐这儿等着，你会看到有扇门打开一条缝，雪梨探个头，然后是小将，穿得整整齐齐的，塌着屄，昂首挺胸地走出来，你能闻到他身上的体液味……

"雪梨又当婊子又立牌坊，口口声声说爱她那个赌马把家里输得精光的丈夫，为了还债来基地……小将这头牲口，一心往上爬，掌握权力，在几个女人之间搞来搞去，啥子都不耽误……嘘——看，门开了。"

门缝里果然探出一颗脑袋，一个高黑影蹑手蹑脚地走出来。门轻轻合上了。高黑影挺直了身体，刚走几步，角落里突然蹿出一个黑影拦住了他。

"啧啧，在房间里值了一宿班？尽职尽责呀。"

"你不也是为了基地，起得比鸡早吗？"

"将金贵，真死皮赖脸。牛总统要是知道你胡搞产品生产者，蓄意破坏基地财产安全……"

"你以为，凭你胸口那两堆肉，他就会相信你的胡说八道？"

"跟踪、偷拍、录像，高科技就你懂吗？"黑影轻轻笑出声来，"我一向学习能力很强。"

"丁当，你真卑鄙。"

"过奖。咱们上天台聊。"

"狗咬鸡，一地毛。" 榴莲在我耳边说。

我想起福气。我突然站起来，从那两个黑影中间穿过。

38

餐厅墙壁上挂着一张黑狗皮。我哭了起来。

"将金贵这是往她伤口上撒盐……"

"算了，让她明白也好，省得她天天找福气。"

"桃子，你看，那是福气，它已经死了。"

死人睡在坟山里，妈妈有坟山，爸爸有坟山。福气也应该睡在坟山里，土堆上每年开出血红的花，风一吹就落了一地。

我摸着狗皮，哭得更厉害。

"免费的狗皮标本，美化餐厅环境，增加艺术感。" 小将的皮鞋咔嚓咔嚓响。

"你们不说，我还没注意到墙上有张狗皮呢。习惯了就好。"

"雪梨，你竟然说这种话，越来越没底线了。"

"我只是不想大家为了一条狗伤和气。怎么就没底线了？"

"我们之间出了内奸，不知道她靠出卖得了什么好处。"

"噢，搞得真像在闹革命一样，乜嘢出卖，叛徒、内奸，听着好得人惊啊。"雪梨冷笑。

"没有同情心，悲哀。"

"都穿着基地的袍子，就莫比谁高谁低了。"雪梨说，"你们哪个系大地之母？"

我摸着墙上的福气。它像一幅画。

福气的黑眼睛一闪一闪。夜里的河水也是这样一闪一闪。

"不许摸，你的手刚抓过骨头。"小将一只手按着后腰上的那根黑棍子。那根棍子平时有很大的威力，就像马戏团里驯兽的鞭子。

我伏在墙上，贴近福气。

小将用黑棍拨我。我转过身咬他，小将黑棍一顶，我瘫倒在地。

"将金贵，你用了电棍！"草莓抱住我。

"她咬人，我自卫。"小将回答。

"我一直认为，世界上最可恨的还不是强权压迫平民，而是弱者欺凌弱者。"柠檬要去找牛总统，"不能纵容这种人，腰杆子上有枪就开枪，有棍就使棍。"

"是的，男人身上的黑棍子，尤其不能在女人身上乱用。"榴莲说道。

39

厨师抄写菜单，笔和黑板擦出唧唧的声音。他拿着一份红头文件，一边抄一边念：今日午餐，三菜一汤，一荤两素。每份定量：清蒸鲈鱼150央（盎）司；蒜茸菜心100央（盎）司；清炒怀参80央（盎）司；米饭200（央）盎司。番茄鸡蛋汤300央（盎）司。

"徐师傅，不是央司，是盎司。"榴莲说，"以前不都是写多少多少克吗？"

徐师傅戴着白高帽，白衣被油污染得花里胡搭，手上油光，脸上也泛着油光。他认真画完一个句号，偏着脑袋，油往一边流："我唧个晓得，文件让这么写，我就这么写……央……盎司是啥子东西？"

"盎司本是国际通用的黄金计量单位。我们这是在吃黄金呢。"

"150盎司鲈鱼有几块？"草莓问。

徐师傅转过身，抖了抖手中纸。"文件里讲了，基地现在面临严重的经济危机，宏观调控，就是要裁员，微观调控呢，就是压缩开支，控制伙食。基地委员会开了会，决定不裁员，因为失业者会给社会造成压力，增加不稳定因素。牛总统也说了，关键是，他爱基地的每一个人，基地必须跟自己的员工，有难同当，有福同享，他决不会抛下员工不管。多么仁慈的老板！我说，你们这些吃饱喝足啥也不干的人，就别计较什么几斤几两儿盎司了。"

"桃子那单没收账，基地就经济危机了？"柠檬说道。

"他老婆孩子要移民呢。"

"移民？我就不明白，移民有什么好。金窝银窝不如自己的狗窝。去外国干啥子，被别人歧视看不起，受欺负……在自己的国家，腰杆挺得直直的。"厨师是个圆桶，没腰，只好挺挺胸。"到哪儿都是这块地上的主人。"

"主人？哪块地有你的份？房子？几十年产权，你只能暂时使用。田地？你充其量只是个租户。你能卖田还债，洗脚上田当城里人吗？"柠檬说，"徐师傅，你整天待在厨房里，以为这个世界哪儿都有吃有喝。移民有什么好？这你该问问那些官员和富人。听过这样一句话吗？有钱有势的移民，无钱无势的偷渡。为了子女教育，为了食品安全，为了转移财产……"

"我就不明白，为什么要移民……"厨师的样子，像正在品尝汤菜的咸淡，"我们国家也富了，强了，生活蛮好的，我就不明白，移民有什么好。"

"柠檬，算了，鸡同鸭讲。"榴莲说，"幸福的温度计，插到不同的腋窝里，读数肯定不一样。你就莫总想着要启蒙别人了。"

"蒙我？她啷个蒙我？"厨师正了正高帽子，继续写晚餐菜单。"文件说了，争取今年年底生产总值翻两番。基地各部门通力合作，后勤部尤其重要……嘿嘿，牛总统，还有你们，大家都盯着我的勺子呢。"

40

早晨，一张大字报贴在小黑板上：

向免费的鸭子致敬

经过长期观察，本人发现，基地有只高尚的鸭。做好事不留名。他——就是基地治安巡视员将金贵同志。他经常在值班时间，潜入产品制造者房间，免费提供性服务，为基地的稳定平安做出了无私的贡献。他的出发点是高尚的，他深知广大女性在这种特殊时期的生理需求，不惜冒着破坏产品，以及违反基地制度的风险，果敢慰安广大产品制造者。据不完全统计，将金贵同志至少忙碌于四位产品制造者之间，鞠躬尽瘁，几欲精尽而亡。

薄纸终究包不住高尚之火。鉴于将金贵同志的优秀表现，本人强烈建议，评选将金贵为基地先进劳模，颁发奖金，赠送锦旗。倘若以危害产品罪开除将金贵同志，这势必对广大产品制造者造成巨大的感情伤害。基地需要这样高尚无私的鸭子！广大产品制造者也需要他的温柔慰安！

匿名知情者

即日

"梅菜扣肉100央司；蒸鸡蛋100央司……"厨师边写边念。

"徐师傅，你又错了，是盎司。什么时候做水煮牛肉？" 榴莲的大嘴巴不是说话，就是哈哈大笑，她的舌头一刻呆不住。

"你暂时没有点菜的权利……我只是个厨师，按红头文件做菜。"徐师傅脸上油花荡漾。

雪梨安静地坐着，用两根手指头，像鸟嘴一样，小口地啄着半只馒头。脸上和那碗粥一样平静。她这样挺好看的，像一棵植物，刚洗过澡，有一股淡淡的香味。

41

苹果回来了，新编号是183。她的奶子像两头困兽，在胸前乱撞。奶水渗出来，浸湿了衣服。她解开扣子，胀鼓鼓的奶子，像气球吹得只剩蒂巴，双手一挤，蒂巴里射出一道白线。她像握着水枪，朝地面射击。蚂蚁浮在水中。

"可惜了这么好的奶水……让我喂一个月的奶……哪怕是十天半月，对孩子也是好的……"苹果使劲抓捏，"我儿子吃了一年的母乳，身体很结实……可再结实，也挡不住天崩地塌 …… "她顿了一顿，"不是说，我是个多么好的妈妈……我甚至还打过他一顿呢，就因为他挑食，不好好吃饭……"

苹果随时随地挤奶。

穿红袍子的越来越多。太阳烤得屋里透不过气。蝉叫得我们不断流汗。土地裂开。柳叶变成毛毛虫打起了卷。辣椒、丝瓜、茄子、豆角统统蔫了。青蛙一个猛子扎进池塘。和福气捉迷藏，我躲在烂杂物柜里。瞌睡一圈一圈像水波扩散，我的眼皮粘在一起。

"嘿，大家好。"我被惊醒，"自我介绍一下，我叫万春芽，一万棵树在春天发芽，很容易记。我和将金贵调了岗位，前阵子听说他要当基地经理，不知道为什么反而……啊，我是不是有点多嘴了？当然，他肯定早晚还是会回来的，干部提拔前，下基层锻炼锻炼，没什么坏处。"

万春芽的话像关在笼子的鸡，乱哄哄地往门外挤。看到苹果弄奶，笼子关上了，他僵了一会儿，但很快复活，蹭了蹭腿，接着又蹭了蹭另一条腿，双手绞在一起，指关节弄得啪啪响。

"小将不情愿守大门，辞职了。你最好少扯淡。"

"牛肉丸果然修改方针路线了。"

女人们笑起来。我昏昏入睡。

"打趣我是不是？没关系，只要你们快乐。"一只走丢了的鸭子嘎嘎乱叫。"我就是一枚开心果，嘎嘎嘎嘎。逗个乐，跑个腿，献献殷勤，都是我的荣幸。有什么事情，尽管吩咐。现在，请大家离开娱乐室，到餐厅去用餐吧。"

恍惚中传来乱糟糟的脚步声，由远而近，屋子里似乎挤满了人。

"都不许动。"

"全部带走。"

骚乱很快平静下来。

我饿醒了。餐厅没人，天台、房间也没有人在。大楼里空空荡荡。牛总统的办公室好像被牛羊糟蹋过的玉米地，文件柜空了，桌上的电脑也不见了。

我走到大门口。铁门是敞开的。我抓住充满腥味的铁栏栅，看着远处。太阳已经滚落山坡，福气在摇晃的野草丛中向我跑来。

（原载《收获》2016年第3期）

春风沉醉的夜晚

◎朱文颖

一

我，夏秉秋，查丽丽。

我们三个最后一次见面是在两年前，柏林自由大学的一次学术会议。当时我们的关系如下：我和夏秉秋同时被邀请参加会议，夏秉秋是德籍华人，常居柏林，而我从上海坐德航经法兰克福转道柏林。我们素不相识。至于查丽丽，她是我十八岁以后的闺蜜，这样的关系已经延续了差不多另一个十八年。那一阵她正好在德国修最后的 MBA 课程，有个短暂的假期，于是她决定来柏林和我见面。当然，与此同时，也见到了同样素昧平生的夏秉秋。

就这样看起来，事情似乎是相当新奇而愉快的。毫无疑问，我和查丽丽都很喜欢夏秉秋，这位戴深色琥珀框架眼镜的中年人，消瘦，严肃，同时又拥有一种微妙肉感的幽默。他带我们在暴雨中的柏林博物馆岛转了两天，又在威廉皇帝纪念教堂前的广场享受了一下午咖啡时光。这两件事也可说虚荣，也可言着实快乐充实，单看你如何理解。反正我和查丽丽相当为此着迷。

为了较为精确地复述当年这段争风吃醋的风流韵事，我得把我和查丽丽，以及我们之间的联系再次简单介绍一下。我和查丽丽都出生于准工人阶级家庭，以我的资历和后来累积的人生经验，我猜测早年的查丽丽孤僻、内向，相貌清秀但略显平板。在成长过程中，我们都接受了还算不错的教育，在各自的领域有所发展；同时我们还热爱时尚，经常添置一些光鲜的衣物。凡此种种，都让我们的家庭背景在一些非熟人圈中显得有些神秘莫测，不好估量。在那个阶段，还有一方面我和查丽丽非常相似：对于比我们穷或者看起来比我们穷的那一类人，我们几乎完全不感兴趣。恰恰相反，我们所有的人生经历以及后来的努力，都是为了尽可能地远离他们……

158

当时我是上海一所二三流高校里的普通教师，之所以有机会去柏林参加那次会议，真正原因是系主任另有急事，当然，他平时打量我的时候，眼神里也常有一种不难猜测的异样……不管怎样，我完全就是个替代品，就连会议上我的席位卡也是匆匆赶就，其间还出了一个小小的差错。然而，无论如何，出席这样高朋满座、名流云集的会议，着实让我兴奋激动了一下。正是出于这种微妙的心态，我联系了在另一个城市里的查丽丽。

"我在柏林……开学术会议呢！"

我听到电话里自己那欢快雀跃的声音。

现在就要讲到我的另一个奇怪的爱好，从很小的时候起，我就具有一种辨别声音的能力。其实事情本身远远没有这么玄妙，或许，只是我的听力较于常人要更敏锐一点……那些更细微的、被常人忽略了的东西，它们，在我的耳朵里，被有效地放大并识别了出来。确实，这是一件很有意思的事情。

然后，我听到了电话那头传来的查丽丽的声音。

"是吗是吗，学术会议？有很多人参加吧……"

查丽丽的声音一直有一种向上飘浮的意味。她的声音和她现在的职业走向是一致的。她读MBA时向我借了一点钱。她很直率，这是她的好处。她坦坦荡荡地告诉我，对于她来说，修这个学位只不过为了提高自己的社会地位，找个好工作。当然，运气好的话，在这个过程里，或许她能遇到一个合适的人。

查丽丽向柏林自由大学飞来的时候，我就一直在想着，与其说她来看我，不如讲，她暗暗觉得，在这个高规格会议的某个角落里，正暗暗地藏着那个"合适的人"。

这种小把戏、小心思我也有，所以她即使不明说，我也完全明白。

开会的人我几乎一个都不认识。他们是专家、学者、教授……他们很有礼貌地向我打招呼，微笑，有点狐疑地看着我，再次微笑……最终，他们回到自己的圈子里去，把我孤独地甩到了一边。

夏秉秋就是在这个时候出现的。他陪我一起吃自助餐，在校园里散步，我拿着系主任发言稿代为朗读的前一天，他还特意交代了一些国际会议中必须注意的细节。你知道，这样一个人的出现无法不让我感觉温暖，甚至都有点涕泗横流的感觉了。

发言结束后，夏秉秋约我第二天下午去柏林威廉皇帝纪念教堂前的广场喝咖啡，而就在那个傍晚，查丽丽到了。

于是，第二天下午，我们三个人，不，还有另一位夏秉秋的朋友，那是一个下巴浑圆、脸色微红的中年人，和夏秉秋差不多年纪……夏秉秋含含糊糊地把他介绍给我们。此人姓葛，于是我们都唤他作葛先生。

葛先生话不多，好像有着什么心事。当然了，也有可能他只是要把说话的时空留给夏秉秋。夏秉秋一直在不停地说，而葛先生默默地喝着咖啡，偶尔停下来看一眼夏秉秋，微微笑一下。

他俩看起来交情不错，仿佛还挺默契似的。但很快，我和查丽丽的注意力就被夏秉秋见多识广、古怪精灵的谈话吸引过去了。

夏秉秋先是讲了一件与声音有关的轶事。他说，很多年前，他曾经在东德生活过一段时间。在那里，他遇到一位奇怪的男子。那人的工作是收集不同的人的声音。譬如说一连三个月不见雨水，他便要背着沉重的机器收集水务局官员的声音；或者是一连十天淫雨不止，此人又得背同样一部机器收录水务局或者是天文台的官员和木屋居民的声音。

因为夏秉秋讲到了声音，我觉得有趣，于是手肘撑在咖啡桌上，望向正滔滔不绝着的夏秉秋。

很显然，查丽丽也被什么东西吸引住了。她张大了嘴巴，像是要把夏秉秋一口吃下去似的。

而这时，夏秉秋突然话锋一转。

"对了，你们知道王道士的事吧？"他把头转向查丽丽，很快又朝我侧过来。

"王道士？"

"是的，就是敦煌那位王道士。"夏秉秋冲着我们挤挤眼睛，就如同一个偷藏了糖果的调皮小孩。

夏秉秋说，那位王道士，湖北麻城人，家贫，为衣食计，逃生四方，后来还把敦煌珍贵的经卷卖给了外国人；故事的前半段大家都知道，关键在于后面那部分。按照夏秉秋掌握的材料，王道士后来没有那么多真经可卖，就开始伪造经卷，他使用了一种简单却又离奇的方法：用1、2这两个数字组成混乱的图案，这种上下左右、颠颠倒倒的组合，成功而完美地骗过了购买者以及观赏者的眼睛，直到几十年以后，才被研究者发现。

……

现在回想起来，那个阳光明丽的柏林下午，从头到尾都笼罩在一种纠缠迷离而又有些诡异的氛围之中。显而易见，我和查丽丽都被夏秉秋迷住了。他在讲述一种我们没有经历过的生活，比我们的要宽，仿佛也比我们的要高很多。我们争先恐后地奔向那种东西，围住那种东西，就如同我们当年去高级商厦闲逛购物一样。我和查丽丽彼此都看到了对方眼睛里的光亮。

我们太相互了解了。

而那位葛先生，对了，我们差点完全忘掉了那位葛先生。他一直低头不语，比我们每个人都多喝一杯咖啡。直到夏秉秋口干舌燥、说话暂告一段落时，他才悠悠地说了几句话。

话虽不多，却着实让我们愣住了。

他表示的好像是这样的意思，说夏秉秋确实是经历丰富的人，不说其他，"他第一任妻子是阿根廷左派，第二任则是波兰的共产主义战士……"

夏秉秋轻轻地阻止了他，于是葛先生便没有把话再接着说下去。然而这样的事情已经完全超出了我们生活的半径，查丽丽张大嘴巴，发出一声干涩的"呵"。

而我，则清晰地听到了，从自己喉咙里冒出来的如同泉水般的"咕咕"声。

我不能判断葛先生所说的是真是假，很可能只是老熟人之间的调侃，没有确定意义的。也或许只是葛先生看到夏秉秋那天风头出尽，找点小插曲取笑取笑而已。

那天后来葛先生告辞先行，我注意到夏秉秋站起身，他们俩在树荫下窃窃私语了几句。还有一个细节，临走时，葛先生特意走过来问我们要了联系方式。根据女人的直觉，我认为他真正想要的是查丽丽而并非是我。当然，我并不在乎这个。我想，查丽丽也同样如此。

接下来，那个柏林的晚上，我，查丽丽，夏秉秋一起共进晚餐。

我们吃饭的地方在施普雷河边一家又窄又长的酒馆里，灯光昏暗，到处是啤酒杯叮叮当当的碰撞声。不知什么时候又下起了雨。我记得那天查丽丽喝了很多黑啤，我则显得有些莫名的忧郁。我在临河的窗口站了一会儿，远远能看到威廉皇帝纪念教堂的尖顶。白天的时候我进去转了一下，黑乎乎的墙体上残留着弹孔，几乎还能闻到二战期间炮火的气味。它就像一个受伤的庞然大物，黑暗，破旧，我弄不明白，德国人为什么一直没有放弃它。

我站在饭店窗口的时候，可以不时听到查丽丽因为兴奋而发出的尖叫声。我的心情像天边的乌云一样变得阴沉起来。说真的，我有点后悔同意查丽丽来这里相会。这无疑是一个荒唐的决定。否则的话，与夏秉秋共进晚餐的将是我，仅仅是我。我和夏秉秋会延续着关于王道士的讨论，听着雨水发出的那种微弱的声音，它落入施普雷河里，然后消逝，然后，会有另一种东西清晰地伸展出来。

如果事情是那样的一种形状，我不会突然想到那个如同阴影般的教堂尖顶，我更不会如此烦恼而又无可奈何地去思考这样一个问题：夏秉秋，这个男人，到底是对我，还是对我的朋友查丽丽更感兴趣一些。

不过，话又说回来，就当时来说，与其讲这是一个严肃的问题，不如说只是一种微妙的感觉。说句实话，这种感觉，和我当年与查丽丽同逛商场，看到一件可心的物品，双方暗地较着劲，都企图占为己有，以此装扮自我，抬高身价，诸如此类，本质上其实并没有太大的差别。

查丽丽在柏林的停留时间是三天，就在她离开的前一天，我们约好三个人一起去犹太人博物馆参观。

我在旅店大堂徘徊着等待查丽丽和夏秉秋时，接到了上海学校打来的国际长途。大堂角落有一排陈列柜，我躲在其中一个后面，向事成归来的系主任汇报会议情况。正说着，楼梯上传来了沙沙的脚步声。磨砂玻璃的暗影里，查丽丽和夏秉秋，一前一后，缓缓走来。我一阵慌乱，不由闹出了动静。

我仿佛看到查丽丽在和夏秉秋窃窃私语……我不能确定查丽丽是否把我的冒牌身份告诉了夏秉秋。虽然她并不彻底了解这次会议的前因后果，但作为一个替代品和冒牌货，我感觉后背有丝丝的寒意和莫名的恐惧。我匆匆挂断电话，夏秉秋和查丽丽已经来到面前。查丽丽有一种游离于主流世界之外的表情，夏秉秋则一如既往，他一手拿着雨伞，另一手挽着卡其色的棉质风衣。

他礼貌而俏皮地向我微笑。

我感到了忧郁。

那天的中午和下午，那种熟悉的忧郁就如同柏林的湿气，紧紧包裹着我。我甚至有一点小小的结巴，我知道，当我不太想说话或者突然退回内心的时候，经常会有这种口齿不清的情况。声音在耳边有很响的回声，然而并不连贯。声音的发出和散播都有一种疼痛。我尽量地远离他们，走在他们前面，当夏秉秋和查丽丽参观一个地方的时候，我假装穿越庭院，踱步小径。我留出空间给他们，有时居然也有一种自虐的快感。

当天晚上，在冷冷的雨丝里，我假装热情地与查丽丽告别。

我和查丽丽拥抱，挤出非常多的离愁别绪的话。然后，我撑着下巴，异常痛苦地告诉夏秉秋和查丽丽，我的偏头疼又犯了，这是多年的旧病，每到阴雨连绵的时候，疼痛即如游丝……

会议已近尾声，四周到处可见拖着行李、互相挥手告别的面孔。有些面孔是熟悉的，在早餐桌上我们彼此颔首招呼；也有些面孔在当地的电视新闻和报纸上频频出现；阴差阳错，这几天我成为了其中的一分子，如同云中漫步……但现在，他们将回到自己的生活里去，而我，则再次被孤独地甩到了一边。

查丽丽立刻表示了深切的理解和同情。夏秉秋沉默地帮助她把行李放进后备箱。

车子沉闷地叫了几声才发动。我站在针尖般的雨丝里，陷入一种全然无力的糟糕情绪当中。

那天夏秉秋是午夜以后返回的。第二天，他往我房间打了电话，约我共进早餐。在往一块稍稍烤焦的面包上涂黄油的时候，他低声地，仿佛理所当然地对我说："我觉得你很好，我们交往下去吧。"

我从柏林返程的那天，仍然下雨。夏秉秋早早赶来送我。

"学院的接送车今天没空……"夏秉秋拖着行李箱走在前面，回头淡淡地解释一句。

我们坐地铁辗转去机场。一路上我都在犹豫：要不要把真相告诉夏秉秋——我只是一个再普通不过的讲师助理。我并没有资格参加这次会议，并且以后也不会再有资格参加类似的会议。我和他是两个世界里的人，这样的交集以后不会再有，我只是身份尴尬的替代品……

说，还是不说？

夏秉秋会因此看不起我吗？他知道点什么吗？查丽丽有没有给过他暗示？如果说了，我会失去夏秉秋吗？我一路心慌意乱，还不时观察着夏秉秋的脸色。他好像也在想着什么，神色闪烁不定。

地铁换乘的时候，夏秉秋接了一个电话。我听到他嘴里几次蹦出"查丽丽"的名字。再后来，他便转身背向我，匆匆几句，结束了那次通话。

夏秉秋解释说，电话是他的那位朋友打来的。就是前几天一起在威廉皇帝纪念教堂广场喝咖啡的那个，"葛先生问候你，也让你转达问候给查丽丽呢！"

夏秉秋表现出来的漫不经心、轻描淡写突然让我一阵轻松。我开始反省。或许，那刚刚过去的柏林一周本来就只是我内心的镜像，如同风吹过树梢的回声。夏秉秋其实根本就没对查丽丽感兴趣。事情的整个经过，只是查丽丽和我同时喜欢上了陌生的夏秉秋。对于我们来说，他来自一个新鲜而较高的所在。与此同时，夏秉秋则以一个成熟男人的狡黠与修养，让我们迷惑于施普雷河的阵阵涛声之中。

最后，他选择了我。

我一阵冲动，想把事情的来龙去脉告诉夏秉秋。就在这时，地铁口出现了一个卖艺人，他靠墙站着，帽子放在地上，琴声悠扬。

我和夏秉秋都站住了。

那是一个打扮干净利落的卖艺人，拉琴的时候神情专注，一曲完毕，微微欠身，依然表情淡然。

夏秉秋先走了过去，朝帽子里放了一张纸币。

我犹豫了一下，也跟了上去。

我跟上去的时候突然决定了一件事情。我决定暂时不对夏秉秋多说什么。在我和夏秉秋的感情没有得到稳定发展的时候，这样做是非常危险的。很有可能我会因此失去夏秉秋，至少从此以后我会失去他的信任……而现在，我们一前一后，同时走向一个街头艺人，向他的帽子里优雅地扔下一张纸币，这样的时刻，我们是平等的。

我享受这种暂时的，虽然也有着危险的平等。

二

从柏林回上海后的第一个星期，系主任打了三个电话给我。系主任的声音音域偏低，有一种慵懒的深深的厌倦。接完第三个电话后，我去了一个近郊的度假酒店。酒店临湖，湖心有小岛。系主任在卫生间漱口的时候，我把窗帘拉开一道缝——远处的岛上飘着淡淡的烟雾，一艘摩托艇乘风破浪，像利剑般向我驶来……

"能给我说说……在柏林遇到的有意思的事吗？"

我离开酒店的时候，系主任仍然躺在套间那张巨大的床上。我一度以为他已经睡着了。披上外套系上围巾以后，我还走到床前看了他一眼。在凌乱复杂的被单下面，系主任俯身趴着，像孩子一样紧紧抱住一只枕头。不知道为什么，他不说话甚至能保持长久沉默的时候，我觉得自己其实并没有那么讨厌他。那是一个疲惫的男人，就像湖心小岛上随处可见的疲惫的野鸭群一样。

查丽丽也来过一两个电话。因为时差的缘故，电话里她的声音总是慢个半拍一拍，如同一种不易察觉的阴谋。她讲到德国的天气正在迅速变冷，街上的人裹着厚厚的衣服和围巾，都只露出半张脸；她还讲到她住在一座临湖的学生宿舍里，每周会去湖边散一次步。

"天冷了，水鸟也很少见了。"

从始至终，查丽丽都没有提到夏秉秋。而我，则小心翼翼地向查丽丽转达了葛先生的问候。就是那位和我们一起喝过咖啡，总是显得满腹心事的中年人……

"哦，是这样呵。"查丽丽淡淡地说。

反倒是夏秉秋很少来电话。我和他基本保持着每天一封邮件的频率。夏秉秋的信热烈、有趣而又忧伤……但我很少听到他的声音，有一次我在飞速奔驰的地铁里接到他的电话，声音时断时续，忽高忽低。我在车厢里焦急地踱步，甚至大声叫了起来："什么？我听不到你的声音！我听不到你的声音！"所有的人都向我侧目。还有一次，我在梦里又一次听到那个低声的、理所当然的声音——"我觉得你很好，我们交往下去吧"……

诸如此类的情况再次让我陷入一种莫名的忧郁和烦躁之中。如果说在柏林，隔在我和夏秉秋之间的是查丽丽，那么现在，因为缺失他的声音，我忽然觉得，对于那个物化的可以触摸的夏秉秋，我变得完全没有把握起来。

在此期间，我跟着系主任出差几次。有一次，我们还去了东南亚旅游胜地参加一个小型会议。在出入海关，混杂在各种肤色的人群里时，在黄昏的沙滩上，听到一些比鸟语还要复杂的语言弥漫周围，那些古怪的大麻气味的香水……当机翼稍稍摇摆，如同一只忧伤而傲慢的大鸟庄严地冲入云霄，那样的时刻，我会突然浑身颤抖起来。与此同时，我觉得我所在的阶层也在慢慢上升……

且慢，这不正是我和查丽丽最初被夏秉秋所吸引的东西吗？但是现在，我闭上眼睛，再缓缓睁开来。

系主任正神秘地看着我。眼神里，一半是来自自身的深深的厌倦，另一半则是孩子抓住床边枕头似的迫切。

他的声音仍然是低沉的。

"你……喜欢这样的旅行吗？"

但是——夏秉秋到底在哪里呢？

大约在半年以后吧，有一天，我正在学校图书馆查阅一些资料。偶然抬头，一个和夏秉秋身形非常相似的影子在走廊里一晃而过。

我一愣，茫然中起身追寻而去。

真的是夏秉秋。但是，当他的声音和形体一起真实地出现在我面前时，我反倒有了一种极其不真实的感觉。

"你……怎么会……在这里？"

夏秉秋拖着一个巨大但略显陈旧的行李箱，风尘仆仆。走廊里人来人往，他们是我这个学校的专家、学者、教授、上司、同事、学生……他们中间，有认识我的，有不认识我的，还有一个则是系主任近年来的竞争对手和死敌。他们在我和夏秉秋的身边陆续走过，视而不见，或者狐疑地看着我们……

"你……怎么……回来了？"

我抬头困惑地望向夏秉秋，不知道为什么，我有一种奇怪的感觉：站在我面前的这个人，仿佛和我想象中的那个，有着相当多的不同似的。

那天吃晚饭的时候，夏秉秋断断续续地告诉我，这一次，他之所以暂时离开柏林自由大学，其实是为了完成一项比较特殊的议题，写一篇关于社会底层边缘人现状的研究论文。前一阶段，他已经基本完成了在柏林的田野调查，而在接下来的近一年时间里，他将要在我居住的这座城市继续进行这项研究。

"在这里？一年？"我有点惊讶于这个概念。

"是的，可能还会更长。"夏秉秋沉默地吃着盘子里的菜。

并且——夏秉秋继续告诉我，为了配合这样的研究，他要在这座城市里租住最简陋的房子，每天去附近的菜市场买菜，自己做饭洗衣服，还有，"尽可能地和乞丐、妓女以及酒吧小弟们交朋友。"

我不知道当时自己脸上呈现出了什么样的表情。我只是死死地不敢相信地盯着夏秉秋的眼睛——

"你是说，和乞丐、妓女以及酒吧小弟们交朋友？"

"是的，走近他们，和他们交朋友。"夏秉秋回答得异常理所当然。

"为什么……有这个必要吗？"在我追问这个问题的时候，我脑子里飞速转过的是那些古怪的大麻气味的香水，如同一只忧伤而傲慢的大鸟般冲入云霄的巨大机翼，缓缓上升的生活……但是现在，夏秉秋却突然告诉我，在接下来近一年的时间里，他要在这个城市里租住最简陋的房子，过最为清贫的生活。他是疯了吗？

"为什么要这样？有这个必要吗？"我自言自语般地低声说道。在绝大多数时间里，我为系主任准备论文材料，那些纸张和书本上所描绘的东西，和他的生活从来就没有任何的交集。

"是的，有这个必要，一定需要这样。"

"好吧。"我的声音低下来，喃喃道，"那我……应该做些什么？"

"你应该和我在一起，接近这些人，过最简单的生活。"夏秉秋说得斩钉截铁，就像半年以前，他告诉我，他觉得我很好，我们应该交往下去的那个语调。

很快，夏秉秋在城区比较偏僻的一处地方租了房子。白天的时候，我上班工作，晚上或者休息天，则和他一起去各个地铁通道、医院入口或者一些闹市街区。这是一些奇奇怪怪的人聚集的地方。我们很快就认识了几个足疗店里的按摩女和后街巷子里的酒吧小弟。只要一有时间，夏秉秋就会去找他们聊天。他保留一些录音或者做一点笔记。有几次，我和他一起走进昏昏沉沉、光线幽暗的按摩室，房间里突然安静了下来。两个女按摩师在那里，一个非常年轻，另一个稍稍年长些。年长的那个略带疲惫然而非常专业地问我们："足疗，还是全身？"

……

"她们不太说话呵。"走出按摩室后，我问夏秉秋道。

"今天……是的，今天她们说得少。"夏秉秋说。

"因为我是个女人吗？"我想了想，继续问道。

"可能是的……或许，还有其他的原因。"夏秉秋沉吟了一下。

后来我就很少陪夏秉秋去那里。但大部分时间我会帮助他整理一些聊天录音和笔记。里面出现不同的声音，还有笑声。有一次我还听到一个非常嘶哑的男声，那种感觉，就像是被什么东西紧紧掐住了喉咙……

"他是谁？"我按下了暂停键。

"一个动过喉癌手术的人。"夏秉秋凝神听了一下，告诉我说。

半个月后的一天，在巷尾的小酒吧里，夏秉秋指着一个临窗而坐、穿红黑格子T恤的矮个男人，低声和我耳语道，这个人，就是我在录音里听到过的那个"动过喉癌手术的人"。

"他怎么还在喝酒？"我盯着矮个男人面前摆着的几个小酒杯。

"他每周都会来两三次，每次都喝酒。"夏秉秋说。

"他……不怕死吗？"我觉察出我的声音有一丝异样。

"他已经靠近过一次了，有的人会更怕，有的人就再也不怕了。"夏秉秋回答得异常平静。

那个晚上后来的时间过得缓慢而奇怪。我和夏秉秋把桌子椅子搬到室外。月亮出奇的庞大而圆润，笼罩在整个城市的上空。当我抬头死死盯着它的时候，它仿佛越变越大，渐渐压迫下来，如同一颗神秘的小行星正向地球飞速逼近。夏秉秋大部分时间都沉默着，我则思绪跳荡，回忆起柏林施普雷河边的那个晚上……

隔了玻璃窗，我看着那个穿红黑格子T恤的男人——突然觉得，夏秉秋给我和他自己虚拟的这样的生活，多少还是蛮有意味的。

在这个过程中，我和夏秉秋有过两次比较激烈的争执。

有一天下午，夏秉秋因事出门，让我去一家足疗店里取一盘录音带。一般来说，做那些录音或者笔记的时候，夏秉秋大多会象征性地支付一些费用。比如说，给酒吧小弟买杯酒，或者，由我给那些按摩女们捎带一点花哨的小礼物。几次下来，我和那些女孩子就慢慢熟了起来，其中有几个空下来，还会和我半真不假地聊会儿天。那天我带了几双黛青色的进口天鹅绒丝袜过去。里面还真有一个小姑娘叫小黛的，于是大家嘻嘻哈哈地让我先给她一双。

我走到小黛的按摩床那儿，坐下去，把丝袜放在枕头旁边。这时床垫动了一下，掉下来一样东西。

我顺手一摸，是一包避孕套。

在我给夏秉秋整理录音的时候，听到过这样一段。里面的女孩子说有一些客人会约她出去，并且直接问她价钱。然后就是夏秉秋的声音，很专业的，然而也是引诱对方自然而然讲下去的，那你是去呢，还是不去呢？女孩子咯咯咯笑了起来，说有时候去，有时候不去……

那段录音延续了很长时间，夏秉秋没有直截了当地问更尖锐的问题，于是整个谈话最后变成了朋友般的轻松愉快的聊天。

这或许也是调查的一个部分。但是现在，当我摸到那包避孕套的时候，整件事情突然变得暧昧可疑了起来。

整整两天，我的脸都阴沉着。其间还无事生非地和夏秉秋吵了一架。他似乎有些莫名其妙，但也基本不明就里。到了第三天，我把那盘录音带又翻了出来，从头开始听，在快要结束的时候，出现了这样几句对话：

"这样挣来的钱……你怎么花的？"夏秉秋的声音像在叹息。

"我有个男朋友，酗酒……医生说他戒不掉的……"女孩子的声音就如同一件很重的东西掉在了地上。"你这样挣钱，给他买酒？"虽然隔着时空的距离，我仍然可以想象当时夏秉秋那张有些变形的脸。

接下来，就没有声音了。

还有一次，晚饭以后我和夏秉秋四处闲逛。那天雨夹雪，天气阴冷。我们穿过几条陌生的巷子，继续前行。然后，在附近一处过街天桥上，我们兜兜转转，完全迷失了方向。

那个穿着整齐棉衣、背着双肩包的"乞丐"就是在那个时候出现的。

他迎面向我们走来。就像所有萍水相逢的路人，他的步履比别人稍稍匆忙又稍稍犹疑一点。我不由看了他一眼。

突然，他开口说话了。

"大姐，没有路费了，已经一天没有吃饭了。"

"什么？"不知道为什么，我心里一惊。

"一天没有吃饭了，我……"他非常肯定地把话再次重复了一遍。

直到今天，我都无法解释这个"坚定"的"乞丐"给我带来的那种恐惧感。我本能地向前急走几步。果然，"乞丐"紧跟了上来。我再次加快脚步，我的直觉告诉我，如果我在这个空无一人的过街天桥上奔跑起来，他也一定会紧随着奔跑起来的。

他真的来到了我的面前。

"大姐，饿呵，给点饭钱吧。"

我顿了下，竖起耳朵……有一件非常有趣的事情发生了。我高高地竖起耳朵，聆听着，辨别着。

随着距离的贴近，"乞丐"的声音愈发清晰起来。

"让我买碗面吧，就在拐角那里，一碗面，十块钱。"

这时，夏秉秋从后面跟了上来。我拉住他的手，又是一阵急走。在已经甩开一段足够安全的距离以后，我又回头望了一眼。"乞丐"仍然站在那里，一只手微微向前伸着，嘴唇翕张，他的眼神——在我的回忆里，他的眼神里既充满了茫然和失望，同时又有一种欲望落空时的愤怒和绝望。

我仍然有一种感觉，"乞丐"会追上来；甚至还有一种可能，他会追上来，把我或者夏秉秋狠狠地揍上一顿。

"他——是——骗——子！"我非常肯定地，一字一顿地告诉夏秉秋说。

"什么？你在说什么？"夏秉秋瞪大了眼睛。

"这个人……是个骗子！"我冲着夏秉秋大声喊了起来。

令我万万没有料到的是，夏秉秋猛地甩开我的手。他生气了。我听到他呼呼喘气的声音，活像一只刚刚受了伤的幼兽。

"真的，他真的是骗子！"我连忙做着解释，仿佛不马上解释清楚，被认为骗子的将不是那个陌生人，而是我一样。

而就在这个时候，我突然想到了柏林自由大学的背景，想到了那个名流云集、用典丰富的国际会议……所以，在向夏秉秋解释的时候，我决定用一个典故。因为我觉得夏秉秋肯定会理解、欣赏并且最终接受这个典故的。

我的解释可以用舒缓从容的方式陈列如下，但当时，我一定有些语无伦次甚至颠三倒四。

我的解释是这样的。我对夏秉秋说，这个人一定不是乞丐。因为在人的身上，即便五官和肤色都可以改变，但有一样东西是改变不了的，那就是人的口音……这时，我举出了英国作家奥威尔的例子……其实我完全可以举一些其他的例子，但是，当时我是这样脱口而出的——我告诉夏秉秋，这是我硕士论文里的一小段。大致的意思是，奥威尔，这个一生都生活在矛盾中的人——伊顿毕业的无产者，反殖民主义的警察，中产阶级流浪汉，批评左派的左派……在这个人的一生里，最无奈最矛盾的一件事情是，奥威尔改不掉他的口音，英国"上层阶级的口音"。而真实的情况是，由于早年的创伤，奥威尔对上层阶级有着一种刻骨的仇恨和厌恶。他认为，并且真心想做的是去爱他的同胞，但是他做不到，即便他只是想要和他们随便交谈也做不到，因为他的口音出卖了他——他出身于上层阶级的边缘，而且受到这一阶级的教育。这件事是如此根深蒂固地植入了他的血液，其最外在的表现就是，他改不掉他的口音。即便他一度去挑衅警察以便进监狱跟穷人一起过圣诞节，就连这样简单的事情他也做不到。因为警察立刻听出了他的口音，警察识破了他。

"你回自己的家吧。"警察冲着他挤了挤眼睛，颇为轻佻地吹了声口哨……然后微笑着对他说。

"而现在"——我迫不及待地继续向夏秉秋解释着。

而现在，同样的事情也发生在我的身上，我听出了一种有别于乞丐的口音，我认出了这个人，即便他因为某种原因，解释自己已经一天或者两天没有进食；即便他在寒湿的粘着泥土的街道上，狼狈而踉跄地追随着我们，"让我买碗面吧"，他大声地毫不羞耻地朝我嚷着；即使这一切匪夷所思地发生、进展，我仍然可以不假思索地进行判断。

"他不是乞丐！他是骗子！你要相信我！"

我听到了自己歇斯底里的声音。因为我全然无法理解，就在我竭力做出解释的时候，有一种越来越深沉的阴郁却在夏秉秋脸上荡漾了开来。仿佛他正在默默审视着什么，仿佛我悄悄触动了什么，就像点燃了一支看似悄无声息的蜡烛，有什么东西在空气里弥漫开来。夏秉秋开始远离我，我再也抓不到他，有一种可怕的、狰狞的表情在他脸孔的侧面……但愿只是由于天气和路灯刺眼的缘故。

后来，那天晚上，夏秉秋最终给出的理由相当简单而又固执——如果遇到一个乞丐，你马上联想到"他是不是真的乞丐"，这样的人是可耻的。他甚至从鼻孔里发出了一声细微但足以让人崩溃的"嗤"。

他这种莫名其妙的态度让我完全无法接受。

我们吵了起来。双方都毫不相让，气势汹汹。最后，夏秉秋突然抛出一句让我回味良久，但仍然不知道所以然的话。他停顿了一下，说："奥威尔？真奇怪……这时候你提奥威尔干什么？"

那天晚上，夏秉秋没有跟我回公寓。我不知道他去了哪里。

三

"乞丐"事件之后，有一段时间，我和夏秉秋的关系进入了一个非常微妙的阶段。为此，我特意安排了一次短途旅行，旖旎的景致，舒适的客栈，悠闲的假日时光……是呵，为什么要把时间和精力都放在那种虚拟的生活里呢？即便是为了那篇看似很有意义的研究论文，为什么要让我和夏秉秋的生活里充满了乞丐、妓女和酒吧小弟们的气息？充满了猜疑、臭味和越来越浓重的阴影？那个路遇的乞丐，他和我们有什么关系呢？即便他是骗子，或者即便他不是骗子……他都只是夏秉秋即将完成的那篇论文里的一个棋子，无论过去、现在还是将来，他和我们的生活都不会产生任何的交集……

忘了他吧。我在心里对自己说。

我们去了一次南方，在雪山脚下的一个小庭院里，我们喝着红酒，吃着烧烤的食物……月亮慢慢地升起来，雪山的顶部在远处闪闪发光，空气里散发着食物和花朵混杂的气味，一切，重新回复到一个和谐而又平衡的状态。而就在这个时候，那个隐隐约约的疑虑又再次浮现上来。

要不要把真相告诉夏秉秋？关于那次会议，关于我真实的身份，我们是两个不同世界里的人……

我仍然选择了不说。至少是暂时不说。因为无论如何，如果我和盘托出，那种和谐与平衡又将会再次打破。我对自己说，或许可以再等一等，或许这件事情的本身已经变得不再那么重要。现在，当我们彼此相对，重新回到我们原来的生活状态的时候，沉默，将是最为珍贵与默契的礼物。

与此同时，我也稍稍留意到了一些细节。在那次旅行的时候，夏秉秋很少说话，仿佛也在想着什么心事。有一次，我突然抬头，发现他正凝视着我，眼睛里有什么东西一闪而过。

"这里很美吧？"我朝他微笑。站起来拥抱他。

"是的，很美，很好。"他也微笑。迎合着我的拥抱。

然而旅行归来，夏秉秋却变得愈发烦躁起来。

他迫不及待地回到他的论文里去，回到他虚拟出来的杂乱、拥挤和压力之中，他变得不修边幅，胡子拉碴，衣服好几天不洗……我去看他的时候，他埋首在一大堆资料与书籍当中，神情疲惫，眼圈通红。

"材料的准备快要完成了吧？"我小心翼翼地轻声问他。

他抬起头，像看一个陌生人一样地看着我。

事情并没有向好的方向发展，夏秉秋的态度反而让我越来越不能理解。我们甚至开始经常性地争执，仅仅因为一些微不足道的小事。

有一次，我和夏秉秋去一家小饭店吃晚饭。我无意中抱怨道，希望他的论文进度能够加快，至少，能够完成早期的田野调查，进入后一阶段的文本创作之中。

"说实话，我还是不太喜欢和他们打交道……你知道，那不是我的生活。"喝了几杯黄酒，我说出了自己的心里话。

那道阴影突然之间又回到了他的脸上，说话的声音也再次变得冷冰冰的，"不喜欢和他们打交道……或许，他们也未必喜欢你。"

怎么会这样呢？夏秉秋提高了声音，颇为激动地说："你知道那天，那两个女按摩师为什么不太说话吗？"

"按摩师？哪天？"我一脸迷茫地看着他。

"有一次，你和我一起去做的访谈。"

"是的，那是为什么呢？"

"不仅仅因为你是女人，还因为她们并不信任你……"

"不信任我？为什么不信任我？"

"因为根本上，你们就是两个世界的人。"夏秉秋斩钉截铁、一板一眼地说。

两个世界的人？我和她们？那我和夏秉秋是怎么回事？那夏秉秋和她们又是怎么回事？无数个疑问在我头脑里起起落落，与此同时，这种莫名其妙的冲突和争执，就像时有时无的雾霾般笼罩在我和夏秉秋周围。这些小事，小到我一度错以为只是夏秉秋酒醉以后的失态，他对我的挑衅、判断甚至批判——因为一般来说，第二天他总是会非常温柔或者幽默地向我道歉，一旦我欲求追问，他又常常避而不谈。他流露出一种介乎于恬静与害羞之间的表情，让我相信回复平静之后的他才是真实的，而隔天的一切完全都是假象……他自己都被自己吓住了，在不经意中，他被那一个隐藏在深处的"夏秉秋"吓住了。

当他被酒精或者某种类似于酒精的东西控制住的时候，他的声音里有种戏剧化的东西。就像迎着暴风雨直扑过去的圣人或者疯子。当我提高嗓门，站在临街的风口，雪花狡黠地在我面前躲躲闪闪，我冲着他大叫——"他不是乞丐！他是骗子！他只是个骗子！"

诸如此类的，而那时，夏秉秋的声音和气势已经完全盖住了我。他肯定还说了一些其他的话，他在风雪中表达着他的气愤，这种气愤是如此强烈与真切，以至于我顿时产生一种荒唐可笑的感觉。我做出试图为此妥协的努力。我说，好吧好吧，他可能真不是骗子，根本就不是骗子……可是，可是这真有那么重要吗？

那些在城市里到处可见的乞丐呵……于是，在接下来的那段时间里，逢到和夏秉秋出门散步，我就小心翼翼地择道而行。是的，我害怕再次遇到乞丐。当他们出其不意地来到面前，总是让人面临一种难以抉择的局面。心生犹疑，认为他们并非乞丐？冷漠并视而不见地走过去？无论如何，如果这样做了，心里是会不安的，万一这真是一个错误的判断呢？但是，如果把每一个在面前晃过的乞丐都当成真的乞丐，心里仍然还是会感觉不适——那些狡黠的沉默的脸，他们到底说明了什么？

于是，我拉着夏秉秋，我们绕过繁华的闹市，那些可疑的面孔常常出现在那里；我们也绕过人群密集的住宅街区，以及过于荒凉的近郊树林……我们绕过一切可能偶遇"他们"的场合以及时间，我们胆战心惊，我们草木皆兵，那些几乎无处不在的幽灵，是他们让我们防不胜防，仿佛，我和夏秉秋的爱情并不足以抵挡那些幽灵的侵袭，我们害怕他们，我们躲避他们，我们——

到底在躲避什么呢？

在那个冬天快要结束的时候，夏秉秋突然回了一次柏林。

是一个乍暖还寒的早春下午，他匆匆忙忙地来学校阅览室找我，脸色比纸还要白。

"你怎么了？"在一棵快要凋谢的腊梅树下，我问他。

"我要回一次柏林。"他的眼睛望向别处。

"回柏林？为什么？"就在两三天前，夏秉秋还非常详尽地和我提及论文里的一个细节，并说想要尽快地完善它。

"我的一位朋友……出事了，你见过他，就在柏林……"

我的回忆像断片一样，带着闪闪烁烁的残缺在眼前晃过。威廉皇帝纪念教堂前的广场，一只落单的鸽子正在发呆。隐隐约约的另一个形象——下巴浑圆、脸色微红的中年人，他好像有什么心事，也在发呆。咖啡的香味。教堂的顶部，一轮快要落下去的太阳不动声色地看着我们。

"葛先生？"

夏秉秋皱着眉头，仿佛我脱口而出的这三个字，突然变成针尖，狠狠地扎了他一下。

"他……怎么了?"我犹犹豫豫地问他。

"死了。"

不知为什么,夏秉秋的声音就像不期而至的一场冷雨,让我猛地哆嗦了起来。

夏秉秋这一去就是整整十天时间,其间有七八天我几乎完全联系不上他。在好几个深夜,我突然惊醒过来。每个细胞都萌发一种奇怪的感觉,我觉得夏秉秋不会再回来了。从今往后,他将从我的生活里彻底消失,就像他毫无预感地出现那样……这种感觉是如此的不可琢磨但又难以消解,我起床,穿衣,在房间里无助地踱步,然而空寂的黑暗里到处有他,还有那种怪异的我怎样都无法读解的眼神。

"我最好的朋友死了。"他的声音冷得像冰,软得像夜晚开放的棉花。

他的目光掠过我的头顶。他的脸上再次荡漾开那种越来越深沉的阴郁。像雾霾推开晴空,像那双无形的手再度介入到我和他之间。

天哪!那位神秘的葛先生,甚至曾经与我朝夕相处的夏秉秋,他们——到底是谁?

在那十来天无比漫长的时间里,有两件事情稍稍改变了我这种难以言说的心情。

首先是系主任。

自从和夏秉秋在一起后,我已经几次三番地回绝了与系主任共同出差的请求。那天中午,他突然给我打了一个电话。

"很忙?"电话里,他的声音短促而又跳跃,像从慵懒的湖水里偶尔冒出来的一朵浪花。

"嗯。"

"你打开窗,看看外面的天……"那种慵懒而厌倦的声音又回来了。我隐约觉得他可能正抱着一只枕头,或者,另一个什么女人。

我走到窗边。

"看到什么了吗?"

"没有。"窗外是一小片天。什么也没有,空空荡荡。

"总能看到鸟吧,随便什么鸟……"

我还是什么都没有看到。什么也没有。空空荡荡。

但系主任的电话在此突然终结,他哈哈大笑一声,断然道:"你以为你是什么东西!你以为你是什么东西!告诉你——就一婊子!"挂断得干脆利落。

我愣在那儿,过了好久,一阵爆笑从我的胸膛里倾泻出来。系主任的声音是如此陌生而滑稽,我笑得眼泪都快流出来了。

那天下午,突然一阵解脱似的,我莫名其妙地很是高兴了一会儿。

还有一位不速之客,是查丽丽。

开始的时候,我几乎没有听出她的声音。或许因为她回到了我的城市,那个由于时差总是慢了半拍的声音变得触手可及,或许还有其他什么,总而言之,她的声音有种微妙的变化,一下子让我无法与施普雷河边那个阴湿绵延的雨夜联系在一起。有什么晃动的东西被牢牢钉住了。

不知为什么,这个熟悉而又陌生的声音,激发了我的好奇心,同时又令我有些不安起来。

查丽丽条理清晰地聊了聊自己的情况:修完了MBA,辗转几个地方,最后还是在柏林安顿了下来……听上去,查丽丽明显比以前更会说话了。她现在仿佛具有了一种能力,可以把自己想表达的东西用真正的语言表达出来,而不再使用声调丰富的感叹词和更为女性化的尖叫。她的温度也降了下来。我的意思是说,因为思忖她声音里的这一变化,有那么好几次,我没有及时回应她的对话。她淡淡地等待着……而以前她是如此敏感,一只小野猫哀伤的眼神都能让她写下一行诗句。

"这几年都好吗?"她打断话题,另起一行。

"好……"我正犹豫着要不要把夏秉秋的事情告诉她……

就在这时,她加快了说话的节奏。

"对了,有个人你还记得吗?"她的声音里带着小小的钩子,仿佛有个纤细的身体正向我探下身来。

"谁?"

"还记得那次在柏林吗……"她的声音开始变轻。

我的心忽然一阵乱跳。

"那次在柏林的时候，有个下午，我们一起在威廉皇帝纪念教堂前的广场喝咖啡……"

"……"

"那天我们是四个人，你，我，你的那位朋友夏先生，另外还有一位胖胖的中年人。"

"你说的是——葛先生?"我心里一惊。

我们两人同时停了下来。一片寂静。

查丽丽向我讲述了一个不太具有逻辑关系的故事。就在我离开柏林不久，葛先生突然找到了查丽丽住的地方。那是一个万物凋零衰败的季节，几乎每个周末的傍晚时分，葛先生都会在她经常散步的湖边等待……他裹着厚厚的衣服和围巾，只有两只眼睛露在外面……

"他……爱上……你了?"我犹犹豫豫地问道。

"我想是这样。"查丽丽的声音相当冷静。

"那后来呢?"

"后来我们交往了一阵，然而，我最终发现他其实只是个骗子。"

"骗子?"我皱起了眉头。

"是的，骗子。穷困潦倒，靠政府失业金生活。"

"但是，"我忍不住打断了她，"但是这也不能说明他是骗子呵!"

"原先我以为，他起码应该是……"查丽丽尽力校正着说话的语气和节奏，"我以为他起码是个中产阶级。"

"但是不管怎样，他也并没有骗你。"我突然有些生起气来。

"他是个穷人——一个穷人，难道这和骗子有什么区别吗?"查丽丽回答得迟疑而又果断，以至于，在她的声音里，我分明可以看到一张因为诧异、困惑而显得有些变形的脸，而且，这张脸还在继续说着话:"算了，这件事情倒也没什么，反正已经过去很久了——我只是想说，那时候我们真是单纯呵，现在终于长大了。"她扬眉吐气般地长叹一声。

"可是，他死了。就在上个礼拜。"我冷冷地说。

那天后来我又和查丽丽聊了很久。不过人类的情感真是最为奇怪的东西，从最初的惊讶和叹息，查丽丽很快就过渡了。震惊的余波渐渐消逝之后，在于她，这个悲伤的结局甚至成为了一种证据——是呵，对于一个骗子来说，除了走向灭亡，还有什么更加自然有力的可能呢？

至于我，情况要愈发复杂些。葛先生，他到底是谁？一个穷人（这是显而易见的），夏秉秋心目中"最好的朋友"，一个"你永远都不会知道，他是怎样的一个好人"的人，以及查丽丽嘴里"潦倒不堪，靠骗政府失业金生活的骗子"……他们无疑是一个人，但他们，真的是一个人吗？

还有一个更为自私并且略显阴暗的理由。其实，我并没有真的那么介意夏秉秋的那位朋友，我甚至也并没有那么介意查丽丽。仅仅以一个偷窥者的角度，整个通话过程，我都沉浸在窥探、震惊、同情以及窃喜的复杂情绪里。最终自私的感受完全占了上风：我如释重负。几年前的那场风流韵事最终沦为捕风捉影。以柏林的那个下午作为起点，就像当年我和查丽丽去高级商厦闲逛购物，我们争先恐后地奔向那种东西，围住那种东西……而现在，是我，最终收获了夏秉秋。

是的，我和查丽丽当时共同的猎物，夏秉秋，他现在在哪里？

四

当我再次在机场接机口见到夏秉秋时，他的脸上重又显现出温柔、恬静以及害羞的表情。他远远地向我微笑，像是刚刚穿过暴风雨的中心，再度归来。

夏秉秋轻轻地拥抱我。我们走出通道、人群，上车。他一直沉默着，甚至没有提及任何关于葬礼的事情。我注意到他的手里抓着一本书，书皮陈旧，还略有点卷页。是凡尔纳的《海底两万里》。

不管怎样，我的夏秉秋终于回来了。我把一条毛毯盖上他的膝盖，长长地舒了口气。车窗外，是飞速变动的街景和行人，是此起彼伏的真真假假的声音。我突然记起，有一次，我和夏秉秋在柏林街头散步，前面的路段被封锁了，远远能听到人群的骚动，抗议的人们愤怒地砸玻璃，叫喊，跺脚，警笛则刺耳得让我失去了对所有声音的判断。哪里都不太平。而现在，我的夏秉秋回来了，我得胜的猎物，我的爱人……这些都不重要，只有我身边的这个人是真实的。我紧紧地，紧紧地抓住他的手、他的胳膊、他的衣角，我紧紧地试图抓住我能抓住的一切，仿佛，以这样的姿势，我才能稍稍感到一点安宁。

在接下来的一段时间里，夏秉秋继续着他的田野调查。他变得愈发沉默寡言，整天埋首在出租屋里整理资料，而所剩不多的一些录音和笔记，则大多由我穿梭在出租屋和按摩室、偏僻的小酒吧或者车站候车室的角落里得以完成。一切重又变得有序而安宁，仿佛一种新的秩序正在慢慢生成。有一次，我从学校阅览室走出来，暴雨初止，万物清新，几只小鸟在枝头跳跃，发出一种几乎让我想哭的、亮得透明的声音。我在栏杆处站住，平整呼吸。至少，有一件事情还是让我感到欣慰的：不管世事怎样无常，我和夏秉秋的爱情正在渐渐接近开花结果。在每次争吵的间歇中，在暴风雨和宁静的交替中，我觉得自己开始慢慢走近夏秉秋的内心世界；与此同时，我自身也在悄悄地发生着改变。在夏秉秋的影响下，我的眼睛和耳朵开始向不同的方向张望和倾听。

就在从学校阅览室到夏秉秋出租屋的途中，和几年前相比，我惊讶地发现，现在，我可以听见不同的声音，看见更多的事物。一个醉汉在街边幸福的呕吐声；一个公司高级职员走在下班的路上，他的脚步里有死神的声音；一个妓女心里唱着真正属于爱情的歌；突然，有两个年轻女子向我走来，走路的样子、说话的声音都像极了几年前的查丽丽和我。我心生好奇，慢慢跟进。天哪！她们谈论的事情是那样貌似小资、实则平庸！她们的伤感是如此浅薄，她们的忧郁是那么可笑！爱情？她们懂得爱情吗！爱情，就是爱情的罗曼史？

我慌不择路地离开她们，逃将出来。心中万分地羞愧。

幸好，夏秉秋在前方遥遥地指引我。幸好，我们彼此相遇，我将紧紧地依偎着他，抓紧他，而与此同时，他也将引领我……并且，我深信，我们将会幸福。

春天真的来了。我感到一种脱胎换骨般的欣喜。浓浓春天的黄昏时节，空气里有一种让人不得不眷恋的尘世的气味。我仰起头，陶醉与贪婪地呼吸着。

就在这样一个春天的夜晚，我们去了最常去的一家酒吧。

唯一的不同，这次我们不是采访者，我们是最平常的客人。夏秉秋的田野调查已经正式接近尾声，我们马上要回复正常的生活秩序……那种久违的气味和声音……那天我从衣柜里翻出久已闲置的小礼服，化了淡妆。我给自己喷了点古怪的大麻气味的香水，那是有一次和系主任出差时，在机场免税店买的。

一个新来的小伙子接待了我们。他穿一身黑色衣服，干瘦，但极有精神，眼睛烁烁有光。

他显然不认识作为常客的我们……他的声音坚决而清脆，这让我稍稍犹豫了一下，在这个声音里，有什么东西与众不同……我说不上来具体是什么，是什么呢？

但很快，这个一闪而过的念头轻轻滑过去了。我和夏秉秋找了个临窗的位置，窗外是长长的河堤，空气闷热而湿润，仿佛潮潮的能拧出水来。我不由回想起几年前施普雷河边的那家小酒馆，那个雨夜，还有莫名其妙的关于王道士的传说。生活是多么奇妙呵！

那真是一个甜蜜的、春风荡漾的夜晚。可不，过了一会儿，河边竟然也起了轻雾。春风沉醉的夜晚，一小片乌云停在天边，树叶沙沙作响，到处是啤酒杯叮叮当当的碰撞声。我沉浸在内心的喜悦之中，心想：如果能够模拟出施普雷河边的轻浪，那么，时空几乎就是在这里完美地重叠了。

那晚我和夏秉秋都喝了不少酒。夏秉秋默不作声。而神秘的微笑和快乐则始终洋溢在我脸上。后来，我拿起手机，开始记录这个美妙的夏夜。

我拍下那条沉默的河堤。

天边那片雨云构成的不同图案。

两个夜归的路人从窗前走过，稍作停顿，他们朝里面张望了一下，很快走开了。就连这样的小事也仿佛告诉了我生活的真谛。我拍下他们的背影，庆幸自己终于不仅仅是一个浅尝辄止的过客，我打开了一扇窗，自然有理由会看到更多。

就在这时，沉默已久的夏秉秋推了推我的手臂。

他指指河堤边、树影下的一张长凳。隐隐约约的，上面躺着一个人，手臂直直地垂落下来。

就这样看上去，那是一个疲劳的人，可能就是这家酒吧的服务生，工作了整整一天，现在，找了个空隙，偷偷溜出去打个盹儿。

我拍下了那个长凳上的黑影，以及那条直直垂落下来的疲劳的手臂。

他是一个劳动者，一个穷人，一个出现在我相机下的令我感动的符号。

过了会儿，情况有了小小的变化。一位穿T恤的女孩子出现在长凳附近。她在接电话，背对着长凳上的人影——或许，她根本就没有注意到那个人影。那条疲劳的手臂在她身后直直地垂落下来……她看上去也像邻近什么地方的打工者，从我的镜头那里望过去，仿佛，躺在长凳上的那个人正梦见她。但很显然，她的梦想不会是他……

我隐约听到些声音，好像夏秉秋又要了一杯啤酒。而我，正忙着拍照，我记得自己含含糊糊地向那个穿黑衣服的服务生做了个手势。我觉得自己已经有点喝多了，我确实已经喝多了，镜头里的人物和事件有了虚晃一枪的质感。但至少那时我还是清醒的，我必须在夏秉秋喝多以前保持我的清醒——这已经是我一向以来的习惯——我不记得到底做了一个什么样的手势，但内心的本能告诉我，当时，我应该是说了"不"的，我拒绝了再要一杯的可能性。

我把杯中剩下的酒一饮而尽，带着酒酿欣赏着今晚的组照——底层的劳动者和穷人。他们的生活与梦想。我已经看到他们了，非但看到了他们，而且把他们永远地留在了我的相册里。我要和夏秉秋一样，做一个永远站在鸡蛋那边的人。

而接下来的事情就是在这个时候突然发生的。那个黑衣小伙子，端着两大杯啤酒，拖着疲惫的步伐，坚定地向我们走来。

"你们的酒。"他说。

我愣了一下，迟疑地说："我……没要酒。"

"你要了，他一杯，你一杯。"小伙子再次重复着他清脆而坚决的声音。

我再次愣了一下。旁边已经有两个客人回头望着我们。小伙子是新来的，他不认识我。我突然一个激灵，想起他声音里那种与众不同的东西，那种东西意味着什么呢？固执。我遇到了一个固执的人，他有可能让我丢脸。现在，我有两种解决方式：一是妥协，承认那杯我若隐若现中感觉到从没要过的酒；另一种则是坚持，我确实没有要过那杯酒，这样的坚持或许能够保留我的尊严，或许仍然是丢脸。如果，小伙子的声音可以轻一点，保留在只有我和他，即便还有夏秉秋三个人可以听见的范围里……如果是那样，我想我会选择妥协的。

但是，但是——我突然生起气来——一个新来的毛头小伙子，他凭什么和我，一个店里的常客，一个有身份的人（我下意识地拢了拢头发，扯了下小礼服的衣角），一个或许根本就没做错什么的人较起劲来！

他？凭什么？

我决定坚持。

"我没有要这杯酒。"我换了一种非常严肃的口气，并且稍稍提高了嗓门。

"你要了。"他说得肯定、简洁。

"我没要，我告诉你，你帮我把酒退掉。"

"我不能退掉酒。"

"你必须退掉。"在严肃的同时，我的声音已经在渐渐拔高。更多的人回头看着我们，看着一个衣着时髦、喷着高级香水的女人，正为了一杯几十块钱的啤酒，在和年轻的酒保吵得不亦乐乎。这本身就是一件无聊至极的事情。奇怪的是，夏秉秋一直沉默着，虽然我多么希望他能帮我，至少作为我的一个证人。

但是，他没有。

我只能继续坚持。

"叫你们老板来。"我把那杯啤酒向外推了推，它危险地倾斜了下，泼出几滴酒来。

"他回家了。"小伙子仍然保持着冷静。

我内心有什么东西失去了控制，突然大叫一声："你给我退掉！"

他像被什么东西突然重重击打了一下，声音低了下来，喃喃地说："退了我得赔……我赔不起。"

我忘了那天的事情究竟是怎么收场的，我气得浑身颤抖，拔腿就走。我猜想夏秉秋后来付掉了那杯酒钱，我以为他会很快追上来，抚慰我几声，起码让我忘掉这件倒霉的事情……但是，没有。

我在沉默的河堤那里站了很久，尴尬和愤怒让我浑身冒出汗来。天边的那片雨云已经飘走了，雾气散掉，万物恢复了它们原来的样貌。

在桥边，我整整等了半个小时——可能更久，也可能只是很短一段时间。终于，夏秉秋慢慢地走过来了。

"你为什么一句话都不说！为什么！你明明知道我没有错！你明明知道的！"像疯子一样，我高声叫了起来。我好像还随手捡起一块小石子，朝着夏秉秋的方向，或者只是平静乏味的河面上扔了过去。

"你是错的。"夏秉秋的声音出奇地平静，但同时也像他的脸色一般阴沉。

"我没有错！错的是他！"愤怒，以及一种莫名其妙的东西控制了我，我已经不是为了这件事本身而愤怒……但是，我究竟又是为了什么？

那种拒我于千里之外的表情再次出现在他的脸上。这一次，就像夜色那么黑、那么浓。

"你能分辨人的口音？你真能分辨人的口音？"夏秉秋的声音很轻，仿佛自言自语，但仍然掷地有声。

我突然被吓住了。因为这一次，有什么东西是完全不一样的。夏秉秋没有和我吵架，他好像再也不愿意和我吵架了。他变得理智、克制，同时冷酷。我打了个冷战，直觉告诉我，有什么不一样的事情要发生了。

"难道——难道你一直没有分辨出我的声音吗？"夏秉秋在一张石凳上坐了下来，他的声音是往下沉的。我怎么也打捞不起来。

"我是个穷人……我一直就是个穷人。我根本就不是什么柏林自由大学的教授，我真实的身份，只是当时被雇用的一个临时助理，以及我那位可怜的朋友"葛先生"的合伙人——我们开一家小公司，仅够糊口的。而就在不久以前，我们彻底破产了……我一直就觉得奇怪，你和你那位矫揉造作的朋友，怎么从来就听不出我的口音呢？穷人的口音？"夏秉秋说得激昂而冲动，仿佛为所说的事情感到骄傲似的。

我像尸体一样僵在那里。他的声音像刀，割破了我的骄傲、我的一切，也同时让我和他的爱情流出了鲜血。

他还在接着往下说："我来找你，是希望通过时间让你改变。那些田野调查，你一直以为是我虚拟的生活，但它们其实最接近我的生活……我一度以为我成功了，改变了你，可是今天晚上……"

"你走吧。"他说。

我在河堤上慢慢走远的时候，脑子里一片空白。天哪！我和夏秉秋本来就是同一世界的人，两个身份尴尬的替代品……可是……我仍然带着一丝侥幸。或许，像以前的很多次一样，我和夏秉秋还会再次和好。我们还会小心翼翼地拥抱，亲吻，不敢正视对方的眼睛，重新成为两个刚刚穿过风暴眼的幸存者。像以前的很多次一样，我们再度成为恋人，只是那份冰凉之感还在什么地方存在着。像一根藏在皮肤底下的针。大部分时候是平静的。还有些时候，我能听到一种声音，如同冰山在春阳的照耀下，徐徐地缓解、消融。有一些细微的不经意的咔咔声，清脆而又温柔。

在我的回忆里，最好的时候，我和夏秉秋会一起竖起耳朵，静静地心怀畏惧地聆听这种声音。

但这一次，有什么地方真的不一样了。因为，或许，从开始到现在，夏秉秋一直都是，从来都没有停止过对我的怀疑、反感，或者说，那种更深更为微妙的骨子里的憎恨。

让我惊奇的是，这种东西，竟然与爱情也没有关联。它存在于爱情——这种雾气腾腾的物质的外面……

我不敢深想下去。在内心的寒意最终上升并令我彻底绝望之前，我拼尽最后的气力，在空无一人的河堤上狂奔起来。

（原载《作家》2016年第2期）

东山宴

◎孙　频

一

　　若说这水暖村是镶嵌在吕梁山山沟里的一座玲珑塔，一点都不为过。

　　村子小巧，不过几十户人家，家家住的都是依山势挖出的黄土窑洞。山是竖着长的，他们就竖着挖，结果这几十孔窑洞便一孔摞着一孔，出了自家的窑洞便是站在别人家的屋顶上了。最高的那孔窑洞都快攀爬到山顶了，耸立于众生之上，让人看着都觉得摇摇欲坠，随时会掉下来。

　　村子小不过是个体积问题，更重要的是内部结构错综复杂而又搭配有致，没有一个人是被浪费掉的，堪比工艺精巧的玲珑塔。张三家的窑洞里住着一男一女过日子，不过这女人本是他嫂嫂，哥哥死后，身为光棍的他便继承了哥哥的窑洞和女人。被继承的女人每日照样活得心安理得，若是这小叔子身板不强壮又死在她前面了，而他又碰巧还有个弟弟，那她还会被一路继续继承下去，说不来她活到耄耋之年还要被更小辈的继承。这女人简直就像是张三家的祖传宝物，必得代代相传下去才好，千万不能流到外人家中。李四家的窑洞里住着一个老女人和两个老男人，老女人的孙子管这两个老男人，一个叫爷爷，一个叫小爷爷。小爷爷年近七十，瘦小加老迈，一副随时准备缩回母亲子宫的架势，因为占地面积太小，稍不留意就四下里找不到人了。已经完全蜕化到废物的行列，终日混吃混喝专心等死。

　　这小爷爷是老女人的第一任丈夫，比女人大出二十岁，女人年轻时候因为吃不上饭而被小爷爷收留。女人四十岁尚且生龙活虎的时候，小爷爷已经提前返祖变成一只满是老年斑的香蕉了，白天不能养活她，晚上不能满足她。后续无援自然让这男人女人都心生恐惧，毕竟还要死皮赖脸地往下活很多年。于是，女人便携夫嫁给了一个四十多岁的老光棍。嫁给他的前提是，得养活她前夫直到把他养老送终。人活着哪能没有一点良心，如今把他当爹养老送终也是应该的。她的第二任丈夫欣然允诺，老香蕉已经没有性能力了，要是还能做动，他也一定会无私让出来几宿。独自霸着一个女人有什么意思？难道见个人就举着喇叭宣扬，老子的女人生的孩子可是老子的血亲，血统绝对纯正。又不是皇族，血统不纯则丢了江山，谁的孩子生下来不是在这山里照样吃饭照样干活？那么把自己当人真是要被人捂着嘴笑话。虚荣在这吕梁山里不管用，相反，无趣得很。

两个男人相处甚欢，不忙的黄昏，一人抽一支劣质纸烟坐在枣树下聊天，金色的夕阳包裹着他们，令他们全都面目模糊了，同样佝偻着背，同样叼着一支烟，看上去完全就是亲密无间的兄弟俩。

水暖村的人不好面子只讲实效，难道哥哥遗留下来的女人就坐视不管任其饿死或逼她出去卖淫吗？老婆的前男人老了残了就把他当包袱扔掉吗？救人一命胜造七级浮屠。无论日子怎么样艰辛，大家互相搭救一起往下活总比一个人孤零零活着有意思些。再说救人可是积累功德的事，于是水暖村的人人人都觉得自己是闪闪发光的佛陀，不唯有今生，还必定会有修来的璀璨来世，即使死掉那也是上得天堂的。他们对此毫不心虚。于是整个水暖村成了颇为壮观的浮屠塔，在这与世隔绝的深山里自给自足，巍然屹立。

他们不仅善于以各种精巧结构搭伙过日子，还最大限度地发挥了自己作为穷人的才华。吕梁山缺水，水暖村至今吃的都是旱井水，水对他们来说是贵如油的东西。没有水自然就没有鱼，所以鱼对水暖村的人来说堪比贡品。在红白宴上需要上鱼的时候就上条木鱼。看看就算了。两年前王五外出打工，回来的时候带回来几条活鲇鱼。他边流口水边向村民们介绍这鲇鱼肉何等肥美，村民疑惑，比猪肉还好吃？王五不屑于回答，这些山里的鸟人就知道猪肉，却不知道这世上还有鱼肉。他说这鲇鱼不仅肥美，还特别容易饲养，比猪好养多了，还专爱吃粪便和垃圾。他设想如果把它们养在粪池里那简直像给庄稼追了强力肥，不出一年便可肥硕如牛，若过年时把这肥鱼宰了，不仅能省出猪肉，还省了一年的猪饲料。

众人都被这金碧辉煌的前景蛊惑着，前呼后拥来到王五家的粪池边，然后像打发菩萨上天一样虔诚地把几尾鲇鱼放养在臭气熏天的粪池里。村里的厕所都是露天的，粪池终年暴露在光天化日之下，所以养个鱼倒也方便，站在粪坑边上就能看到鱼在里面游来游去。微风过处，众人心情都很不错，觉得自己仿佛也是站在湖边观鱼，风雅得很。

这鲇鱼一入粪池便如虎添翼，不过几天就嗖嗖长了两圈，一年下来果然肥硕如猪，加上周身滑腻，一个人都捞不出来。王五吆喝来几个男人帮忙，将粪池里的大鲇鱼捞出，然后洗净粪便，杀鱼架柴生火，炖了一大铁锅鱼肉分与村民们共享。村民们吃完鱼宴后啧啧称奇，这鱼虽说在粪池里靠吃粪便长大，五脏内却没有任何粪臭，肉质鲜美肥腻，真是天外来物。王五的实验大获成功，一时被誉为水暖村的英雄。接着，王五又潜心于在粪池中培植鱼苗，然后隔三岔五将长肥的鲇鱼送与邻里。于是王五的粪池里常年养着几头肥硕的鲇鱼，水妖似的蛰伏着。有客远道而来的时候便捞出来一条宰了待客，至此终于淘汰了祖传了几代的木鱼。

此等盛宴不能不令山外人肃然起敬。

这日，李四家的老香蕉寿终正寝，他早已烂熟，就差这往泥土里的最后一落。一落下去他就会像粒种子一样被种进黄土里，等到再生根发芽的时候就是一个重新开始牙牙学语的婴儿了。众人无不欢喜。一个人能老死是最大的福气，千金难买。他女人送人送到底，极具侠士风骨，虽然一滴泪没有，却还是给死人擦脸理发换寿衣，脸上还擦了两坨浓烈的胭脂，好让这死人看起来容光焕发返老还童。末了，又给已经僵硬的死人嘴里塞上满满一团饭，好让他去了地下也饿不着。

女人的现任男人则给他割好了棺材，棺材上桃红柳绿地画满了山水，花鸟，有菊花有兰花有桃花，看上去金碧辉煌生机盎然，好像人躺进去不是为了入土为安，而是要轰轰烈烈正大光明地开始享受了。水暖村的人喜欢把棺材画得桃红柳绿则是因为，活着时过于沉闷枯燥了。这黄土高原的山沟里，整整半年是冬天，以至于每年春天一看到小草发芽都会让人流泪，觉得总算又活过来了。活着的时候看不到的，只好齐齐都带进棺材里了，活着的人把这些桃红柳绿给死人陪葬上，再看着它们被埋入黄土。最后一缕颜色都被黄土吞没之后，活着的人由衷地在心里笑了，就像看着自己远嫁的女儿在别处享福一样，总算是能心安了。

村里平素没什么可供娱乐的，所以一旦有嫁人死人有红白宴便是全村老小的节日。白宴上，人也埋了，纸也烧了，肥肉和馍馍也吃了，全村人都打着肥肉的饱嗝心满意足散去了，静等着明天再排出肥肉味的粪便。这气味让他们颇为得意，就像是家家户户刚吞下并消化了一头肥猪似的。何等殷实。

这时候天色已晚，月亮出来了，金黄地卡在黢黑的山顶上，住在山腰上的白氏忽然发现孙子阿德又不在院子里了。这孩子一定又把自己留在坟地里了。他像根钉子一样动辄就钉在坟地里。阿德今年五岁，出生的时候头被挤压了一下，成了半个傻子。平日里别人问他什么，他好像都听不见，湿漉漉的舌头半耷拉在嘴唇上不时舔一下嘴唇，他顽固沉默如一座城堞，薄薄几句语言根本轰炸不了他。可是，这傻子只要一看到往土里埋人，就立刻两眼放光。谁家办丧事往坟地里抬棺材的时候，他一定会第一个闻着气味跟过去，辛勤地像蜜蜂一样一路叮着，跟到坟地里一眼一眼看着棺材埋进去。等到众人都散去了，他还戳在那里不肯走，像坟前的石碑一样肃穆安静，是所有葬礼中最忠实的看客。每次，他站在人堆里，大睁着眼睛，伸长着脖子，嘴半张着，粉色的舌头像狗一样半耷拉出来，一眨不眨地盯着每个葬礼的细节。他表情贪婪狂热地看着这个埋葬死人的过程，就像一个学徒抓住一切时机在偷窥师傅的绝技，一心要早日学到自己手里。

白氏打着手电筒朝山下走去，村庄坐落在东面的山头上，而坟地就在对面的西山头上，虽然站在自家门口就可以与那些坟堆遥遥相望，胳膊长点的似乎一伸手都能把那些坟包像馒头一样摘起来了。可是，望山跑死马，又不能凌空飞过去，她只好一步一步蹩到山脚下，东西两座山头之间有一条山路，这路是水暖村与这个世界的唯一脐带。她穿过山路，再一步步爬上对面的山头。近年来体形愈发臃肿，走一步路全身的赘肉都要晃三晃。

坟地里一片死寂，没有墓碑的坟堆晾晒在月光里分外凄清安静，像一堆没人收留的孤儿聚集于此，摩肩接踵相互取暖。远处黑色的树影无声而阴森地摇摆，似很多鬼影正藏在里面向外窥视。即使作为一个资深的剽悍女人，她也不由得有些恐惧，拿起手电筒朝那黑暗处劈了一刀，黑暗处裂开一道口子，黄色的土和绿色的树像肠子一样从里面翻滚出来。她在坟地里走了几步，又胡乱挥了几刀，果然，几刀之后阿德小小的影子被罩进灯光里了，阿德像石马一样守

189

在一座坟堆前纹丝不动，灯光把他罩进去了他也没有动一下。他背对着她，黑暗的轮廓毛茸茸的，看上去，他就像一个黑暗的末日世界边缘处的守门人，身上带着一缕另一个世界里的诡谲。

她走过去，站在他背后说，阿德，回家吧，该吃晚饭了。阿德对着那扁扁的坟堆老成地叹了口气，忽然犹豫而迟钝地开口了，奶奶，你说妈妈在下面吃饭了吗？眼前这个扁平的坟堆下面埋的是阿德的母亲，一个不到三十岁的少妇，去年某一天忽然肚子绞痛，然后开始呕吐，没过一天就死了。去年阿德只有四岁，他亲眼看着母亲被装进棺材里，然后棺材像种子一样被埋进了泥土里。当时他并没有流太多的泪，可就是从那时候开始，阿德表现出了对所有葬礼的狂热，他像个牧师一样认真虔诚地把村里一个又一个的死人送到墓地。别人都离去了，他仍然不肯离去，像是要固执地陪伴那些地下的尸体和他们说话，关心他们吃饭了没有。即使没有死人可埋葬的日子里，他也终日一个人在坟地里晃着，像常驻这里的魂魄一般。似乎此处才是他的乐园，别处都不是人间。别人和白氏说，你家阿德是不是被鬼魂跟上了，一个小孩子怎么成天在坟地里玩？也不害怕？

白氏举着电筒，皱着眉头看着眼前的小孩。阿德见没有得到回答，便缓缓转过身来，把脸正对着那束手电光。他那张迟钝的脸看起来像发光的风筝一样浮动在夜色里，见她不说话，他又试探着怯怯地问了一句，奶奶……妈妈在那里吃饭了吗？

自从他母亲死后，每逢吃饭他便要问一句，妈妈在那里吃饭了吗？他不关心任何人的存在，他只关心那个死人。死人没吃他也吃不下。他是真的吃不下。

一次白氏把饭碗使劲往桌子上一蹾，厉声说，你妈已经死了，死人不能吃饭。

什么是洗（死）了。

死了就是闭着眼睛躺在那里，不能吃饭不能说话，谁也看不见她，她也看不见别人。

阿德忽然跳起来尖叫着，我能看到她，我看到她就睡在那里，我知道她就在土里睡觉。

白氏一把捉住活蹦乱跳的阿德，朝屁股上猛扇了几巴掌，看你以后还敢不敢再问死人的事。白氏是个强悍粗鲁的老妇人，自打年轻时男人死后就做了寡妇，不是每个女人都有被男人的光棍兄弟继承的命运。虽然多年没有男人摸了，但因了土豆的滋养，她的屁股和乳房却剽悍地一路自己长下去，肥硕多汁，对于一个寡妇来说真可惜了这对乳房和这盘屁股。她力大如牛，独自在山上开垦出十八弯的梯田，靠种莜麦种土豆养大了一个儿子。干活的时候她总困惑于怎么搁置这对巨大的乳房，因为它们的广袤和肥硕实在是妨碍了她干活时的大好身手。

情夫倒也有过个把，只是那男人骨瘦如柴还外加肺痨，晚上在炕上根本勒不住她的缰绳，只好任由她在他身上自由发挥。不仅如此，自打被睡过之后，那男人的地也得由她来种，搞得她要对这个瘦猴似的男人从里到外承包了。她被他睡，还要给他种地，就这样，一段时日之后，她听见村里的男人在背后怎么议论她了，那女人既好操又像男人一样能吃苦。显然这话是从肺痨嘴里放出来的，如今已经独自成虎成狮满山跑了。她痛恨自己怎么瞎了眼，恨不得把那肺痨一脚踹到山脚下去。自此白氏安心守寡，断绝了再与男人睡觉的心思。奶奶的，就是被猪睡了也不会转身就被卖掉吧。

儿子好不容易娶了媳妇，生了孙子，眼见自己终于熬成别人的婆婆了，还没开始舒畅一天呢，儿媳妇就早早咽气了。儿子三十岁就又恢复成光棍了，终日急得上蹿下跳，看见母猪跑过去都两眼发光。留下这么一个孙子真是可怜，早早就没娘了不说，脑子还不灵光，越是看着阿德傻，白氏心里便越是疼。但是她没有流泪的习惯，从年轻时候就戒了，因为流也没用。任何技能长期不用都会荒废的，她难过的时候只会把泪往里倒流，旁人甭想看到她的一滴泪。她用更流畅更熟悉的身手来掩饰自己的疼痛，比如现在把阿德抓起来粗暴地打一顿。

打过两次之后，阿德果然问得没有以前那么频繁了，可是他并没有善罢甘休，他终日观察着她的脸色，捕捉着她脸上乍现出一丝半缕的晴光，伺机再问。每隔几日，一端起饭碗，阿德的嘴就会娴熟地绕到这个话题上来，那就是关于埋在地下的母亲有没有饭吃的问题。白氏从这堵住，他又会从另一个地方冒出来，简直拦都拦不住。每到这个时候他简直就像一辆上了铁轨的火车，被轨道牵引着，根本无法停下，即使知道哪个站该停他也停不下来。他所有的结论一定会准确无误地庄严肃穆地滑进最终的车站，那就是，他地下的母亲究竟饿着了没。

　　她看出来了，如果有合适的入口，他一定会钻到地下给他母亲送饭的。不管怎样，这个傻子的悲伤还是让她有些吃惊，她看着他迟钝的脸和半伸出来的舌头，忽然觉得她其实并不真正认识眼前这个小孩。一年前，他母亲去世的时候，他也是木讷的，呆呆的，没有泪。她怎么也没有想到他的悲伤会一直持续到来年去。而且就是到了来年也没有一点刹闸的迹象，他好像不仅没有淡忘了母亲的模样，相反，母亲像只会自己发电的灯泡一样在他身体里驻扎起来了，时不时就自己发出光来。她透过他的瞳孔都能看见那个死去的女人发出的诡谲的光亮，像荒野上亮着的唯一一点鬼魅的灯火。而这孩子，她忧心忡忡地看着他，他正不顾一切地向这点灯火跑去。他那么渴望去接近它。

　　现在，站在坟地里，阿德又迎面绕到了这个百问不厌的问题上，这简直是一座可怖而坚硬的礁石，似乎只要出海就一定会迎头撞上去。尽管他小心翼翼地怯生生地拎出这个问题，白氏还是生气地一把拽住他的衣领，像拎瓶子一样拎起了他，她像晃瓶子里的水一样把他晃了几下，然后大吼，跟我回家。说完便夹着双脚悬空的阿德离开了坟地。

　　她心虚地看看周围可有人，深更半夜地在坟地里流连不去，让人们还以为他们祖孙俩是合伙来盗墓的。

二

　　桌上又是毫无悬念的两碗小米稀饭，一大碗蒸熟的土豆片，土豆片切得敦实有力，一个个都能赛过磨盘，稳稳地盘踞在碗里。就是靠这土豆，山里女人才长出了敦实的屁股和乳房。白氏抢起一块土豆片，蘸了一圈血红的辣椒就往嘴里塞去，土豆片下去了，辣椒酱在嘴唇上落了一圈，像抹了极艳的胭脂，妖媚得很。她吃完两片土豆了，阿德还坐在桌子后面不动。他呆呆坐在灯光下像块煮熟的番薯。白氏敲敲桌子，说，快吃。阿德忽然抬起头偷偷看着她，嘴唇动了动。她生怕他嘴里又说出关于那个死人有没有吃饭的话，连忙去堵他的口，你快吃吧，你妈肯定有饭吃，埋她的时候我在她嘴里塞满了饭，她永远饿不着的。

阿德看着她，眼睛里忽然就储满了泪，泪憋在眼眶里却不往下流，她看得肝肠寸断，她嗓子里一哽，连忙往里又塞了片土豆，好把那哽咽尽快咽下去。阿德的泪转了几圈还是落下来了，他无声地流着泪，忽然大声对她说，你骗我，你就系（是）骗我，妈妈根本没有饭吃，她洗（死）了。

白氏吃惊地看着阿德，她忽然觉得此刻的阿德就像魂灵附体，他身体里似乎获得了一尊崭新的人格，这个人格通透，聪敏，把那个傻子阿德打压下去了。但是她反而更加感到害怕了，就像是，坐在她眼前的并不是阿德。这时候阿德蹒跚着从自己的椅子上跳了下来，走到她面前，又是那么无声地落着泪看着她。他怎么会这么娴熟地用眼泪摧残她？她一边诧异着，一边抱起了他，把他抱在了怀里。他毕竟只是个五岁的小孩子，一个没了娘的孩子总是可怜的。她把他抱紧了，他也把自己扣在她怀里一动不动，尽情抽咽。她像哄婴儿一样拍打着他，想，过几年他就该淡忘了吧，一个小孩子总不能一直这样沉浸在丧母之痛中。这多少有些不正常。她想，给他养条小狗吧，让他试着去爱别的东西，或许他就可以分出心来。

阿德又抽咽了两声，忽然把手伸进了她的衣服，一边摸着她的乳房一边小心翼翼地观察着她的脸色。阿德从没有吃过母乳，因为他母亲几乎没有奶水，他是靠着羊奶和小米稀饭长到现在的。大约就是因为没有吃过母乳造成的不安全感，阿德对女人的乳房异常迷恋，而且不管老少肥瘦，只要是乳房就行。他母亲还没有死的时候，白氏就已经发现了，但凡她母亲把他抱在怀里，他的两只手一定准确无误地摸在她两只乳房上。虽然没有乳汁可吃，他还是孜孜不倦地终日摸着那两只乳房。结了婚的女人没有什么可畏惧的，他母亲为了让他摸着方便，正大光明地终日把两只乳房挂出来让他摸，顺便让村人一路瞻仰，看起来他简直像一只挂在乳房上的猴子。

自从他母亲死后，这个任务只好繁衍到了白氏身上，虽然是松弛干瘪布袋一般的老乳房了，但那也毕竟是乳房。他母亲刚死的时候，他每夜哭着不睡觉，只有白氏把乳房塞给他一只，他才能停住哭泣，然后他专心致志地摸着那只乳房，摸着摸着就睡着了。就是白天不睡觉的时候，他也时不时见缝插针地蹭到白氏身边说，奶奶，让我摸一下。白氏正干着别的活，两手腾不开，只好用下巴叼起衣服，露出两只老乳房让他摸一摸。他摸了两下，她说，可以了吧，不能再摸了啊。他和她讨价还价，再摸一下，就一下。

　　他父亲本来就嫌弃阿德是个傻子，妨碍了他光宗耀祖，自打死了老婆便终日在外找零活干几乎不管阿德。所以就是去地里干活白氏也得把阿德带上，反正没有旁人，白氏也就由着他摸去，他像玩什么玩具一样终日缠着这两只乳房，恨不得能割下来攥在手里。她一边干活一边由他摸着乳房，想，小孩子嘛，又没吃过奶水，真是可怜。

　　眼看着阿德已经五岁了，个子又长了一截，这摸乳房的习惯却丝毫没有减损，不仅没有减损，反而还变本加厉，长势葳蕤。有时候她带着他到村大队里开会，坐了一屋子黑压压的人头，阿德又旁若无人把手伸进她的衣服摸起来。他随时随地攀援在她身上，时刻准备摘下这两只乳房。她感觉到这样下去的危险了，再不制止他，恐怕他要一直这样下去了，搞不好到十几岁二十几岁了还这样，当着别人的面就能把手伸进她衣服里摸来摸去。到该娶媳妇的时候了还这样，当着媳妇的面把手伸进奶奶的衣服摸乳房？

　　她决定帮他戒掉这个不能再往大里长的恶习。一天晚上睡觉之前，阿德的手又熟门熟路地摸了过来，她知道他只要摸上两分钟就会自己睡着，可是，她下定了决心，大喝一声，放开。屋子里出现了一种异乎寻常的宁静，似乎整个世界都被她的暴力喝停了。阿德的手愣了一下，然后这只手像是不相信这虚假的宁静，又独自前往圣地。他的手刚放上去，白氏的大手已经追过来了，啪一声把那只小手打到一边去了，余震太大，打得那只乳房直乱晃。阿德先是无声地把嘴咧开，表示他要哭了，他要吓唬她。然而他发现白氏是无动于衷的，他的眼泪这才放了出来。阿德坐在炕上号啕大哭，白氏翻过身继续睡觉，他哭一会儿也就自己停了，由他哭会儿吧。半天过去了，阿德没有要减弱的意思，坚持不懈地号哭，白氏背对着他一动不动，眼睛却酸得火烧火燎，几乎要把休眠多年的眼泪逼出来了。但她多年练出的剽悍箍着她让她一动不动。他俩继续较劲。

　　阿德哭到后半夜哭声渐小渐弱，大约实在是哭累了，自己趴下睡着了。白氏睁着两只血红的眼睛，翻过身来把他轻轻抱在怀里。睡梦中的阿德又挣扎着伸出手来娴熟地搁在了她的一只乳房上，一摸到乳房，他整个人忽然就静下去了，像很深海底的一只珠蚌。白氏又欲落泪，在睡梦中他都能准确地找到那只乳房，他贪恋母亲怀抱而不得，才会这样歇斯底里地向往一只女人的乳房吧。

她把他抱得更紧了些，他大约在睡梦中都感觉到温暖了，身体放松了，安稳地扣在她怀里，手在乳房上却抓得更紧了，好像又一次抓住母亲的怀抱了。

她心中一阵悲伤，她突然意识到，他需要的如果仅仅是一只乳房的话，他可以向任何一个女人索取，是不是谁愿意给他一只乳房他就会不顾一切跟着那女人而去？可是她死前寂寥的后半生就只有他了。

她辛辛苦苦一辈子，早年守寡，无人体恤，风骨近于钢铁，又不屑于与猥琐之流搭伙，把自己当牛马使才能撑起这个家。无论怎样，这半傻的孩子还是给她平添了不少干活的能量。她干活干得直不起腰来，说，阿德啊，来给奶奶捶捶背。他就爬过去一下一下给她捶背。她说，来给奶奶唱个歌。他就站在那里五音不全地给她唱放牛郎。有一次祖孙俩坐在崖边数山下的汽车，他突然神秘地对她说，奶奶，我长大了也买辆小汽车，你想去哪我就带你去哪，我还带你去公园好不好。公园二字他说的是普通话，估计是从广播里听来的。他并不知道公园是什么，大约只觉得那是个遥远的好地方。她不搭理他，只起身说要去茅房，一转过身便哗哗流泪，休眠多年的眼泪终究是苏醒了，决堤而下。

这以后，阿德再把手伸过来时总要先观察一下白氏脸色的阴晴，阴天不宜，傻子也怕招来暴风骤雨。晴光潋滟的时候，她也会额外赏他摸几下。今晚阿德大约是在坟地里又想他母亲了，便敢提出这个要求作为对他的犒劳。见白氏不反对，他便爬上她的大腿，放心地把两只手都伸进去。白氏腾出两只手继续喝粥，周身却有一种异样的安泰和宁静，这个挂在她怀里的小孩子就像是她身上长出的一朵蘑菇，他的全部都依赖着她，他的每一天都是她亲手为他制造出来的。他是这世界上唯一一个真正和她血肉相连的人。这种感觉在死去的男人身上没得到，在儿子永泰那里没得到，在情夫肺痨那也没得到。半生渴望，最后倒是一个半傻的孩子给她了。

她唯恐被他窥到表情，倔强地喝粥，差点把整个碗扣到脸上去。

鲇鱼成了水暖村共同饲养的家畜，尽管人们生活不算宽裕，却不吝于把吃剩的饭菜每日倒进王五家的粪池里，在里面尤其以白氏最为慈悲，一天要跑过去看鲇鱼三次，次次不空手，刚煮熟的红薯南瓜也扔给鱼们。鲇鱼们也被喂熟了，一看见粪池边站着人影，便悉数游过来，像群小孩子一样张开嘴等着吃食。天气异常干旱的时候，白氏便从旱井里打出所剩不多的水，浇到王五家的粪坑里。旁人笑，你对鱼比对人还好呵，这鱼又不是你孙子。

过了一个夏天又一个秋天，鲇鱼们长了不少。

转眼又是冬天，暴躁的西北风开始送来大雪。眼看粪坑快要封冻了，人们不担心住在里面的鲇鱼，因为在粪坑的冰面下待一个暖和的冬天之后，它们又会增肥好几圈。等到来年破冰而出的时候，体型硕大魁梧，简直像冬眠于此的鲸鱼。冬天漫山遍野没有一点绿色，人们打开一人高的瓮，满满一瓮酸菜经过一个夏天和一个秋天的发酵，酸得凛冽周正，已经可以名正言顺地上饭桌打发馒头和面条了。整个漫长的冬天，人们就指望这一瓮一瓮的酸菜了。谁家要是没有酸菜瓮，那就准备整个冬天吃白水煮土豆吧。

整个冬天没有农事，人们专心待在家里，白天养膘，晚上配种。中午的时候，村口有阳光的地方总会黑压压聚集着一群人，像群跳蚤在晒太阳似的。男人们清一色穿着面色如土的棉衣，女人们头上裹着五颜六色的头巾以抗议这枯燥的寒冬。男男女女袖着两只手每日东家长西家短，或者数着山脚下过来过去的汽车，要么就数着对面山头上雪白的坟堆。数来数去，今年村里又少了两个人，移到对面的山头上去了。活着时和这些人每天见三回，死了也还是每天见三回，只要抬头就能看见那些新坟和老坟。肥硕的新坟依偎着干瘦的老坟，好似初来乍到人生地不熟，需要些许包庇。老坟虽然枯瘦，却周身阴气更重些，似长了一身的骨头，硌着活人的眼。众人一边与那些坟群遥遥相望，一边唏嘘感叹，大约是庆幸自己还活在这个山头上，可是又不知道哪个早晨就忽然搬到对面的山头上了。人生在世横竖不过无常二字，活过三十岁的人就要暗自庆幸已把半辈子交代了。

有时候眼尖的人会猛然看到白雪覆盖的坟群里有一个小孩的影子像幽灵一样在一闪一闪，便有人亮起嗓门呼唤白氏，你家的阿德可又跑到对面的坟地里去了，不知那里有金子还是银子？

水暖村的春天终于从冰雪里破壳而出，青草稀薄崭新的影子让人们欢呼雀跃，宛如是自己重新活过来一般。人们欢呼主要是因为穿了半年的棉衣可以卸下去了。棉衣整个冬天都不洗的，早结了厚厚一层油垢，刮一刮就是二两油，明晃晃得都能映出人影，镜子似的终日挂在身上。小孩子们的棉衣尤其脏，又没得换，大人们恨不得把棉衣缝在他们身上，又怕虱子吃了他们。鲇鱼们破冰而出，一个个水妖一般魁梧鲜亮，满身是臊，果然不负众望。水暖村的春天来了，永泰的春天也接踵而至。他的第一个女人，也就是阿德的母亲死了，现在，第二个女人要走马上任来补空缺了。

这个女人是媒人从十里之外的一个山村里介绍来的，据说女人是因为不堪忍受她男人的嗜赌和嗜酒，赌博赌得家徒四壁，喝完酒回来还要打她撒气。她一气之下离了婚，本村是不好再嫁了，便翻过一个山头嫁到水暖村来。山里的女人没有经济收入，一旦脱离了一个男人必须得在最短的时间内再依附到另一个男人身上。有的女人眼看卧床生病的男人好不了了，在男人还没有咽气的时候就已经给自己找好了下家，男人一咽气她就拍屁股走人，换一个男人也无非是在晚上被继续睡。前提是先要有口饭吃。

这个女人比永泰大出七岁，已经三十八岁了，还把一个十三岁的女儿留在了前夫家。这是两人订好的婚前契约，谁都不许带孩子。对方带过来一个孩子既不是自己生的，还要多张吃饭的嘴，如果还要上学那就更麻烦了，还得年年交学费。带过来的是女儿那无非是给别人家养着，养大了再嫁出去，如果带过来的是儿子，那分明就是在给自己储蓄一个仇人了，长大了又是自己的首席债主，钱也要，老婆也要，连本带息一齐问他要。至于阿德，他已经和白氏商量好了，从此以后阿德就交给她抚养了。永泰早就为他这个傻儿子发愁，他担心傻子不能给他养老送终就罢了，他还得养傻子一辈子。不过大家就住在一个院子里，每日抬头不见低头见，又不是仇人。只是眼下，他急于迎娶这三十八岁的女人，不得不分开主次，女人虽说年龄大了些，皮糙肉厚了些，可是他这样的光棍还想要什么，只要是个女的就行了。他得把阿德搁置到一边去，不能让这傻儿子在关键时候变成他的累赘。

白氏听了这番话半是喜悦半是悲伤，喜悦的是，这次好像坐实把阿德纳入自己麾下了，他们更要相依为命了。悲伤的是，这孩子死了妈又被爸抛开，她眼睁睁地看着他蜕变成了一个人世间的孤儿。好在他还有她这样一个坚如磐石的亲人，可是，如果有一天她也躺到对面的山头上了，他该怎么办？这个世界上还有人会收留他吗？她用提前过世的眼光审视着趴在窗前的阿德，他背对着他们，透过玻璃呆呆地看着外面，不知道他在看什么，也不知道他是否听懂了他们刚才的对话。她看着他的背影希望他能回过头来和她说句话，可是他固执地趴在那里一动不动。

她从玻璃里看到了他的倒影，粉红色的舌头耷拉在外面，湿漉漉的。他的脸上也湿漉漉的，全是泪。他用力贴在玻璃上，像是要把自己拼命地镶嵌进去。

三

女人人高马大，长着一张银盆大脸，大眼大嘴，身上所有的零件都比别人大出了一号。似乎她身上的器官是在热带雨林里催大的，茂密硕大。和永泰站在一起，比永泰高出一大截子，像个衣柜似的整个能把永泰装进去。永泰猥琐地站在她的影子里倒是不介意，大一点小一点只要好用就行。女人熟门熟路地和永泰住进了一孔窑洞，白氏带着阿德住在另一孔窑洞，两户邻居似的并列着。做饭的时候，女人独霸灶台，炒一顿菜能倒二两油，看得白氏眼睛都绿了，又不好过去把油壶夺下来，毕竟过门没几天。大约因为女人觉得自己虽是二手的，却是赴水暖村来给死人替补空位的，死人睡过的男人她接着睡，死人用过的她接着用，劳苦功高，霸占个灶台多倒点油也是应该的。白氏用屋檐下的小泥炉做饭，搞得她和阿德似受气的小妾。

他们被迫开始了这种明明灭灭的相处，忽而合家团圆，忽而又人鬼两不拢。斗争了几日，白氏喉咙里堵了一团东西几天咽不下去，又没有人可以诉苦，她便见缝插针地捉过阿德抱在自己膝盖上倾诉。阿德反抗，要跳下去，白氏死死捉住他不放，不管他听懂听不懂，她嘴里不停和他说话，阿德啊，你说生个儿子有什么好，就是养一个仇人再娶回来一个仇人。我省吃俭用攒下来的一点家底子几天就要被她榨干了，连点渣子都不留啊。阿德啊，你大了可不能这样啊。她一边说一边使劲把阿德往自己怀里夯，似乎阿德身体里的热量正长出根须来，正往她身体里驻扎，他们像两株植物绞在了一起。白氏继续倾诉，阿德啊，等你长大了在城里买了房子会不会让奶奶住？阿德一边徒劳地挣扎一边嘴里发出呜呜的声音，可以理解成同意也可以理解他不同意，白氏当然是理解成同意了。顿时，她似乎已经把一张未来的通行证握在手里了，简直连月球都去得了了。她更紧地抱住了阿德。

不过她心里明白水暖村之外的世界都是阿德的绝缘体。

在女人过门后的第三个月。一个早晨，有不速之客来访了。天刚亮，白氏是第一个起来的，起来后一开院门她吓了一跳，门口蹲着一个人。再仔细一看，是个十二三岁的小姑娘，她蹲在地上没有起来，翻起眼睛看着白氏，目光一寸一寸在她身上游走，很阴凉。白氏第一眼看到的就是她那两只冻得发青的光脚，她显然是光着脚跑过来的，脚上已经划开了好几道口子。然后她又看到了她那张脸，宽似银盆，大眼大嘴，活脱脱就是新过门的儿媳妇缩小了一号。她倒吸了一口凉气，知道来人是谁了。这才过门没几天油瓶就自己挂过来了。

她把女孩安置在院子里的一张马扎上，由她一个人坐着，然后敲窗户通知那孔窑洞。女孩像个犯人一样坐在空空的院子里，她坐在那里一边用两只光脚互相迟缓地摩擦着，一边偷偷打量着这院子，再不时偷偷看一眼白氏。窑洞的门嘎吱一声开了，儿媳以蓬着头披着衣服的造型出现在那扇黑乎乎的门口。她惊讶而略带慌张地看着坐在马扎上的女孩，似乎正在鉴别她的真假，鉴别完毕之后，她终于缓缓地迈出了一条腿。当她终于走到了女孩的身边时，她仍然用困惑的表情俯视着她，似乎到现在都没搞清楚她怎么会出现在这里。女孩站了起来，叫了一声妈，眼泪已经下来了。儿媳紧张地看了看周围，与站在门口的白氏飞快地对视了一眼，然后，她低声对女孩说，采采，你怎么跑过来了。采采用一只手擦着眼睛，说，我爸又打我，我不回去了。儿媳又问，你的鞋呢？采采使劲憋着嗓子里的抽咽，憋得自己粗声大气地说，一大早起来我还没穿鞋他就打我，我就跑出来了。

儿媳一只手放在了采采头上，似乎急着把她的话堵回去，她慌乱地又看了看四周，重点看了白氏一眼，白氏头都不用回，只一个脊背就够用了。这么多年熬过来，那脊背早像块结实的案板一样，要不怎么能经得住各种目光在上面剁来剁去。儿媳看了她一眼又扭头看着洞开的窑洞门，生怕那黢黑的门里突然再走出一个人来，她下意识地用一只手挡着采采，似乎想把她藏起来，要是能折起来随身装进口袋里那就最好不过了。

白氏用了一点眼角的余光就看到儿媳拉着那女孩向院门口走去，女孩像头牛一样抵抗着，两只光脚撑着地不愿走。然后儿媳又低声和女孩说着什么，女孩只是耷拉着头抽泣并不说话。忽然之间，女孩昂起头来尖叫了一声，我不走就不走。儿媳赶紧把她往门外拖，一边拖一边看着窑洞里，似乎那里面随时会蹿出什么怪兽把她们吃掉。白氏站在后面救死扶伤地发话了，稀饭好了，还是让她趁热喝一碗吧，大早晨跑了十里路也不容易。

采采蹲在地上喝稀饭，这时候阿德起来了，永泰也起来了，一圈人站着，铁笼子似的围观着这地上的小姑娘。早晨的阳光从他们四肢之间的缝隙筛进来，斑斑驳驳地落在了她的光脚上，像长出一层黑白的花纹，越发显出了她的奇异。儿媳束手束脚地站在那里，似乎周身长出了好几双手和脚，都不知道该往哪里搁。她一边目测着采采喝稀饭的进度，一边侧耳聆听着周围几个人胸腔里回响出的算盘声。大约每个人都正在心里打着个算盘吧，要是把这女孩留下，最少要养到出嫁，那得花多少钱啊。不能不给她吃饭吧，也不能让她光着屁股跑吧。不能给他们小看了她们娘俩，儿媳心里冷笑一声，又高声催促采采一句，快点喝，喝完就送你回去。

她提前给他们吃个定心丸，免得吓着他们。这时候白氏又开口了，大清早跑过来，说什么也要吃了午饭再走吧，一碗稀饭管什么用，撒泡尿就没了。儿媳不说话了，似乎得了赦令暂时不用行刑。白氏站在小泥炉边一副母仪天下的姿态，她从没有像现在这样高看过自己，也从没有这样鄙视过儿媳。白氏已经开始雍容大度地和面，准备做中午的手擀面。自己也不觉得这是加快了赶人走的步子。

一碗手擀面吃下去，采采终究被儿媳拖着出了门。她身体被儿媳押着，眼睛却使劲转过来，绝望地看着他们，似乎想用目光在他们身上抛下锚来。然而她们已经开始下山了，那两缕目光挣扎了几下还是沉下去不见了。永泰干活走了，白氏带着阿德久久站在山崖上看着她们的背影。她眼睛里迅速闪过一道罕见的泪影，然后，像个屹立在山头的菩萨一样她慈悲地说，可怜的孩子啊，遇上这样的妈。

晚上白氏正要和阿德吃晚饭的时候，儿媳独自回来了，看来已经成功把包袱甩掉了。她像个刚从战场上逃下来的伤员，溃不成军地进了窑洞，饭也不吃，灯也不开，倒头就睡在了炕上。白氏对她的鄙视仍然散发着余热，这点余热装在她的胸腔里足够烤熟几个土豆了。她想，这么狠心的女人还配吃什么晚饭。然而，第二天一大早，儿媳器宇轩昂地吃了满满两大碗和子饭，把昨晚没吃的又补上了。她吃得理直气壮，大约是觉得自己刚做了回有功之臣，她刚为这个家赶走了自己的亲生女儿，战功赫赫，理应多吃点。

第三天晚上，刚到了掌灯时分，院门嘎吱响了一声，伴随着几声细碎的脚步声。然后，脚步声消失了，院子里再次寂静下来。白氏心里咯噔一声，从炕头上下来，穿上鞋疾步向院子里走。在她走出窑洞的同时，她看到另一孔窑洞里也急急走出了一个人影，是儿媳。她们两个人无声地对视了一眼，然后，同时看到了站在院子里的那个小小的身影。那影子被含在黑暗里，面目模糊，薄薄地立在那里。尽管这样，白氏还是第一眼就认出了这影子是谁，采采。儿媳也认出来了，她们两个都没动，采采也没动，三个人在黑暗中安静冰凉地对峙着，甚是稳当。

最初的惊讶之后，白氏心里一声冷笑，居然自己又找上门来了。她后悔不该喂她那碗手擀面，现在要被赖上了，准确地说是永泰要被赖上了。这时候三角形动摇了，儿媳走出窑洞，向院子中央的采采走过去。黑暗中白氏听见儿媳低声说了一句，怎么又是光着脚跑过来的。白氏又倒吸了一口凉气，这小姑娘简直是在使苦肉计嘛，再跑来又不穿鞋，这明显就是计谋了。她倚着门框替永泰后悔，只以为娶了个比自己大七岁的女人安稳点，却不知道其实是娶了母女俩。看这情形他分明是中了她们的套了。

儿媳把采采拉进了窑洞，这一晚采采就和儿媳还有永泰睡在一张炕上。一晚上人家睡得熨熨帖帖，倒是白氏一宿没睡。她在黑暗中睁着眼睛像做秋收一样算了一晚上的账。第二天早晨一起来，儿媳就把采采拖到院子里，她脚上拖拉着一双永泰穿过的破布鞋，鞋太大，她站在这两只鞋里像棵植物被栽在花盆里一样，走一步路都像跋山涉水似的。儿媳把她拖到院子中心往地上一扔，叫到，你走还是不走。采采蹲在地上不起来，儿媳上去又拖她，她双手撑地牢牢把自己吸在地面上，她一边躲她母亲的手一边大声号啕着，我不走，我就不走，我回去了他还要打我，把我打死算了，你们都不要我我也不想活了。

矮墙上长出了一排黑压压的脑袋，麻雀似的蹲了一排，是街坊邻居听见哭声都赶来看热闹了。在水暖村，谁家有热闹而不让人看这可是不道德的，什么是他们的道德，道德就是把所有近乎气绝的快乐和无以复加的伤口都得割开了给人看供人消遣，决不能独享。

儿媳抬起头来无声地看了看那排蹲在墙头的脑袋，忽然就泪如雨下，她扭头进了窑洞，再出来时胳膊下夹了个小布包，永泰跟在后面一脸惊慌。儿媳倚着门哭，我和采采走吧，你再找个女人过。

永泰急得快跳起来了，让他再次变成光棍是一件多么残忍的事情。地上的采采大声抽泣着，倚门而站的儿媳无声流着泪，配合真是天衣无缝。白氏看到此处已经明白，时局已定，这母女俩赢了。在水暖村可是救人一命胜造七级浮屠。白氏这一辈子也不是白给的，她在清晨的阳光里迈出了一步，带着巨大的影子走向了采采。她慈眉善目地拉起采采，说，她不想走就让她留下吧，只是这上学的事……她得和她们讨价还价。

儿媳还是倚着门，那个做道具的包包还被她夹在腋下。她看起来有一点疲惫。她收起了眼里所有真真假假的风情，不再说话，表示成交。

采采就这样留在了水暖村。

十三岁。

失学。

晚上和生母与继父睡在一张炕上。

四

儿媳在窑洞里叫了一声采采，没有人答应，她掀帘子出了窑洞，站在院子里尖着嗓子又叫了一声，采采。声音又干又硬，没有血色。正好采采从外面回来了，一进院子就看到了钟馗一样的母亲正站在那里。儿媳劈头一句过去，又死哪去了。阿德正在院子里玩蚂蚁，听见声音便抬起头来看着这母女俩。采采顿了顿忽然跳起来冲着母亲尖叫，那你让我去哪，学也不让我上，我每天憋在这里想把我憋死啊。她开始边哭边叫，我知道你们都讨厌我，你们都不想让我住这，你们都想让我早点死。

她这番话像寒光闪闪的兵器，一掷出去就把所有的穴位都点住了。她母亲显然战败了，呆若木鸡地看着她，阿德坐在地上吓得也一动不动，就连正从门缝里往外偷窥的白氏也被怔住了。她白氏可是一世英名，有铁腕的剽悍女人，居然被这样一个小姑娘吓住了？可她必须承认，她确实被吓了一跳。就像是亲眼看着一只老鼠忽然摇身变成了一只大象。她看着眼前这张牙舞爪跳着脚的小姑娘，想起那一日清晨她光着青色的脚赖在地上哭着不起来，真是判若两人。看来吃惊的不仅是她，儿媳也站在那里脸色发青。她想起自打采采住过来后，儿媳对采采一直是呼来喝去的，并没有什么好脸色，好像采采是她陪嫁过来的一个小丫鬟。她无非是自知理亏。结婚前讲好的谁都不带孩子，可是结婚之后没几天她的孩子就拖过来了。

她主动毁了契约大约总是心虚的，凭什么不养阿德却要养采采，面对着丈夫和婆婆就像终日面对着一个陪审团一样。所以她不得不对自己女儿粗声大气一点，大约只有通过呼来喝去，才能交代过去。她这点狠可不是白狠的，这点狠兑换出去便是采采的口粮。这样采采每日吃的喝的才可有保障且名正言顺。哪知她在这里千方百计为采采争取口粮呢，采采却并不领她的情。

她的眼睛还夹在那道门缝里偷看着这母女俩，周身却打了个寒战。

儿媳一手扶头，做头痛状回到窑洞里去了。自打她嫁过来还陪嫁过来一样痼疾，就是头痛。干活累了头痛，不高兴了也头痛，把她吃得营养不良了也头痛，这世上所有蝇营狗苟的事情都能变成她头上的紧箍咒，凡事稍有波动便能引发她头上崇山峻岭般的痛楚。每每看到她用弱柳扶风的姿势捧着她那张银盆大脸做头痛状时，白氏便嗤之以鼻。她就是发着高烧再夹一泡尿也照样能锄完二亩地。

采采拖着自己的影子在原地呆呆站了几秒钟，眯着眼睛环视了一圈周围，忽然看到了坐在墙角的阿德。她眯起的眼睛微微笑了一下，皱了皱鼻子，然后拖着影子走到了阿德面前。她俯视着这个傻子，然后问了一句，阿德啊，你在玩什么呢？阿德伸着粉红色的舌头看了看她，举起了一只蚂蚁。采采在他面前蹲了下来，专心致志地盯着他的脸看，听说你至今都数不到十，是不是？我教你个儿歌吧，来，你跟我唱啊，小蚂蚁，搬虫虫。阿德不吭声，畏惧地看着她，她歪着嘴角微笑着伸出一只手，捏了捏阿德的脸蛋，说，这可是给一岁的小朋友唱的，你都五岁了还不会唱。果真是个傻子。他们就是不让我上学了我也比你聪明一百倍一千倍一万倍，气死你们全家也没用。

站在门缝里的白氏听了这话差点被噎住，她咯吱一声推开门，从窑洞里冲出来，像枚肥大的火箭一样降落在了他们面前。采采一看见白氏，又回头对阿德说，阿德你跟我唱啊，小蚂蚁，搬虫虫，一个搬，搬不动，两个搬，掀条缝，三个搬……她边唱边朝白氏那个方向偷看了一眼，看她是不是还站在那里。一看见白氏岿然不动的影子，她立刻掉过头继续唱，似乎是那女人塔一般的影子榨出了她颤颤的歌声。白氏站在那里威武地吆喝了一声，阿德，进屋。阿德像条小狗一样，伸着粉色舌头跟着白氏进去了。一进门，白氏就大声对他吼道，以后少和她玩，听见了没有。

阿德听见没听见不知道，院子里的采采是听得清清楚楚，她一边坚硬地微笑着，一边抓起一根草棍，在地上开始画圈，画了一圈又一圈。黄昏的阳光斜斜落在她身上，把她的影子压在了那些圆圈上，似乎她正心甘情愿蹲在一个旋涡的中心，任是谁都别想把她拔出来。

白氏和儿媳一大早就扛着锄头下地去了，最近地里忙，只得把阿德留在了院子里。阿德一个人坐在地上玩泥巴。采采凑过去弯下腰看着他，她皱了皱鼻子，先从口袋里掏出一块糖来递给阿德。阿德见了糖眼睛一亮，飞快地把糖抢过去了。她说，叫姐姐。阿德一边吃糖一边含混不清地叫了声，姐姐。她见自己的贿赂初见成效，便蹲下去摸了摸阿德的头。她又说，阿德你捏的这是什么啊。阿德像蜥蜴一样吸了一下舌头说了一句，这系（是）我的妈妈。采采看着他手里那个泥人，忽然微笑了，她吊起一只嘴角问他，你妈妈呢？阿德继续捏啊捏，并不抬头看她，她洗（死）了。采采忍住笑，学他说话，什么是洗了？阿德说，就系（是）躺在那里不能吃饭不能睡觉。她把脸凑得更近了些，几乎要贴住阿德那张圆脸了。她勉强抑制住声音里的快乐，因为压抑，竟有些打战，像是她忽然看见了什么极度恐惧又极度兴奋的东西，她抖着声音问了一句，那，你，想你妈妈吗？

阿德没有说话，他两只手还在笨拙地捏那个泥人，采采死死盯着阿德的那两只眼睛，终于，她看到那两只眼睛里结了一层透明的壳，冰花一样挂在上面，那壳越来越厚越来越厚，终于承受不住重量开始往下坠了。在阿德的泪水掉下去的那一个瞬间里，采采还是惊了一下，像被一道电流击了一下。她身体深处的某个部位，细若游丝地疼了一下，像被什么咬了一口。但很快，那缕细若游丝的悲伤就被更庞大的东西吞噬进去了。她像在蚌壳里突然发现了一粒珍珠一样，一种近于邪恶的兴奋推着她伸出手去，伸进蚌壳柔软的肉里，她要摘出那粒珍珠。蚌壳的肉太柔软了，她触到它们的一瞬间几乎流下泪来，那是怎样一种柔软的疼痛啊。可是，越是想着它的疼痛，她便越是不由得兴奋。

她不顾一切地要把手伸进那蚌壳深处。她紧紧看着他的眼睛，你还记得你妈妈的样子吗，你一定不记得。阿德大颗大颗地落着泪，还是不说话。她抽搐着笑了一下，又说，你能告诉我她长什么样吗？阿德手里的泥人摔在地上，他终于开始失声痛哭，他哭得那么悲伤，像个大人像个聪明人一样哭，那绝不是一个傻子的哭声。她被吓住了，同时又觉得自己像被针扎过穴位一样异样地过瘾，周身有一种奇妙的舒泰。她一边观赏着他的痛哭，一边再往深里试探，你知道什么是洗（死）了，就是，只要你还活着一天你就再也再也见不到她，她再也不会回来看你，再也不能抱着你。你这可怜的傻子，你知道这世上什么人最可怜，就是没有了妈的孩子。可是我有。阿德已经哭着趴在了地上，他的泪水和泥土搅在一起糊在了他的脸上，看上去他似戴上了一张滑稽的面具，像个撕心裂肺的小丑。

她一边欣赏着他的哭声一边断断续续地干笑着，可是她心里却越来越疼痛。于是她一边笑一边也开始流泪，倒像是怕哭泣的阿德太寂寞了，一定要陪着他哭一场。

就在这时，白氏从地里回来做午饭来了。她一见躺在地上哭泣的阿德就嗖地冲过去，她把泥人似的阿德搬起来搬在了自己怀里。她把阿德那张满是泥巴和泪水的脸紧紧贴着自己的脸，阿德还在哭，白氏一边拍打他一边用喷火的眼睛盯着采采，采采往后退了一步，说了一句，我没有推他，是他自己摔倒的，真的是他自己摔倒的，你问他。阿德还在哭，像走进了一场无边无际的噩梦。

白氏一边说着不哭了不哭了，一边把自己的衣服往起一撩，露出了两只倭瓜似的老乳房，老乳房下垂很厉害，快能别到裤腰带里去了。白氏把阿德的手放在自己乳房上说，摸摸就不哭了哈，摸一摸就好了哈。阿德把一张泥脸藏在她怀里，一边哭一边摸她的乳房，摸了几摸，果然就哭声渐小。再摸到后来，他只剩下低低的抽泣了。这点残余的抽泣像秋天的枯枝败叶一样纷纷扬扬地落在了他们的头上，肩上。

白氏看起来已经有点抱不动阿德了，采采看到她屈着膝盖，挺起肚子，把自己架成一把椅子，竭尽全力要把阿德舒服地安顿在自己身上，她怕他掉下去，似乎他一掉下去就会摔成齑粉。他的整个人都挂在她那只老乳房上，像从她身体上长出的一只巨大而畸形的器官。采采不动，呆呆地羡慕地看着他们，一滴泪挂在她脸上在阳光下静静闪着光。

就在这时，儿媳从外面下地回来了，她一进院门，白氏的目光就嗖地追了过去，一下把她钉在了那里，她指着采采对她吼过去，你家原来还有没有一点家教，是不是再没人管她了？两只肩膀抬着一张嘴进来每天吃了喝了还要欺负阿德，看见阿德傻是吧。你让她从哪来的再滚回哪去，这里庙小放不下她。

儿媳看着眼前这形势评估了几秒钟，然后一声不响地揪着采采的衣领把她拖回了窑洞。不一会儿，里面传出了采采的哭声和尖叫声。她像疯了一样尖叫着，我知道你们都讨厌我，我知道你们都恨不得让我死了给你们省下一口饭。

但采采并没有自此被赶出水暖村，据说她那十里之外的父亲已经又娶了一个女人，女人还拖着两个孩子又生了一个。一个萝卜一个坑，那里早就没有她的坑了。自打她把自己点着发射到水暖村来之后，就再也回不去了。每日送走一个一模一样的日子实在是一件艰苦卓绝的事情，在无涯的时间中几乎没有上岸的地方。为了打发时间，她开始跑出去跟着村里人戳在山头上闲聊，也袖着两只手数山下的汽车，再不就是眯起眼睛数对面的坟包。她学会了向村里人诉苦，她撩起衣袖，像个刚从战场上退下来的士兵一样向他们展示自己身上那些新的和旧的伤疤。她坐在地上拍着大腿，像村里所有已经生过孩子的妇人一样，向听众描述，她生父是怎么打她的，她是怎么光着两只脚跑了十里路跑到水暖村的。跑到水暖村连口热水都没得喝她就又被赶回去了，回去怎么办，回去了就被打得更厉害了，谁让她跑了。她只好再一次偷偷跑出来，又是光着脚跑到水暖村来。

众人像看稀罕的露天电影一样包围着她，似乎她是地球上最近才出现的最新物种。众人经年不洗澡的体味像砖头一样垒起来包围着她，竟也让她感到了一种异样的暖意，就像是，她在这世界上终于为自己找到了一个坑，足以把自己埋进去了。她的倾诉越来越流利，像打了蜡。然而众人并不餍足，还有呢，还有呢。他们吃进去多少消化多少。她对着一堆模糊不清的脸笑了一下，努力讨好他们。然而他们还是不放过她，后面还有呢，后面还有呢。她舔舔嘴唇，脸上烧得通红，如火如荼。

她又开始讲她的生母是怎么对她的，她千辛万苦跑来找她，她连双鞋都不给她找就让她回去了，回去干什么，回去了还不是挨打。她不肯收留她是生怕她连累了她，怕她挂着个油瓶要被婆婆和丈夫小看，怕自己在他们面前活不出来了。众人连声啧啧。她吊起眼角来抹泪，好像我连个傻子都不如。有人问那白氏呢，白氏对你好不好。采采冷笑，她恨不得一口把我吃掉让我给她家省下粮食，她只认识她那个傻孙子，只有他才是人。她们都不喜欢我，都不想让我活，她们恨不得我今天就死给她们看。忽然又有人问，那永泰呢，永泰对你好不好。采采听到这话，一只嘴角吊起来又落下去，能好到哪去，他又不是我爸，我晚上就和他睡在一盘炕上，他就睡在我旁边，他的手……众人齐齐倒吸凉气，一边吸凉气一边暧昧地笑，末了这招真是过瘾。

五

这话在水暖村的上空飞了三圈之后，更加血肉丰满，凹凸有致，只怕再飞一圈就要长出鼻子和眼睛了。最后出了模子的话是永泰把人家十三岁的小姑娘给睡了，晚上母女俩一边一个伺候着他。老实巴交的永泰听了这话差点一口气没上来，他本想着一个小姑娘也吃不了多少，就是添了双筷子，大不了把她养到出嫁。窑洞里都是大得上天入地的土炕，睡十几个人不成问题。晚上睡觉的时候，他睡炕头，采采睡炕尾，中间是他老婆，没想到他在传说中已经把十三岁的继女给睡了。永泰连夜坐车走了，他要去省城打工，避避这满天飞舞的邪恶蝙蝠。

儿媳见自己男人都被气跑了，加上自己在这传说里的形象实在是有点不堪，简直是个拉皮条的。连着几天在路上碰到村里的男人，男人们都向她投来景仰的目光，似乎不能不慑于她们母女的巨大威力。她躲到无人处哭了一场，哭完了就回去把采采关起来一顿好打。白氏不说话也不阻拦，躲在一边偷听。她听见儿媳在窑洞里一边打一边吼，谁让你那样说的，你为什么要那样说？这家里谁不让你吃饭了？你说，你为什么要那样和别人说？

采采一边号哭一边歇斯底里地大叫，声音像刀片一样刮过人们的神经，我爸嫌我是累赘影响他再找老婆，你也嫌我是累赘怕你男人不要你了。他把我赶走，你也要把我赶走，我光脚走了十里的山路你都不给我找双鞋穿，你根本就不是我亲妈，我亲妈早死了。我连傻阿德都不如，他妈死了还有人疼着他，怕他着凉怕他感冒怕他疼怕他死，可我呢，你们就是把我当成一个累赘。你从来就是只顾你自己，我小时候你和我爸一吵架就往出跑，整夜都不回来，我打着手电筒，踩着大雪整晚上在山里找你，可是你管过我的死活吗？你放心，我这就死给你看。说完只听窑洞里咔嚓一声什么碎了，瞬间的寂静之后便是儿媳突然迸出的惨烈号哭声。采采用玻璃片在自己脖子上划了一道。

伤口并不深，在镇里的卫生站包扎了一下就回家了。儿媳被这一吓吓成了一个低眉顺眼的小媳妇，一连几天对采采连句大声说话都不敢了，每顿饭给她端到炕头上去。采采则坐在炕头两眼盯着天花板上的梁子。脖子里缠了一圈雪白的纱布，她只得把头高高地昂着，看起来好像她的头和身体是分开的，正各自浮动着。她这颗头倨傲地悬浮着，俯视着这院子里的两个女人和一个傻子。

纱布拆掉之后，脖子上留下了一道粉红色的伤疤，采采扛着这艳丽的伤疤重新回到人堆里，活像个立下战功后荣归故里的士兵。这下她身上有确凿的证据可以证明她是个多么可怜的孩子。她昂着头，伸长脖子，一副随时要被砍头的架势，她站在那里被人们瞻仰着新鲜的伤疤，然后一遍一遍细细讲述这伤疤的由来。人们无限同情地一遍一遍听她描述细节。白氏和儿媳不敢把她拖回来，怕她再给自己一刀可怎么办。

于是她们只好装成聋子和盲人，什么都看不见也听不见，尽管如此她们还是悄悄地羞愧难当，见了村里人就像做贼一样慌忙躲开。因为她们想象不出采采又编出了什么更有杀伤力的武器，她们也不知道她们在传说里又被赋予了怎样一副新鲜的面孔。

再新鲜的东西几天下来也就折旧了，她脖子上的伤疤被村里人轮流瞻仰了一圈之后也黯然失色了。她还是成天往出跑，高高地扯起脖子，歪着头亮出那道粉色的伤疤，像一个佩戴了名表的人，不能不时时亮出来彰显一下，不然白戴在身上真是觉得可惜了。

日子又从春天飞到了夏天，水暖村从肥硕多汁的夏天里繁衍出更多的小鸡，小猪，小羊，小鲇鱼，还有小孩。白氏和儿媳、采采吵了架就跑到粪池边看鲇鱼，一看就是大半天，好像这鲇鱼才是她的亲人。

活蹦乱跳的生命破土而出，顶着那些白发苍苍的老人们快快入土，好给新人们腾出地方来。村里的老人们一过六十，最大的心愿就是能拥有一口上好的棺材，一口优质的松木棺材上面描金画银，还缀以各种俏丽的花鸟鱼虫，各种人间没有见过的亭台楼阁，璀璨华丽地如天上的盛世。能躺进这样一口棺材里入土，那活着时无论受过多少苦都算值了，都能把这世间的苦难抵消得片甲不留。所以村里的老人们只要一过六十，就哭着喊着要棺材，心情之急切与小孩子们要糖果没有二样。因为村人笃信，在这世上只要能活到六十就够一辈子了，六十岁之外再活几年都是白赚了，既然是白赚的那就不可惜了。所以，即使随时从这个世界上撤掉，他们也没有太多悲伤。悲伤是留给活人的，对他们来说，最要紧的是那一口上好棺材，好装着他们到达彼岸。

但往往是棺材割好漆好，摆在那就差装死人了，老人们却偏偏死不了了。有时候不是几年不死，是二十年过去了，棺材都开始掉漆开始腐烂了，人还没死，还坚如磐石地每顿饭吃两碗干面外加一碗汤面。但是棺材摆在外面，风吹日晒会加剧腐朽的速度，所以棺材割好后一般都要抬进窑洞里去歇着。对村里的很多老人来说，棺材成了他们窑洞里的一种必备家具，就像九十年代嫁闺女时必备组合家具一样，谁家没有那就是落时，就要被人在背后笑掉大牙。老人们往往也能把棺材充分利用起来，他们把棺材当柜子用，里面储藏着今年收成的莜麦，土豆，黄豆，棺材盖上则摆满了琳琅满目的锅碗盘勺，完全没有一点地府的阴气和妖气，相反，它和窑洞里的任何一件家具一样平凡朴实，恪尽职守地被老人们使用。

白氏眼看自己即将六十，转眼就是一辈子，已经是活到这个世界边上的人了，展望一下前景，她觉得黄土已经埋到她脖子上了，也该给自己备下一口棺材了。只是这永泰终年在外打工，只怕这雇木匠割棺材的事还得她自己亲力亲为。不过这一辈子，又有哪件事情不是她亲自操持？就连当年接生也是她自己给自己接的。只是可怜了这阿德，没爹没娘又是个傻子，万一哪天自己先入土了，又不能把他拽进土里。想到这里，她一阵悲从中来，又把阿德按在了自己怀里，毫不厌倦地问那个已经问了阿德一万遍的问题，阿德啊，这个世上你最亲最亲的那个人是谁啊。阿德把重复了一万遍的答案又重复了第一万零一次，最亲奶奶。他说得面无表情，就像把一篇演讲稿背得烂熟了熟得都厌倦了恶心了还得继续一遍一遍地往下背。白氏半是满足半是不满足，又对阿德撒娇，再说一次，最亲的是谁？阿德突然造反了，脸阴着，妈妈。

再说一次。

奶奶。

阿德，奶奶死了你可怎么活啊。

奶奶，我想我妈妈了。

阿德一边说一边又开始流泪，他咧开嘴，露出了粉色的舌头，表情和一个白痴完全一样。她有些吃惊有些憎恶地看着他，这个小孩怎么就养不熟呢？她养他这么长时间了，恨不得把心掏出来塞给他，把月亮摘下来哄着他，他居然没有绽开一丝一毫的裂缝，但凡有一点不高兴一点委屈，第一个想起来的永远是他那已经睡在地下的母亲。而她不过是一滴油，永远融不进他们母子的血液里。那个死去的女人岿然不动地长期占据着霸主的地位，光是她的魂魄就够把白氏打败了。铁人白氏忽然有一种异样的悲伤，这点悲伤很深很静但是很有力。她浑身僵硬。

她把阿德的哭声留在窑洞里，自己走到了院子里，她又想去看看那些鲇鱼。已经是初夏，夜风如水，儿媳和采采正在篱笆旁边吃晚饭。硕大橘黄的月亮从吕梁山上升起来了，整个水暖村浮动在透明清凉的月光里，微风过处如舟行水上。白氏坐在小泥炉旁边开始煮小米粥，红色的火苗在黑暗中舔着锅底，金色的小米粥呻吟着翻唱着，溅出一地清香。这时候，白氏忽然听见坐在那边的采采正和儿媳诉苦……老有人朝我身上摸，我站在哪都有人伸出手来摸我这，还有这……她一边说一边在自己身上几处开始凹凸的部位上比画着。以验证自己被摸的经历是怎样不虚。这话像风一样吹过白氏的耳朵，最多不过就是一句话却让白氏觉得异样的惊心动魄。她脊背上一阵阴凉，就像看到了什么似曾相识的可怕东西。

这话她分明是听过的，如此相似的邪气，如此齿啮人的气场，是在哪听过呢。她忽然想起来了，上一次听到这话也是从采采嘴里说出来的。唯一不同的是听众，上次这番话是采采出了家门后，眉飞色舞地说给村人听的，说睡在她旁边的永泰晚上是如何如何一寸一寸摸她的。现在听众反过来了，她又在向家人诉说外人是怎么一寸一寸摸她的。

儿媳手里的筷子冻住了，怔怔坐着，一言不发。白氏顺着月光看过去，儿媳的脸正埋在一片阴影里。但白氏能感觉到，儿媳的目光此时也正往她身上流动。她没有去接，这样会显得她过于友好，但这种被依靠的感觉还是不能不令她舒泰。关起门来终究还是一家人。她们没有说一句话没有对视一眼，就已经在黑暗中在月光下结成了罕见的临时同盟。

白氏和儿媳开始跟踪采采，采采一出门，她们便轮流跟着她，观察她的动向。采采最怕一个人待着，谁家一有打架死人娶亲之类的热闹，她立刻就跟着人群呼啦啦往过跑。人群密密匝匝围了好几层，连点缝隙都没有。她把自己压扁压平了硬往里塞，周围的铜墙铁壁把她箍死了令她动弹不得，有人在打嗝有人在放屁，空气又厚又黏稠，吸进肺里像喝了糨糊一样。她试着踮起脚尖，看到的还是前面的后脑勺，层出不穷的后脑勺。然而，越是黏稠她越是想把自己搅进去。她专心致志地盯着前面那些后脑勺。表情是僵硬的，身体也是僵硬的。

没有人知道她在人群中正等待什么。

只有站在暗处的白氏和儿媳看明白了。她在人群中等着那幻想中的抚摸。并没有一只手放在她身上，可是每天一回家一关上门，她立刻就会幻想出层出不穷的抚摸与猥亵来。那些男人们，她不知道是谁，也看不清脸，也不知道他们的年龄，他们全部变成了一双游走在她身上的手。她编得绘声绘色，生动逼真，为了追求真实效果，她甚至模仿男人们的动作在自己身上摸，她说，喏，他们就这样。白氏和儿媳作为观众都看得目瞪口呆。她们明白了，这姑娘是有癔症了。也就是说，永泰睡在她旁边对她的抚摸也不过是她自己想象出来的。

儿媳气喘如牛，倒像是被猥亵的是她自己，她要标榜自己闪闪发光的节操，于是她喘着气一个耳光飞了过去。这个耳光力度之大足以让采采后退了三步。她站稳后披头散发地扬起了脸，白氏以为她又要像上几次那样歇斯底里地尖叫号哭了。可是她没有，她如同被鬼魂附体一样，忽然两眼发着诡异的极亮的光芒，妖媚地笑了，她对母亲妖娆地笑着，尖声说，我知道你们都讨厌我，你们都不喜欢我，没有一个人爱我，可是，你们不爱我有人会爱我。那么多男人喜欢我，老盯着我看，还要往我身上摸来摸去，呵呵，他们是喜欢我才会这样的，不是吗。她说着闭上了眼睛，两只手摸到自己刚刚长出骨朵的小乳房上，再往下摸去又摸到自己的屁股上。她假想着那是两只男人的手，正在她身上游动，用她的语言体系来说，是他们正在爱她。采采娴熟地抚摸着自己，观众是无法呼吸脸色惨白的白氏和儿媳。最后面还站着个面无表情的阿德。

儿媳掐着大腿哭了好几场，她感叹自己命运多舛家门不幸，怎么能有这样一个可怕的女儿生出来，被人看到了还以为是妖孽。她一边哭一边向白氏申辩，采采小时候可不是这样的，她以前就是个很正常的小女孩，上学的时候也是好学生，前夫家墙上至今贴着她上学得的一排奖状。她离婚前也没有发现她有什么不正常，她也从没有过这么可怕的举动。她从小很害怕她爸爸，更不可能胡说。怎么突然就变成这样了，简直就是被换了一个人。她哭着认为她的女儿被调包了，眼前这个一定不是她生下来的女儿。这么丢人下去可怎么办啊。

白氏只是默默听着，并不答话。院门严严实实关上，采采被囚禁在院子里了，她母亲不许她再出去丢人。她呆呆坐在篱笆前，用几个小时去玩一朵篱笆上的喇叭花。她眼睛里那点妖气已经烧尽了，只剩下一堆荒凉的残垣，呆滞凄凉。白氏久久地看着她小小的背影，忽然又一次在心里烧过一阵疼痛，她对这个姑娘的疼痛其实已经不是第一次了。有时候，人就为了那一点点被爱的感觉，都是情愿赴汤蹈火粉身碎骨的吧。年轻的时候，在丈夫死后，她不也有过这样的渴望吗，那种渴望一旦发作简直像一种赴死的冲动，不管什么形式，不管多少，不管是个什么样的男人，哪怕是残的瞎的是肺痨，只要有人给她一点点爱她都会觉得感激涕零，都恨不得能以身相报。再后来，她慢慢想明白慢慢放弃了，慢慢磨成了一尊铁人。

那一瞬间她有一种上去抱住她的冲动，可是这时候那小姑娘抬起头看了她一眼，她忽然邪恶地笑了。白氏再一次怔住了。

六

两个女人又下地去了。采采挑起竹帘站在门口，院子中间生着一棵枣树，早晨的阳光清脆透明，落在枣树的枝叶间像一串串铃铛作响。枣树下坐着阿德，他早早起来坐在那里捏泥巴。院门从外面锁了，不许他们出去。

她从台阶上缓缓迈下一条腿来，就像那腿不是她自己的，她是很不情愿地提着它往前走了一步，院子里静极了，连阳光也是恬静的。坐在树下的阿德静悄悄的，他手里的几个泥人也像他一样闲适自在。似乎整个世界都被装在了一

212

扇透明的橱窗里面，只有她一个人心慌意乱地被关在外面，她进不去，别人也不出来。她无端地焦躁着恐惧着，走到了阿德身边。她俯视着阿德圆圆的脑袋，阿德却不抬头看她，还在专心地捏泥人。她在他对面蹲下来，问，你又在捏什么。阿德不说话，像是根本就没有看见她，只一下一下地捏手里那丑陋的泥人。她知道他又在捏那个死去的女人，女人都死了一年多了，居然还日日被一个傻子惦记着，光这点惦记也够她再活几次了。但让她真正愤怒的是，连一个傻子都有可惦记的人，她却没有。

孤独和嫉妒压在她身上，像一个陌生人的体重，她呼吸艰难，随手抓起地上的一个小泥人摆弄着，好像那小泥人会载着她浮上岸去。阿德忽然抬起头来大声对她说，你放下我妈妈。他的表情如此认真严肃，以至于让人怀疑手里捧着的真是他妈妈身上的一条肢体。她没有放下，眯着眼睛研究着他的表情，一个字一个字地说，原来这系（是）你妈妈啊。阿德脸涨得通红，像愤怒的公牛一样向她扑过来抢泥人，她拿着泥人往后躲，两个人摔倒在地上，泥人碎了。阿德坐在地上，两只嘴角开始向下弯去，马上就要折了似的。他开始流泪。

采采看着他，先是摇了摇头咂了咂嘴，然后又叹了一口气，你这傻子，你以后可怎么活啊，等那老东西死了你可怎么活啊。到时候你怕连口饭都吃不上啊，你说你总不能去讨饭吧。我也可怜，可是我和你不一样，我本来是能考上大学的，以前我们学校的老师都这么说我，可是他们不让我上学了，让我给他们省钱给他们省粮食，觉得我就是个累赘。我敢保证，不出两年，他们肯定要把我嫁掉，把我嫁了就不用吃他们的饭了。我嫁出去也就算了，可是你呢，傻子，谁愿意嫁给你啊，老东西再疼你也不能一辈子守着你，到时候你可怎么办啊。阿德仍然泪流不止，一副悲痛欲绝的样子。她抬头看看树梢上的阳光，有些着急了，她怕两个下地的女人快回来了，回来了看见惹哭了阿德免不了又要打她一顿。

她皮笑肉不笑地哄他，阿德，我再给你捏个泥人好不好，我给你捏个妈妈。阿德不理她，继续号哭。她看着地上的泥土忽然心里一动，她舔舔嘴唇，声音略有异样地对阿德又说，阿德，你真想见到你妈妈吗？果然，阿德的哭声猛然止住了，他的两颗眼珠子还泡在泪光里，却忽然亮了一下，就像被什么隐秘的东西忽然照亮了。她指了指地上的泥土，试探着看着他，说，她就在这下面。

阿德说话了，语气急切，她系（是）在下面睡觉吗？她忽然一笑，不，她不是在睡觉。她只是在下面的那个世界里，我们的世界只不过是一个世界，下面，就在这土里还有好几层世界，每一层世界里都有一个地王。我见过他们，就在地王图里，过年的时候就会在祠堂里挂出来。他们和我们一样，每天也在吃饭睡觉干活，他们也有钱花有饭吃，他们什么都不缺的。你妈妈她就在那个世界里，因为不在一个世界里所以你看不到她。可是不管你看到看不到她，她都在那里。

　　阿德身体前倾，好像要把他整个人都送过来了。他说，那我什么系（时）候能见到她啊。她邪邪地安静了一下，然后她看着他的眼睛诡谲地笑了，只有等你死了的时候才能见到她，等你死了你就和她团圆了。阿德崇拜地看着她，那怎么才能洗（死）了啊。

　　阳光透过树梢明明灭灭地落在了采采脸上，光影在她脸上筑起了一种时空的错觉，仿佛她正迅速向一个神秘的隧道深处退去。她的声音也是从那隧道深处浮上来的，诡异幽暗，死的办法太多了，只要你想死就能死，可以上吊可以投井，还可以像这样。说着，她忽然从幽深的隧道里伸出了两只手，渐渐合拢到阿德的喉咙上。就是这样一个傻子也有人不要命地爱他。她却没有，没有。那两只手往紧里一收。阿德被卡住脖子开始剧烈地咳嗽，那两只手忽然松开了，她整个人从隧道里跌落了出来，她浑身发着抖抱住了阿德，她一边剧烈打战一边说，对不起对不起，我不是故意的，你这可怜的傻子，我只是在和你开玩笑，姐姐在和你玩呢。

　　阿德听不见她说话，他一边红着脸剧烈咳嗽一边又开始号哭，他大声地抽泣着，一声比一声响亮。阳光已经爬到头顶了，正午了，两个女人马上就要从地里回来了。采采脸色苍白地看着阿德，她开始感觉到恐惧了。她想把他那张开的嘴堵上，可她知道那样他只会哭得更厉害。忽然她像想起了什么，她站起来迅速抱起阿德，阿德反抗着，要从她怀里跳下去。她蛮横地抓起他的一只手，迅速塞进了自己的衣服里，把那只手放在了自己一只刚刚开始发育的乳房上。她说，你摸摸，你不是摸摸你奶奶的乳房就不哭了吗？你摸我的好不好。

　　那只小乳房塞到阿德手里的瞬间，他的哭声戛然而止。他不再哭泣也不再挣扎，整个人忽然变得异样的宁静，好像她正抱着一抔柔静的光线。他久久地靠在她怀里，不说话也不动，眼睛里还包着两滴泪，却不往下落。他那只捏过泥巴的手还在那只乳房上摸索着，她像个母亲一样紧紧抱着他，把他的脸贴在她的脸上。正午的阳光从头顶落下一束，把他们包进去了，他们仿佛正躺在这世界的心脏里。都安全了。

她像刚跋涉了很多路一样，喘着气在椅子上坐定，怀里仍然抱着睡着的阿德。她把他那只手从她衣服里撤了出来，完好无损地放在了他自己身上。她刚坐好，院门从外面开了，白氏和母亲相继出现在门口。两个女人吃惊地看着树下的两个小孩。

自此，阿德成了采采的门客，一刻不见她便满院子寻找，姐姐呢，姐姐呢。采采头一次被人这样需要，厌烦之中不乏得意，出出进进地答应着他，以显示自己在这个家里头一次被需要了。两个女人都不在的时候，她就带着阿德在院子里的一亩三分地里捏泥人捉蝴蝶采喇叭花贴在他额头上。阿德乐不思蜀，和白氏倒是疏远了些。白氏替阿德平白得了采采不少爱，像负债了一般，心里愧疚。再加上觉得儿媳从没给过采采多少爱，自己当然也没有，现在倒像所有人都在采采面前债台高筑了一样。她便开始主动向采采示好，煮几个玉米送给采采一个，烤个红薯也递给采采一个，甚至还当着儿媳的面塞给采采几块零花钱。采采接过钱接过吃食的时候并不看她，只是拼命把鼻子皱起来，皱得高耸在脸上，好把眼睛压下去，似乎这样别人就看不见她的目光了。她给她什么她都不拒绝，仿佛她是一只摆在路边的大邮筒，别人可以随便往里塞信件。

儿媳看在眼里，脸上的霜气又重了一层。本来她就心里有气，自打采采气跑了永泰，她这第二任男人就基本不回家了，除非过年。她好不容易从前夫的凶暴下逃出来逃到这里，却又入虎口，一不小心做了活寡妇。她怀疑永泰是不是在外面已经和什么女人开始搭伙过日子了，听说但凡常年在外打工的男人都会找个女人同居，俗称打伙计，虽不会结婚但和夫妻也没什么区别。她白天晚上地被闲置着，身体里早就长满了荒草。有心再离一次婚吧，这油瓶采采肯定还要拖过去的，她可以再光脚跑二十里山路跟过去，反正她娴熟得很。拖个油瓶，这又大大降了她的身价。这十三四岁的姑娘喂又喂不熟，嫁又不能嫁，又不能放出山外去挣钱，一放出去估计就只能卖淫了，想上学又没钱供她，何况她自身尚且难保。这时候又见这采采忽然做了叛徒，一夜之间投诚到对面的部队里去了。她有意惩罚她，便对她愈加冷淡，出出进进好像她只是这屋里的一口空气。有她不多没她不少。

采采自然感觉到了，为了把这惩罚以更大的力度反掷向母亲，她加倍讨好对面的老女人和小傻子。她殷勤地帮着白氏干活，忙前忙后。只是在无人处，她便诡异而悲伤地独自微笑起来，如漫天大雪下唯一的夜行人。

白氏对采采的表现很满意，作为奖赏，她还带着采采和阿德一起去喂鲇鱼。这个黄昏，夕阳壮硕如血，洒满了丘壑纵横的吕梁山，连鲇鱼们的身上都闪烁着珠玉的光泽。采采一边看她喂鱼，一边问，你自己都不舍得吃，怎么尽把省下来的吃的都喂了这些鱼啊。白氏看着这些前呼后拥向她游过来的鱼说，也不知怎的，我就是可怜它们。自打它们来了这水暖村，就住在这粪池里。我这辈子没有出过水暖村，没坐过汽车火车，不知道外面是什么样子的，我就是觉得要是它们能生活在别处的大池塘里，到处是干净的水，该多享福。

白氏和儿媳下地干活的时候，采采就带着阿德满山乱跑，跑一圈又绕进水暖村的坟地里去了。村里人在这个山头上立着就能看见对面的坟地里飘荡着两个幽灵般的影子，不过没人奇怪，还能有谁，肯定是傻子阿德呗。只是，他现在势力壮大，后面又跟了一个疯女子采采。那女子，真吓人，年纪不大但见个男人就想往上贴。男人们一边咂嘴一边两眼放光，仿佛刚刚被采采的小乳房贴过。

采采和阿德在坟地里发明了一种游戏。他们找到了一个废弃的坟坑，这个坟坑不知道为什么被废弃了，就剩下一个荒凉的长方形大坑，刚好能躺进一个人去。阿德先躺了进去，他闭着眼睛躺了一会儿，忽然睁开眼睛说，我见到我妈妈了，她就在下面，她离我好近。他翻身起来开始用两只手在地里乱刨，似乎急于要挖出一个母亲来，因为找不到他更着急了，两只腿也开始跟着乱刨，他像只豪猪一样四肢拼命地在土里刨动，如沉在了一个很深的梦魇中。渐渐地，梦魇抽身离去了，剩下了阿德的躯体躺在坟坑的底部。他不再动了，静静地睁开了眼睛，看着头顶上的天空。他的眼睛像刚被过滤过一般，纯粹安详，好像把整块蓝天都装进去了。在那一瞬间，傻子阿德看起来像个天上来的圣徒，周身散发着一种静谧的华美。连坐在一边旁观的采采也看得呆住了。

然后，采采把阿德拉上来，自己跳下去，躺在了坑底。躺了一会儿，她突然唤阿德，阿德，要不你就把我埋在这里吧，我觉得活着真没有什么意思。阿德呆呆站着看着她，她躺在那里忽然流泪了，你真的把我埋了吧，我要让她们后悔。我有个亲妈却连你都不如，你妈就是死了她也爱你，可是没有人爱我，连我妈都不爱我。我恨不得能和你换过来。你说我要是死了她会不会哭？我活着就是别人一个累赘，所有人都恨不得我能死。可是我死了就再也回不来了，你妈妈也不在下面，阿德，我都是骗你的，人埋到土里就烂掉了，最后烂成了一把骨头。地下没有什么地王，也没有那十层世界。好人不会上天堂，坏人也不会下地狱，人无处可去，死了就只是一把骨头。

阿德脸色惨白地看着她，怔了片刻，他忽然咆哮着跳了下去，正好砸在她身上，他一边用手拼命挖土，一边号哭，你骗我你骗我，我妈妈就在下面，我能看见她的。他的手指开始往出流血，他还在不顾一切地刨土，要把他母亲刨出来。采采慌忙爬起来，抱住了阿德，他使劲挣脱了她继续刨，采采害怕了，从后面又一次抱死了他，她气喘吁吁地说，是我骗你，阿德，你妈妈就在下面，下面有好多好多人正看着我们，我们看不见他们可他们能看见我们，地下真的有十层世界，每个世界里有一个地王管着他们，所有的人死后都会去那里，所有的人死了都会再次相见的，你一定会见到你妈妈的。

阿德的疯狂动作终于停住了，他指头流血开始大声哭泣。她也开始哽咽，便更紧地把他抱在了怀里。他顺从地把头抵住她的下巴，把自己整个人靠在了她的怀里。她抓起了他的一只手，然后，那只手熟练地伸进了她的衣服，放在了她的那只乳房上。他们都没有发出一点声音，两个人就那么静静地抱在坑底。在他们头顶上是一片切下来的四角天空，小心翼翼蓝如水晶。

七

深秋到了，整个吕梁山染成了剔透的金色。金色的玉米穗一串一串挂在枣树上墙头上，窑洞前后金色的葵花垂着大脑袋在秋风中站着。柿子像着了火一样把整棵树都点着了。秋风过处红枣落了一地，叮叮当当地砸着人们的头，小孩子们雀跃着跑过去抢着捡地上的红枣。没有红的青枣就放在火里烧，不一会儿空气里就溢满了甜腻的枣香。这和吕梁山里的每一个秋天都没什么不同，唯一不同的是这个秋天又有哪个小孩子出生了，哪个老人死了。

就是这个秋天，铁人白氏忽然感到时常胸闷气短，干活干着干着就会忽然觉得天旋地转，眼前的黄土融化成了一截一截，踩上去一脚都是软的。她只能坐在地边的石头上先歇息一番再继续。腰腹间经年积攒下来的脂肪像秤砣一样把她压在石头上，又松又老的乳房在胸脯上流着，流到了臃肿的小腹上，合为一体。隔着衣服看上去只看到那里像小山一样隆着一堆肉，她的目光跨过这堆肉只能看到自己下面的脚尖。她心想，一辈子吃土豆莜面，也凭空长出这么多肉来，简直是无本生利。歇息半天，刚一站起来又是一阵眩晕，她扶着石头悲伤地想，怕是得给自己准备一口棺材了，说不来哪天摔倒就再爬不起来了。村里每年冬天都有这样的老人，不小心摔倒在雪地里，摔倒了就再也没爬起来过。还有一个老太太摔得太用力了些，连眼珠子都摔出去了一只，四处找也没找到。下葬的时候只好在她眼窝里安了一只小孩子们玩的彩色玻璃球，老太太带着一只五光十色的玻璃眼珠入了土。

白氏唯恐自己死了没处搁，赶紧快马加鞭找了个邻村的木匠来给她割棺材。眼看着就要天冷了，一下雪就没法做木工活了。老木匠带着一个打下手的小木匠来了，住在旁边一口废弃的窑洞里，白天父子俩来白氏院子里做棺材，晚上回破窑洞里一窝，连灯都不用点，光一点月光就够用了。白氏从地里回来就抱着阿德坐在一边专心看他们做棺材，棺材的雏形已经出来了，四块板往起一合，一个留给她躺的地方已经长出骨骼了，再过几天它就会连血肉都长出来，就差她往里这一躺了。随着棺材一天天变真实了，她心里的那点恐惧也一天天变具体了。似乎是一个人已经能数到自己的阳寿了，知道自己哪天钻进那口棺材毕竟也不是什么好事，觉得背上瘆得慌，阴惨惨的。

按照村里的规矩，她还得给自己留一张遗像。等人死了再留就来不及了，村里的老人一辈子不见得照过一张相，但都要趁还活着还能走路的时候赶紧给自己留一张遗像。有个走街串巷的摄影师隔阵子就光顾一次水暖村，看近来可有快要死的老人照相。老人们一见摄影师来，就穿着自己平生最好的衣服，挂着拐杖前去村口照遗像。摄影师在村口挂好布景，布景上是粗糙的青山绿水，绿得喜气洋洋，人一走过去溅得人身上四处都是。摄影师知道黄土高原上的老人们一辈子抬头低头见的都是黄土，就是死了也还是和黄土打交道，便在遗像里替他们恶补一番青山绿水。他不厌其烦地摆弄着老人们僵硬的脸，好，稍微笑一下，好，把头稍微侧一侧，好，看前面。好嘞，大爷大婶包你满意，快拿回家挂在墙上吧。

是呵，挂在墙上随死随用，倒是方便。老人们把遗像拿回家挂在墙上，终日与死后的自己对视着，死后的自己穿红戴绿，背景是一片辉煌的青山绿水，不知底细的还以为老人正在遥远的南国旅游呢。

棺材越是接近竣工，白氏便越是有了身临其境的悲伤，这种悲伤越来越逼真了，仿佛她马上就要穿戴好躺进这匣子里了，可是，她不能把阿德带走啊。她忽然就落下泪来，她说，阿德啊，我要是哪天死了你可怎么活啊。阿德伸着舌头说，奶奶你也要洗（死）了吗？白氏悲伤地点点头，人都要死的，但是有人死得早有人死得晚。别人都说死了谁苦了谁，我倒觉得苦了的是活着的人，人死了就什么都不会觉得了，连活人哭不哭都不知道了。只是可怜阿德你啊，早早没了妈，你那老子又一年到头不回家来。阿德眼睛亮了一下，奶奶，你洗（死）了系（是）不系（是）就能见到妈妈了？又是他那母亲，她吼道，不许老提你那死去的妈。

阿德不敢说话了，两只嘴角又开始往下掰，眼睛里浮出了一层水光。白氏叹了口气，一只手放在他额头上抚摸着，以一种从没有过的悲伤看着他说，阿德啊，要是有一天奶奶死了，你也会这样想奶奶吗？阿德不说话，那层水光破了，泪水又纷纷扬扬挂了一脸。她抱住他说，你这孩子真没出息，这么爱哭，以后可怎么活啊，有人欺负你可怎么办啊。我哪天入了土还有谁会管你。

要给棺材上漆了，白氏选了一款轰轰烈烈的大红色，似乎不选这等酷烈的红便不足以对得起这蝼蚁般的猥琐一世，从生到死总应该嚣张一次吧。就算这不过是个盛死人的匣子，也应该搞得像嫁妆一样艳丽。然后小木匠在棺材上面描金画漆，应白氏的要求，他在上面画了蟠桃盛会，三打白骨精，猪八戒背媳妇，画了各色花卉，各种时令水果。生前没吃过没见过的她都让他往上画，一时，棺材盒子被她装饰得像个龙宫宝殿似的，金碧辉煌。

白氏连日沉浸在棺材的巨大气场中，遐想着死后的坦途，这一日忽然抬头猛然发现眼前站着一个端庄安静的姑娘，她竟吓了一跳。仔细一看，不过就是采采，正站在那里看小木匠上漆。可是她却一定觉得哪里不对，在她抬头看到她的那一瞬间，她觉得采采分明脱胎换骨成另外一个人了，就像是另外一个人披着采采的皮囊站在那里，她看着她的目光，也不是采采的。有一种静态的美丽像雪花一样正落在她的眉梢和眼角，散发出一缕绝细的幽香。这姑娘又要摇身变成什么，她一直都有着她危险的变幻。

一连几日，采采都这样文静舒雅地站在一边看小木匠干活，给他端茶倒水，中午又把饭给他送过来。小木匠眉目清秀，但有些木头木脑，始终没有抬起头看采采一眼，眼睛只是寸步不离地盯着那棺材。不只是和小木匠，就连和旁人说话采采也忽然变得细声细气，好像周围都是正在睡觉的人，怕不小心就把别人吵醒了。她一旦温柔贤淑下来也让人觉得妖气森森，觉得还是哪里不对。白氏终于发现了，采采无论在做什么无论和谁说话的时候，都把眼角空出来，拴在小木匠身上。那点眼风真是风摇影动沙沙作响。白氏恍然明白，采采这是看上小木匠了。

采采这边磨刀霍霍随时都能摆出以身相许的架势了，小木匠那边还是罗汉之躯，百毒不侵，或许人家早看出采采不对劲，许是个花痴？避之不及。白氏在一旁看得心痛。白氏真有心一把把她从小木匠身边拉开，不要让她再像一条小狗一样围着那男子摇尾乞怜了。可是她以后呢？现在她便可一眼看到她的以后了，无非是哪个男人给她一点真的假的疼惜她便跟了他，只求对方对她有一星半点的好，她便不惜粉身碎骨。想到这里，白氏眼圈发潮，恨不得赶紧把这小木匠打发走。

又过了几日，棺材终于完工了。白氏二话不说，付了工钱赶紧打发木匠走人。小木匠收拾东西往出走的时候，采采失魂落魄地跟在后面，却不说一句话。事实上，从头到尾，她都没有和小木匠说过一个字。这一个字自然是再没有机会说出来了。小木匠挑着东西就往出走，并没有回头，采采眼睛发直，就要追出去。白氏迅速把院门关上，把自己庞大的身躯堵在了那里，挡住了采采的去路。采采直着眼睛盯着白氏庞大的身体，仿佛不认识那是什么，她神情呆滞，似乎想把目光一寸一寸钉到这庞然大物里。

白氏一动不动，过了半天，采采忽然苏醒，她仿佛终于认清这眼前的城垛是什么了。她看着白氏忽然邪恶地一笑，鼻子又皱了起来，她皱了几皱，终于开口了，棺材都做好了，你还不进去啊。白氏见她皱起鼻子，情知她缓过来了，心里松了口气，嘴上却天寒地冻地说，不劳你操心，什么时候进去是我的事。倒是你自个小心别被人拐跑了，又被人当脚下的一坨泥来踩。

采采脸色惨白，却故意把小胸脯高高挺起来，斜睨着白氏说，我就愿意，你管得着吗。说完她开始在院子里出出进进地高声唱歌，以显示她毫不悲伤。她声音打战，简直像只生物钟紊乱了的公鸡。白氏看着她薄薄的背影偷偷笑了。

第一场大雪下来了。冬至了，岁尾一天天逼近了。晾好的棺材已经被抬进了窑洞，窑洞里黑黢黢的，几件破旧的家具也早已辨认不出颜色，这艳丽的棺材往屋里一放，简直让整间屋子蓬荜生辉。棺材上还画满了大大小小的传说，坐在炕上看过去简直有看戏台的效果，猪八戒和白娘子都从棺材板上走了下来，在这幽暗的窑洞里为这祖孙俩轰然开放。

棺材虽说艳丽，但散发出的邪气还是让阿德有些害怕，他说，奶奶，这系（是）什么？白氏说，人死了就要睡进去，就是死了睡觉的地方。阿德啊，要是奶奶有一天睡进去了，你可不要哭啊。阿德说，你要睡在里面我也睡在里面。白氏抱住阿德不再说话。黄昏已至，窗外的大雪还在下，整个水暖村都被大雪盖住了，陷入了一种很深很静的睡眠。炉子里的红色火苗劈啪作响，散发着柏木的清香。窑里的一切在火光下都长出了一层虚弱的庞大的影子，像森林一样长在一起，包裹着炕上的祖孙俩。

虽然给永泰去了两封信催他回家过年，但永泰只寄回来一点钱还有一封信，说只要采采还在，他就不回去丢人现眼。儿媳读了信之后连声冷笑，她高声说，估计他在外面已经有人了吧，要不怎么连过年都不回来一趟。看来这婚不离是不行了，还是离吧。你，也该满意了吧？说完，她对采采一勾下巴，好像在欣赏采采的功德。她以一种全新的目光打量着她，似乎今天才头一次发现了这个人，原来是长这个样子。她自然更无法相信这是她生下来的。采采则很投入地玩着自己的一只指头，眼睛盯着那指头一语不发，任凭母亲的目光把她剥来剥去，她坐在那里岿然不动。

窑洞里摆着一个老式座钟，时钟嘀嗒着像斧头一样凌空向她们砍下来。白氏坐在那里觉得身上无端地被砍了几刀。她忽然开口，想离就离了吧，大不了他再娶第三个老婆，你再嫁第三个男人，再多一个也不多。儿媳霍地蹦起来，还没来得及说话又被白氏堵回去了，白氏看了采采一眼说，至于这拖油瓶，估计你再带走还是嫌累赘，又要坏了你的好事。你不想带走就给我留下吧，我养一个是养，养两个也是养，就是多一口饭的问题，只要我不死就饿不死她。

儿媳和采采同时回过头，像不认识一样惊讶地看着白氏。白氏并不看她们，用指头抖了抖衣服上的灰尘，她腹部的赘肉连同衣服一起抖动着，那些灰尘则像小鱼一样游进了周围的空气。

八

数九寒天到了。这时候已经到腊月二十三了，水暖村家家户户在灶台上摆上糖瓜祭拜灶王爷，好封住他的嘴让他上天言好事。还有的人家在一旁摆上两颗鸡蛋，这鸡蛋是给黄鼠狼和狐狸的零食，因为它们是灶王爷的部下，不能不打点一下。二十三一过，年味就越来越重，人们忙着扫舍，忙着贴年画，忙着蒸馍馍，忙着杀猪炸肉丸子，忙着把粪坑敲开把丰收的鲇鱼捞出一头宰了吃。

人们年复一年地按一个程序往前折腾，人在世上一共也不过几十年，却纷纷感觉被这年关岁尾蹂躏了两百次不止。实在是因为无处上岸。人们已经不再去指望，哪天早晨醒来时，摆在他们面前的日子会摇身一变，变得晶莹发亮变成另一样东西。他们知道，唯一的变化无非是从这个山头挪到对面那个山头上去。

蹦跶了几日蹦过除夕，大年初一这一天人们口袋里装着瓜子花生倾巢而出，坐在别人家的炕上嗑着瓜子说三道四，仿佛把整个水暖村的历史都坐拥在自己屁股下面了。白氏接待着前来拜访的老妇人们，一面晃着肥乳哈哈大笑一面却如惊弓之鸟般提防着她们，往日她们来了又走了，这窑里就必定要少几样东西，被她们顺便摸走了。

儿媳更忙，她要趁此佳节拜访村里村外的媒婆们，她得赶紧行动给自己找好下家了，手中有粮才能心中不慌。于是，采采便带着阿德漫山遍野地跑，她带着他去村里的地王殿看热闹。这时候已经黄昏了，地王殿里人迹罕至，只有香火缭绕，大殿已经很旧了，光线幽暗，在清冷的冬日里显得愈发阴气森森。采采指着墙上的壁画里那些大大小小的人，神秘地说，你看，人们死了就到这了。他们在那里也要结婚也要种地，和活人也差不多。阿德瞪大眼睛盯着壁画，忽然问，我妈妈系（是）哪个，她在哪里？采采站在幽暗的光线里，带着掌握人物生死大权的得意说，那只有你自己去了那里才能知道了，我又不知道她长什么样子。

天色越来越暗了，地王殿里没有点灯，愈加鬼影幢幢。采采和阿德面目模糊地站在那里，心里忽然都生出了些恐惧，似乎误闯进了什么非人间的地方。采采说，阿德我们回家吧。阿德带着哭腔说，不，我想看到妈妈。采采忽然大声尖叫起来，你这傻子，我都是骗你的，根本就没有地狱，人死了就是从这个世界上消失了，烂了。你永远永远都见不到你妈了，可是你见不到她你也不可怜，因为有人把你这傻子当成宝一样。她顿了顿，声音忽然低下去了，阿德，等春天我妈再嫁人了，我就又得跟她走了，我也不知道我会去哪里。你还有奶奶。你奶奶，她其实是个好人。

天黑了，有人开始放鞭炮，整个村子欢呼雀跃着亮如白昼。在转瞬即逝的光亮中，一大一小两个孩子拉着手穿过去了。鞭炮的光芒把他们的长长的影子投在了夜幕中，电影似的。

惊蛰了，百虫苏醒，土地解冻。又一年的农事要开始了。儿媳已经成功地找好了下家，是个五十多岁的老光棍，除了知道像牛一样往死里干活别的都不知道。儿媳和老光棍经过一番谈判，谈妥了条件，她虽是第三次出嫁了那也还是要待价而沽的。她的要求是得带着女儿嫁过去。老光棍打了打算盘最后答应了，拖个十四岁的闺女过来也好，一过来就能干活，起码不用白养。

眼看着儿媳即将从她眼皮底下再次出嫁，白氏嘴上不说什么，脸色却是不大好看的。好在春耕开始，地里的活占掉了她的大部分精力，她也就早出晚归忙着耕地，婆媳尽量躲着不见。这一天，快到中午了，白氏忽然觉得有些头晕，但还是决定把剩下的一垄地耕完。她再一次弯下腰的时候，忽然就觉得全身的血都涌到头部了，血液就像洪水决堤一样凶狠野蛮地冲了过来，她整个人被冲刷着再也站立不稳。白氏肥硕的身体轰然倒塌在地头。

等人们发现了把她抬回去的时候，她稍微还有些意识，但是已经不能说话了，身体有半边不能动了，那只僵硬的手和那只僵硬的脚好像忽然和她已经没有关系了，它们只是苍白地呆滞地躺在那里一动不动。人们心里想，这是脑中风了吧，估计也活不了两天了。人们又瞥见了摆在窑里的那口艳丽的棺材，想，老寡妇还真有先见之明，这棺材做好没几天就要派上用场了。

儿媳不在家，睡到老光棍家里去了。夜深了，昏暗的灯光下只有采采和阿德守在白氏跟前。她已经喝不下一口水了，眼睛只能勉强睁开一点。阿德哭累了，趴在炕沿上睡着了。这时躺在炕上的白氏忽然颤巍巍地抬起了那只尚且能动的手，她费力地睁着眼睛却扭不动脖子，只好拼命斜视着采采。她太用力了。以至于眼珠子都要掉出来了。然后，她把自己那只手放在了采采的手上，采采没有挪开，一直静静地看着她。她用尽全力握着采采那只手，斜着眼睛一眨不眨地看着她，有两行泪无声无息地从她的眼角滚落下来。却没有说出一个字。

白氏不吃不喝两天了，她两天没有一滴尿，两天之后忽然尿在了褥子上，尿出来的却是血。儿媳加快了出嫁的进度，她要赶着在白氏咽气之前出嫁，否则还得守孝。两个人像赛跑似的，不知道到底谁要跑到前面。

这个晚上，白氏用那只尚能动的手紧紧抓着阿德的一只手，阿德已经睡着了。采采缩在墙角里也睡着了。等到天亮她睁开眼睛的时候，她忽然感到这窑洞里分外清冷，就好像忽然少了一个人一样。她朝炕上看去，那一大一小两个人都还在。阿德还趴在炕沿上没有醒来，他那只手还在白氏手里。她无端地觉得恐惧，颤巍巍地走到了他们跟前，白氏一动不动地躺在那里，眼睛半闭着，露出了一线纹丝不动的眼珠子。她后退了一步，然后把自己的手放在了白氏的那只手上。那只手已经僵硬了。

白氏被水暖村的人装进了那口艳丽的红棺材里，连同她生前用过的那把破木梳，她陪嫁过来的那个锈迹斑斑的梳妆盒都被一起装进了棺材里。下葬这天，选了八条汉子抬着白氏的棺材向着对面的西山头走去。采采拉着阿德的手夹在人群里，跟着人群爬上对面的山头，他们亲眼看着红色的棺材慢慢被土埋了起来，直到最后，白氏变成了坟地里一座崭新的坟墓，站在一群肥肥瘦瘦的坟墓中间，宛如刚回到了自己家里。从坟地回来，为了纪念白氏喂养鲇鱼的功德，村人们把粪池里的所有鲇鱼都捞了出来，宰了，用杀猪锅煮了满满一大锅雪白的鱼汤，在这东山头上全村人围着热气腾腾的大铁锅美美吃了一顿鱼宴。吃完鱼宴，天已经黑下来了，于是人们再次向坟地出发，该给死去的人烧夜纸了。

就着月光，人们跪在白氏的坟前烧纸，一边烧一边把酒倒上去，就算白氏喝过这酒了。酒一洒上去，火苗忽地变成鬼魅的蓝色跳了起来，这蓝色的火焰燃烧在每个人的脸上，眼睛里，看上去，好像从每个人的眼睛里都能达到地面下那个最深的虚无之处。最后火苗渐小，渐渐熄灭了，那一圈被点着的眼睛也跟着熄灭下去了。夜纸烧完，就等于把死人送到彼岸了，活着的人可以安心回自己家里睡觉了。散去的人心中也不免凄悯，这次他们送白氏，下次还不知道是谁送他们。

刚才人们聚精会神地烧纸，没有注意到这个夜晚，那两个小孩子都没有在坟地里。这个夜晚是采采早已谋划好的，在白氏临死前她就已经把这个夜晚谋划好了。那就是，等到村里人都去坟地里烧夜纸的时候，她偷偷潜进每一家的窑洞里翻箱倒柜，因为村里人没有锁门的习惯，都是邻居，锁门要被人笑话的。她在每一家的窑洞里都翻出了一点钱或者是一点她以为能卖钱的东西。她要凑点路费，她要带着阿德离开水暖村。她想好了，去了城里她可以打工，她什么都可以干，她可以赚钱，她可以一辈子去养活这个小傻子。

等到烧夜纸的人快要离开坟地的时候，她带着一个小包和一个手电筒来到坟地里找阿德，她知道他一定在坟地里。她左一声右一声地喊阿德，却没有人答应。人们都已经下山了，她更着急了，万一他们发现自己家里都被翻过了，肯定会想到她这里。她怕被人们听到了，便捏着嗓子唤阿德的名字，坟地里却静悄悄的。

忽然，采采像想到了什么，她浑身哆嗦了一下，然后深一脚浅一脚地朝着白氏的坟墓跑去。坟墓是白天刚刚垒起来的，扎在坟堆里看起来像个刚入校的新生，呆呆立在那里竟有几分羞涩。她拿手电筒往坟墓后面一照，果然看到了阿德。他看上去像鸵鸟一样把头扎进了白氏的坟堆里，只把半个身子露在外面。看样子他是先在这坟墓上刨出了一个洞，然后钻了进去，新坟的土很松软，就势把他半截身子埋进去了。她明白了，他是以为刨个洞钻进去就可以见到妈妈和白氏了。

她开始号啕大哭，一边号哭一边拼命用手刨开那些泥土，她要把阿德刨出来，她尖叫着，阿德，阿德，你说话，你说话啊。

可是，阿德只是静悄悄的，没有说话也没有动。他被她刨出来的脸上满是泥土，鼻孔里和嘴唇间都是泥。

她轰地跪倒在地，把整张脸都埋在泥土里久久啜泣着。雪一样的月光大片大片砸下来，盖住了人间这些大大小小的坟墓。

（原载《花城》2016年第2期）

错乱的影子（四幕话剧）

◎劳 马

剧中人物

堂吉诃德	桑丘·潘沙
女管家	外甥女
剃头匠	神父
陈教授	男研究生
女研究生	

第一幕

【研究生的讨论课堂。几张课桌，若干把折叠椅。五六个学生（有男有女）半围坐在教授身边。课桌上摆放着笔记本电脑】

陈教授：请各位稍等两分钟，我把电脑调一下，OK，搞定了（点一下鼠标或敲一下键盘，投影屏幕上出现剧名《错乱的影子——塞万提斯与堂吉诃德》）。好，各位同学，按照教学安排，我们今天将围绕塞万提斯与堂吉诃德之间的关系进行讨论。上一堂课，我已经做了布置，让各位查阅相关资料，尽量详细地了解塞万提斯的生平及其所处时代，也就是16至17世纪西班牙盛极而衰的历史背景和社会状况，同时还要重新细读塞万提斯的代表作《堂吉诃德》，并从文中寻找我们想得到的东西。好了，你们哪位先说！你，孙录，请把手机关掉，几乎每次上课，你总是低头玩手机！

同学甲：他呀，"低头族"的首领，就是个蜘蛛人，离开网就活不下去了！

孙录：少废话，我正"百度"呢，我上网是干正经事儿，哪像你成天裸聊！

陈教授：什么叫裸聊？

同学甲：别听这家伙胡咧咧，他是造谣公司的CEO，不编瞎话就不开口。裸聊嘛，就是跟裸官聊天的意思。您听说过裸官吧，陈老师？

陈教授：裸官我懂的，就是把老婆孩子统统送到国外去，只留下自己赤条条一个人专门为人民服务的官员。

同学甲：回答正确，陈老师，我就喜欢跟裸官们聊天，裸聊嘛，对吧！

孙录：瞧，我查到了，塞万提斯还娶了个比他小十八岁的美女呢，二奶吧？你看，这哥们儿可够潮的了，他当信差期间，勾搭上了有夫之妇安娜，还生下了一个女孩叫伊莎贝尔，虽然结了婚，新娘却不是安娜，而是这位小十八岁的小美眉卡塔林娜，太过分了吧，不带这样的。有句话咋说的，对，"麻子不叫麻子，叫坑人！"塞万提斯坑了安娜！

同学乙（女）：这种事情多了。我爸当年就是个邮递员，给人送信的。我妈当时有个男朋友，在外地工作，每天给她写封情书，天天不拉，整整写了两年。邮递员风雨无阻，每天都会把信送到我妈手里。我妈特感动，终于嫁给了那位送信的小伙子，就是现在的我爸。据我妈说，她原先那位男友可帅气了，人也很有才，比我爸强多了。可是她说"人怕见面，树怕剥皮"，写信代替不了见面，见过一次面，胜过百封信。所以说，网恋也要见面，网上彻夜裸聊不如面对面吃顿火锅！

同学甲：嘿嘿，没想到你还蛮有经验的嘛！

陈教授：好了，好了，跑题了，跑题了。这都哪儿跟哪儿呀，好，你先把手机收起来，你这叫临时抱佛脚，现学现卖，新娘都该上轿了，才想起来要扎耳朵眼儿，平时玩什么去了？我两周前就布置你们查资料了，现在才上网查，拉倒吧，你，回去后写个一万八千字的读书报告，下次上课交给我！

孙录：陈老师，您下手也太狠了吧？一万八千字？您干脆把我开除算啦！

陈老师：那你为什么不完成作业？这些天你忙什么去了，除非你能说出个令人信服的理由来，别说帮老太太过马路之类弱智的话。

孙录：我、我、我，我确实太忙了，没顾上准备课堂发言。我、我、我成天忙着给她（指了指身边的女同学），给她妈送信去了。

同学乙（女）：陈老师，您要是不管他，我可就动手啦！他还想学我爸，呸！

陈教授：好了，好了，两万四千字的读书报告，下周交。

孙录：别介呀，量刑也得有个标准吧？

陈教授：三万！

孙录：还是一万八吧，我求您啦！

陈教授：看在其他几位同学的面子上，就一万八千字。

同学众：（异口同声）我们不给他面子。

陈教授：那就看在塞万提斯的面子上。

孙录：谢谢老师，谢谢塞万提斯。

陈教授：话归正传，你（指同学丙）一直没吭声。就请你介绍一下塞万提斯的生平吧。

同学丙：好的，老师。我准备得也不充分，就知道多少说多少吧。（打开电脑，点击鼠标，屏幕上出现塞万提斯画像）

塞万提斯的家世和生活文字记载很少，许多研究者对此一筹莫展，因为他当时在文学圈里的名气并不大。只知道他生于1547年，主要生活在西班牙费利佩二世时期。

同学甲：他的父亲是个江湖医生，走街串巷，靠糊弄病人养家糊口，治死的人比救活的多。塞万提斯小时候随着父亲搬了几次家，没好好念书，却认识了很多不三不四的人。

同学乙（女）：是的，据说小塞万提斯经常与人打架，还跟人正儿八经地决斗了一次呢！你们知道吗，他和宫里的侍女丫头还搞了一场不光彩的恋爱，闹得沸沸扬扬的，没办法，跑到罗马躲了一年。

孙录：这你得详细给我讲讲，我就对这段感兴趣。

同学乙（女）：瞧你那点出息，也就知道这些。

同学丙：（点击鼠标，屏幕上变换出几张当年西班牙和罗马的街景画面）塞万提斯在罗马期间也不安分，耐不住安定的生活后来就应召入伍当了兵。

在勒邦德战役中，敌人的弯刀差一点要了他的命，最后他失去了左手，落下了终生残疾。所以，他有个绰号就叫"勒邦德残废"。

同学乙（女）：不对吧，有人说他的胳膊是与朋友打架时被砍掉的，还说他是个同性恋呢！

同学丙：你这种说法确实流传过，但大多数研究者认为这个传说不可信。

同学丁（女）：后来他好像让人当成奴隶卖来卖去。

同学丙：是的，战争结束后，他在回国途中遇上了摩尔海盗，被海盗抓走了，卖到了阿尔及尔做了奴隶。他父亲四处托人求情，花钱要把儿子赎回来，变卖了几乎所有家产，经过了整整五年时间，才把他弄了回来。

同学丙：是这样的，回来以后他一度无所事事，想在诗坛上一鸣惊人。废寝忘食写了不少诗歌，都反响平平。当时西班牙最有名气的大诗人和剧作家洛佩·德·维加直言不讳地说，最糟糕的诗人莫过于塞万提斯了！

他除了写一些拙劣的诗句外，还创作戏剧，一共写了三四十部剧本，但水平与其诗歌相比基本相当，无人喝彩！

同学乙（女）：就是在这个时候，他与一位比他小十八岁的女子结了婚。婚后感情并不热烈，两人分居生活，这就是为什么有人怀疑塞万提斯是个同性恋的主要原因。

同学丙：塞万提斯到了四十一岁，生活才有了转机。他谋了一份油水挺大的差事，在新组建的"无敌舰队"担任小军需官。不承想，当百余艘战舰浩浩荡荡驶向英吉利海峡时，突然狂风大作，巨浪滔天，无敌舰队还没看见敌人的踪影便不战而败。最可笑的是，几乎所有士兵，包括舰队总指挥，统统有晕船的毛病，吐得半死不活。

同学甲：据我所知，塞万提斯多次摊上官司，是法院和监狱里的常客。

同学丙：确实如此，塞万提斯在担任军需官和后来在格拉纳达省当过一段税收官期间，不知是因为自己疏忽大意，还是爱贪小便宜，反正账目不太清楚，有些款项说不清去向了，被关押了一阵子。他为此花费了大量时间调查取证，要为自己的清白讨个说法，最后终于洗清了自己贪污的罪名。

同学乙（女）：要是放在今天，塞万提斯就是只小苍蝇，差一点儿就成了腐败分子。幸亏他官当得小，而且任职时间短。

同学丙：哈哈，有道理。不过，丰富的阅历为他的文学创作提供了不可多得的鲜活素材。他的罪名虽然洗清了，但生活上很窘迫。所以，他打完了官司后，又开始写东西了，他为各种书籍写一种叫作格律体颂词，连妇产科的论文他也给写这类无聊的贺诗和祝词。他歌颂过国王、也赞美过他的死敌——当时的文坛巨匠洛佩·德·维加。总而言之，从他的诗歌和戏剧来看，他真不具备当作家的资格，除了他的勤奋和执着。

孙录：但他毕竟成了人类历史上最伟大的作家。过了四百年，2002年，全世界五十多个国家的一百位著名作家投票，选出人类最优秀的文学作品，塞万提斯的《堂吉诃德》以最多票数名列第一，把莎士比亚、荷马、托尔斯泰等甩在了后面。这荣誉来得也太迟了！

同学甲：你说的不对。其实，《堂吉诃德》当年一问世，就赢得了读者的普遍欢迎，反响十分强烈。

年近六十岁的塞万提斯本来已经垂垂老矣，却爆发出了前所未有的创造力。传说他在蹲监狱的时候，就开始动手写这部巨著了。书一出版，凡是读到的人，无不放声大笑。据说，那个时候，只要一听到有人哈哈大笑，就知道他准是在看《堂吉诃德》。

同学乙（女）：那个时代以戏剧为主，就像今天电影、电视最消磨人们的闲暇一样。人们对戏剧的狂热胜过一切娱乐艺术，作为一个剧作家生活在那个时代备受追捧和推崇。洛佩·德·维加就是当时的文学宠儿，绝对的明星大腕儿。《堂吉诃德》的问世，让塞万提斯名声大震，洛佩不排除心生忌恨，所以当别人争相传阅《堂吉诃德》并且边读边笑时，他却讲了些刺耳难听的话，说"没有比塞万提斯更糟糕的诗人，也没有哪个傻瓜会喜欢堂吉诃德。"这种强调不仅有失公允，而且显得很不厚道。他甚至在诗中嘲讽道：堂吉诃德不值一谈，光着屁股四处乱窜，只会贩卖低级笑料，丢进粪坑让它完蛋。

同学丙：看来世界上傻瓜占了绝大多数，因为几乎所有的人都迷上了《堂吉诃德》，这本书的诞生，让笑声走进了千家万户，而改变了只有喜剧演出才能逗人发笑的历史。一个人通过阅读独自发笑，这是塞万提斯的巨大贡献。再也不需要走进剧院，通过环境的营造以及喜剧演员和小丑们使出浑身解数的当众表演而随波逐流地集体哄笑了。

同学甲：所以，文艺复兴运动是用笑声开启的。拉伯雷的《巨人传》和塞万提斯的《堂吉诃德》的问世具有标志性意义，文学之笑的巨大力量推动了社会朝着自由与文明的方向加速前进。你们听听，我的结论多么富有感撼力！

孙录：拉倒吧，我看你比塞万提斯还搞笑，也算继承了堂吉诃德的某些愚蠢和低级趣味儿。

同学丙：你们先别相互挤对了，我还没说完呢！塞万提斯塑造的堂吉诃德之所以受到读者喜爱，除了时代因素外，还与当时的骑士小说风行有关。骑士小说一度十分流行，有点儿像前些年我们痴迷于武侠小说一样。盾牌、长矛、铁甲、头盔加上一匹骏马，骑士们四海为家、浪迹天涯、除暴安良、仗义行侠，让许多内心苦闷、生活压抑之人心驰神往。堂吉诃德就是常年埋头读这类虚妄的故事而沉迷其中无法自拔走火入魔了，分不清虚构与真实、梦境与现实之间的关系，所以才演绎了这么一出荒唐疯癫、匪夷所思的笑剧。

陈教授：诸位，听了你们的介绍，我觉得你们对作家和作品有了一定的了解，但这些认识还是非常表面的。我建议你们再从头到尾仔细阅读一遍《堂吉诃德》，并参考一下其他研究者的成果，深入地思考一下四百多年来这部书产生的影响，尤其是它作为世界文学经典的里程碑意义和由它带来的文学传统。每人自选题目，写一篇读书报告，字数不少于一万字，下次研讨课带来，再做深度讨论。

同学甲：天呢，又是一万字，太恐怖了。

同学乙（女）：崩溃！彻底崩溃！

孙录：塞万提斯啊塞万提斯，你干吗要写这本书呢？再说，你写得也太长了！

同学丙：老师，您就别让我们写读后感了，能不能变换一种方式呢？

陈教授：变换一种方式？什么方式，你说说看。

同学丙：比方说，我们几个试着把《堂吉诃德》搬上舞台，排演一出话剧怎么样？

孙录：谁？你说什么？要演堂吉诃德？就咱们几个？你是不是又把药停了？

同学丙：你才吃药呢！有什么呀，我自告奋勇，演男一号——堂吉诃德！演不好还不能演坏吗，说不定我还一举成名了呢！

孙录：嘿，哥们儿，你是不是《堂吉诃德》看多了，也跟那老傻瓜一样走火入魔了吧？还一举成名呢，就你那副长相，嗓子哑不拉叽的，连普通话都说不利索，还想演话剧，你说一遍"吃葡萄不吐葡萄皮儿，不吃葡萄倒吐葡萄皮儿"我听听，舌头打结了吧？整个就是中了堂吉诃德的邪气了，想出名想疯了。

同学甲：那正好嘛，你这一说我倒越端详越像，我看他行，既然像堂吉诃德，那就再合适不过了。你们瞧，这身板，这长相，这神态，还有这智商，披上铠甲、戴上头盔、端起长矛，活脱脱堂吉诃德再世嘛！

同学丙：（模仿堂吉诃德）等到有一天，记述我丰功伟绩的惊世传记出版的时候，毫无疑问，我那博学多才的传记作者，肯定会这样描绘我迎着第一缕曙光踏上冒险之途的：当英俊的阿波罗刚刚把自己那秀美的金发铺满广袤的大地，色彩绚丽的小鸟刚刚调弄琴弦般的舌头唱起柔美甜蜜的歌谣，大名鼎鼎威风凛凛的勇敢骑士拉曼查的堂吉诃德离开了温暖舒服的羽绒被窝，骑上犹如闪电般飞驰的宝马，开始在古老悠久闻名遐迩的蒙铁尔原野上漫游！

同学甲：行，还真行，基本上疯了！

同学丙：我的英雄壮举，应该镌刻于青铜、巨石和壁板之上，让后人敬仰缅怀永志不忘！你呀，有幸撰写堂吉诃德非凡历史的智慧大师啊，千万不要忘记写上陪着我一路奔波瘦骨嶙峋的骏马呀，它是我打遍天下完成宏伟大业的永恒伴侣啊！

孙录：别忘了，还有你臆想的梦中情人，那个女汉子杜尔西内娅呢！

同学丙：（将双手伸向天空）噢，杜尔西内娅公主啊，您主宰着我这颗已经被俘虏的心！您不准我一睹您的芳容，以此来疏远我、惩罚我，真让我痛不欲生。我的女神啊，求您垂怜我吧，让我做您的拖鞋，用您那娇嫩柔情的双脚不停地踩踏我，让我做您的口罩，时刻感受您芳香的呼吸，让我做您的内衣，永远贴在您的身上。我美丽绝伦举世无双的小心肝儿杜尔西内娅，千万别忘了这颗因为对您的痴情而日夜煎熬的赤诚之心吧！

同学甲：我的妈呀，太肉麻了，你最好做她的屁，让她放了算啦！鸡皮疙瘩撒落一地！赶紧打住吧！我让你的疯癫感动了，感动得裤子都湿了，我也自告奋勇扮演堂吉诃德的仆人随从，也就是那位桑丘·潘沙。

孙录：拉倒吧，演这个角色难度更大，非我莫属，有我老孙在，咋也轮不到你！

同学甲：桑丘虽说是一愚昧的农夫，他贪小便宜的背后有机智、率直、狡猾的一面，当代中国除了赵本山、潘长江之外，只有鄙人最适合担当这一角色了，你不行，从脚趾盖儿到头发丝儿找不出一点喜剧迹象。我给你派一角儿，保准适合你!

孙录:行啊,你说我演什么吧?

同学甲:你只能演桑丘·潘沙骑的那头毛驴了。我看你的身板还行,我骑着没问题。

孙录:什么,演驴?你也太过分了吧,我宁可去死!

同学甲:随便,那就演死驴!

孙录:还是你去死吧!

同学甲:那你演什么?就这么几个活物了,要不你就装成一块大石头,横在路边,一动不动。剩下的可就没什么好选择的了。唉,忘了,还有堂吉诃德朝思暮想的那位臆造美女杜尔西内娅,你演不演?

同学乙(女)、同学丁(女):(异口同声)那我们演什么?

孙录:那我还是装扮成毛驴吧,至少不用变性。

同学乙(女):我豁出去了,我来扮演杜尔西内娅!

同学丁(女):你用不着抢,没人和你争,我才不稀得这个角色呢,又丑陋又粗野又恶心!

同学甲:那你总得干点啥呀?不能就落下你一个当观众吧?

同学丁(女):我就假装是塞万提斯,站在一边鄙视你们的丑行,偶尔说几句尖酸刻薄的妙语格言。

陈教授:哈哈,这个角色还是我来合适,我也不能一点戏份都没有!

同学丁(女):那我就演塞万提斯夫人,站在陈老师身后给他扇扇子或捶捶背。

孙录:我早就看出她的狼子野心了,她是想给我们几个当师母啊!(笑)年龄差距大了点呢?

同学丁(女):才不大呢,年龄不是距离嘛!再说,塞万提斯的太太本来就比他小十八岁,我跟陈老师也差不多嘛!

【同学们一起拍掌笑,陈教授示意大家安静了】

陈教授说:打住,打住,这玩笑开大了!我赞同各位通过话剧的方式演绎和诠释堂吉诃德的某些片段,这个主意好!

文学经典的产生往往是建立在对以往经典的传承、翻新乃至颠覆的基础上的。这种传承、翻新和颠覆并不会对以往作品的生命力构成损害，反而能让它们获得新生。这就是文学的特殊性。文学不同于科学，文学是加法，是并存。如果没有哥伦布，迟早会有人发现美洲大陆，如果伽利略没有发现太阳黑子，后人也总会发现。但是，如果没有莎士比亚，谁会来写哈姆雷特呢？如果没有塞万提斯，世上就绝不会有《堂吉诃德》。有了《哈姆雷特》、有了《堂吉诃德》，当然也会有人重写，而这些重写不仅无损莎士比亚、塞万提斯的光辉，相反，却使他们得以重生，甚至让他们更加光芒四射！

　　同学甲：赞！

　　孙录：赞！赞！

　　其他几位同学：（齐声）赞！赞！赞！

　　陈教授：准备排练！下课！

　　【幕落】

第二幕

　　【堂吉诃德与桑丘·潘沙一前一后上，步履蹒跚，摇摇晃晃。堂吉诃德身着盔甲，腰插佩剑，手提长矛盾牌。桑丘衣衫褴褛，灰头土脸，挂着一根弯曲的树枝。桑丘气喘吁吁，无力地向前紧跑几步】

　　桑丘：主人啊，我尊贵的骑士大老爷，快停下来喘口气吧，累死我了！我的嗓眼儿已经窜出火苗啦，肚子空空如也，饿得我双腿酸软，两眼发黑，就像踩在棉花堆里一样！求求您啦，我的大老爷，我一步也走不动了，歇一会儿吧！

　　堂吉诃德：桑丘，你真是个没出息的胆小鬼，没有一点点英雄气概！你听，战鼓正在敲响，千军万马已朝我们奔涌而来，马蹄嗒嗒，战鼓咚咚，杀声震天。你看，桑丘，请往这边看，看见了吧，那边浓烟滚滚，尘土飞扬，一场恶战已经开始。我的上帝啊，感谢您给了我建功立业青史留名千载难逢的良机，噢，我心中苦苦思恋无与伦比的美女杜尔西内娅啊，我要呐喊三百遍我的心肝宝贝儿，为了您我举世无双的梦中情人，我粉身碎骨在所不惜！

　　桑丘：堂吉诃德先生，我的主人大老爷，您的疯病怎么又发作啦？刚才还好好的呢，您倒是睁大眼睛仔细看看，竖起耳朵好好听听，这荒山野岭，除了咱两个倒霉鬼，连只苍蝇都看不到，哪里来的千军万马？您的耳朵大概被狗屎堵住了，哪有什么鼓声杀声马蹄声，大白天说梦话嘛，真是见了鬼啦，您的脑袋里到底哪根筋又搭错了吗？

堂吉诃德：大胆蠢货，你竟敢说我的眼睛瞎了，耳朵被屎堵住了。看我怎么收拾你（他端起长矛刺向桑丘）。

桑丘：（东跑西躲）哎呀，哎呀呀，我的老爷，我错了，您就饶我一命吧，您把我刺死了，谁还跟随您侍奉您四处游荡，除暴安良！

堂吉诃德：（气呼呼地收起长矛）哼，你个卑鄙下流的小人，念在你往日的忠诚上，我姑且饶你一死！

桑丘：谢谢大侠，谢谢老爷！不过，我敢发誓，堂吉诃德老爷，您老人家的脑子肯定是出了毛病。我真受不了，这一路跟随您简直是倒了八辈子霉了，除了忍受饥渴，风餐露宿，还挨了不少揍。唉，怎么摊上这么个人，整天疯疯癫癫，装神弄鬼，一惊一乍的，什么狗屁游侠骑士，就是一个精神失常的疯子！

堂吉诃德：（找一块石头坐下，摘下破头盔）桑丘，你这个混账又在嘀嘀咕咕地说我什么坏话呢？小心我割下你的舌头！

桑丘：（冲观众做个鬼脸，吐吐舌头）哟，瞧您说的，我的大老爷。我哪敢说您的坏话呢？我正向我主上帝赞美您的英勇无畏和力大无比呢，我还默默地在心里向您日夜思念的世上独一无二的绝世美女杜尔西内娅小姐讲述您非凡超群的传奇呢！如果不是我亲眼所见，谁说我也不会相信的。

堂吉诃德：桑丘，我的朋友。尽管你是个下贱的农夫，但你有时还能说出一两句实话的。我一向反对任何形式的恭维，那会侮辱我纯洁的耳朵。不过，你刚才的话多少还沾点边儿。你说说看，我都做了什么伟大之举。

桑丘：哎哟，这些事情您已经问过我上百回了，我也重复回答上千遍了，我的嘴唇都磨出老茧了。不就是那些破事儿，不、不是破事儿，是名垂千古的英雄壮举吗？您就别让我啰唆了，我肚子饿得咕咕叫，身上没一处不疼的，您就开开恩吧，我的堂吉诃德大侠，您让我躺在这山坡上睡上一小觉吧！

堂吉诃德：不行，蠢货，你要不断地向世人讲述我的丰功伟绩，让他们永远铭记在心并以我为楷模和榜样！

桑丘：真倒霉，又得哄骗这个老疯子。是啊是啊，您的所作所为是千古未有的英雄壮举。您堂吉诃德先生饱读全天下所有的骑士小说，一直读到头脑发昏、精神失常、想入非非、走火入魔、神魂颠倒，痴迷沉醉于胡编乱造的虚幻世界之中，脑子里装满了从书中看到的什么魔法呀、挑战呀、对阵呀、斯杀呀、相思病呀、一见钟情呀、打家劫舍呀、英雄救美呀，尽是些不着边际的胡说八道！

堂吉诃德：你才胡说八道呢！你是个乡巴佬，一个大字都不识，根本无法领略骑士小说的奇妙和神秘。

桑丘：幸亏我不识字，才不至于落到您堂吉诃德大侠这个悲惨的地步！

堂吉诃德：桑丘，你是个不可救药的坏蛋！难道我的处境悲惨吗？我是功绩卓著举世闻名并将流芳百世的侠客骑士，没有谁的名声能超过我堂吉诃德！

桑丘：（做呕吐状）老爷，我能去吐一会儿吗？

堂吉诃德：咽下去，你这个信口雌黄的狗东西！你刚说过你腹中空空，有什么可吐的？

桑丘：我吐吐苦水呗！尊贵的主人，您老人家骂我不可救药，我倒觉得您无可救药了。打一开始，我就感觉不大对劲，可是我贪小便宜的毛病让我吃了大亏，遭了大罪。要不是您答应给我三头毛驴，吹嘘送我个海岛让我当岛主，我才不稀得跟您瞎折腾呢！算我蠢算我笨，可我不像您老人家疯得没边了！

堂吉诃德：放肆，我怎么疯了？真是个没大没小、不知尊卑的乡巴佬！

桑丘：我尊贵的堂吉诃德老爷，难道您还不够疯吗？瞧您这身装扮，现在谁还穿戴那种古老的玩意儿？

堂吉诃德：这是标准的骑士服装，你想穿还不够资格呢！

桑丘：谢天谢地，幸亏我不够资格！脑子但凡有点正常的人，谁往身上穿那套破烂！

堂吉诃德：住嘴！如果你再敢亵渎游侠骑士，小心我一剑砍下你的脑袋！我再说一遍，这套盔甲，是英勇骑士的象征！

桑丘：那是几百年前的事了，如今哪有什么骑士，我也再一次发誓，您彻底疯了！

堂吉诃德：浑蛋！你有眼不识英雄！

桑丘：什么英雄？天大的笑话！堂吉诃德先生，您想想看，从一出家门，这一路千辛万苦，您干了多少荒唐事情，除了胡闹和挨揍，您哪有什么英雄壮举？

堂吉诃德：胡说！我自踏上冒险之途，一路披荆斩棘，冲破艰难险阻，铲平人间坎坷，大战巨人强盗、破除魔法妖道，救助受难民众，件件可歌可颂，上帝也会为之感动，就连我的心中偶像杜尔西内娅小姐也将为我泪流满面。

桑丘：是的，堂吉诃德先生，就您干的那些蠢事儿，谁听了都会泪流满面。明明是一排排风车，您却当成了一个个巨人，端起长矛直冲过去，连人带马被风车卷到了半空，差一点把您的脑浆摔出来，犹如死人一般，吓死我啦！

堂吉诃德：征战之事，胜败无常。我猜想，事实上是那个掠走我书籍的魔鬼佛雷斯通，把那些巨人变成了风车，想骗过我的眼睛，最终被我识破，他的妖术不可能抵得住我这正义的利剑。

桑丘：真是白日说梦，哪有什么巨人，明明就是风车。

堂吉诃德：闭上你的臭嘴！你是一个肉眼凡胎俗不可耐的农夫，根本就不具备专业侠客的火眼金睛，看不出那风车就是巨人的化身。

桑丘：气死我了，我主上帝啊，您快让他醒醒吧。他满脑子里净是妖魔鬼怪、巨人强盗，把小猫看成老虎，把蚯蚓当成蟒蛇，把羊群看作军队，把村姑奉为公主，把黑袍的修士视为蒙面大盗，在他眼里，这世界完全是另一幅景象！

堂吉诃德：一个真正的骑士，能看到常人看不见的东西。

桑丘：算了吧，我的大老爷。您根本不是什么真正的骑士，顶多是个冒牌货，是旅店那个老板看您脑子不正常故意糊弄您，才照着您的古怪想法，封您个什么狗屁骑士！

堂吉诃德：大胆小人！如果你再敢胡说一句，我就敲碎你的脑壳！

桑丘：不说了，不说了，老爷，您别生气！您一生气，我就吓得浑身发抖屁滚尿流。堂吉诃德大侠，要我看，咱们歇一会儿，还是回家吧。您东奔西走打打杀杀，离家快一年了。骚扰了不少无辜之人，自己也挨了很多揍，我也跟着遭了冤枉罪，连我那头心爱的毛驴也让人偷走了。唉，它可是我的命根子，全家就指望那头驴了。

堂吉诃德：小人之见，胸无大志！我们不能回家，侠客骑士永远四海为家。天是房，地是床，哪里有不平，哪里就有我勇敢智慧，执侠仗义、大名鼎鼎的堂吉诃德!

桑丘:我看是哪里有您,哪里就有不平!我的老爷,我求求您可怜可怜我吧,毛驴我不要了行吗,您放我回去吧。回到家里,我还能陪老婆孩子说说话,至少不用每天担惊受怕了!

堂吉诃德:胆小鬼,没出息!我们要一路前行,建功立业,不能瞻前顾后无功而返!桑丘,你虽然是个无名之辈,但只要跟着我干,将来保你出人头地荣华富贵。实话跟你说吧,我出发前已经有大师高人替我看过了,你懂吗,就是给我算过命了。大师说我天生就是一副帝王相,你看出来了吧?

桑丘:说实话,老爷,我还真没看出来,我倒觉得您长了一副寒酸苦命相。

堂吉诃德:住嘴!你要相信大师的判断和预言。他告诉我,迟早有一天,我会成为大权在握的国王!到了那一天,你,我的随从,下流无能的桑丘,也将从我手中接过委任诏书,我将赏给你一个伯爵封号,再送你一个海岛,让你去当海岛的总督。

桑丘:太感谢您了,我的骑士大人!我就知道您不会亏待我的。老爷,您赐给我的岛子越大越好,多大的岛子我都能管好!

堂吉诃德:(无限深情地)到那时,我心中永远割舍不下的美貌赛过天仙的杜尔西内娅就会坐在王后的宝座上,每天温柔羞涩地依偎在国王,也就是我的怀抱中,含情脉脉地凝视着我英雄的脸庞。

桑丘:老爷,我又想吐了!

堂吉诃德:闭嘴!真扫兴,你还想不想当总督了?

桑丘:想、想、想,连做梦都想,可总做梦也不是那么回事呀,睡得再长也有醒来的时候。我的主人,您刚才说的有些不靠谱,恕我直言,有件事情,我一直想跟您说,又一直不敢说。嗯,请您不要听了我说的话就大打出手,我觉得吧,嗯,我还是别说了。

堂吉诃德:有话快说,有屁快放,别啰啰唆唆、吞吞吐吐。我饶你不死!有什么话,你就说吧!

桑丘:老爷,这可是您让我说的。我就实话实说了。我觉得您要是当了国王,千万不能娶杜尔西内娅小姐做王后!

堂吉诃德:为什么?

桑丘：这您还不明白？因为她太丑了，是个女人都比她好看。杜尔西内娅根本就不配用"小姐"两字称呼她。她比男人长得还壮，说起话来粗声大气，一脸横肉，浑身都是牛粪的臭味儿！

堂吉诃德：大胆奴仆，你太放肆了。竟然当着我的面，损毁我心目中圣洁无瑕、美艳无比的杜尔西内娅女神！她的芳容胜似春天绽放的鲜花。

桑丘：哟、哟、哟，我主上帝啊！就那副模样还女神呢，鲜花啊！我瞅一眼就后悔一辈子！

堂吉诃德：胡说！像你这种下里巴人根本无缘一睹她的芳颜。

桑丘：天呢，老爷的疯病又犯了！不就是杜尔西内娅小姐吗，她就住在我家的西头，与我那个破房子一墙之隔！每天低头不见抬头见的，躲都躲不开。她爹是个杀猪匠，有时也宰羊。您老人家朝思暮想的那位杜尔西内娅，从小就干粗活，她爸杀猪宰羊时她经常打个下手，帮助拽住尾巴按住蹄子。平常就待在牛栏猪圈里，出粪起肥、剪毛耙草，身上的膻臭味逆风能飘三里远！还小姐呢，娶她做王后，亏您想得出来。天下的美女比星星多，您娶谁都比她强一百倍！

堂吉诃德：浑蛋！住嘴！你要不想挨揍，就得脚底抹油！你毁了我的审美观，打烂了我深藏于心窝的偶像。我要一剑刺死你！

桑丘：（东躲西闪）老爷，大人，请息怒、请息怒！是您让我说真话的，您不能翻脸不认人呢！

堂吉诃德：（呼呼喘气）气死我啦，无赖、流氓！

【一剃头匠挑着担子上，头顶一个脸盆，桑丘慌忙躲到剃头匠的身后】

堂吉诃德：（停下脚步，紧盯剃头匠）站住！大胆妖孽，还不快快跪下投降！我明人不做暗事，说出我的名字能吓破您的胆，我乃威震四方大名鼎鼎的无敌骑士拉曼查的堂吉诃德！你是何人？快报上名来，我的剑上不沾无名鼠辈之血！

剃头匠：（转身问身后的桑丘）这哥们是谁？这身打扮怪吓人的，他说的是啥意思？

桑丘：他是英勇无畏、天下无敌的骑士大侠堂吉诃德，他问你是谁，来这里干什么。

剃头匠：（放下担子）大人老爷，小的是一个剃头匠，走村串户专门给人剃头理发的，正途经此地准备到山下的村子里给老人孩子理理发、刮刮脸！

堂吉诃德：无耻强盗，瞪着眼睛说瞎话！我一眼就看穿你了，你是一个巨人魔头，休想蒙混过关！快跪地求饶吧！

剃头匠：大人，您好好看看，我真是一个剃头理发的小民！

堂吉诃德：（用长矛敲了敲剃头匠头顶上的脸盆）哼，还敢嘴硬！你头戴一个这么大的头盔，难道还不承认自己是巨人？

剃头匠：（摘下脸盆）这不是头盔，您仔细看看，这是给客人洗头用的脸盆，我拎着不方便，就随便顶在头上了！

堂吉诃德：胆小的强盗，不要抵赖了，快抄起家伙，咱俩决一雌雄！（仰天高呼）美人中的美人啊，您是我脆弱心灵的依托和力量的源泉！请赐予我勇气吧，我愿意为您献出生命，我的杜尔西内娅小姐！

剃头匠：（慌张地看着桑丘）兄弟，我怎么办？

桑丘：我家主人疯了，你快跑吧，我来掩护。

剃头匠：（丢下脸盆、抱头而逃）我靠，真他妈见鬼了！

堂吉诃德：（提剑欲追）你哪里逃？

桑丘：（抱住堂吉诃德后腰）我的主人，勇敢的大侠，您已经把巨人打得落花流水丢盔弃甲了，我一定逢人便讲您的辉煌战绩。

堂吉诃德：（捡起地上的脸盆）桑丘，你看看，这么大的头盔，真是巨人啊！

桑丘：脸盆嘛，总不能跟头盔一样大！

堂吉诃德：不要开玩笑，你得说真话；这就是头盔，巨人的头盔！

桑丘：好吧，头盔就头盔吧！（冲观众）人要是脑子有病，你跟他说什么都没用！（转向堂吉诃德）老爷，您把巨人打跑了，估计也累了。您找块平坦的地方躺下休息一会儿，打个盹儿，我去弄点吃的，这肚子已经两天没吃东西了！

堂吉诃德：你这一说，我也饿了。快去吧！

桑丘：（扶着堂吉诃德在一斜坡上仰面躺下）嗨，这苦日子什么时候能熬到头啊！

【剃头匠蹑手蹑脚上，躲在远处，冲着桑丘招手】

桑丘：（走近剃头匠）你怎么还敢回来，不怕他砍了你？

剃头匠：（把食指放在嘴中间）嘘，您小点声，别惊动了疯子。我是回来取剃头挑子的，丢了家伙，我靠什么剃头理发养家糊口啊！

桑丘：来、来、来，挑子在这儿呢，你快挑走吧！

剃头匠：好的，咦，我那个破脸盆呢？

桑丘：哟，我家主人正抱着脸盆睡觉呢！你瞧，他搂得紧紧的。算了吧，兄弟，你就认倒霉吧。堂吉诃德大侠一口咬定那个破洗脸盆就是巨人的头盔，他把它作为战利品收藏，等着献给他的意中人——一位奇丑无比的丑八怪，当然他却把她想象成天下第一美女！嗨，真没办法！

剃头匠：您家主人到底是怎么回事儿，是不是这儿（指了指自己的脑袋）出了问题？

桑丘：嘘，小点声，让他听见又会发疯的。要我看，就那么回事儿！

剃头匠：既然是个疯子，您干吗还跟着他满世界地瞎跑，把他弄回家算了，省着到处吓人。

桑丘：嗨，说到这儿，我也就不瞒你了，老弟，我看你也是个厚道人。不怕你见笑，我家主人答应过我，等他当了国王，要封我做个伯爵，还要送我个海岛呢！

剃头匠：当国王，就他？疯疯癫癫的也能当国王？

桑丘：那可说不准，这世上做大官儿的不少脑袋都有病。

剃头匠：我看有点玄！您还是想办法把他领回家找医生给开点药吧！

桑丘：兄弟，这主意我也想过多次了，编了一大堆好话劝他、哄他、骗他，只要能回家就行。因为这事儿，我还托过不少人呢，可还是没用，害得我天天提心吊胆担惊受怕，遭的罪受的苦三天三夜也说不完。

剃头匠：那也不能就由着他的性子随便胡闹。要我看，软的不行就来硬的，你得报告官府，派巡捕把他强行押送回去或者关起来。

桑丘：那也不成，我的兄弟，官府派人来抓，打眼一看就知道他的精神不正常，抓了也得放了，不会长期关押的。

剃头匠：那至少可以把他送回家，让他的家人管起来，这四处胡闹总也不是个办法。

桑丘：我的兄弟，你真是个好人。我的罪也受够了。你认不认识附近镇上的巡捕队，要不你帮我打听打听，要是他们肯出手的话，我破费点钱财也愿意。

剃头匠：正好，我家一个远房亲戚在巡捕队当个小头目。我这就下山去找找他，托他带几个弟兄趁你家老爷睡觉时用绳网罩住，再捆结实了，装在笼子里运回老家。

桑丘：哎呀，贵人啊，贵人！恩人啊，恩人！我得好好谢谢您（掏褡裢）这两个金币算我孝敬你那位当巡捕的亲戚，让他们买点酒喝吧！一说到酒，我这嗓子眼直冒火，又渴又饿！

剃头匠：老兄，我这挑子里正好有几片面包和奶酪，您就先垫垫肚子吧，这里有水，您也润润喉咙（递给桑丘一皮囊水袋）。

桑丘：大恩不言谢，我的亲兄弟。你快下山吧，我想办法把他稳住。你越快越好，我等着你！

剃头匠：（转身挑起担子下）你放心吧，我一定把这事办妥！（向桑丘招手）

【桑丘向剃头匠挥手，然后轻手轻脚地回到堂吉诃德身边，慢慢躺下，灯光渐暗】

【幕落】

第三幕

【家中。一把躺椅，一张桌子和几把椅子。墙上挂着一副胸甲、一个头盔和一支长矛。堂吉诃德正斜仰在摇椅上睡觉，身边放着一把佩剑】

堂吉诃德：（突然从睡梦中惊醒，尖声呼喊）冲啊，杀啊！（一骨碌从躺椅上跳起，顺手抄起身边的佩剑，胡乱挥舞）哈哈，来吧，胆小鬼，看你往哪里逃，我天下无敌的堂吉诃德大骑士要把你碎尸万段。哼，你就是藏在鲸鱼的肚子里我也要把你抓到！

【女管家和外甥女齐上，慌忙抱住堂吉诃德并把手中的佩剑劝下】

管家：哎呀，我的老爷，您这又是演的哪出戏呀？午觉正睡得好好呢，怎么突然又喊又叫、打打杀杀了呢？快坐下，醒一醒，把恶梦从脑子里赶走！

堂吉诃德：（怔怔地盯着她俩）你们是谁，这是什么地方，我怎么会在这里？

外甥女：舅舅，我是您的外甥女呀，这是您的老管家，您怎么一下子就不认识了呢？我亲爱的舅舅，您此时此刻正躺在自己的家里打瞌睡呢。您已经回家一个多月了，医生一直给您治病，您的身体大脑都恢复正常了，难道您都忘了！

堂吉诃德：噢，我想起来了。我中了魔法，中了强盗设下的毒计，他们用绳子把我绑得结结实实，又把我塞到一个木头囚笼里，像押解犯人那样用牛车送到了这里，这些卑鄙小人，我是不会放过他们的。

管家：我的老爷呀，他们是好心才把您护送回来的，这得谢谢那些好心的大善人。

堂吉诃德：什么好人？他们都是坏蛋恶棍，是匪徒强盗！（管家和外甥女扶着他躺下，劝他再睡一会儿）

【管家扯了扯外甥女的袖子，两人走到一角】

管家：这可如何是好呀，老爷的疯病又犯了。这些日子不是挺正常的吗？

外甥女：是啊，昨天神父和剃头师傅还和他聊了大半天呢！他俩也认为舅舅思路清晰、言语得体。三个人还一起讨论了时事政治和国家大事呢！神父很肯定地说，堂吉诃德先生头脑已完全清醒，身体已彻底恢复。剃头师傅还说，连他也没想到，老爷会康复得这么快，他原以为得了这种疯病就永远没救了呢！这才过了一天，舅舅咋又开始说胡话了呢？

管家：咱们女人家，啥也搞不明白。要我看，还是请神父、剃头师傅他们过来看看吧，太吓人了。

外甥女：我看也是，这病要去根儿还真不那么容易。您先在家照看着，我这就去请神父和剃头师傅来。

【外甥女下，迎面碰见了桑丘·潘沙】

外甥女：你这个坏蛋来我们家干什么，快滚回自己的窝里吧！你是个罪魁祸首，哄骗我舅舅满世界乱跑！

桑丘：好个疯丫头，竟敢反咬一口。被引诱、被欺骗、被胁迫的是我，是他拽着我满世界瞎折腾。他编瞎话把我诓出家门，说要分给我一个海岛，还封我当总督，我现在还等着呢！

管家：该死的桑丘，就让海岛把你噎死算了！你个贪得无厌的狗东西，海岛能当面包吃呀？

【外甥女趁机下】

桑丘：是不能当面包吃，不过，可以管起来呀！海岛总督那可胜过四座大城市、四个长袍大法官！

管家：不管怎么说，你是个满肚子坏水和鬼点子的坏家伙，别再登这个门槛，快滚吧，去种你的地吧！别再做什么海岛、陆岛的白日梦啦！

【堂吉诃德从躺椅上坐起】

堂吉诃德：谁在外面吵吵呢？我听见了桑丘的声音，快进来吧！

桑丘：来啦！（紧跑几步）哎呀，我的老爷，可想死我了！多日不见，您越发变得精神抖擞、神采奕奕了！来、来、来，您先坐直了，我要郑重地虔诚地发自内心地向英名盖世的伟大英勇的拉曼查的威武大侠堂吉诃德骑士敬礼！请接受您真诚的仆人桑丘·潘沙的深情叩拜！

堂吉诃德：桑丘啊，在家里就不必太在意这些华而不实的虚礼了！你和管家刚才的争执我都听见了。说心里话，确实是我害得你背井离乡忍饥挨饿。可是，我也没舒舒服服地呆在家里呀！咱们是一块儿出走、一起闯荡，一路上始终是风雨同行甘苦与共。你虽然被人戏弄侮辱过，可我也没得好，让人打过一百多次，浑身上下伤痕累累啊！

桑丘：这是理所当然的事情嘛！您老人家常说，灾难总是伴随着游侠骑士，而不是他的侍从！

堂吉诃德：我想说的是，头要一疼，浑身都疼！所以，作为你的主人和你的东家，我是你的脑袋，你作为仆人，就是我的身体、我的腿脚。我的痛苦，你应该感同身受，反过来也一样，你难受时我也心疼！

桑丘：这我还真没看出来。当别人揍我的时候，我倒觉得您老人家还挺开心的。

堂吉诃德：请你别这么想。当时我内心的痛楚远远超过你所受的皮肉之苦。算了吧，让种种不幸随风而去，我们换个话题聊聊。桑丘，现在你告诉我：外面的人是怎么议论我的，包括街坊邻居、乡里乡亲，他们背后都说我些什么？对我的胆识、我的风度、我的业绩和我为振兴早被遗忘的骑士行当而冒险的壮举有何评价？我希望你跟我说真话，而不是说假话。好话不夸大，坏话不避讳。你知道，我这个人就喜欢听真话，而忠实的仆人应该有什么说什么，不为讨好而粉饰，不因奉承而避短。桑丘，我想让你明白，这个世道为什么如此腐败，就是因为那些权贵们不肯听真情实话，只喜欢阿谀奉承、溜须拍马、自欺欺人！桑丘，你一定要记住，一辈子都要讲真话！

桑丘：我很愿意这么做，我的老爷。不过咱得先说好，您老人家不许生气发火，我听到什么就说什么。

堂吉诃德：桑丘，你完全可以敞开讲，不必拐弯抹角，我大人大量，绝不生气。

桑丘：那我可就说了，老爷！乡亲们认为您老人家是超级大疯子，我是头等大傻瓜。绅士们说，您大人野心勃勃，自封了个"堂"字头衔，靠几架葡萄、几亩薄地，一副破盔烂甲，竟敢冒充贵族，十分不要脸！贵族们说根本不屑于跟您老人家说话，让您继续用锅底灰给皮鞋上色，并希望您把袜子上的洞先补好。

堂吉诃德：这种话嘛，跟我沾不上边儿！我一向注重穿戴，袜子上的洞嘛，可能会有，不过那是刀剑留下的硬伤，不是穿久磨出来的窟窿。

桑丘：关于您老人家的胆识、风度、业绩等等嘛，说法可就多了。有人说，这老家伙疯归疯，不过，也挺有趣；有人说，他勇敢归勇敢，就是搞不明白该干什么；还有人说，这老头儿说话挺斯文，就是有点儿装腔作势。总之，说什么的都有，无论是您老人家还是我本人，反正浑身上下一无是处！

堂吉诃德：跟你说吧，桑丘，我一听就明白了，这叫羡慕嫉妒恨！古往今来的英雄豪杰、名家伟人，有几个没被人恶意中伤过？恺撒本是一位顶天立地、骁勇善战的统帅，却被人说成了野心勃勃杀人如麻的暴君；亚历山大大帝功勋卓著名垂千古，有人却说他有嗜酒贪杯的毛病；神勇无敌的赫丘利建立了那么多丰功伟绩，照样有人骂他骄奢淫逸。所以，桑丘啊，不就是你刚刚提到的那点闲话嘛，跟这些伟人们受到的诽谤诬蔑相比，简直就是毛毛细雨而已，根本算不了什么！

桑丘：我给您老人家说的，仅仅是个开头。奶奶的，他们说的可难听了。

堂吉诃德：噢，这么说还有别的议论喽？

桑丘：那当然。我刚才讲的那几句，只是大餐前的开胃小菜。后面那些难听的话，我就不好意思向您老人家转述了，请您原谅，我的老爷，我是个粗人，经常说一些骂人的脏话，但跟那些议论您的话相比，我的脏话比诗歌还纯洁。算了，我的老爷，您如果非得找不自在的话，我马上去请一个人过来，这个家伙把您和我那些荒唐事儿，都写进书里了，有这么厚的两大本儿，书名叫《匪夷所思的拉曼查绅士堂吉诃德》，人人都在传看呢，把您、我，还有杜尔西内娅小姐嘲笑得一塌糊涂，简直没一点人样啦！

【管家、外甥女引领着神父、剃头匠上】

管家：我的老爷，神父又来看您啦！

外甥女：亲爱的舅舅大人，剃头师傅也来了，他们特别关心您的健康！

堂吉诃德：欢迎欢迎，热烈欢迎！请随便坐吧！

神父：一天不见，十分想念。昨天我和剃头师傅向您讨教了许多问题，今天又来打扰了。

剃头匠：是啊，是啊，我呆在家里也寂寞难耐，今天特意前来请安！

堂吉诃德：请不必客气，这是我忠实的侍从桑丘·潘沙，你们也认识吧！

神父、剃头匠：（异口同声）认识认识。

堂吉诃德：刚才我们主仆二人聊得正欢，我刚想跟他宣布一个重大的决定，你们就进来了。

【神父、剃头匠、女管家、外甥女相互交换眼神，又一起转向桑丘】

管家：桑丘，你这个头上长疮脚下流脓的坏蛋。我就知道你一露头，准没好事！

外甥女：就是的，瞧你那副倒霉样，肯定是又对我舅舅灌了迷魂汤，快滚吧！

剃头匠：我早就看出来了，没有愚昧的侍从，就没有疯狂的骑士，桑丘，都是你惹的祸！

桑丘：唉？太奇怪了，你们干吗都冲着我来呀！他老人家想干什么我怎么会知道？再说当他的侍从有什么好处？除了遭罪挨打担惊受怕我一无所获。我才不稀罕伺候一个疯疯癫癫的老头儿呢！

神父：好啦，好啦，看在主的分上，你们别再争吵了！我们最好还是听听堂吉诃德老爷的重要决定吧！

堂吉诃德：我准备三天后出发，前往京城，拜见国王陛下！你们几位可以与我一道前往。

神父：拜见国王陛下？（转过身，冲着剃头匠）有好瞧的了，他又要惹是生非了。（转向堂吉诃德）骑士大人，您拜见国王陛下有何贵干？

堂吉诃德：我要向国王献上一个治国妙策！

剃头匠：太离谱了。据我所知，过去凡是给陛下献的计策都是些无法施行和荒诞不经的东西。

堂吉诃德：我的建议绝对可行，有可操作性，不是荒诞不经之策，而是最简单、最直接、最正确、最聪明、最省事的，是任何官员都不可能想出来的。

神父：到底是什么良策呢，您说出来让我们激动一下？

堂吉诃德：我不能说，我要绝对保密。我现在一说出口，明天一早就会传到大臣、参事的耳朵里，他们就会抢先一步禀告国王。我可不干那傻事，我费心费力，别人倒捡了便宜。

剃头匠：我可以当着大伙和上帝的面发誓，我绝不会说出去，人王鬼王魔王来问我也决不开口。

神父：我的职业就是替人严守秘密的，放心吧。他们几个我来担保，也不会乱说的。

堂吉诃德：那好吧，我相信你们！我的建议是，请国王陛下发一个告示，规定个日子，让西班牙境内的所有游侠骑士一齐到京城集合，哪怕只来五六个，他们之中肯定会有像我这样的英雄，只需一人就足以抵挡土耳其的千军万马，你们都知道，土耳其苏丹已经派出了一支强大的海军舰队，我们英明的国王陛下正为这事发愁呢。所以，你们几位跟我一道去亲眼见证英勇的骑士单枪匹马横扫土耳其的千百条战舰的壮观场面吧！

神父：不去，不去，我可不去！

剃头匠：我也不去，我老婆孩子就指望我过日子呢！

桑丘：胆小鬼！你们不去，我去！

外甥女：看热闹的不怕乱子大！你少煽呼，滚回家吧！

堂吉诃德：不管你们愿不愿意，我的决心已定，即使桑丘不随从，我也义无反顾照去不误。我的所作所为，上对得起天，下对得地，我只听从内心的呼唤。我知道，你们压根就不相信世界上有过骑士，更不把我放在眼里。我孜孜以求的，只是想让世人明白，重振游侠骑士昨日辉煌的时代已经到来。眼下的世道真不配让我这等高尚的骑士像从前那样自告奋勇地去安邦定国、扶贫济困、惩恶扬善了。如今的人再也不会穿越森林、翻过高山、渡过大海，在荒漠中艰难跋涉了。个个都贪图安逸，受不了一点点辛苦。懒惰代替了勤奋，奢靡取代了节俭，贪污取代了廉洁，骄横取代了勇敢，空谈代替了实干。所以，我把书上记载的那些游侠骑士，视为我前行的明灯。我要重振雄风，开始新的征程，把勇士们的精神发扬光大！

桑丘：好，我的大老爷。我一听您说话，全身的血液就像烧开了的水一样滚烫滚烫。我要誓死追随您的脚印，跟您闯荡天涯。说实话，上次跟您出去，把我的心也跑野了。在家里成天种地、放羊，光犯困了，哈欠连天，真没啥意思，日子天天都一样，百无聊赖！不如跟您出去长长见识，虽然也艰苦也危险，回头想想倒蛮有意思的。况且，上次还意外白捡了一百个金币，这比种地的收入高多了。我这就回家跟老婆商量商量，准备准备！

堂吉诃德：桑丘，且慢。待会儿我还要单独跟你说点事儿呢！

神父：那你们有事，我们就先告辞了。

剃头匠：是啊，是啊，我们就不打扰了，改天再过来给您老人家请安。

堂吉诃德：那我就不留二位了，请管家和外甥女代我送送客人。

【神父、剃头匠在管家和外甥女的陪同下走出，桑丘把嘴巴贴近堂吉诃德耳旁嘀嘀咕咕】

【神父、剃头匠、女管家、外甥女站在舞台下场的一侧】

神父：堂吉诃德先生的精神状况令人担忧，在我看来他旧病复发，不可救药了。

管家：那怎么办呀，可不能让他再次离家出走，满世界地瞎跑胡闹啦！

剃头匠：连神父和医生说的话和开的药都治不好他，我们又能怎么办？有那个傻瓜桑丘在，他疯得越发没边没沿了，只能听天由命啦！

神父：是啊，是啊，难为你们两个女人家啦，你俩也想开点吧！

剃头匠：这年头，有很多事儿，只能往宽了想，还是神父说的对，想开点

吧！（四人一起下）

堂吉诃德：桑丘，我的好朋友，我的好兄弟！

桑丘：哟，我的大老爷，您可不能这么称呼我。您有什么吩咐就直接说，别吓着我，我桑丘永远都是您忠实的奴仆。

堂吉诃德：桑丘，你听，外面是什么声音（有马叫声），听见了吧，这是我的宝马发出的嘶鸣，这是催我们尽快上路的号角。

桑丘：是个好兆头，咱儿时动身？

堂吉诃德：我俩后天一早迎着东方升起的第一缕朝阳，直奔萨拉戈萨，那儿将为圣豪尔赫节举办盛大的比武大会，我要把各路高手一一打败，真正成为名盖天下的第一大骑士！

桑丘：我的老爷，您还是小心一点为好！要是让人打败倒也没什么，就怕一下子把您打死了，那我可怎么办呀？

堂吉诃德：闭上你的乌鸦嘴，尽说些丧气话，长了别人威风，灭了自己的志气。当世能打败我的敌人还没出生呢！

桑丘：那好吧，我的主人，既然您自己都不怕死，我还有什么可在乎的？那我回家准备一下吧！

堂吉诃德：不，你听我说。这次出征非同寻常。临行前，我要同我朝思暮想、魂牵梦绕的意中人，我的心肝宝贝儿，美人中的美人儿，端庄、优雅、圣洁、妩媚、温柔、娇羞的杜尔西内娅见上一面，只要能一睹她的芳容，我浑身就会注满无穷的力量，所向披靡、战无不胜！我求你帮我约她一下，看看她何时方便，容我将这颗滚烫的赤诚之心献给她！

桑丘：噢，就这么个破事儿。那还不简单，我回头喊她一声，让她立马跑过来拜见您老人家一下不就成了吗？不过，我的大老爷，照我说，您最好别见了，腰比水桶粗，皮肤比槐树皮还糙，头发跟乱草似的，说起话来不如驴叫柔和，真的，见面不如思念，想象胜过真人。

堂吉诃德：（抄起佩剑）住嘴，你再敢多说一句，我就砍下你的猪头！

桑丘：别、别、别，老爷息怒，老爷息怒！只要您能接受她的尊容，我回头把她带过来就是。唉，我是担心您老人家一见到她就吓得口吐白沫、呕吐不止。

堂吉诃德：胡说，那是你的眼睛沾上了牛屎。杜尔西内娅小姐美若仙女，盖世无双，岂容你满嘴喷粪评头论足？

桑丘：（冲着观众）唉，真拿他没办法，他老人家从未见过杜尔西内娅，那真是一个丑八怪。唉，有了！（转向堂吉诃德）我的老爷，有一件事我一直瞒着您，不敢跟您说，怕伤了您老人家那颗玻璃般脆弱的心。

堂吉诃德：什么事，你就别卖关子啦？有话直接说，我意志坚定无人能摧。

桑丘：那我就放心说了。前些日子，您那美人中的美人儿杜尔西内娅出事了！

堂吉诃德：（一个趔趄，声音颤抖着）天呢，出什么事了，你、你、你慢点说！

桑丘：真是英雄难过美人关，还意志坚强呢！我的老爷，美丽无比的杜尔西内娅被痛恨您的魔法师施了魔法，她那娇美的面容和迷人的身姿一下子就变了，变成了我刚才说的那个样子，成了世上最丑最丑要多丑有多丑的丑八怪了。

堂吉诃德：（倒在躺椅上，昏死过去）

桑丘：（赶忙上前掐人中、压胸膛，帮他活动四肢）天呢，闹出人命啦！老爷，老爷，您坚强一点，您一定要挺住啊！

堂吉诃德：（长叹一口气）唉！人生最大的打击莫过于此！完了，全完了，我千辛万苦出生入死为之奋斗的辉煌事业只是为了献给我心中苦恋的美女——杜尔西内娅小姐，如今她面目皆非，一切尽毁，我还有什么奔头呢？唉，我主上帝呀，请为我指明生命的方向吧！

桑丘：我的老爷，这事儿就别麻烦上帝了。我就能给您指条道儿，要不咱就别出去折腾了，其实在家里闲呆着也挺好的，您说呢？

堂吉诃德：（痛苦地沉思了一会儿）不，真正的骑士要不屈不挠、越挫越奋！我，堂吉诃德，要去比武，要去征战，要去拜见国王陛下，我要追杀那个给我的女神下了毒手的魔法师，砍下他的脑袋当球踢，还要找到解除魔法的妙药，让我的杜尔西内娅小姐焕然一新，让她无与伦比的美貌再现人间。桑丘，你听，我的战马再一次发出催人奋进的嘶鸣（有马叫声）。走吧，不能再等待了，踏上新的征程吧，机不可失时不我待。桑丘，不要犹豫彷徨了，快回家骑上你的毛驴，随我出发吧！

桑丘：好勒，我的老爷，咱们这就出发！

【幕落】

第四幕

【与第一幕的场景基本相同。几张课桌和若干把折叠椅，几位研究生正在调试电脑，将图片投影到作为背景的幕布上，有说有笑】

【陈教授上】

陈教授：嗨！各位好！

同学们：老师好！

陈教授：（放下书本，指了指同学丙，堂吉诃德的扮演者）哟，我们伟大的堂吉诃德先生，舞台形象不错嘛！

同学丙：谢谢夸奖，承蒙老师指导！

孙录：这个疯子，心里光想着意中人杜尔西内娅小姐，全靠爱情的力量支撑着！

同学甲：两眼整天直勾勾地盯着她（指了指女管家扮演者），把她幻想成了杜尔西内娅美女，太过分了。

同学乙（女）：不至于吧，我有那么丑吗？

同学丙：（走到女同学身边，单腿跪下，张开双臂）我日夜思念的心肝宝贝儿，貌若天仙心如顽石的杜尔西内娅小姐，难道您还没看出来吗？难道您明亮而多情的双眼被牛屎糊住了吗？咱俩同窗两年，耳鬓厮磨……

同学甲：说清楚点，到底同窗还是同床？

同学丁（女）：还耳鬓厮磨呢，干脆同床共枕算了，呸！

陈教授：好啦，好啦，都正经点！戏演得不错，我的评价是：业余演员、专业水平！

【同学们纷纷拍掌，有人说"哇塞！这评价够高！"】

陈教授：你们说说，这下一幕怎么演呢，剧情想好了吗？

同学丙：还演呢？我可演不下去了。堂吉诃德这哥们下一步要比武了，还要与公爵夫人相遇，反正还是那一套疯疯癫癫打打杀杀呗。

同学甲：别不演呀，那得接着演，必须的。接下来桑丘该当海岛的总督了，这个家伙的机智幽默比他主人的神智不清更出彩，笑料百出，我的戏份大量增加，我是男一号，堂吉诃德变配角了，只剩下临死前的悔悟和反省了，（推了推同学丙）你就陪着我演到底吧，用不着几句台词，最后翻翻白眼一蹬腿死在女管家的怀里就登上天堂了，给观众做个反面教材嘲笑一番引以为戒也算有了贡献，怎么样，哥们儿？

同学丙：大胆奴仆，无耻之徒，卑鄙小人，乡下无赖！你竟敢当众诬蔑威慑四方盖世无双的大侠，（双手抱住同学乙）我至高至上至善至美的杜尔西内娅小姐，您用那纯洁无私的爱情给我力量吧，我要亲手扭断这个乡巴佬的脖子，把他那肮脏的躯体当做饲料，喂养我那头人见人爱的小毛驴！

陈教授：别闹了，别闹了！拜托各位，回到座位上坐下。咱们的课堂讨论继续进行，话剧嘛，我看只能到此为止。平心而论，各位对原著的理解、故事的编排、情节的推进和角色的把握还是比较到位的，《堂吉诃德》这部小说内容庞杂、头绪很多、情节曲折，编成话剧搬上舞台的难度很大，我们试演两幕体验一下即可，用不着从头至尾面面俱到。所以今天，结合你们对原著的演绎，从《堂吉诃德》自问世至今的四百多年间的不同时代对它的理解和评价的角度，谈一谈塞万提斯的文学、影响和贡献。大家随便说，想到哪儿就说到哪儿，要说实话，别绕弯子！

同学甲：（模仿桑丘的口吻）乡亲们认为，堂吉诃德是个超级大疯子，我桑丘·潘沙是个头号大傻瓜。（大家笑）

同学丙：桑丘，乡巴佬，快闭嘴！你严肃点儿，才演了两回戏，还假装出不来了呢！

同学乙（女）：陈老师，塞万提斯通过戏仿骑士小说来否定和反对骑士小说，讲述了一个心地善良的疯子传奇，是对人类愚蠢的善意控告，我们可以透过堂吉诃德的荒唐看到我们自己的影子。

同学丁（女）：我觉得这部小说太冗长了。尽管有趣，但很啰嗦。有些地方好像衔接不上，连贯性差，怎么说呢，如果篇幅压缩一半，阅读效果会好上一倍。

同学甲：长是长了点，不过我倒是觉得有些小说写的太精致了，以致缺乏生动性和真实感。塞万提斯写的虽然不够完美，却更能把读者拉进他虚构的故事之中，犹如身临其境。而且，我认为他写的第二部更有趣儿，尤其是桑丘·潘沙，突然从一个无知的白痴，变成了一个出口成章的智者，一路上高谈阔论，妙语连珠。真的，我真想再演下去，至少把堂吉诃德受公爵捉弄，引诱他与公爵夫人的侍女谈情说爱和桑丘受封为海岛总督这两段故事搬上舞台，一定十分出彩儿！唉、唉、唉，你们别用那种嫉妒和崇拜的眼神看着我好不好，我已经申明过了，天地良心，我并没有争夺男一号的意思，不演就不演！

同学丙：陈老师，（指了指同学甲）桑丘提的建议有一半是正确的。如果这部戏继续排下去的话，我堂吉诃德仍然是主角，桑丘戏份再多，也还是个配角。这是剧情的需要，也是由故事情节发展的内在逻辑决定的。这部戏的最后一幕是主人公堂吉诃德的朋友们绞尽脑汁想方设法让他从疯癫状况中清醒过来，而且不能再强迫他钻进笼子囚禁终身，这就太惨无人道了。所以，他们按照堂吉诃德的内心渴望设了个骗局，堂吉诃德当然马上中计。他的一位老朋友化装成骑士大侠，要求与堂吉诃德决斗，条件是谁输了就得听从胜利者的命令，服从于胜利者的意志。结果体弱多病的堂吉诃德一交手就败下阵来，只好听命于自己的对手，乖乖地回到家里，再也不做骑士梦了。临死前，堂吉诃德才恢复了判断力，他说我一生都非常愚蠢，但愿死后能学着聪明一点！要我看，这场戏倒可以演一演！

陈教授：我说过了，话剧就不再接着排演了，你们几位可不能因为演过堂吉诃德就变成了他。你们不是学表演专业的，别指望当明星了。

同学丙：那可不见得，学政治学不一定能当政治家，学文学的不一定会写小说，我们虽没学过表演，也保不准将来能一夜走红，红得发紫成为亿万观众追捧的明星大腕儿！

陈教授：打住，打住！你这是典型的堂吉诃德式狂想。你们几位是不是也有类似的疯狂念头！

同学甲：他是疯了，我们早就看出来了。我成为明星的可能性比他大多了。老师，您放心，只要有我在，就没有他的机会，我的粉丝们肯定不答应。他疯了，完全疯了！

孙录：我还一直是没吭气呢，别以为世界只有你们两人。

同学乙（女）： 真是目中无人，狂妄至极。我呢？美人中的美人！

同学丁（女）： 对、对，你绝对不亚于芙蓉姐姐！

陈教授： 都疯了，全都疯了。你们俩就别冒充女堂吉诃德了。

同学丁（女）： 老师，堂吉诃德的疯癫首先是象征性的，其次才是病理性的，而他们几个就是遗传性的，且带有传染性。

陈教授： 说得对！堂吉诃德的疯癫首先是象征性的，其次才是病理性的。这是2010年诺贝尔文学奖获得主巴尔加斯·略萨的观点。他还说，塞万提斯写作的野心在于，实现神话，让虚构成为现实。堂吉诃德并不承认自己的失败，他把自己的荒唐和挫折看做是魔法师和巫士暗中使坏，虚构于是渐渐渗透生活，现实慢慢与堂吉诃德的幻想和异想天开趋于一致。虚构是《堂吉诃德》这部小说的一大主题，它以它的理由、它的方式侵入生活，并使现实按照虚构的方式改变。略萨认为，虚构与生活的关系是古今小说的一个经常性内容。塞万提斯在他的小说中超前地体现了20世纪的一系列重大的文学冒险，在叙事形式上进行了一系列大胆探索。这些探索吸引了当代最优秀的小说家。我建议你们认真地读一读我翻译的巴尔加斯·略萨的文章《面向二十一世纪的小说》，一定会有启发！

孙录： 米兰·昆德拉也说过，随着塞万提斯的出现，一种伟大的欧洲艺术形成了，这种艺术不是别的，正是对被遗忘了的存在的探寻。

同学甲： 布鲁姆说，只有塞万提斯和莎士比亚可以高居荣耀的顶峰，让你无法超越。

同学丙： 卡洛斯·富思特斯说，塞万提斯和乔伊斯是两个典范，因为他们将现代小说推向了极致——创造了全小说和关于小说自身的小说。虽然他们相隔三百多年，但都是小说的源头、小说的终极。

同学乙（女）： 据我所知，并不是所有作家都推崇塞万提斯。纳博科夫就对《堂吉诃德》评价很差。不仅不承认它是世界上最伟大的小说，而且还在哈佛大学讲课时当着数百位学生的面，撕毁了这糟糕、粗糙的烂书。在纳博科夫看来，这部书的结构、语言和技巧都一塌糊涂，毫无可取之处。

孙录： 托尔斯泰老人当年对莎士比亚的评价也很低，你不觉得好笑吗？

同学乙（女）： 这只是纳博科夫的看法，并不代表本美女的观点。

陈教授：诸位同学刚才扼要援引了20世纪一些伟大作家对塞万提斯的评价，援引别人的说法是为了更好地阐述自己的观点，说的都有道理。

我倒是想说说《堂吉诃德》这部小说与文艺复兴的关系。一切历史都是当代史，一切文学也是当代文学，站在时代的高度，背靠民族文化，塞万提斯无疑也是说不尽的。所以，我仅就堂吉诃德与文艺复兴的关系，提出个人的一点点想法，供各位参考。

同学甲：愿闻其详。

陈教授：宗教和政治高压一直是幽默和调侃、喜剧或闹剧的最大敌人。中世纪如此，中国的"文化大革命"期间也是如此。幽默远离了文学。但从古至今，幽默的基因并未中断过。先秦诸子笔下的守株待兔、揠苗助长等就是洋溢着讽刺意味的经典段子。而西方的喜剧也源远流长，阿里斯托芬和米南德等古希腊喜剧就是源头和根基。概括地说，阿里斯托芬的喜剧因嘲讽权贵名人而指向上，米南德的喜剧因表现家长里短等相对地指向下。

同学乙（女）：有道理，那么后来呢？

陈教授：再说中世纪末叶，西方宗教政治的高压态势相当程度上是在文艺复兴的玩笑声中被慢慢消解的，许多民间笑料在拉伯雷的笔下演化为戏说、大话或狂欢！狂欢之后是恶搞。到了十五和十六世纪，南方大大小小的喜剧院和剧场如雨后春笋，从而以燎原之势对教会和宫廷文化形成了重重包围。观众、读者在嘻嘻哈哈的笑声中消解一切并被消解。

孙录：陈教授说的对，塞万提斯就是用笑声来讽刺人性所蕴含的愚蠢与丑恶！

陈教授：是啊，有趣的是，塞万提斯反喜剧之道而行之，表现了崇高的毁灭。后者本是典型悲剧力量之所在，而塞万提斯却与时俱进地采用了方兴未艾、横扫一切的喜剧因素，用嘲笑表现了庄严。于是，悲剧英雄具有一般时代小丑的特征，又明显夸大地托举起了古典崇高之美，《堂吉诃德》也变成了用苦笑演绎的理想主义挽歌。正因为如此，塞万提斯同样标志着一个时代的结束和另一个时代的开始；一个英雄主义时代的终结，一个小人时代的开始；或者说是一个理想主义时代的完结，一个物质主义时代的开始。遣散了庄严，驱逐了崇高，放弃了敬畏，解放了欲望，等待人类的便是"娱乐至死"！

同学丙：不至于吧，陈老师，您的结论似乎也值得商榷！

陈教授：当然，这只是我个人的一己之见，你有何高论，尽管放开来讲，我愿洗耳恭听！

同学丙：不敢、不敢，哪敢有高见。老师您才高八斗、学富五车，我堂吉诃德一武夫骑士，哪敢与您一比上下。哈哈，我一生都十分愚蠢，只能等死后再学着聪明一点。

陈教授：又来了，看来你很难被唤醒！

同学甲：这事您得交给我。瞧我的，尊敬的堂吉诃德老爷，您的美人杜尔西内娅昨夜与法官私奔了！

同学丙：大胆蠢货，你再敢胡说，小心我砍下你的狗头！（转向同学乙，单腿跪下）我心爱的美女，盖世无双的大美人，请看在塞万提斯的面子上，嫁给我吧！

同学乙：（一边收拾笔记本一边回答）哼，你口口声声要为我付出生命的代价，却与公爵夫人的使唤丫头眉来眼去调情说爱。

同学丙：别听坊间那些流言蜚语，我堂吉诃德愿意为您献出我的一切！

同学丁（女）：别说一切，你就说你到底给她多少钱吧？

同学丙：现金确实没有，但我有宝马一匹，愿意奉上。

同学乙：还宝马一匹呢，宝马一辆还差不多。

孙录：陈老师说得对，理想主义的时代结束了，物质主义时代早已到来！

同学丙：（喊）桑丘，桑丘，这个世界我已厌烦透了。除了钱，什么都不在乎了。桑丘老弟，还是随我到幻想的世界闯荡吧，总比憋死在这世俗的臭坑中要快活自在一些！

同学甲：好嘞，我的主人呢，尊贵的骑士大老爷，只要您肯出足够的价钱，我愿意充当您的坐骑，驮着您跋山涉水勇往直前。不过，您还是先开个价吧！

【大家哄笑】

【剧终】

（原载《作家》2016年第2期）

敬　告

由于编选时间仓促、工作量大，未及与所选作者一一取得联系，请见谅。

现仍有部分作者地址不详，为及时奉上稿酬，请有关作者与责任编辑赵维宁联系。

地址：沈阳市和平区十一纬路25号

邮编：110003

电话：024—23284306

E-mail：249972579@qq.com

辽宁人民出版社

2016.12